MIEJSCE NA ZIEMI

MIEJSCE NA ZIEMI
umi sinha

Przełożył Robert Waliś

MARGINESY

Belonging

COPYRIGHT © Umi Sinha 2015

COPYRIGHT © FOR THE TRANSLATION BY Robert Waliś
COPYRIGHT © FOR THE POLISH EDITION BY Wydawnictwo Marginesy,
WARSZAWA 2016

Pamięci
CLAIRE H. SANSOM
deszyfrantki z brytyjskiego
Kierownictwa Operacji Specjalnych
i jednej z tych nauczycielek,
których nigdy się nie zapomina.
To ona pomogła mi uwierzyć, że potrafię pisać.

A także dla ANN CHALK,
ponieważ obiecałam.

To ciekawe, że gdy Hindusi opowiadają o stworzeniu wszechświata, nie nazywają go dziełem Boga, tylko zabawą Boga, *Wisznu lila*, gdzie *lila* oznacza zabawę. Postrzegają wszelkie przejawy istnienia wszechświatów jako zabawę, sport, rodzaj tańca…

ALAN WATTS, *ZEN AND THE BEAT WAY*

Przeszłość nigdy nie umiera. Minione dni tak naprawdę nie przemijają.

WILLIAM FAULKNER

DRZEWO GENEALOGICZNE

Imiona narratorów zostały zapisane wielkimi literami

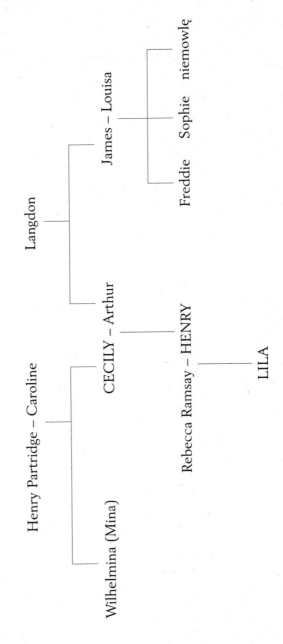

Lila

Peszawar, Indie, 14 lipca 1907

Dziewczynka wspinała się po półkach almari, stawiając bose stopy pomiędzy belami haftowanych płócien. Na szczycie szafy przyklękła, nachyliła się i zamknęła ciężkie, rzeźbione drzwi, a następnie podciągnęła się na szeroką półkę, która biegła powyżej, wzdłuż tylnego korytarza bungalowu. Na półce składowano stare bagaże i zalegała tam warstwa kurzu. Dziewczynka z żalem popatrzyła na brudne ślady na nocnej koszuli. Jej aja się zdenerwuje, ale było za późno, żeby się tym przejmować.

Nad półką było wystarczająco dużo miejsca, aby mogła stanąć. Balansując jak linoskoczek, przeciskała się między torbami i walizkami, aż dotarła do półkolistego okienka nad drzwiami jadalni. Szyby były upstrzone przez muchy i zasnute pajęczynami. Uklękła i odgarnęła pajęcze sieci, a następnie wytarła lepką rękę o leżącą obok torbę podróżną. Potem pośliniła palec i zrobiła kółko na szybie. Teraz mogła patrzeć.

Przed nią nieruchomo wisiały falbanki pankhy; pankhawala zapewne wciąż był na przedniej werandzie i wachlował gości w salonie. Spojrzała niżej, na stół. Srebra, które o tej porze roku szybko traciły połysk, były świeżo wypolerowane, a rżnięte szkło połyskiwało w blasku świec. Popatrzyła na obrus, ale jego wymyślne hafty kryły się pod ciężkimi szklanymi i srebrnymi naczyniami; dostrzegała tylko bliższą krawędź wzoru, gdzie powtarzał się motyw Drzewa Życia z kwiatami i owocami w jaskrawych barwach. Jej matka pracowała nad nim przez wiele miesięcy, zamknięta w swoim pokoju. To był prezent niespodzianka na urodziny ojca – matka własnoręcznie nakryła do stołu, żeby nawet służący nie zobaczyli obrusa.

Deszcz grzechotał o blaszany dach, a wilgoć otulała ją jak koc. Wiedziała, że nie powinna tutaj być, ale pragnęła zobaczyć twarz ojca, gdy obrus ukaże się w pełnej krasie. Planowała to przez cały dzień i wymknęła się, gdy tylko skończył jej czytać, podczas gdy aja pomagała matce się ubrać.

Miała nadzieję, że zaraz przyjdą. Niewygodnie było klęczeć na półce. Drobinki brudu wbijały się jej w kolana i musiała ścisnąć palcami nos, żeby nie kichnąć. Zmieniła pozycję, żeby dać wytchnienie nogom, a wtedy stopa ześlizgnęła się z półki.

– Oho! Co tam robisz, mała? Znowu coś knujesz?

Podskoczyła, kiedy zabrzmiał donośny głos Afzala Khana. Mężczyzna sięgnął do góry, chwycił ją za stopę i przyciągnął do krawędzi.

– Ciii – szepnęła, usiłując się wyrwać. – Puść mnie!

– Zejdź, panienko. Memsahib się rozgniewa, jeśli cię tutaj zobaczy. Poza tym ubrudzisz się.

– Ciii! – powtórzyła. – Chcę zobaczyć obrus!

– Gdzie jest aja?

– U matki w pokoju. Myśli, że leżę w łóżku. Proszę, nie wołaj jej.

Roześmiał się.

– Nie rób takich wielkich oczu! Kto by uwierzył, że masz dwanaście lat? Moja córka jest w tym samym wieku i niedługo się zaręczy. A teraz bądź cicho. Zaraz otworzę drzwi. Wyglądam elegancko?

Obróciła się i obrzuciła go badawczym spojrzeniem. Miał na sobie białą wykrochmaloną tunikę z wypolerowanymi mosiężnymi guzikami, szafranowy turban i szarfę.

– Przekrzywił ci się turban. – Wyciągnęła rękę w dół i poprawiła. – Teraz wyglądasz bardzo przystojnie.

Roześmiał się i połaskotał ją w stopę, a ona odskoczyła, tłumiąc chichot.

– Przestań!

Głęboko odetchnął, wyprostował się i pchnął drzwi, wchodząc do jadalni. Sztywny plisowany wachlarz na jego turbanie załopotał, kiedy przemierzał pomieszczenie, żeby otworzyć drzwi prowadzące do salonu. Skłonił się.

– Podano kolację, memsahib – oznajmił, a następnie zawrócił i opuścił jadalnię przez drzwi, nad którymi ukryła się dziewczynka, i zamknął je za sobą.

Pochyliła się i złapała za wachlarz na jego turbanie. Błyskawicznie go przytrzymał i poprawił na głowie, a następnie obrócił się i pogroził palcem.

– Bądź grzeczna albo zawołam aję.

– Zostawisz mi trochę tortu?

– Nie, jeśli będziesz się zachowywała jak dżangli – wspinała jak małpka i szpiegowała ludzi!

– Oj, proszę, Afzalu Khanie!

– Więc przestań mnie denerwować. Mam dużo pracy. – Podszedł do drzwi prowadzących na zewnątrz i kazał służącemu szykować się do wniesienia potraw.

Dziewczynka ponownie odwróciła się w stronę okienka. Pankhawala zapewne już wyszedł z salonu, ponieważ falbany pankhy poruszały się, wprawiając w drżenie płomienie świec osadzonych w srebrnych kandelabrach, przez co skaczące tygrysy oraz stające na tylnych nogach słonie zdobiące ich podstawy poruszały się w migotliwym świetle, a otwarte usta poganiaczy dosiadających słoni zdawały się drżeć z przerażenia.

Otworzyły się drzwi salonu i do środka wszedł ojciec, prowadząc pod rękę ciężarną damę. Sprawiał wrażenie zmęczonego i zafrasowanego, co dało się zauważyć już od kilku dni. Kiedy zbliżył się do stołu, podniósł wzrok i dziewczynka przez chwilę sądziła, że ją dostrzegł, ale zaraz odsunął krzesło damie, a następnie zajął swoje zwyczajowe miejsce, dokładnie naprzeciwko jej punktu widokowego. Potem do jadalni weszła matka, opierając się na ramieniu starszego mężczyzny ze sterczącymi wąsami, idącego wojskowym krokiem. Nosiła zielone jedwabie i szmaragdową broszkę, a kolczyki podkreślały kolor oczu. Za nimi kroczyli kolejni goście. Wujowi Rolandowi towarzyszyła ładna kobieta z blond lokami, ale nigdzie nie było widać wujka Gavina.

Z kuchni płynęła procesja służących z naczyniami, a aromaty mięs i sosów doprawianych szafranem docierały aż do jej kryjówki, sprawiając, że ślinka napłynęła jej do ust. Każdy z gości miał do dyspozycji własnego służącego, który stał za jego plecami, gotów podejść w razie potrzeby. Dziewczynka czekała, pochłonięta obserwowaniem, poddając się spokojnemu nastrojowi cichych rozmów i okazjonalnych śmiechów.

Większość twarzy zwracała się ku jej matce, która siedziała plecami do okienka, tak że dziewczynka widziała tylko jej ożywione gesty oraz loki, kołyszące się, gdy obracała głowę. Ojciec, siedzący naprzeciwko, wydawał się nieobecny; prawie się nie odzywał i niemal nie tknął jedzenia.

Dziewczynka zauważyła, że blondynka uniosła brzeg obrusa, uważnie mu się przyjrzała, a następnie powiedziała coś do wuja Rolanda. Ten opuścił oczy, następnie gwałtownie podniósł wzrok na matkę, a potem na ojca, który najwyraźniej niczego nie zauważył.

Wreszcie kolacja dobiegła końca i Afzal Khan wniósł do jadalni tort. Przystanął, kiedy przechodził pod jej półką, a wtedy pochyliła się i poczuła na twarzy gorąco bijące od zapalonych świeczek. Było to ogromne ciasto bezowe z owocami mango i kremem pomarańczowym, na wierzchu zaś widniał wykonany z czekolady napis „Wszystkiego najlepszego z okazji 50. urodzin, Henry", nakreślony płynnym pismem matki. Goście zakrzyknęli z zachwytu, kiedy Afzal Khan postawił tort na środku stołu i nalał im szampana, który trzymał na kredensie w wiaderku z lodem, a potem radowali się i śmiali, gdy ojciec trzykrotnie zaczerpnął powietrza, żeby zdmuchnąć świeczki. Jedząc tort, wznosili toasty i dalej rozmawiali. Dziewczynce zdrętwiały nogi i już zaczynała przysypiać, gdy służący wreszcie wzięli się za sprzątanie ze stołu.

Kiedy zniknęły talerze, podkładki i duże, srebrne tace, rozległy się głosy podziwu, a następnie zapadła cisza. Wszyscy wpatrywali się w obrus. Służący, zaskoczeni nagłym milczeniem, zamarli z naczyniami w dłoniach. Przypominało to scenę ze *Śpiącej Królewny*, gdy wszyscy dworzanie posnęli.

Dziewczynka podniosła się na kolana i przetarła zamazaną szybkę, chcąc zobaczyć coś więcej, ale widziała tylko kłębowisko barw i kształtów. Nagle jadalnię wypełnił hałas i ruch: rozbrzmiewały okrzyki wściekłości i obrzydzenia, a goście zrywali się z miejsc. Krzesła przewracały się na podłogę, ale nikt ich nie podnosił, gdyż wszyscy pośpiesznie kierowali się ku drzwiom do salonu. Dama w różowym stroju wyglądała, jakby miała zemdleć; ciężarna chwyciła serwetkę i w nią wymiotowała; staruszek objął ją ramieniem i spiorunował wzrokiem gospodynię.

Zaniepokojona dziewczynka chciała zejść z półki, lecz pod nią służący tłumnie wybiegali z jadalni, aby okrążyć bungalow i zająć się swoimi panami i paniami. Przed budynkiem Afzal Khan pokrzykiwał na saisów, żeby przyprowadzili powozy.

Kiedy ponownie zajrzała do pomieszczenia, zobaczyła, że stary żołnierz przystanął przy jej ojcu i uścisnął jego ramię, jednak ojciec nawet nie podniósł wzroku. Wbijał spojrzenie w stół przed sobą, a jego twarz była pozbawiona wyrazu, jakby słuchał jakiegoś głosu, który docierał tylko do niego. Wuj Roland stanął w drzwiach i przez chwilę się wahał. W końcu podszedł do stołu, jakby chciał coś powiedzieć, ale tylko znieruchomiał, zapatrzony w obrus. Potem odwrócił się i wyszedł z pomieszczenia, przepychając się obok Afzala Khana, który rozdawał kapelusze, szale i laski wychodzącym gościom. Kiedy odjechała ostatnia osoba, Afzal Khan zamknął podwójne drzwi z drugiej strony. Dziewczynka czekała, aż wróci i opowie, co się stało, ale najwyraźniej o niej zapomniał, ponieważ nikt już się nie pojawił.

Deszcz ustał i zapadła cisza, nie licząc miarowego skrzypienia pankhy. W jadalni zostali tylko oni dwoje. Ojciec wciąż wpatrywał się w obrus, a matka stała przy kredensie. Dopiero gdy ojciec się poruszył, dziewczynka zdała sobie sprawę, że wstrzymywała oddech. Odsunął krzesło od stołu, z trudem dźwignął się na nogi i minął żonę, nawet na nią nie spoglądając.

Kiedy przechodził pod półką, dziewczynka się obróciła. Mogła wyciągnąć rękę i dotknąć czubka jego głowy w miejscu, w którym spod przerzedzających się włosów wyzierała skóra. Jednak szybko ruszył korytarzem w stronę swojego gabinetu.

W pierwszej chwili chciała zeskoczyć i podążyć za nim, ale ciekawość zatrzymała ją na miejscu. Zmieniła pozycję i rozmasowała nogi, wzdychając na skutek bolesnego mrowienia, patrząc, jak matka głaszcze obrus z rozmarzonym wyrazem twarzy i przekrzywioną głową, jakby także nasłuchiwała jakiegoś odległego dźwięku.

Jednak kiedy dźwięk w końcu zabrzmiał, nie rozległ się daleko, tylko bardzo blisko. Był tak głośny, że jeszcze przez pewien czas dziewczynce dzwoniło w uszach.

Rzuciła się w dół z półki, a kiedy dotknęła stopami ziemi, usłyszała krzyk Afzala Khana i szuranie krzesła w jadalni. Nie wiedziała, jak się dostała do gabinetu; zapamiętała tylko dotyk chłodnej, mosiężnej gałki i widok, który ujrzała, gdy stanęła w drzwiach pokoju.

Fontanna czerwieni – czystej, pięknej czerwieni – trysnęła na ścianę za biurkiem i zbryzgała sufit. Dziewczynka poczuła w gardle posmak kordytu i czegoś ostrzejszego, metalicznego. Na półce za biurkiem brązowy posążek Śiwy tańczył w świetle lampy, a jego zacienione ramiona rzucały na ścianę cienie kołyszące się w kręgu płomieni. Wpatrywała się w nie, starając się omijać wzrokiem nieruchomy kształt na biurku. Czuła dziwną wibrację, bezgłośne bębnienie; powietrze drgało w jego rytmie, cienie poruszały się coraz szybciej, ręce boga rozmazywały się. Zadygotała i popatrzyła na delikatną czerwoną mgiełkę, która osiadała na jej obnażonych rękach.

Oślepiona i oszołomiona, odwróciła się w stronę drzwi i zderzyła z kimś, kto właśnie wchodził. Ostre paznokcie zagłębiły się w jej ramionach. Stłumiła okrzyk bólu i podniosła oczy. Matka stała przed nią i wbijała wzrok w ścianę. W łagodnym świetle lampy miała twarz spokojną jak oblicze Madonny na obrazku, który wisiał nad jej łóżkiem. Powiodła wzrokiem za fontanną, w górę, a potem z powrotem na biurko. Dziewczynka czekała, aż wyraz twarzy matki ulegnie zmianie. Kobieta wypuściła powietrze z płuc i zadrżała, jednocześnie zwalniając uchwyt. Potem cofnęła się o krok i szerzej otworzyła oczy. Wtedy dziewczynka zobaczyła, że jej usta wykrzywia uśmiech.

CZĘŚĆ PIERWSZA

Lila

Wzgórza Sussex, Anglia, maj 1919

Dziwne, jak całe życie może się zmienić w jednej sekundzie. Upłynęło kilkanaście lat, a mnie wciąż prześladuje tamta chwila, gdy mogłam wyciągnąć rękę i dotknąć głowy przechodzącego pode mną ojca. Gdyby wiedział, że tam jestem albo gdybym wtedy zeskoczyła z półki i podążyła za nim do gabinetu, zamiast zostać, żeby zobaczyć obrus, zapewne nie zrobiłby tego, co zrobił.

Owego wieczora Afzal Khan zaprowadził mnie do domu sąsiadów i tam zostawił. Nigdy wcześniej nie spędziłam nocy z dala od aji, więc płacząc, prosiłam, aby ją do mnie przysłano, ale nie przyszła.

Przebywałam tam kilka dni, zanim postanowiono, że zostanę odesłana do Anglii, gdzie zamieszkam z cioteczną babką Wilhelminą. Miała mnie do niej zawieźć niejaka pani Twomey, która wybierała się do Tilbury ze swoją córką. Afzal Khan i aja przyszli mnie pożegnać. Bez swojego stroju służącego i wykrochmalonego turbanu Afzal Khan sprawiał wrażenie mniejszego i starszego. Szlochał i powtarzał *Khuda hafiz, khuda hafiz*, prosząc Allaha o opiekę. Aja również wyglądała na starszą; oczy miała zaczerwienione i opuchnięte od płaczu. Ucałowała moje ręce oraz policzki, wzięła w dłonie moją twarz i nazwała swoją słodką dziecinką. Błagałam, żeby pojechała ze mną, ale pokręciła głową. Jeszcze zanim o to poprosiłam, wiedziałam, że nigdy nie zostawi mojej matki, ale kiedy powóz odjeżdżał, obejrzałam się i zobaczyłam, jak zawodzi i posypuje sobie głowę pyłem.

W Karaczi stałam na pokładzie statku obok pani Twomey i Jane, patrząc na tłumy, które przyszły pożegnać bliskich. Hindusi krzyczeli i płakali; Anglicy, wliczając pana Twomeya w hełmie tropikalnym na głowie, machali chustkami. Wstęgi aksamitek i gardenii sięgały od dłoni pasażerów aż do nabrzeża. Kiedy statek odbił od brzegu, Hindusi z pokładu rzucali girlandy na trójkąt wody dzielący ich od doku. Patrzyłam, jak kwiaty podskakują na powierzchni, porwane przez kilwater.

Przez pierwszy tydzień jadłam i spałam jak w transie, przekonana, że wkrótce obudzę się w naszym bungalowie, ojciec zawoła: „Pośpiesz się, marudo! Ram Das czeka z kucykiem", a ja zrozumiem, że to był tylko koszmar. Dzieliłam kajutę z Jane, siedmioletnią córką pani Twomey. Pewnego dnia otworzyłam oczy i zobaczyłam, że już wstała i bawi się lalką, Jemimą. Kiedy tak leżałam i słuchałam, kajuta wokół mnie nabrała konkretnych kształtów: słońce wpadające przez iluminator kładło wstęgę na boazerii, rozświetlając linie i kolory słojów drewna. Słyszałam, jak Jane śpiewa lalce, czułam, że statek sunie i dotarło do mnie, że to prawda. To się rzeczywiście wydarzyło: ojciec odszedł i już nigdy, przenigdy go nie zobaczę. Życie rozpościerało się przede mną jako bezkresny ciąg pustych dni. Wychyliłam się z koi i zwymiotowałam na podłogę.

Kiedy poczułam się wystarczająco dobrze, wyszłam na pokład i stanęłam na dziobie. Na morzu szalał sztorm, wiał silny wiatr, a potężne fale i rozbryzgi piany zalewały pokład. Nie było tam nikogo poza mną. Krzyczałam, aż rozbolały mnie gardło i brzuch, a oczy i nos piekły od łez i wiatru. Kiedy wreszcie przestałam, odkryłam, że straciłam głos, co mnie ucieszyło, ponieważ nie było nikogo, do kogo chciałabym się odezwać, ani niczego, co chciałabym powiedzieć.

Wszyscy na pokładzie wiedzieli o moim ojcu; powiedziała im pani Twomey. Widziałam, jak stała otoczona wianuszkami ludzi i z entuzjazmem rozprawiała tym swoim piskliwym głosem. Dostrzegałam współczucie i zainteresowanie, którymi mnie obdarzali, i nienawidziłam ich wszystkich. Siadali do stołu w wytwornych strojach, pośród luster, żyrandoli, polerowanego drewna i lśniącego mosiądzu; ich usta otwierały się i zamykały, wchodziło do nich jedzenie, a wychodziły słowa oraz kpiący, paskudny śmiech.

Czułam się dobrze tylko na dziobie statku, sama wobec błękitnego morza i nieba, które ciągnęły się aż po horyzont. Ta pustka we mnie wnikała. Stałam tam całymi godzinami, patrząc, jak dziób statku przecina gładką skórę wody i zdziera ją, pozostawiając za nami wzburzoną pianę. Plusk kilwateru sprawiał, że miałam głowę czystą niczym wnętrze skorupki jajka. Pragnęłam, żeby to trwało bez końca.

Pierwszą rzeczą, jaką usłyszałam od ciotecznej babki Wilhelminy, kiedy zeszłam ze statku, były słowa:

– Możesz mi mówić ciociu Mino, a ja będę cię nazywała Lilian. Jeśli chodzi o Indie i przeszłość, to nie będziemy więcej o nich wspominać.

Otworzyłam usta, żeby się przywitać, ale zaraz je zamknęłam, gdy popatrzyłam w jej posępne, brązowe oczy.

W drodze do jej domu spoglądałam przez okno. Była połowa sierpnia i wszystko wyglądało obco: zamglone słońce na bladoszarym niebie, bezbarwni ludzie przemierzający puste ulice, żadnych kolorów ani zapachów. Nawet dźwięki brzmiały metalicznie i nierealnie. Poza tym było zimno – zimniej niż kiedykolwiek, chociaż powiedzieli mi, że jest lato.

Wysokie Wiązy, kanciasty, biały, georgiański dom cioci Miny, stoi w niewielkiej wiosce w Sussex, między wzgórzami South Downs. Za domem teren gwałtownie się wznosi ku szczytowi Devil's Dyke, skąd podobno można zobaczyć cztery hrabstwa, a w bezchmurny dzień – nawet ciemny garb wyspy Wight. Przed domem, aż po pofałdowane wzgórza North Downs okalające horyzont, rozciąga się zacieniony błękitny Weald pokryty szachownicą pól i lasów, którą konstabl nazwał „najwspanialszym widokiem na świecie", jednak nie byłam w nastroju, żeby się nią zachwycać.

Dusiłam się w tym ogromnym domu, otoczona grubymi, tłumiącymi dźwięki kotarami i miękkimi dywanami, ciężkimi, ciemnymi meblami i ponurą ciszą. W Indiach zawsze spałam przy otwartym oknie, a głosy służących, ich śmiechy i sprzeczki oraz kuchenne aromaty napływały do mnie razem z ciepłym, nocnym powietrzem. Tutaj miałam pokój na pierwszym piętrze, na końcu długiego korytarza, a reszta piętra pozostawała pusta, nie licząc pokoju cioci Miny na drugim końcu. Moje okno wychodziło na Weald na północy, jednak widok przesłaniały wiązy, którym posiadłość zawdzięczała nazwę. Za dnia stawałam w oknie i słuchałam ciszy, a czasami, jeśli mocno wytężyłam słuch, wychwytywałam odległe wibracje – zawsze takie same, bezdźwięczny głos raz za razem powtarzający te same słowa, których mimo wysiłków nie potrafiłam zrozumieć. Nocami z dołu nie docierały do mnie żadne odgłosy i panowała tak dojmująca cisza, że wyobrażałam sobie, iż wszyscy umarli, a kiedy obudzę się rano, będę sama.

Każdej nocy miałam ten sam sen, który nadal czasami mnie nawiedza. Znów jestem w Peszawarze i w ciemności idę podjazdem w stronę naszego bungalowu. Jest pogrążony w ciszy, a jego bielone wapnem ściany połyskują w blasku księżyca, naznaczone ciemnymi prostokątami okien i otwartych drzwi wejściowych. Wchodzę do środka i przemierzam puste pokoje. Widzę, że zniknęły wszystkie meble, i czuję pod stopami szorstki piach, który wiatr przywiał z pustyni. Okna w moim pokoju są otwarte. Muślinowe zasłony powiewają, a wyraźny słodki aromat rat-ki-rani wpada do pomieszczenia wraz z nocnym powietrzem.

Hindusi wierzą, że kiedy przekraczasz ocean – który nazywają kala pani, czyli czarną wodą – porzucasz swoją kastę, która określa twoje miejsce na ziemi: wskazuje, gdzie przynależysz i, co za tym idzie, kim jesteś. Stajesz się wyrzutkiem. Chociaż nie jestem hinduską, własne doświadczenie podpowiada mi, że to prawda.

Henry

Bairakpur, Bengal, 14 lipca 1868

Dzisiaj poszliśmy do Klubu na lunch, żeby uczcić moje jedenaste urodziny. Byłem zaskoczony, ponieważ ojciec prawie zawsze jest chory w dniu moich urodzin. Kiedy oficerowie tubylcy o niego pytają, Kishan Lal mówi im, że ojciec ma malarię. W zeszłym roku spytałem Kishana Lala, dlaczego tak się dzieje, a on wyjaśnił, że ojciec myśli wtedy o „dawnych latach", ale nie chciał powiedzieć nic więcej. Stwierdził, że lepiej o tym zapomnieć. Ojciec z pewnością też tak uważa, ponieważ nigdy o tym nie mówi, ale wiem, że moja matka zmarła, kiedy przyszedłem na świat, i dlatego ojciec nienawidzi moich urodzin i nigdy o niej nie wspomina. Ja również nienawidzę tego dnia, ponieważ myślę wtedy o śmierci matki i zastanawiam się, czy to była moja wina, a wtedy w nocy nawiedzają mnie koszmary. No i nikt nie urządza dla mnie przyjęcia, gdyż nie ma tutaj innych angielskich chłopców w moim wieku – wszyscy wyjechali do szkoły w Anglii. Zresztą Mohan i Ali nie przejmują się urodzinami. Nawet nie wiedzą, kiedy sami przyszli na świat.

Mohan i Ali są moimi przyjaciółmi, a ich ojcowie należą do pułku mojego ojca. Czasami pułk rusza na manewry, a ja do niego dołączam. Śpimy w namiotach, a za dnia ojciec każe swoim ludziom maszerować, musztruje ich i ćwiczy z nimi walkę na polu bitwy oraz zasadzki. W tym roku ojciec Mohana zrobił dla nas drewniane karabiny, więc również ćwiczyliśmy czołganie na brzuchu i urządzanie zasadzek. Postanowiliśmy, że jak dorośniemy, zostaniemy żołnierzami, chociaż pan Mukherjee twierdzi, że jestem na to za mądry, ale przecież ojciec jest mądry i jest żołnierzem. Kiedy ćwiczenia nam się nudzą, idziemy na ryby albo na polowanie. Wieczorami oglądamy zapasy, a potem, przy ognisku, sipajowie śpiewają pieśni i snują opowieści. Ojciec nadal potrafi pokonać niemal każdego w zapaśniczym pojedynku, nie licząc dźamadara Dhubraja Rama, który jest potężny i silny, jak Bhima w *Mahabharacie*. Pan Mukherjee opowiada mi tę historię. Podarował mi ten dziennik i powiedział, że muszę w nim pisać każdego dnia.

Kiedy jedliśmy lunch, podeszła do nas żona pułkownika Hewitta i życzyła mi wszystkiego najlepszego z okazji urodzin, a ojciec zaprosił ją do stołu, chociaż wiem, że jej nie lubi. Popatrzyła na mnie w taki sposób, w jaki patrzy każda memsahib i spytała ojca, czy nie uważa, że skoro mam już jedenaście lat, nadszedł czas, abym pojechał do szkoły w Anglii. Ojciec spytał mnie, co o tym myślę, a ja odpowiedziałem, że chcę zostać. Lubię pana Mukherjee, lubię mieszkać z ojcem i Kishanem Lalem oraz przyjaźnić się z Mohanem i Alim. Wtedy pani Hewitt zaczęła kręcić nosem i zrobiła minę jak wielbłąd – Kishan Lal mówi, że każda mem tak robi, kiedy jest z czegoś niezadowolona – a potem powiedziała, że razem z innymi paniami doszły do wniosku, że moja matka chciałaby, abym zdobył dobre, angielskie wykształcenie.

Sądziłem, że ojciec się zdenerwuje, ale odpowiedział tylko, że dziękuje za troskę, ale jest zadowolony z decyzji, jakie podjął w sprawie mojej edukacji. Dodał, że pan Mukherjee jest jednym z najmądrzejszych ludzi, jakich kiedykolwiek spotkał, i zna sześć języków, a skoro mam mieszkać i pracować w Indiach, to wszystko, czego mogę się od niego nauczyć, przyda mi się znacznie bardziej niż wiedza zdobyta w angielskiej szkole prywatnej. Pani Hewitt poczerwieniała i miałem nadzieję, że sobie pójdzie, ale powiedziała, że dziwi ją, iż ojciec pokłada tak wielkie nadzieje w tubylcu; czy nie wie, że nie można im ufać, zwłaszcza tym najmądrzejszym. Potem nachyliła się i powiedziała cichym głosem: „Pamiętajcie Kanpur!".

Nie wiedziałem, co miała na myśli, więc popatrzyłem na ojca. Pobladł, a jego blizna zaczęła drgać, jak wtedy, gdy jest wściekły, jednocześnie poruszały się kąciki jego oka i ust. Jednak odpowiedział tylko:

– Podejrzewam, że mam lepszy powód niż pani, aby o tym pamiętać.

Wtedy pani Hewitt się wystraszyła. Wstała i powiedziała:

– Proszę o wybaczenie, pułkowniku Langdon. Nie miałam zamiaru... Tak mi przykro... Zapomniałam... Oczywiście o tym wiem... – Potem popatrzyła na mnie, zamilkła i odeszła.

Spytałem Kishana Lala, co się wydarzyło w Kanpurze, ale tylko pokręcił głową i mruknął coś pod nosem o diabelskim wietrze*.

---

* Mianem „diabelskiego wiatru" sipajowie określali zdarzenia z 1857 roku.

21 lipca 1868

Od tygodnia nie pisałem w swoim dzienniku. Kiedy tylko wróciliśmy do domu po moim urodzinowym lunchu, ojciec poszedł do swojego pokoju, a Kishan Lal zaniósł mu tacę z lekami. Następnego dnia ojciec nie wstał z łóżka i Kishan Lal musiał posłać do kwatery informację o jego chorobie. Słyszałem, jak powiedział Allahyarowi, że się tego spodziewał. Ojciec został w swoim pokoju i słyszałem, jak domagał się więcej lekarstw, a kiedy wreszcie wyszedł, miał zaczerwienione oczy i cuchnął whisky. Wiem, że Kishan Lal się martwi, ale mówi tylko, żebym nie przeszkadzał ojcu, zupełnie jakbym tego nie wiedział. W nocy po urodzinach znów miałem ten sen, byłem zamknięty w jakimś ciemnym, gorącym miejscu, w którym nie mogłem oddychać. Obudziłem się z krzykiem, ale ojciec nie przyszedł.

Dzisiaj powiedziałem panu Mukherjee, że zacząłem prowadzić dziennik. Bałem się, że będzie chciał go przeczytać, a nie chcę, żeby zobaczył, co napisałem o ojcu, ani by się dowiedział, że nie piszę codziennie, ale powiedział, że dziennik to rzecz osobista i nie muszę go nikomu pokazywać.

Dzisiaj opowiedział mi więcej o historii zawartej w *Mahabharacie*. Opowiadała o wielkiej wojnie między spokrewnionymi dynastiami Kaurawów i Pandawów. Kaurawów była setka, a Pandawów zaledwie pięciu i stwierdziłem, że to głupie, ponieważ Kaurawowie musieli zwyciężyć. Jednak pan Mukherjee odrzekł, że Pandawowie byli sprytniejsi od Kaurawów, a poza tym są miliony Hindusów i garstka Brytyjczyków, a jednak jesteśmy w stanie rządzić całym krajem. Spytałem, jak to możliwe, a on odpowiedział, że to przypomina czasy, gdy Rzymianie władali Brytanią. Wtedy Brytania składała się z małych, odrębnych plemiennych królestw, a jej mieszkańcy nie byli zjednoczeni, tymczasem wśród Rzymian panowała dyscyplina, mieli sprawny rząd i administrację oraz budowali drogi, tak jak my budujemy szlaki kolejowe. Powiedział, że pewnego dnia Hindusi zapragną odzyskać swój kraj, a wtedy wszyscy będziemy musieli wrócić do domu, tak samo jak Rzymianie. Odparłem, że Indie są moim domem i nie chcę wracać do Anglii. Pan Mukherjee zauważył, że gdyby wszyscy Anglicy byli takiego zdania, musiałoby dojść do wojny. Odrzekłem, że nigdy nie mógłbym walczyć przeciwko Alemu ani Mohanowi, ale on stwierdził, że tego nigdy nie wiadomo – Pandawowie również tak uważali, a jednak musieli się zmierzyć ze swoimi krewnymi. Spytałem, dlaczego tak się stało, a on opowiedział mi tę historię i odczytał fragment, w którym Ardźuna, który był jednym z pięciu braci z dynastii Pandawów, zobaczył naprzeciwko siebie na polu bitwy swojego nauczyciela, swoich kuzynów oraz ich wuja, dobrego, starego, ślepego króla, który wychował jego i jego braci. Wtedy Ardźuna zaczął płakać i spytał woźnicę swojego rydwanu, którym naprawdę był bóg Kryszna w przebraniu, jak może walczyć i zabijać swoich krewnych i nauczyciela, któremu tak wiele zawdzięcza. A Kryszna odpowiedział:

> Bolejesz nad tymi, nad którymi boleć nie należy,
> i przemawiasz tylko językiem mądrości.
> Światli mężowie nie boleją jednak

ani nad tymi, co żyją, ani tymi, co umarli.
Bo nigdy nie było tak,
bym nie istniał ja, ty, czy ci oto królowie.
I nigdy nie będzie tak w przyszłości,
aby nie było któregokolwiek z nas. [...]
Jeśli ktoś sądzi o nim, że zabija,
a ktoś inny uważa, że może zostać zabity,
to żaden z nich nie zna prawdy,
albowiem on nie zadaje, ani nie podlega śmierci. [...]
Ten, kto przybiera postać cielesną,
w żadnym ciele nie podlega zniszczeniu, Bharato.
Dlatego nie powinieneś boleć
nad żadnym ze stworzeń.
Bacz na swój obowiązek
i nie wahaj się!
Bo dla rycerza nie ma wyższego dobra
nad walkę, zgodną z jego obowiązkiem. [...]
Jeśli zginiesz – zasłużysz na niebo,
jeśli zwyciężysz – zakosztujesz ziemskiego dobra.
Powstań więc, Ardźuno,
i przystąp do walki!*

   Wczoraj wieczorem wyrecytowałem ten fragment ojcu, kiedy wrócił z kwatery. Chciałem go spytać, czy kiedykolwiek musiał zabijać ludzi, których lubił, i czy właśnie dlatego bywa taki smutny, a może chodzi tylko o matkę, ale nie odważyłem się.

---

* Fragmenty *Bhagawadgity* w przekładzie Joanny Sachse z: J. Sachse *Bhagawadgita, czyli Pieśń Pana*, Wrocław: Ossolineum 1988: s. 21–24.

13 września 1868

Przez ostatnie dwa miesiące prawie codziennie mocno padało, więc nie miałem nic do roboty poza nauką oraz czytaniem i nie miałem o czym pisać. Pan Mukherjee kazał mi sporządzić streszczenia wszystkich powieści Scotta, które czytałem, co zajęło mi całe wieki, ponieważ przeczytałem niemal wszystkie, dlatego nie chciało mi się dodatkowo pisać dziennika. Najbardziej mi się podoba *Ivanhoe*, ponieważ lubię opisy walk, ale na miejscu Wilfreda z *Ivanhoe* ożeniłbym się z Rebeką, a nie lady Roweną. Wydaje się, że Wilfred też ją woli, jednak nie może się z nią ożenić, ponieważ jest żydówką, jak pan Mukherjee mi wyjaśnił, ale kiedy dopytywałem, stwierdził, że jestem za młody, żeby to zrozumieć. Teraz czytamy *Wielkie nadzieje*, też mi się podoba, chociaż w ogóle nie lubię Estelli, bo jest tak okrutna dla Pipa.

15 września 1868

Wczoraj wydarzyło się coś osobliwego. Ojciec wezwał mnie do gabinetu. Zazwyczaj tam nie wchodzę, ponieważ ojciec nie lubi, kiedy mu się przeszkadza, więc wiedziałem, że to musi być ważna sprawa. Podoba mi się tam; jest ciemno, chłodno i czuć zapach skóry. Stoją liczne regały z książkami, a także brązowe i marmurowe posążki hinduskich bóstw. Moim ulubieńcem jest Śiwa, który tańczy w ognistym kręgu.

Pan Mukherjee mówi, że Śiwa tańcem stworzył świat. Przedtem nie było niczego, ale kiedy zatańczył, jego energia wprawiła wszystko w ruch, zaczął się czas i powstała materia. To ruch sprawia, że wszystko wydaje się konkretne, chociaż wcale takie nie jest. To iluzja, czyli coś, co tylko wygląda na prawdziwe. W sanskrycie określa się to słowem „lila", co oznacza „grę" bądź „zabawę". To także imię dziewczęce. Śiwa jest Stworzycielem, ale zarazem Niszczycielem, a kiedy otworzy trzecie oko, iluzja się rozwieje i nastąpi koniec świata. Według pana Mukherjee Hindusi wierzą, że obecnie żyjemy w ostatniej epoce – Kalijudze – podczas której świat ulegnie zniszczeniu i wszystko zostanie spalone na popiół.

Zapytałem o to ojca, ale nie słuchał. Poinformował mnie, że myślał o słowach pani Hewitt oraz innych pań: dorastam i najwyższy czas, abym poznał angielskich krewnych, chociaż jest to tylko ciotka Wilhelmina. Powiedział, że jej ojciec umarł i została zupełnie sama. Napisał do niej z pytaniem, czy chciałaby przyjechać i z nami zamieszkać.

Spytałem go, czy ciotka Wilhelmina jest jego siostrą, a on popatrzył na mnie tak, jakbym był głupi, i odparł: – Mina jest siostrą twojej matki. Siostrą bliźniaczką. Chyba o tym wiedziałeś? – Byłem tak zaskoczony, gdy wspomniał o mojej matce, że nie wiedziałem, co odpowiedzieć, mimo że chciałem dowiedzieć się mnóstwa rzeczy. Ojciec zapewnił, że ciotka Mina jest rozsądną kobietą, która nauczy mnie dobrych manier oraz powie, jak należy się ubierać i zachowywać w towarzystwie, czego on, jako prosty żołnierz, nie jest w stanie mi przekazać. Pomyślałem, że ciotka pewnie jest podobna do typowej memsahib, ale potem przypomniałem sobie, że przecież to siostra bliźniaczka mojej matki.

Bałem się, że ojciec wpadnie w złość, ale bardzo chciałem wiedzieć, więc spytałem, czy ciotka wygląda tak jak moja matka, ale odrzekł tylko, że nie widział jej od wielu lat. Wciąż nie sprawiał wrażenia rozgniewanego, więc spytałem go, jak moja matka miała na imię. Był wyraźnie zaszokowany.

– No przecież wiesz! Miała na imię Cecily.

Chciałem powiedzieć: „Skąd miałem wiedzieć, skoro nigdy mi nie powiedziałeś?", ale wtedy jego blizna zadrżała i zabrakło mi odwagi.

Wczoraj przed snem myślałem o swojej matce. Wcześniej nie mogłem tego robić, ponieważ niczego o niej nie wiedziałem, ale teraz potrafię ją sobie wyobrazić. Kishan Lal mówi, że ojciec w młodości był jasnowłosy, poza tym ma bardzo niebieskie oczy. Moje włosy oraz oczy są ciemne. Zatem matka musiała być brunetką, jak Rebeka z *Ivanhoe*, i jak ja. Jestem taki jak ona – jak moja matka. Cecily to ładne imię. Ciekawe, czy przeze mnie zmarła i czy ojciec mnie obwinia. Pozostał mi po niej tylko przedziurawiony kamyk na sznurku, który noszę na szyi. Kishan Lal kiedyś powiedział mi, że ten kamyk należał do niej i był czymś w rodzaju czarodziejskiego amuletu. Zapewnił mnie, że dzięki niemu nic złego mnie nie spotkało i że Bóg chciał, abym przeżył. Spytałem, co ma na myśli, ale nie chciał powiedzieć.

Cecily

SS „Candia", 16 września 1855

Najdroższa Mino!

    Minęło zaledwie kilka dni, a już tęsknię za Tobą bardziej, niż jestem to w stanie wyrazić. Dopiero kiedy statek odbił od nabrzeża i zobaczyłam, jak rośnie odległość między nami, zdałam sobie sprawę, co uczyniłam. Zapomniałam, że nigdy nie spędziłyśmy osobno nawet jednej nocy. Czuję, jakby ktoś przeciął mnie na pół i jakbym zostawiła za sobą najmądrzejszą, najbystrzejszą i najlepszą cząstkę siebie! Wiem, że Ty i mama uważacie, iż jestem zbyt młoda, aby wyjść za mąż za mężczyznę o tyle starszego od siebie i wyruszyć w tak daleką podróż, ale w całym tym zamieszaniu z kupowaniem wyprawy panny młodej i planowaniem podróży nie miałam czasu zastanowić się nad przyszłością. Czuję się dziwnie, gdy myślę o swoim małżeństwie z Arthurem – nawet pisząc o nim po imieniu, a nie „Panie majorze Langdon", czuję się osobliwie! – i nie wyobrażam sobie, że moglibyśmy czuć się w swoim towarzystwie tak swobodnie jak James i Louisa. Oczywiście ich dzieli mniejsza różnica wieku, podczas gdy ja czuję się jak dziecko, gdy jestem z Arthurem. Wiem, że byli zaskoczeni, gdy poznali mnie w Southampton i dowiedzieli się, że mam zaledwie dziewiętnaście lat.

Kiedy zdradziłam Jamesowi, że podziwiam Arthura, przyznał, że sam zawsze widział w nim kogoś w rodzaju boga, ponieważ Arthur był o dziesięć lat starszy i wydawał się bez porównania mądrzejszy. Potem, kiedy James był jeszcze chłopcem, Arthur wyjechał do Indii, więc nie widzieli się przez wiele lat. Powiedziałam Jamesowi, że niepokoi mnie perspektywa małżeństwa z bogiem. Mam nadzieję, że Arthur jest obdarzony większą cierpliwością niż greccy bogowie, których znamy z podręczników, w przeciwnym razie wkrótce będziesz korespondowała z drzewem lipy! Im więcej się o nim dowiaduję, tym bardziej obawiam się naszego ponownego spotkania.

Kochana Mino, tak bardzo tęsknię za domem! Pierwsze dwie noce na statku spędziłam, leżąc na swojej koi i płacząc z samotności, ale trzeciego dnia (jako że nie było tutaj Ciebie, abyś mogła to zrobić) w ostrych słowach sama udzieliłam sobie reprymendy, a kiedy już się otrząsnęłam (i przestałam dąsać), postanowiłam przydać się na coś biednej Louisie. Jej stan zdrowia czyni ją podatną na *mal de mer*, a Luxmibai, aja jej dzieci, również cierpi, zatem stałam się nie tylko pielęgniarką, ale także towarzyszką Freddiego i Sophie podczas zabawy w piratów. Zrobiłam dla Freddiego przepaskę na oko, dzięki czemu może udawać admirała Nelsona – mnie także angażuje w tę fantazję – chociaż twierdzi, że wolałby być księciem Wellingtonem, gdyż kiedy dorośnie, zamierza zostać żołnierzem, tak jak jego wuj Arthur. Mała Sophie z kolei to prawdziwa dama, mimo że ma dopiero trzy latka. Jest taka delikatna i słodka, a zarazem pełna godności. Bardzo przypomina Louisę. Kiedy któryś z panów drażni się z nią, patrzy na niego tak poważnym wzrokiem, że wprawia go w zakłopotanie. Freddie uznaje niespokojny ocean za cudownie emocjonujący, a ja podzielam jego entuzjazm, więc wspólnie dokazujemy na pokładzie, bawiąc się w chowanego i podziwiając potężne fale bijące o burtę, podczas gdy Sophie siedzi i nas obserwuje.

Wszyscy są bardzo serdeczni, a James bardzo o mnie dba. Na statku obowiązuje ściśle określona hierarchia ważności, do której, jak twierdzi Louisa, muszę przywyknąć. Według niej w Indiach wejście do pomieszczenia przed kimś, kto przewyższa nas pozycją, może stanowić śmiertelną obrazę! Dlatego, jako niezamężna dama zaręczona ze zwykłym majorem indyjskiej armii, powinnam siedzieć przy niższym stole. Jednakże, jako że jestem zarazem przyszłą szwagierką poborcy podatkowego i urzędnika administracyjnego, zostałam posadzona u boku Jamesa przy stole „Narodzonych w Niebie".

Mino, nawet sobie nie wyobrażasz, jakie to niepokojące, znaleźć się pośród tych majestatycznych postaci. Spierają się i przekomarzają o to, jak należy rządzić Indiami i obchodzić się z miejscową ludnością, podobnie jak greccy bogowie, którzy kłócili się o figle, jakie zamierzali płatać biednym śmiertelnikom. Przy stole rozmawia się wyłącznie o polityce. Czuję się wtedy niemądra i jest mi bardzo głupio, ale wszyscy tutaj są prawdziwymi dżentelmenami, więc, kiedy zdali sobie sprawę ze skali mojej niewiedzy, postanowili mnie wyedukować. Dlatego podczas każdego posiłku uginam się pod ciężarem takich słów jak „aneksja" czy „abdykacja" (wciąż jestem przy literze A!). Okazuje się, że Lord Dalhousie dokonuje aneksji lokalnych królestw niczym guwernantka zabierająca słodycze niegrzecznym chłopcom, co rodzi obawy przed buntem tubylców. Niektórzy ze Szlachetnych Mężów, na przykład pan Weston, twierdzą, że tubylcy powinni preferować nasze rządy, gdyż jesteśmy sprawiedliwi i bezstronni. Inni, na przykład James, uważają, że tubylcy niekoniecznie doceniają to, co jest dla nich dobre, i woleliby podlegać władzy własnych królów, nawet skorumpowanych i rozwiązłych. Na szczęście kiedy zaczynam tonąć, James odwraca uwagę rozmówców, wspominając o „coraz silniejszych niepokojach pośród zamindarów" albo innym równie egzotycznym temacie (dotarł już do Z).

Kiedy po wieczorze wypełnionym takimi rozmowami kładę się do łóżka, kręci mi się w głowie. Bardzo się martwię, że gdy Arthur ponownie mnie spotka, zda sobie sprawę z tego, jaka jestem głupiutka, i pożałuje oświadczyn.

Z pewnością zastanawiasz się, dlaczego nie rozmawiam z kobietami, jednak one są jeszcze bardziej niepokojące od swoich mężów. Podczas posiłków wiele czasu poświęcam na unikanie badawczych spojrzeń pani Weston. Jest żoną sędziego, a jej oczy w niezwykły sposób przypominają ślepia gotowanego szczupaka, którego zwykliśmy jadać w piątki. Życie memsahib wydaje się takie nudne! One rozmawiają tylko o służących – ich lenistwie, nieuczciwości oraz głupocie – i wciąż przestrzegają mnie przed rozwodnionym mlekiem, sfałszowanymi rachunkami oraz krawcami, którzy szyją zbyt małe ubrania, żeby ukraść resztę materiału. O nikim nie powiedzą dobrego słowa. Jedna z nich narzeka, że gdy jej khansama miał przyrządzić na kolację potrawkę z zająca, podał zwierzaka z futrem, opaliwszy jedynie jego uszy! Inna opowiada o tym, że jej „boy" poinformował ją w obecności wszystkich gości, że kucharz przypalił pudding, jednak gdy jej mąż usiłował dać mu po uszach za tę impertynencję, uchylił się, a wtedy ukryta miska z puddingiem wysunęła się spod przekrzywionego turbana i spadła na podłogę. Kiedy zaczęłam się śmiać, panie sprawiały wrażenie zaszokowanych, jednak mam wrażenie, że takie sytuacje stanowią pewną rozrywkę w bardzo nudnym życiu.

Niemal żałuję tych biednych tubylców i zastanawiam się, czy rzeczywiście są tak zadowoleni z naszych rządów, jak nam się wydaje. Gdybym była jedną z nich, zdecydowanie wolałabym zdać się na łaskę jakiegoś orientalnego despoty niż pani Weston! Dzisiaj podczas lunchu powiedziała nam, że podejrzewała aję swoich dzieci o kradzież słodyczy, dlatego zatruła cukierki środkiem wymiotnym, a kiedy kobieta się pochorowała, zwolniła ją. W przyszłości muszę pamiętać, aby zawsze pojawiać się przy stole przed nią!

Proszę, przekaż Cook, że wciąż mam jej szczęśliwy kamyk. Noszę go na szyi pod sukienką, ale gdy wczoraj podczas kolacji pochyliłam się, wypadł spod ubrania, a pani Weston zauważyła go i spytała, co to takiego. Wyjaśniłam, że to amulet, który podobno odpędza wiedźmy, a także chroni przed utonięciem. Popatrzyła na mnie szczupakowatymi oczami, mruknęła pod nosem coś o przesądach i więcej się do mnie nie odezwała. Zatem powiedz Cook, że kamyk spełnia oba zadania!

Mino, chociaż narzekam, to wiem, że mam wiele szczęścia, ponieważ gdybym nie podróżowała z Jamesem i Louisą, musiałabym płynąć na dolnym pokładzie razem z innymi samotnymi kobietami. Grzeszą tym, że nie mają męża i podróżują w pojedynkę, więc są oddzielone od pozostałych pasażerów, a nawet muszą samotnie jadać posiłki. Jako że wiele z nich jedzie do przyjaciół do Indii w nadziei, że złowią męża, przezywa się je Flotą Rybacką, te zaś, które powracają niezamężne, to Pusty Kurs Powrotny. Jakież to musi być upokarzające!

    Tutaj przerwę, ponieważ muszę jeszcze napisać do Arthura oraz rodziców. Jutro dotrzemy do Gibraltaru, gdzie będę mogła wysłać listy. Napiszę ponownie z Malty. Jakże bym chciała, abyś była teraz ze mną. Koniecznie musisz nas odwiedzić, gdy tylko się zadomowimy!

Twoja kochająca siostra,
Cecily

Malta, 23 września 1855

Moja droga Mino!

    Twoje listy czekały na mnie, kiedy tutaj przybyłam; wspaniale jest dowiedzieć się, co słychać u wszystkich w domu. Otrzymałam także list od Petera. Donosi, że ma złamane serce i już nigdy nikt nie będzie mu drogi. Przykro mi, że zawiodłam jego nadzieje, ale nigdy nie dałam mu odczuć, że mi na nim zależy. Nie mogłabym tego zrobić, skoro obie znamy go od niemowlęctwa. Wiem, że będziesz dla niego dobra, Mino.

    Odkąd wpłynęliśmy na Morze Śródziemne, wody są znacznie spokojniejsze, więc Louisa wstała i zaczęła się ruszać. Powiedziała, że jest mi bardzo wdzięczna za opiekę nad dziećmi, ale nie musi mi dziękować, ponieważ nie bawiłam się tak dobrze od czasów, gdy zaczęłam spinać włosy i już nie mogłam chodzić po drzewach.

Przy naszym stole zasiada niejaka pani Burton, która wraca do Indii, pozostawiwszy swoje dzieci w Anglii. Prawie niczego nie je, pije tylko wodę i zawsze wydaje się bliska płaczu. Pozostałe damy niemal się do niej nie odzywają. Jej mąż, który jest urzędnikiem, sprawia wrażenie bardzo troskliwego. Powiedział Jamesowi, że indyjski klimat nie służył jego żonie, dlatego przed rokiem wróciła do domu razem z dziećmi, żeby odzyskać siły. Teraz wraca z nim do Indii, a dzieci zostały z krewnymi.

Louisa mówi, że przeraża ją sama myśl o rozstaniu z pociechami, gdy przyjdzie czas, aby rozpoczęły szkołę, gdyż ani ona, ani James nie mają żadnych żyjących krewnych, więc dzieci będą musiały zamieszkać u obcych. Znalazła szanowaną parę w Bognor Regis, która zgodziła się je przyjąć, jednak podobno są to ludzie tak nudni i pozbawieni poczucia humoru, że nie może znieść myśli, iż jej dzieci mogłyby się do nich upodobnić.

Im lepiej poznaję Louisę, tym bardziej ją podziwiam. Szkoda, że Ty i mama nie zdążyłyście jej poznać. Dorastała w Indiach – straciła matkę, gdy była bardzo młoda, więc musiała zajmować się domem i pełnić rolę gospodyni ojca, który był wojskowym. Dużo wie o tubylcach i ich zwyczajach, a także o życiu Anglo-Hindusów, więc stanowi wielką pomoc dla Jamesa. Wiem, że Arthur bardzo ją lubi, ponieważ sam mi to powiedział, ale mam nadzieję, że nie oczekuje, iż stanę się taka jak ona.

Zbliża się pora kolacji, więc lepiej zakończę ten list. Zatrzymaliśmy się na Gibraltarze, który jest dużą skałą wysuniętą w morze. Po przybyciu musiałam walczyć z małpą o swój kapelusz, ale tak bardzo się śmiałam, że dałam za wygraną, a ona założyła kapelusz i powędrowała za mną w głąb lądu, naśladując miny i gesty zalotnej damy! Dzisiaj spędziliśmy uroczy dzień w Valletcie, pojechaliśmy do Città Vecchia i odwiedziliśmy katakumby oraz Zbrojownię Wielkich Mistrzów. Do listu wysłanego do rodziców dołączyłam kilka akwarelowych szkiców obu tych miejsc. Naszym następnym przystankiem będzie Aleksandria, gdzie zejdziemy z pokładu „Candii" i łodzią udamy się do Kairu, a następnie pokonamy pustynię powozem zaprzężonym w wielbłądy albo konie, docierając do Suezu, gdzie wsiądziemy na kolejny statek, który zabierze nas do Indii. Napiszę do Ciebie z Kairu.

Dobranoc, najdroższa Mino,
Twoja Cecily

PS Pani Weston przed obiadem wzięła Louisę na bok i powiedziała jej, że pani Burton nie jest osobą godną szacunku i musiała wrócić do Anglii nie po to, żeby jak mówi odzyskać siły po chorobie, ale z powodu *uzależnienia od ginu!* Powiedziała, że właśnie z tej przyczyny pozostałe damy z nią nie rozmawiają, i przestrzegła przed nią Louisę. Dlatego podczas obiadu obie starałyśmy się jak najczęściej do niej odzywać, chociaż obawiam się, że tylko biedactwo zaniepokoiłyśmy.

Lila

Biedna ciocia Mina! Kiedy cofam się myślą, dostrzegam, jakie to musiało być dla niej trudne, jednak wtedy nie potrafiłam spojrzeć na sytuację jej oczami. Wydawało mi się, że chciała zniszczyć wszystko, co stanowiło o mojej tożsamości – moje imię, wspomnienia z Indii, nawet charakter. Usiłowała zmienić mnie w kogoś innego, kto pasowałby do tego nowego życia, ale ja nie chciałam być nikim innym i walczyłam z nią wszelkimi dostępnymi sposobami. Wiem, że wspólne życie było równie trudne dla nas obu. Robiła to, co uważała za najlepsze dla mnie, lecz nie dawała sobie ze mną rady, a ja, chociaż się starałam – przyznaję, że niezbyt usilnie – nie potrafiłam jej polubić.

Podczas pierwszych kilku tygodni mojego pobytu prowadzała mnie do różnych lekarzy, którzy zgodnie orzekli, że z moimi strunami głosowymi jest wszystko w porządku. Zasugerowali, że przyczyną mojego milczenia jest szok (ciocia Mina powiedziała im, tak jak mówiła wszystkim, że oboje moi rodzice zmarli na cholerę) i że potrzebuję czasu. Nie licząc porannych lekcji, w których sama brała udział, cieszyłam się pełną swobodą. Lekcje nie były dla mnie przykre, chociaż irytowało mnie, gdy podpisywałam podręczniki "Lila Langdon", a ciocia skreślała "Lila" i wpisywała "Lilian".

– Lila to hinduskie imię – mówiła – a ty nosisz bardzo ładne angielskie imię.

Miałam ochotę powiedzieć jej, że "Mina" to również hinduskie imię, ale skoro nie mogłam opowiadać o tym, co dla mnie najważniejsze, postanowiłam w ogóle się nie odzywać.

Większość popołudni spędzałam ukryta w gabinecie pradziadka, gdzie na chybił trafił brałam książki z półek. Przywykłam do tego, że sama zapewniałam sobie rozrywki. Kiedy matka źle się czuła, aja siedziała przy niej, przykładała jej do czoła chustki nasączone wodą kolońską i masowała jej skronie, a mnie nakazywała wyjść z pokoju i być cicho.

Większość książek pradziadka była nudna i ciężka do zrozumienia, ale pewnego dnia natrafiłam na opowiadanie Roberta Louisa Stevensona *The House of Eld*, którego bohater, Jack, urodził się w krainie, gdzie wszyscy noszą pęta, które zakłada się dzieciom na kostki, gdy tylko nauczą się chodzić. Te pęta postrzega się jako wyróżnienie, mimo że wywołują wrzody, z kolei nieskrępowanych obcych, którzy mogą swobodnie i bezboleśnie się przemieszczać, traktuje się z pogardą. Jednak Jack, pomimo przestróg swojego wuja katechety, zakwestionował to, co wszyscy akceptowali, i pewnego dnia postanowił chwycić miecz i uwolnić się od pęt. Na końcu opowiadania udaje mu się wypełnić zadanie, jednak ogromnym kosztem: traci wszystko, co kochał.

To przypowieść przeznaczona dla dorosłych, a nie dzieci, dlatego wtedy jej nie zrozumiałam. Czytając to okrutne zakończenie, zawsze płakałam, lecz zarazem znajdowałam w nim pociechę, ponieważ historia Jacka w jakiś dziwny sposób była także moją historią i dzięki niej czułam się mniej samotna. Ja również straciłam wszystkich i wszystko, co kochałam: ojca, aję, Afzala Khana i pozostałych przyjaciół. Tęskniłam za ciepłem słońca, które w Indiach nawet w zimie witało mnie, kiedy każdego ranka wychodziłam na werandę, żeby pławić się w jego złocistym blasku, widząc jego czerwono-złote światło pod zaspanymi powiekami, podczas gdy monsunowy deszcz grzechotał o dach. Tęskniłam za Afzalem Khanem, który przynosił mi śniadanie i zawsze droczył się ze mną, i za szerokim uśmiechem saisa, którym mnie obdarzał, gdy udawałam się na przejażdżkę; tęskniłam za piknikami z ojcem, podczas których siedzieliśmy na szczycie wzgórza, patrząc, jak olbrzymie pomarańczowe słońce zmienia kształt i barwę, powoli okrywając się purpurą i opadając ku szarawej równinie. Tęskniłam za kolorami, dźwiękami i zapachami, ale najbardziej za poczuciem, że jestem kochana. A jednak nie dawałam nikomu szansy, by mnie pokochał; trzymałam się na uboczu, za murem milczenia, a gdy przychodzili goście, uciekałam do gabinetu, gdzie ukrywałam się za książkami.

Cioci Minie nie podobało się, że spędzam cały czas na czytaniu. Była kobietą swojego pokolenia i uważała, że powinnam zdobyć bardziej praktyczne umiejętności. Próbowała mnie nauczyć haftu, ale opierałam się jej wysiłkom, aż w końcu poddała się, zirytowana, stwierdzając z niezadowoleniem: „Jesteś taka sama jak Cecily: uparta i samowolna".

Wiedziałam, że Cecily była siostrą bliźniaczką cioci Miny i moją babcią, a pokój, w którym zamieszkałam, zapewne kiedyś należał do niej, gdyż na ścianie naprzeciwko mojego łóżka wisiały dwa obrazki wykonane haftem krzyżykowym. Na pierwszym schludnie wyszyto kanciasty trzypiętrowy georgiański dom podobny do Wysokich Wiązów, otoczony rzędem wysokich drzew, a także napis:

NA ŚWIAT SPOGLĄDAJ OSTROŻNYM OKIEM
OCZEKIWANIA MIEJ NIEWYSOKIE,
CIESZĄC SIĘ TAKĄ RÓWNOWAGĄ,
KTÓREJ NADZIEJA NI STRACH NIE STRAWIĄ.
WILHELMINA EMILY PARTRIDGE, LAT 9, 1845

Na drugim widniały tylko duże niestaranne litery wyszyte czerwoną i czarną nicią, które układały się w słowa:

CECILY TO ZROBIŁA
MĘCZĄC SIĘ PRZY KAŻDYM ŚCIEGU!
CECILY ALICE PARTRIDGE, LAT 9, 1845

Spodobała mi się Cecily i postanowiłam czegoś więcej się o niej dowiedzieć, ponieważ dotychczas słyszałam tylko, że zmarła wkrótce po tym, jak urodził się mój ojciec. Wszędzie w domu napotykałam jej ślady: w schowku stołka do pianina znajdowały się nuty podpisane jej imieniem, a w sali lekcyjnej, w szufladzie stolika, przy którym się uczyłam, odkryłam stare zeszyty. Było w nich pełno obliczeń oraz łacińskich i francuskich słówek. Kajety Miny były schludne i eleganckie, podczas gdy Cecily pisała pośpiesznie i nierówno, zostawiając kleksy. Całe strony pokrywały wielokrotnie powtarzane zdania: „Nie będę porywcza i niecierpliwa. Będę trzymała język za zębami w obecności starszych. Będę się uczyła cierpliwości i wytrwałości". Jednak na dole każdej strony widniał nabazgrany dopisek: „Nie dbam o to, nie dbam o to, nie dbam o to".

Polubiłam ją jeszcze bardziej.

Pewnego popołudnia, kiedy ciocia Mina wyszła, zajrzałam do pokoju, w którym pisała listy i płaciła rachunki, żeby zostawić pracę domową. Na rogu sekretarzyka stała fotografia dwóch dziewczynek. Wyglądały niemal identycznie, a jednak od razu poznałam, która z nich jest ciocią Miną. Siedziała, ubrana w ciemną sukienkę, ze starannie ułożonymi włosami i ustami bez śladu uśmiechu. Za nią, lekko opierając dłoń na ramieniu siostry, stała panienka w jasnej sukience; włosy wymykały się jej spod spinek, tworząc miękką aureolę wokół twarzy, zwróconej półprofilem i lekko rozmazanej, jakby obróciła się, żeby posłać uśmiech komuś stojącemu poza kadrem.

Kiedy odstawiałam zdjęcie, na stercie listów i notatników zauważyłam mały, guzowaty kamyk na rzemyku – jeden z tych przedziurawionych „amuletów" z plaż Sussex, wieszanych przed niemal każdą chatką w wiosce, żeby odpędzały wiedźmy i złe duchy. Od razu go rozpoznałam: ojciec pozwalał mi się nim bawić, opowiadając o przygodach, które przeżył w Północno-Zachodniej Prowincji Pogranicznej razem z wujkiem Gavinem. Potem nachylał się i dawał mi buziaka, a ja z powrotem zakładałam mu kamyk na szyję. Tak samo zrobiłam tamtego wieczoru przed przyjęciem urodzinowym, gdy skończył mi czytać. Powiedział, że kiedy przyszedł na świat, matka zawiesiła mu ten kamyk na szyi, by nie spotkało go nic złego. To był jego „talizman". Obiecał, że pewnego dnia go dostanę, dlatego nie czułam się winna, że go zabieram.

Rozpięłam kołnierzyk i zawiesiłam sobie kamyk na szyi, chowając go pod bluzką. Był niemal niewidoczny pod grubym fartuchem. Trochę później przypomniałam sobie tamte listy i notatniki i wróciłam, żeby je obejrzeć, ale zniknęły, a szuflady sekretarzyka były zamknięte na kluczyk.

Pod koniec miesiąca pogoda się poprawiła i ciocia Mina zaczęła nalegać, żebym zażywała świeżego powietrza, dlatego każdego dnia po lekcjach wędrowałam po wzgórzach za domem. Znalazłam sobie kryjówkę w krzewie kolcolistu i idąc pod górę, zawsze chowałam tam drugie śniadanie, które Cook starannie dla mnie przygotowywała i owijała pergaminem.

W wietrzne dni wzgórze zapewniało mi osłonę; kuliłam się, owinięta kocem, który zabierałam ze skrzyni w moim pokoju, i czekałam, aż dzień przeminie. Jeśli było słonecznie, patrzyłam na Weald, wyobrażając sobie, że obok mnie siedzi ojciec. Opowiadał mi, że bawił się na wzgórzach, kiedy spędzał wakacje u cioci Miny, a gdy go sobie wyobrażałam, czułam, że jesteśmy sobie bliżsi.

Simon pojawił się pewnego popołudnia – wsunął głowę do mojej kryjówki, gdy właśnie powtarzałam imiona naszych domowników z Peszawaru i wydrapywałam je na wilgotnej ziemi, żeby nie zapomnieć. Przypominał chochlika z jednej z moich starych książek z bajkami: miał bardzo bladą skórę, niemal białe blond włosy i srebrzystszare oczy. Nigdy nie widziałam nikogo tak bladego i – być może dlatego, że tak bardzo różnił się wyglądem od wszystkich, których znałam – od razu poczułam do niego niechęć. Zerknął na mnie z zaciekawieniem, a potem rozejrzał się po mojej kryjówce.

– Mogę wejść? – spytał.
Wzruszyłam ramionami.
Kiedy wszedł, zauważyłam, że ma na sobie jednorzędową marynarkę, tweedowe pludry, długie skarpety i ubłocone buty.
Przez chwilę stał i rozglądał się po moim schronieniu.
– Co robisz?
Dalej wydrapywałam imiona na ziemi.
Wyciągnął rękę.
– Jestem Simon. Simon Beauchamp. Wymawia się „Biczam", ale pisze się B-e-a-u-c-h-a-m-p. A jak ty masz na imię?
Podniosłam swój patyk i napisałam „LILA" na błocie obok pozostałych imion.
– „Lajla" – odczytał.
Pokręciłam głową i napisałam „Lii-la".
Popatrzył na resztę napisów na ziemi.
– To też imiona?
Pokiwałam głową.
– Ale chyba wymyślone?
Ponownie pokręciłam głową i napisałam „HINDUSI".
– Aha! To ty jesteś tą dziewczynką, która mieszka w Wysokich Wiązach. Tą dziwaczką, która nie umie mówić.
Posłałam mu surowe spojrzenie.
– Przepraszam. – Spuścił wzrok, a następnie popatrzył mi w oczy. – Naprawdę jesteś sierotą? Matka mówi, że twoi rodzice zmarli na… choler… choleryczną… albo coś takiego.
Nie odwróciłam wzroku, a jego twarz pokryła się purpurą. Przestąpił z nogi na nogę i zaczął się rozglądać po mojej kryjówce, szukając inspiracji. W końcu wykrztusił:

– Wiesz, że prawie jesteśmy spokrewnieni? To prawda! Mój cioteczny dziadek Peter chciał się ożenić z twoją babcią, ale ona wyszła za twojego dziadka, więc zaręczył się z twoją ciocią Miną. – Zmarszczyłam czoło, próbując to przyswoić. – Były bliźniaczkami, więc to pewnie niewielka różnica. Ale potem pojechał do Indii, żeby walczyć ze zdradzieckimi tubylcami, i tam umarł na... na to samo... – Na chwilę zamilkł. – Nazywał się Peter Markham i był wujkiem mojej mamy. Więc prawie jesteśmy spokrewnieni, prawda?

Wiedziałam, że bełkocze bez sensu, ponieważ jest zdenerwowany. Z zaskoczeniem i radością odkryłam, że milczenie daje siłę.

Ponownie się rozejrzał i jego twarz się rozpromieniła.

– Chcesz w coś zagrać?

Wzruszyłam ramionami.

– Znasz „zgadnij, o czym myślę"?

Pokiwałam głową. Czasami grałam w to z ojcem.

Zerknął na mój patyk.

– Myślę o czymś, co zaczyna się na literę P.

Napisałam „PATYK".

Sprawiał wrażenie rozczarowanego.

– Twoja kolej.

Wygrałam bez trudu.

Simon powinien chodzić do szkoły razem z innymi chłopcami w swoim wieku, ale uznano, że jest za delikatny, więc każdego ranka przychodził do niego prywatny nauczyciel. Chłopcy w wiosce byli zbyt nieokrzesani, żeby się z nimi bawić; skarżył się, że przezywają go mięczakiem i dziewczyną. Jesienią kończył czternaście lat, mniej więcej w porze moich trzynastych urodzin, więc wkrótce – gdy tylko rodzina uzna go za wystarczająco silnego – czekał go wyjazd do szkoły z internatem. Jednak do tego czasu widywaliśmy się każdego dnia i można powiedzieć, że się zaprzyjaźniliśmy. Było mi o tyle łatwiej, że uważałam się za lepszą od niego – był tak dziecinny, że czułam się starsza i mądrzejsza.

Suche dni spędzaliśmy na wzgórzach, gdzie bawiliśmy się w chowanego, a ja uczyłam go gry w hacele i siedem płytek*; deszczowe dni spędzaliśmy w starej sali lekcyjnej, gdzie graliśmy w szachy i paććisi. Wkrótce przywykł do mojego milczenia i zaczął formułować pytania tak, jak nauczyli się ciocia Mina i służący – musiałam tylko kiwać albo kręcić głową. Ciocia Mina najwyraźniej odetchnęła z ulgą, że znalazłam kolegę. Dziś zastanawiam się, czy Simon wyśledził moją kryjówkę przez przypadek, czy może był to owoc wspólnego planu cioci Miny i pani Beauchamp.

Nie miałam wiele wspólnego z Simonem, lecz go tolerowałam, ponieważ wiedziałam, że jest samotny, a ja rozumiałam samotność. W Indiach moimi jedynymi towarzyszami byli ojciec i służący. Wszyscy rówieśnicy uczyli się w Anglii, a matka nie chciała, żebym bawiła się z dziećmi hinduskimi. Naciskała na ojca, żeby mnie też wyprawił, ale odmówił; kiedy był chłopcem, bardzo źle zniósł taki los.

Prywatny nauczyciel Simona przez całe lato odbywał z nim dodatkowe lekcje, żeby przygotować go do szkoły,

---

* Turecka gra podwórkowa polegająca na rzucaniu piłką do wieży zbudowanej z siedmiu płytek.

ale w przeddzień wyjazdu chłopak dostał gorączki. Wyjazd odłożono, żeby Simonowi dać czas na powrót do zdrowia, i w ciągu następnego miesiąca codziennie go odwiedzałam. Pani Beauchamp każdego ranka posyłała po mnie dwukołowy powóz, który zawoził mnie do ich domu w sąsiedniej wiosce oddalonej o niecałą milę wzdłuż podnóża wzgórz.

Widziałam, że kłopoty Simona mają podłoże nerwowe, a nie zdrowotne. Czuł się znakomicie, kiedy graliśmy w gry i rozmawialiśmy na osobności, jednak gdy tylko któreś z jego rodziców wchodziło do pokoju i pytało, jak się miewa, od razu dostawał gorączki. Kazano mu odpoczywać popołudniami, dlatego o tej porze często dołączałam do dorosłych na dole. Beauchampowie od samego początku traktowali mnie jak członka rodziny. Podobnie jak Simon, jego matka była drobna i blada, jednak miała bardziej złociste włosy i oczy barwy ciepłego błękitu. Nosiła najmodniejsze stroje, pięknie skrojone, długie, wzorzyste płaszcze i wąskie spódnice w jaskrawych barwach, do kostek, zupełnie inaczej niż ciocia Mina, która ubierała się w staroświeckie suknie z niewielką turniurą – szare, bladofioletowe albo liliowe. Wydawało się, że w ogóle do siebie nie pasują, gdyż ciocia Mina była bardzo konserwatywna, pani Beauchamp zaś wspierała ruch wyzwolenia kobiet, a jednak obie rodziny znały się od lat.

Bardzo dobrze poznałam panią Beauchamp, ponieważ żywo się mną interesowała. Simon powiedział mi, że zawsze chciała mieć córkę, a następnie dodał z goryczą: „Chyba bardziej by mnie lubiła, gdybym był dziewczyną", jednak miałam wrażenie, że matka bardzo go lubi – z pewnością bardziej niż moja matka lubiła mnie. Pana Beauchampa znałam mniej, ponieważ był parlamentarzystą z ramienia Partii Pracy i dni powszednie spędzał w Londynie. Również był drobny, jak Simon, ale ciemnowłosy. Miał błyszczące, orzechowe oczy i zawsze bardzo miło mnie traktował.

Beauchampowie przyjmowali wielu gości: spotykały się u nich sufrażystki – przyjaciółki pani domu, z kolei pan Beauchamp często zapraszał kolegów z Londynu oraz innych parlamentarzystów, w weekendy oraz podczas przerw w obradach. Lubiłam spędzać tam czas – strumień ludzi oraz przygotowania do przyjęcia gości napełniały dom życiem i sprawiały, że czułam łączność z szerszym światem. Jednak poranki w ich domu skończyły się, gdy Simon wyjechał do szkoły. Wtedy ciocia Mina postarała się, żeby jego prywatny nauczyciel zaczął przychodzić do mnie.

Z zaskoczeniem odkryłam, że brakuje mi Simona, a i on najwyraźniej tęsknił za mną, ponieważ dostałam od niego list już po pierwszym tygodniu. Widziałam, że nie jest szczęśliwy. Większość jego kolegów z klasy uczęszczała do tej szkoły już od roku, a nawet nowi uczniowie mieli cały miesiąc na to, żeby się poznać. Czytając kolejne listy, zauważyłam, że nigdy nie wspominał o innych chłopcach; dopiero pod koniec pierwszego semestru napisał, że znalazł przyjaciela – „o rok starszego, niesamowicie przyzwoitego gościa, ale reszta to niespodzianka…". A potem listy przestały przychodzić. Wmawiałam sobie, że się tym nie przejmuję, a kiedy wreszcie napisał, że przywozi przyjaciela, a ja na pewno go polubię – „Wszyscy za nim przepadają!" – postanowiłam, że z pewnością tak się nie stanie.

Henry

14 grudnia 1868

Ciotka Wilhelmina jest zupełnie inna, niż sobie wyobrażałem. W ogóle nie jest ładna. Jej włosy nie są ciemne, tylko siwawe i nosi stroje w stonowanych kolorach, ponieważ do niedawna była w żałobie po ojcu. Był moim dziadkiem i również miał na imię Henry, Henry Partridge. Otrzymałem imię właśnie po nim. Partridge to zabawne nazwisko, ponieważ po angielsku oznacza kuropatwę, a my z ojcem czasami na nie polujemy. Dziadek pewnie był bardzo stary, kiedy umarł, ponieważ ciotka Mina wygląda staro, chociaż ojciec twierdzi, że ma dopiero trzydzieści dwa lata. Kishan Lal się niepokoi, gdyż uważa, że powinna już wyjść za mąż i pewnie szuka kandydata. Odpowiedziałem, że ojciec jest za stary, żeby się żenić, ale Kishan Lal twierdzi, że mężczyzna nigdy nie jest za stary, a mój ojciec jest przystojny i każda kobieta byłaby szczęśliwa, gdyby udało się jej go złowić, nawet teraz. Ojciec ma pięćdziesiąt osiem lat, co oznacza, że był o dwadzieścia sześć lat starszy od matki. To dużo.

Zastanawiałem się, czy ciotka Mina rozpłacze się na mój widok, ponieważ każda memsahib zawsze płacze

podczas odwiedzin krewnych, ale tego nie zrobiła. Uścisnęła moją dłoń i zmierzyła mnie wzrokiem, jak subedar ojca dokonujący inspekcji sipajów, a następnie powiedziała ojcu, że jestem strasznie spalony słońcem i nieodpowiednio ubrany.
– Można by go niemal wziąć za tubylca – orzekła.
Zobaczyłem, że blizna ojca lekko drgnęła, ale odpowiedział tylko:
– Dlatego jesteś nam potrzebna, Mino. Wierzę, że twoje zdolne ręce przemienią go w dobrze wychowanego angielskiego chłopca.

Ciekawiło mnie, czy ciotka wyczuła sarkazm w jego słowach, w każdym razie obiecała, że się postara, chociaż wie, że nigdy nie będzie w stanie zastąpić mojej kochanej matki. Wtedy jej oczy napełniły się łzami, a ojciec powiedział, że musi sprawdzić, co słychać u jego ludzi, i pojechał do dzielnicy wojskowej, pozostawiając mnie z ciotką.

Kiedy wyszedł, ciotka rozejrzała się po domu, który wyraźnie jej się nie spodobał, ponieważ skrzywiła się, jakby ssała niedojrzały owoc tamaryndowca. Kishan Lal także to zauważył i jeszcze bardziej spochmurniał. Już wcześniej był naburmuszony, ponieważ ojciec poprosił panią Hewitt i kilka innych kobiet o pomoc w przygotowaniu domu, a one zrobiły nowe zasłony do pokoju ciotki i porozstawiały w całej posiadłości wazony z kwiatami. Powiedział także Allahyarowi, żeby przyrządzał dla ciotki Miny wyłącznie angielskie potrawy, dlatego na lunch zjedliśmy gotowaną baraninę z ziemniakami. Przypominała chrząstki podane w wodzie z pieprzem, a kiedy ojciec spytał Allahyara, co to takiego, ten z dumą odparł, że to „gulasi lacki", potrawa, którą nauczył się przyrządzać od białych kobiet. Ojciec wyjaśnił ciotce Minie, że chodzi o gulasz irlandzki, a w jego opinii Allahyar powinien się raczej ograniczyć do hinduskich potraw, chociaż, oczywiście, to do niej należy decyzja.

Kiedy wieczorem wrócił z dzielnicy wojskowej, oprowadził ją po kwaterach, żeby zostawiła wizytówkę wszystkim pozostałym damom.

15 grudnia 1868

Dzisiaj, kiedy tylko ojciec pojechał do dzielnicy wojskowej, ciotka Mina oznajmiła, że wstydziłaby się przyjąć kogokolwiek w naszym domu, a następnie poprosiła, żeby Kishan Lal wezwał całą służbę, i przekazała wszystkim, że dom wymaga gruntownego wysprzątania, a łazienki są wręcz w opłakanym stanie. Poleciła każdej osobie zabrać się za sprzątanie innego pomieszczenia i posłała ich po wodę i mydło. Nikt poza zamiataczem nie wrócił, więc ciotka kazała mi ich znaleźć, ale wszyscy gdzieś się ukryli i posiadłość opustoszała. Kiedy ojciec przyjechał do domu na lunch, Kishan Lal oznajmił mu, że wszyscy służący zagrozili odejściem. Ojciec wyjaśnił ciotce Minie, że każdy ze służących wykonuje zadania zgodne z jego kastą i religią, więc nie można od nich oczekiwać, że wezmą na siebie obowiązki kogoś innego. Poinformował ją, że jeśli chce, aby coś zostało zrobione, musi się zwrócić do Kishana Lala, który zarządza pozostałymi służącymi. Ciotka Mina poczerwieniała i odparła, że jeszcze nigdy nie słyszała czegoś tak absurdalnego, ale Kishan Lal był zadowolony.

Obaj mamy nadzieję, że ciotka wkrótce wróci do ojczyzny.

19 grudnia 1868

Tego popołudnia ciotka Mina poprosiła, żebym poczytał jej coś ze swoich podręczników, więc przeczytałem swój ulubiony fragment *Mahabharaty*. Pan Mukherjee twierdzi, że to bardzo piękny opis, ale nie było go z nami, ponieważ nie przychodzi w soboty.

Pośród potężnej bitwy, otoczony szczękiem broni, tętentem kopyt, okrzykami wojowników oraz wrzaskami rannych ludzi i zwierząt, w kłębach pyłu przesłaniającego słońce i w krwistym błocie pokrywającym ziemię, Kryszna nagle zatrzymał rydwan i z niego zeskoczył. Unosząc nad głową koło unieruchomionego pojazdu, Pan ruszył ku wielkiemu generałowi Bhiszmadeeie niczym lew szarżujący na słonia. Zaledwie kilka chwil wcześniej kolejne fale śmiercionośnych strzał wypuszczonych z łuku Bhiszmadewy spadły na rydwan Ardźuny. Inni wojownicy z zadziwieniem patrzyli, jak postacie Ardźuny i jego woźnicy Śri Kryszny znikają za zasłoną strzał generała. Wszyscy byli pewni, że Ardźuna padnie pod tym wściekłym atakiem.

Nagle łuk Bhiszmadewy znieruchomiał i padł na ziemię, a niepokonany generał pozostał bezbronny i szeroko otwartymi oczyma wpatrywał się w Pana, który szarżował na niego z wściekłością. W wielkim skupieniu dostrzegał każdy szczegół wyglądu Kryszny: widział, że piękne i bujne czarne włosy Pana stały się popielate pod wpływem bitewnego pyłu; widział kropelki potu zdobiące Jego twarz jak rosa osiadająca na płatkach lotosu; widział, jak czerwone smugi krwi z ran zadanych przez jego strzały zwiększają piękno transcendentalnego ciała Pana. Bhiszmadewa patrzył na nadciągającego Pana, który przygotowywał się, aby go zabić rzuconym kołem, i przepełniała go ekstaza.

Jednak ciotce Minie to się nie spodobało. Powiedziała, że jeszcze nigdy nie słyszała takich bzdur i że ma nadzieję, iż pan Mukherjee nie faszeruje mi głowy miejscowymi przesądami. Potem poprosiła, żebym jej pokazał swoje Pismo Święte i rozgniewała się, kiedy odpowiedziałem, że nie mam. Spytała, czego się uczę w szkółce niedzielnej. Powiedziałem, że nie chodzę do szkółki niedzielnej. Spytała, co w takim razie robię w niedziele, a ja odrzekłem, że bawię się z moimi przyjaciółmi Mohanem i Alim. Spytała, czy przyjąłem konfirmację, a kiedy zaprzeczyłem, była zaszokowana i stwierdziła, że musi porozmawiać z kapelanem. Nie wspomniałem jej, że po raz ostatni kapelan pojawił się w naszym domu z pretensjami o to, że ojciec nie posyła mnie do kościoła. Nie wiem, co ojciec mu odpowiedział, w każdym razie bardzo go rozgniewał. Później ojciec spytał mnie, czy chciałbym chodzić do kościoła, a ja powiedziałem, że nie. Jednak dzisiaj, kiedy ciotka Mina zapytała ojca, czy następnego dnia wybierze się z nią na niedzielne nabożeństwo, powiedział, że tak. Potem Kishan Lal rzucił, że to pierwszy znak. „Pierwszy znak czego?" – spytałem, ale tylko pokręcił głową. Dlaczego nikt mi o niczym nie mówi?

26 grudnia 1868

Od przyjazdu ciotki Miny nie widziałem się z Mohanem ani Alim. Ona zawsze znajduje mi jakieś zajęcia. Każdego ranka oraz wieczora odmawia modlitwy i już trzykrotnie byliśmy w kościele – raz w niedzielę, raz na pasterce w Wigilię i znów wczoraj rano. Najpierw chciała, żeby wszyscy domownicy uczestniczyli w porannych i wieczornych modlitwach, tak samo jak robią w ojczyźnie, jednak ojciec powiedział, że służący nie są chrześcijanami i nie ma zamiaru ich nawracać, a także zabronił ciotce tego robić. Widziałem, że jej się to nie spodobało, ale nic nie powiedziała, więc poprosiłem ojca, żeby porozmawiał z nią o Mohanie i Alim, ale tylko się uśmiechnął i odrzekł: – Gdy się człowiek śpieszy, to się diabeł cieszy, Henry. – Spytałem pana Mukherjee, co to znaczy, ale nie wiedział.

Kościół wygląda inaczej, niż sobie wyobrażałem. Wiedziałem, że nie będzie przypominał obrzędów pudźy, które odprawiają sipajowie, ale nie spodziewałem się, że będą tam tyle mówić i śpiewać. Nabożeństwo było nudne, ale pan Mukherjee twierdzi, że powinienem uważnie słuchać, a podciągnę się z łaciny.

Ojciec jest bardzo miły dla ciotki Miny, więc pewnie ją lubi. Odwiedził z nią wszystkie najważniejsze damy mieszkające w kwaterach wojskowych, a nawet jada z nimi podwieczorek, kiedy odwiedzają ciotkę, a on akurat nie przebywa w dowództwie. Powiedział Kishanowi Lalowi, że ciotka Mina teraz jest memsahib i należy jej słuchać. Kishan Lal nazywa ją „Wielką Słonicą" i burczy pod nosem za każdym razem, gdy ciotka każe mu coś zrobić. Zmieniła nasz jadłospis, wprowadzając do niego kotlety i placki, jakie jedzą inne angielskie rodziny, a herbatę podaje się teraz z cytryną, a nie z mlekiem, cukrem i przyprawami, jak lubimy z ojcem.

Na Boże Narodzenie jedliśmy pieczonego kurczaka z pieczonymi ziemniakami i czerwoną kapustą. Ciotka Mina nadzorowała przygotowywanie potraw, co nie spodobało się Allahyarowi, jednak przyjemnie było spędzić Święta w domu, jak inni, a nie w Klubie. Później graliśmy w karty, a ja zastanawiałem się, czy właśnie tak by to wyglądało, gdyby żyła matka.

6 stycznia 1869

Jest już bardzo późno i mam mnóstwo do zapisania, zanim zapomnę. Dziś wieczorem wydarzyło się coś dziwacznego. Ojciec i ciotka Mina zostali zaproszeni do domu kapelana na kolację z okazji święta Trzech Króli. Początkowo myślałem, że naprawdę przybędą tam jacyś trzej królowie, dopóki ojciec wszystkiego mi nie wytłumaczył. Kishan Lal był bardzo ponury, gdy się dowiedział, że tam idziemy, ponieważ ojciec nigdy nie przyjmuje zaproszeń. Powiedział, że ojciec wkrótce znajdzie się całkowicie pod jej urokiem, więc musimy mieć na nich oko. Miał rację, ponieważ kiedy ojciec przyszedł życzyć mi dobrej nocy, towarzyszyła mu ciotka Mina. Miał na sobie strój wieczorowy i wyglądał bardzo elegancko, a ciotka Mina włożyła błyszczącą bladofioletową sukienkę i biżuterię. Kiedy wychodzili, usłyszałem, jak ojciec ostrzega ją, żeby zbyt wiele sobie nie obiecywała i że to będzie zwykła kolacja, po której nastąpi koncert rzewnych pieśni w wykonaniu członkiń Floty Rybackiej, które mają nadzieję złowić męża.

Kiedy wyszli, ubrałem się i podążyłem za nimi. Bez trudu minąłem posterunek naszego ćaukidara – wiedziałem, że gdy tylko dwukółka ojca zniknie mu z oczu, pójdzie do kuchni po kolację, pozostawiając bramę niestrzeżoną. Nie byłem pewien, jak ominę ćaukidara w domu kapelana, ale kiedy dotarłem na miejsce, akurat stał przed bramą i rozmawiał z naszym saisem, więc prześlizgnąłem się niezauważony. Kiedy dotarłem do otwartego okna salonu, goście już przeszli do jadalni, więc ukryłem się za krzewem rat-ki-rani i czekałem. Jedli przez całe wieki i już prawie zasnąłem, gdy nagle usłyszałem, że damy wracają. Ciotka Mina i pani Hewitt usiadły przy samym oknie i zaczęły rozmawiać o ojcu. Pani Hewitt gratulowała ciotce Minie, że zdziałała cuda, i stwierdziła, że dotychczas wszyscy byli przekonani, iż zmienia się w tubylca, ponieważ przesiadywał na werandzie w samej piżamie i najwyraźniej bardziej niż spędzanie czasu z innymi Europejczykami interesowało go organizowanie pokazów tańca i pojedynków zapaśniczych dla swoich sipajów.

Potem nadeszli panowie, a żona kapelana zachęciła wszystkich, aby zebrali się wokół pianina, po czym poprosiła niejaką pannę Pole, żeby zaśpiewała. Panna Pole, która wyglądała tak, jak na to wskazywało jej nazwisko – była wysoka i cienka jak tyczka i miała spiczasty nos – złożyła dłonie pod brodą i zaczęła śpiewać piskliwym głosem o kimś, kto złamał słowo dane kobiecie, przez co ta uschła ze smutku i umarła, błogosławiąc swojego kochanka. Widziałem, że ojciec próbuje powstrzymać się od śmiechu. Potem wszyscy zaczęli prosić ciotkę Minę, żeby coś zaśpiewała, ona zaś odmówiła, a oni dalej nalegali, aż w końcu się zgodziła, co oczywiście zamierzała zrobić od samego początku. Podeszła do pianina, a ojciec stanął obok, żeby przewracać strony.

Byłem zaskoczony, gdy zaczęła, ponieważ śpiewała pięknie. Piosenka nosiła tytuł *Cóż to za głos?* i opowiadała o kobiecie, która umarła, lecz jej głos wciąż rozbrzmiewa, niesiony wieczornym wiatrem. Zrobiło mi się smutno, jednak miałem wrażenie, że ojciec wcale nie słucha. Po prostu wbijał wzrok w podłogę i nawet zapomniał przewrócić kartkę, tak że kapelan musiał zerwać się z miejsca i go wyręczyć. Kiedy ciotka Mina dotarła do końca piosenki, jej głos stał się wysoki i słodki. Śpiewała: „Wyda się nam, że zmarli ożyją, ożyją… ożyją…", gdy nagle ojciec obrócił się i strącił nuty ze stojaka, po czym niemal wybiegł z pokoju. Wszyscy byli bardzo zaskoczeni, a ciotka Mina zamilkła. Kapelan podniósł nuty i ciotka znów zaczęła śpiewać, ale wtedy ojciec wyszedł na werandę i musiałem znowu schować się za krzewem.

Ojciec przez chwilę stał przed domem, głośno oddychając i wydając z siebie dziwny odgłos, jakby się krztusił, a następnie zbiegł z werandy, minął nasz powóz i ruszył drogą, odprowadzany zdumionym spojrzeniem saisa. Stajenny był jeszcze bardziej zaskoczony, gdy zobaczył, jak wyłaniam się z klombu. – Zaczekaj tutaj na memsahib – poleciłem i pobiegłem za ojcem, ale kiedy dotarłem do domu, był już u siebie. Poszedłem prosto do swojego pokoju, który znajduje się tuż obok, i nasłuchiwałem przy ścianie, ale słyszałem tylko ciszę. Wkrótce ciotka Mina wróciła powozem. Podziękowała saisowi, a następnie weszła do domu i udała się do swojego pokoju.

Cecily

SS „Madras", 10 października 1855

Najdroższa Mino!

    Zapewne zastanawiałaś się, co się ze mną działo, skoro tak długo milczałam! Piszę te słowa na statku do Indii, gdyż nie miałam ku temu nawet najmniejszej okazji, gdy byłam na lądzie. Parowiec z Aleksandrii do Kairu był tak zatłoczony, że nikt poza najstarszymi pasażerami nie miał miejsca do spania i wszyscy musieli się zadowolić fotelami bądź podłogą. Hotel Shepheard's, w którym mieliśmy się zatrzymać, był pełen gości przybyłych z Indii, więc tym razem nawet dla najstarszych spośród nas nie znalazły się pokoje. Spaliśmy na kanapach w holu, jednak niektórzy z nas, młodszych podróżnych, postanowili odwiedzić publiczne łaźnie otwarte przez całą noc.

    To był niezwykle romantyczny wieczór; żałuję, że tego nie widziałaś, Mino. Mężczyźni w burnusach eskortowali nas ulicami z pochodniami w dłoniach, w łaźni zaś kobiety o potężnych rękach pooklepywały nas z całych sił, a następnie natarły olejkami i perfumami. Pani Weston, która towarzyszyła nam jako samozwańcza przyzwoitka, żywo protestowała przeciwko konieczności publicznego obnażenia, jednak nawet ona nie mogła się przeciwstawić dwóm krzepkim Turczynkom, które przytrzymały ją i solidnie wyszorowały, zaśmiewając się przy tym i krzywiąc z obrzydzenia. Wszystkie byłyśmy przerażone, gdy pokazały nam wałki brudu, które z nas starły, chociaż przez następne kilka dni byłam tak obolała, że podejrzewam, iż to wcale nie był brud, tylko skóra! Później, całkowicie rozbudzeni (można się tego spodziewać po obdarciu ze skóry żywcem!), czuwaliśmy na hotelowych schodach aż do świtu, obserwując chłopców z osłami gromadzących się na ulicach i ludzi w kolorowych strojach, którzy zajmowali się swoimi sprawami. Dołączam akwarelę, na której namalowałam tę scenę, ale sama będziesz musiała wyobrazić sobie cudowne ciepło nocnego powietrza oraz aromaty jaśminu, dymu z palonego drewna i przypraw.

Następnego dnia wyruszyliśmy do Suezu. Ze względu na stan zdrowia Louisy, ona oraz aja jej dzieci podróżowały zamkniętym powozem zaprzężonym w konie, tymczasem James i ja dosiedliśmy wielbłądów. Freddie jechał z Jamesem, a Sophie ze mną. Było to romantyczne przeżycie, tak jak oczekiwałam, jednak wielbłąd porusza się inaczej niż koń, przez co nadal nie jestem w stanie siedzieć bez poduszki! Jednak wszystko jest lepsze od zamknięcia w jednym z tych malutkich zatłoczonych powozów. Biedne Louisa i Luxmibai były roztrzęsione i całe poobijane.

Aden wyglądał złowieszczo, gdy dotarliśmy tam w ciemności. Dziwaczne cienie wznosiły się na tle nieba. Jeden z przewodników powiedział nam, że to przeklęte miasto, gdyż pochowano tu Kaina. W hotelu było pełno szczurów, które przeskakiwały nam nad łóżkami, więc pewnie się domyślasz, że nie spaliśmy zbyt dobrze! Poczułam ulgę, gdy wreszcie przypłynął nasz parowiec. Kajuty są dosyć prymitywne w porównaniu z „Candią", lecz wszyscy są zadowoleni, że podróż dobiega końca. To wszystko jest takie podniecające!

Nie mogę się doczekać, kiedy zobaczę Indie, ale im bliżej jesteśmy celu, tym bardziej obawiam się ponownego spotkania z Arthurem. Gdybyśmy wcześniej spotkali się na początku jego przepustki i zdążyli się lepiej poznać, może byłoby inaczej. Ale już słyszę, jak Ty i mama mówicie, że sama nawarzyłam sobie tego piwa, więc teraz muszę je wypić. Wiem, że jestem jeszcze młoda i głupia i muszę się wiele nauczyć, ale trudno o lepszego nauczyciela niż Arthur.

Przesyłam Ci najserdeczniejsze pozdrowienia i obiecuję, że napiszę ponownie z Kalkuty.

Twoja Cecily

Garden Reach, Kalkuta, 3 listopada 1855

Droga Mino!

Jakże cudownie było zobaczyć wszystkie Twoje listy, które czekały na mnie, gdy wczoraj dotarliśmy do Kalkuty. Statek nieco się spóźnił, gdyż morze było niespokojne, a ja z wielkim zaskoczeniem dowiedziałam się, że nasz ślub zaplanowano na dziewiątego listopada – za sześć dni! – natomiast już czternastego wyjeżdżamy do Kataku. Mamy się pobrać w katedrze. Arthur dał na zapowiedzi i wszystko zorganizował. Muszę przyznać, że nie jestem zachwycona tym, że pobieramy się tak szybko po moim przyjeździe, ale wygląda na to, że nie mamy innego wyjścia, gdyż Arthur wykorzystuje urlop i za trzy tygodnie musi wrócić do swojego pułku.

Wszystko tutaj jest takie inne i zastanawiam się, czy kiedykolwiek przywyknę. Mój pierwszy kontakt z Indiami był szokujący – niedaleko Madrasu grupka tubylców w kanu wypłynęła nam na spotkanie, proponując świeże owoce i osobliwe błyskotki, ale kiedy się zbliżyli, okazało się, że zapomnieli się ubrać! Żałuj, że nie słyszałaś wrzasków i chichotów Floty Rybackiej na dolnym pokładzie, jednak Louisie nawet nie drgnęła powieka. Usłyszałam, jak pani Weston tłumaczy jednej z pań, że sekret udanych kontaktów z tubylcami polega na tym, aby nie traktować ich jako mężczyzn!

Morze wokół wybrzeża było bardzo niespokojne, więc biedna Louisa fatalnie się czuła, ale polepszyło jej się, gdy dotarliśmy na bardziej osłonięte wody Zatoki Bengalskiej. Płynąc wzdłuż wschodniego wybrzeża, minęliśmy miasto zwane Puri. Podczas kolacji pani Weston powiedziała, że znajduje się tam słynna świątynia, a każdego roku ulicami przejeżdża procesja potężnych drewnianych rydwanów wypełnionych bożkami. Dawniej tubylcy padali pod koła rydwanów i pozwalali się zmiażdżyć, aby zdobyć zasługi w przyszłym życiu. Według niej to przykład tego, jak przesądni są tutejsi, ale James twierdzi, że to wszystko bzdury.

Przed Kalkutą, niedaleko ujścia rzeki Hugli (czyż to nie boska nazwa dla rzeki?), musieliśmy wziąć na pokład pilota, gdyż ruchome piaszczyste ławice bywają niezwykle zdradzieckie. Kapitan wskazał kilka sterczących z wody masztów i wyjaśnił, że tyle pozostało ze statków, które zostały przez nie pochłonięte. Wieczorem przelatywały nad nami ogromne nietoperze, a przez całą noc rozlegało się wycie szakali, ale nie to było najgorsze! Wczesnym rankiem w dniu, w którym dotarliśmy do celu, obudziło mnie pukanie w ścianę kajuty. Wstałam, ubrałam się i wyszłam na pokład, a kiedy wyjrzałam za reling, zobaczyłam dwa trupy, które unosiły się na wodzie obok statku, uderzając głowami o burtę. Jeden z marynarzy na dolnym pokładzie usiłował odepchnąć ciała żerdzią. Kapitan wyjaśnił nam, że miejscowa ludność wrzuca zwłoki do rzeki, gdyż jest to ich święta rzeka. Większość zmarłych jest poddawana kremacji, jednak ci, którzy umierają na ospę albo podczas porodu, nie są spopielani, tylko wrzucani do rzeki. Widzieliśmy jeszcze mnóstwo ciał, gdy płynęliśmy w górę rzeki, a wszędzie ucztowały sępy i wrony. Woda przypomina zupę, a wzdłuż brzegów zalegają krokodyle, które wyglądają jak kłody drewna. Przedstawiają złowieszczy widok, gdy bezgłośnie wślizgują się do wody.

Jednak Kalkuta to wspaniałe miasto, pełne pięknych budynków i ogrodów, niemal europejskie. Zatrzymałam się u państwa Wellingów, którzy są przyjaciółmi Arthura, a on nocuje w swoim Klubie. Wellingowie mieszkają w dzielnicy Garden Reach, w uroczym domu w hinduskim stylu z długim ogrodem, który sięga aż do brzegu rzeki. Przeżyłam niespodziankę, kiedy przyjechaliśmy, ponieważ powitał nas dżin, wysoki na ponad sześć stóp i niemal równie szeroki, z długą, czarną brodą rozdzieloną na środku i zatkniętą za uszy. Miał na sobie fioletowo-biały strój ze złotymi guzikami i szafranowy turban. Sądziłam, że to przynajmniej maharadża, i już miałam zamiar dygnąć, ale Arthur w porę poinformował mnie, że to jedynie khidmautgar, czyli majordomus. Pułkownik Welling woła na niego „chłopcze"!

Dziwnie było znów zobaczyć Arthura w porcie. Towarzyszyli mu pułkownik Welling oraz inny przyjaciel w mundurze, a ja z daleka nie potrafiłam ich odróżnić. Tak się bałam, że go nie rozpoznam, ale oczywiście rozpoznałam, gdy tylko się zbliżyli. W mundurze wygląda na tak ważnego i dystyngowanego, że mnie onieśmiela. Kiedy o coś mnie pyta, chociażby jaką lubię herbatę, mam pustkę w głowie! Obawiam się, że myśli, iż zaręczył się z kretynką! Na szczęście James i Louisa pozostaną w Kalkucie aż do ślubu jako goście miejscowego urzędu, a ich obecność bardzo mi pomaga. Później wybierają się do Lakhnau, gdzie James ma objąć stanowisko poborcy i urzędnika administracyjnego.

6 listopada 1855

Wellingowie są bardzo serdeczni. Wczoraj wieczorem urządzili przyjęcie na naszą cześć. Założyłam jasnozieloną taftę ze srebrną szarfą, a wiele osób chwaliło mój śpiew, chociaż czułam się dziwnie, śpiewając bez Ciebie. Oficerów nie zachęca się do ożenku, dopóki nie osiągną stopnia majora, dlatego jest wielu młodych, wolnych wojskowych, głodnych kobiecego towarzystwa, a niektórzy z nich są takimi strasznymi flirciarzami, że aż boli głowa. Kiedy powiedziałam jednemu z nich, że jestem zaręczona z majorem Langdonem, stęknął i odrzekł z goryczą, że żaden młodszy oficer nie ma szansy przy „tym starym Anglo-Hindusie o zrujnowanej wątrobie, z twarzą jak pergamin i pełnymi kieszeniami", co było dosyć niegrzeczne. Jak wiesz, mój „stary Anglo-Hindus o zrujnowanej wątrobie" nie lubi ruszać się z miejsca, a ja nie opuściłam żadnego tańca, więc prawie nie rozmawialiśmy. Jestem pewna, że Arthur żałował, iż nie było taty, mamy i Ciebie, gdyż wtedy moglibyście podyskutować, co zawsze sprawia wam taką przyjemność.

Dzisiaj zwiedzaliśmy Kalkutę, a jutro pani Welling zabierze mnie na zakupy. Wybierzemy prezenty bożonarodzeniowe, gdyż potrzeba siedmiu tygodni, żeby przesyłki pocztowe dotarły stąd do Anglii. Mam także kupić materiał na kilka nowych sukienek, gdyż pani Welling twierdzi, że te, które już dla nas uszyto, nie nadają się do tego klimatu. Zapomniałam Ci powiedzieć, że na statku kazano nam się pozbyć krynolin, abyśmy nie blokowały trapów. Arthur przyznał, że nigdy nie widział sensu w ich noszeniu i uważa je za absurdalne, zwłaszcza w takim upale. Zasugerował nawet – w obecności państwa Wellingów! – żebym w ogóle nie zakładała gorsetu. Nie wiedziałam, gdzie podziać oczy, ale to prawda, że ciężko mi oddychać, mimo że mamy teraz chłodną porę roku.

Muszę przerwać, ponieważ khidmautgar czeka, żeby zabrać listy i paczki na pocztę, a wygląda tak imponująco, że nie śmiem pozwolić, by czekał. Trudno uwierzyć, że kiedy otrzymam Twoją odpowiedź, w Anglii prawie zapanuje wiosna, a ja od ponad trzech miesięcy będę mężatką! Pani Langdon – to brzmi tak dorośle; trudno mi będzie uwierzyć, że chodzi o mnie! Po raz ostatni podpisuję się jako

Twoja kochająca siostra,
Cecily Partridge

Garden Reach, Kalkuta, 10 listopada 1855

Kochana Mino!

Nie wiem, jak to powiedzieć – jestem pewna, że nie powinnam, ale nie mam nikogo, z kim mogłabym porozmawiać, i czuję się taka samotna. *Nie wiem, jak zniosę życie małżeńskie!*

Nie przypuszczałam, że to będzie tak wyglądało! Dlaczego mama mnie nie uprzedziła? Czy Ty o tym wiedziałaś, Mino, i mnie nie ostrzegłaś? Arthur twierdzi, że tak robią wszystkie małżeństwa, ale nie mogę w to uwierzyć. Z pewnością mama i tata nigdy nie zrobiliby czegoś takiego – a myśl, że pan i pani Weston mogliby się zachowywać w taki sposób, jest wprost absurdalna! Mama powiedziała tylko, że powinnam w pełni zdać się na Arthura, a kiedy mężczyzna i kobieta się kochają, to wszystko wydaje się całkowicie naturalne. Jednak mnie wcale się takie nie wydaje. To takie nieromantyczne – niemożliwe, żeby w o k ó ł c z e g o ś t a k i e g o robiono tyle zamieszania w książkach.

Och, Mino, nie wiem, jak ponownie spojrzę w twarz Arthurowi! Kiedy pokojówka dziś rano zmieniała pościel, paskudnie się do mnie wyszczerzyła, a ja poczułam się tak upokorzona tym, iż ktoś się o tym dowiedział, że ledwie zniosłam towarzystwo państwa Wellingów przy śniadaniu. Na szczęście pani Welling tak dużo mówiła, że nikt nie miał czasu pomyśleć o czymkolwiek innym. Później, po kościele, Arthur pojechał załatwiać formalności związane z naszą podróżą do Kataku, a kiedy go nie było, pani Welling zapewne zauważyła, że nie jestem sobą, ponieważ powiedziała mi, że wkrótce przywyknę do małżeństwa, a nawet je polubię, jednak nie potrafię w to uwierzyć.

Wciąż myślę o tym, że będę żoną przez długie lata. Jak mam to wytrzymać?

> Twoja nieszczęsna siostra,
> Cecily

13 listopada 1855

Droga Mino!

Proszę, wybacz mój zeszłotygodniowy list. Kiedy go wysłałam, od razu tego pożałowałam, jednak było już za późno, a skoro poczta odchodzi tylko raz w tygodniu, będziesz miała całe siedem dni na rozmyślanie o mojej głupocie! Och, Mino, przykro mi, że jestem taką głupią gąską, ale wszystko wydarzyło się tak szybko, poza tym bardzo za Tobą tęsknię i trudno jest mi się pogodzić z myślą, że nie zobaczę Cię przez kolejne cztery lata, dopóki Arthur nie dostanie następnego długiego urlopu.

Louisa i James jutro wyjeżdżają do Lakhnau i będę straszliwie tęskniła także za nimi oraz ich dziećmi, zwłaszcza za małą Sophie. Ale wiem, że to żadne usprawiedliwienie, a mama powiedziałaby, że Arthur jest teraz moją rodziną. Zresztą rzeczywiście jest dla mnie bardzo dobry. Kiedy wrócił do domu i zobaczył, że płakałam, sam stwierdził, że potrzebuję czasu, aby przywyknąć do małżeńskiego życia, i wyraził nadzieję, że kiedy poznamy się lepiej, zdołam je polubić. Tymczasem obiecał nie niepokoić mnie, dopóki nie będę gotowa, i przeniósł się do sąsiadującej przebieralni. Obawiałam się, co sobie pomyślą państwo Wellingowie, ale Arthur powtarza, że nie powinnam się przejmować opiniami innych, tylko robić to, co wydaje mi się słuszne i z czym czuję się dobrze. Jest taki porządny i uczciwy, że z pewnością ma rację w kwestii tego, co mąż i żona robią na osobności, jednak nie potrafię przywyknąć do tej myśli. Przecież mama i tata! Państwo Wellingowie! Pani Weston! To niemożliwe! Takie niegodne. Ale jeżeli tak jest w istocie, muszę się modlić o siłę, aby to wytrzymać, gdyż postanowiłam być dobrą żoną dla Arthura. Lecz zanim przyjmiesz od kogokolwiek oświadczyny, Mino, poproś mamę, żeby wszystko dokładnie Ci wytłumaczyła.

Rano wyjeżdżamy do Kataku. Przekaż moje serdeczne pozdrowienia wszystkim domownikom.

Twoja kochająca siostra, Cecily

Lila

Simon miał rację: Jagjit od razu mi się spodobał, chociaż obiecywałam sobie, że tak się nie stanie. Był bardzo wysoki – tak jak Simon bardzo niski – i bardzo szczupły, a na policzkach i pod brodą miał nieregularne kępki kędzierzawego zarostu. Jego nos o wysokim grzbiecie zdawał się zbyt wydatny, a jeden kącik ust unosił się przy uśmiechu, tworząc dołeczek na policzku.

Jego dłoń objęła moją, kiedy popatrzył na mnie szczerymi ciemnobrązowymi oczami.

– Witaj, Lilu, jestem Jagjit. Bardzo chciałem cię poznać. Simon mówił, że dorastałaś w Indiach, więc mamy ze sobą coś wspólnego.

Od przybycia do Anglii wciąż zauważam, jak inni są tutejsi ludzie. Nigdy nie patrzą ci w oczy, tylko uciekają wzrokiem, jakby bali się pokazać, jacy są naprawdę. Nikt nigdy nie mówi, co rzeczywiście ma na myśli. Jednak w brązowych oczach Jagjita dostrzegłam sympatię, jego głos napełniał mnie ciepłem, a w krzywym uśmiechu nie było ani cienia krytyki. Po raz pierwszy od przyjazdu do Anglii pożałowałam swojej decyzji, żeby się nie odzywać.

Co jest takiego w Jagjicie, co rozbraja każdego, kto go spotyka? Służący od razu go polubili, a nawet mieszkańcy wioski, którzy zazwyczaj traktują obcych podejrzliwie i wciąż zerkają na mnie z ukosa, zapałali do niego sympatią i zaproponowali mu udział w niedzielnych meczach krykieta. Jedynym wyjątkiem była ciocia Mina. Oczywiście była uprzejma, ale nigdy nie patrzyła mu w oczy i nie odzywała się do niego pierwsza. Kiedy teraz o tym myślę, rozumiem, że zapewne widziała w Jagjicie zagrożenie dla swoich prób wykorzenienia ze mnie wspomnień o Indiach i przemienienia mnie w typową angielską dziewczynę. Jednak mimo wszystko go tolerowała, być może dlatego, że był gościem w domu państwa Beauchampów.

Chociaż Jagjit był o rok starszy od Simona i prawie o dwa lata ode mnie, nie nudził się w naszym towarzystwie, czego się obawiałam. Obaj chłopcy pomagali w rozwieszaniu świątecznych dekoracji w Wysokich Wiązach. Jagjit dzięki swojemu wzrostowi mógł dosięgać miejsc, które były dla nas niedostępne, więc zawieszał stroiki nad drzwiami i na obrazach oraz umieszczał ozdoby na najwyższych gałęziach choinki, podczas gdy Simon i ja zajęliśmy się przystrajaniem balustrad, kominka i niższych gałęzi. Jagjit lubił Boże Narodzenie, ponieważ przedświąteczne przygotowania i zapachy potraw przypominały mu święta, które obchodził w ojczyźnie.

Rzeczywiście było to coś wyjątkowego. Aromaty przypraw i suszonych owoców wypełniały dom, a gdy zbliżały się Święta, nawet służący sprawiali wrażenie podekscytowanych. Słyszałam, jak Cook mówi do Ellen:

– Zupełnie jak za dawnych lat, gdy dziecko było w domu. Szkoda, że biedactwo jest niemową.

– Według mnie ona jest jakaś dziwna – odrzekła Ellen i zachichotała. – Zresztą można się było tego spodziewać. Słyszałam, jak pani domu opowiadała pani B., że jej ojciec się zabił, a jej mama była szurnięta.

Nie miałam pojęcia, co znaczy „szurnięta", ale się domyślałam. Zatem ciocia Mina wiedziała, co się naprawdę wydarzyło. Nic dziwnego, że ludzie w wiosce uważali mnie za pomyloną.

W Wigilię poszliśmy do kościoła na pasterkę. Jagjit nam towarzyszył. Zazwyczaj zostawał u Simona, kiedy chodziliśmy do kościoła, ale powiedział, że jest ciekawy. W szkole przed modlitwą dyrektor zawsze rozkazywał: „żydzi, hindusi i muzułmanie – proszę wyjść", a wtedy wszyscy niechrześcijanie opuszczali hol.

Zawsze uważałam niedzielne nabożeństwa za nudziarstwo, ale pogrążony w mroku kościół z zapalonymi wszystkimi świecami wyglądał jak czarodziejska jaskinia, przystrojona obwieszonymi owocami gałęziami oraz kwiatami i pachnąca kadzidłem. Następnego dnia Beauchampowie zaprosili nas na świąteczny lunch. Pod choinką piętrzyły się prezenty, przygotowano ciasto z bakaliami, a także grzane wino dla dorosłych i ciepły sok jabłkowy z przyprawami dla nas. Ciocia Mina wręczyła nam praktyczne prezenty: dla mnie kupiła ciepłe ubranie, a dla Simona skórzane etui na przybory do pisania. Jagjitowi podarowała wieczne pióro, ale nie patrzyła na niego, kiedy jej dziękował. Trzy największe prezenty pochodziły od państwa Beauchampów. Kiedy je otworzyliśmy, odkryliśmy, że podarowali nam identyczne sanki.

– Do licha! Dlaczego nie pada śnieg? – wykrzyknął Simon, a Jagjit i ja wymieniliśmy uśmiechy, jak rodzice małego, niecierpliwego dziecka.

Dwa dni przed Nowym Rokiem obudziłam się z niepokojącym uczuciem, że coś się zmieniło. Dopiero po kilku chwilach zwróciłam uwagę na panującą ciszę: nie śpiewały ptaki, nie szumiały drzewa, nie grzechotał wózek mleczarza krążącego między domami. Poza tym jakieś dziwaczne światło – biały blask – sączyło się do pokoju wokół krawędzi zasłon. Czekałam i nasłuchiwałam, ale nic się nie zmieniało, więc wyszłam z łóżka i nerwowo rozchyliłam zasłony.

Początkowo widziałam tylko biel. Świat zniknął! Poczułam dreszcz strachu. Potem stopniowo zaczęłam dostrzegać odcienie szarości. Biel pokrywała wszystko, wygładzając krawędzie, kładąc się łagodnym łukiem na zboczu wzgórza, ścieląc się na szczytach drzew i krzewach, tworząc pompony na końcach gałęzi. Białe kryształki okalały szyby, a ja poczułam, że jestem zziębnięta. Było jeszcze za wcześnie, żeby Ellen przyszła do mojego pokoju, więc się ubrałam i wyszłam na zewnątrz. Śnieg sięgał mi do połowy kaloszy. Deptałam go, ciesząc się jego chrzęstem pod moimi stopami. Nachyliłam się i nabrałam nieco na dłoń. Wilgoć przesączyła się przez moją rękawiczkę i zdrętwiały mi palce. Czytałam o śniegu i widziałam jego zdjęcia w książkach, więc wiedziałam, że jest zimny, ale zawsze wyobrażałam sobie, że jest suchy i puszysty, jak kłębuszki bawełny.

Simon i Jagjit też wyszli i razem wspięliśmy się na wzgórze za domem. Połowa dzieci z wioski wyległa z domów i teraz brnęła przez zaspy, ciągnąc sanki zrobione z drewnianych skrzynek i tacek. Nigdy się z nimi nie bawiliśmy i niezbyt je lubiłam, ponieważ gapiły się na mnie i szeptały. Pojawienie się Jagjita sprawiło, że wszyscy umilkli i wytrzeszczyli oczy, podobnie jak stało się w kościele, gdy Jagjit wszedł za Simonem na pasterkę. Dzieci początkowo tylko trącały się łokciami i chichotały, ale już pod koniec popołudnia Jagjit woził malców na swoich sankach i wywracał ich w śnieg, aż zanosili się śmiechem.

Wieczorem graliśmy w szarady z dorosłymi i kiedy przyszła nasza kolej, wybraliśmy scenę ślubu z *Dziwnych losów Jane Eyre*. Simon, który był najmniejszy i miał najjaśniejsze włosy, wcielił się w rolę Jane i założył jedną z moich białych spódnic, używając koronkowej firanki jako welonu. Ja byłam panem Rochesterem, ponieważ Simon stwierdził, że najlepiej się krzywię ze złości; założyłam jego niebieski aksamitny garnitur, który okazał się nieco za ciasny. Szaloną żonę odgrywał Jagjit, otoczony chmurą splątanych czarnych włosów, z nieogolonymi policzkami i podbródkiem natartymi talkiem. Ubrał się w jedną z nocnych koszul pani Beauchamp – sięgała mu ledwie do kolan, więc jego owłosione nogi i duże stopy wyglądały komicznie. Przez chwilę walczyliśmy, gdy udawał, że mnie gryzie, a Simon stał z boku, załamując ręce.

Przez następne kilka dni, dopóki leżał śnieg, ganialiśmy po ogrodzie, ukrywając się za krzewami, a następnie wyskakując i obrzucając się nawzajem śnieżkami. Simon podbiegł do mnie i za kołnierz płaszcza wepchnął mi garść śniegu. Kiedy zapiszczałam, znieruchomiał i wbił we mnie wzrok, a potem zwrócił się do Jagjita:

– Wydała z siebie dźwięk! Naprawdę, wydała dźwięk! – Jagjit popatrzył na mnie, a ja się odwróciłam. – Pokażę ci – powiedział Simon i podniósł kolejną garść śniegu, ale kiedy wyciągnął rękę w moją stronę, Jagjit przewrócił go w zaspę. Podczas szamotaniny chłopcy zapomnieli o moim pisku, ale wieczorem, kiedy siedzieliśmy przy kominku w sali lekcyjnej i stękaliśmy z bólu, czekając, aż palce nam się rozgrzeją, zauważyłam, że Jagjit przypatruje mi się z namysłem.

Następnego ranka, ku mojemu zaskoczeniu, Jagjit przyszedł sam. Ciocia Mina wywołała mnie z mojego pokoju, gdzie akurat czytałam.

– To ten hinduski chłopiec – powiedziała. Zobaczyłam po jej minie, że nie jest zachwycona. – Zaprowadziłam go do biblioteki. Chciałabym, żebyś nie wychodziła z domu i została w zasięgu słuchu. – Popatrzyła na mnie znacząco, co mnie zirytowało – niby co Jagjit miałby mi zrobić? Ale weszłam do biblioteki dziwnie zdenerwowana, zastanawiając się, jak zabawić gościa. Przywykłam do tego, że stanowiłam tło dla jego rozmów z Simonem.

Stał i patrzył na książki, ale obrócił się, kiedy weszłam.

– Mam nadzieję, że ci nie przeszkadzam, Lilu. Simon pojechał z matką do Brighton, żeby kupić buty do szkoły, więc pomyślałem, że wpadnę.

Zauważyłam, że chociaż już prawie pozbył się akcentu, słowo „szkoła" wypowiedział z hinduską manierą, tak jak kiedyś Afzal Khan. Z jakiegoś powodu dzięki temu poczułam się swobodniej w jego towarzystwie. Uśmiechnęłam się i pokręciłam głową.

– Twoja ciocia chyba nie była zachwycona, że mnie widzi.

Przewróciłam oczami.

Roześmiał się.
– Co będziemy robić? Chcesz wyjść?
Ponownie pokręciłam głową i zaczęłam się rozglądać. Mój wzrok padł na planszę do paććisi i ją wskazałam.
– Ach, ale jestem prawdziwym mistrzem – rzekł. – Na pewno chcesz zaryzykować?

Czułam się przy nim spokojna. Nie mówił przez cały czas jak Simon i najwyraźniej nie przeszkadzało mu moje milczenie. Kiedy zbiłam mu jednego pionka, zamiast się złościć albo dąsać, posłał mi ten wykrzywiony uśmiech.
– Mam wrażenie, że szachrujesz, Lilu. Widzę, że już w to grałaś. Czy to było w Indiach?

Pokiwałam głową, przypominając sobie rozgrywki z Afzalem Khanem, a także z ojcem, gdy akurat był w domu.

Jagjit mi się przyglądał.
– Tęsknisz za Indiami? Pani Beauchamp mówiła, że mieszkałaś w Peszawarze, niedaleko od nas. Wiesz, jak tam jest o tej porze roku... Zimowe wieczory, kiedy wszyscy wracają do domów po całym dniu pracy...

Zamilkł, jakby to sobie wyobrażał, a ja również ujrzałam ten obraz: pas białej mgły, unoszący się znad ciepłej ziemi, gdy stygło wieczorne powietrze, upodabnia wierzchołki drzew do mrocznych obłoków pływających na białym morzu; potężna pomarańczowa kula słońca rozpłaszcza się nad horyzontem; drewniane koła wozów ze słomą skrzypią na zapylonych ścieżkach; białe ciała wołów zabarwione na bladofioletowo przez skośne złociste promienie; woń dymu z palonego drewna i pełne gracji kobiety ubrane w jaskrawe sari – zielonkawoniebieskie, szmaragdowe i różowe – podtrzymują jedną ręką dzbanki z wodą; ich wydłużone cienie rozciągały się na spieczonej słońcem ziemi, gdy wracały do swojej wioski Nietykalnych.

Łzy napłynęły mi do oczu.

Jagjit położył swoją ciepłą dłoń na mojej w geście pocieszenia. Popatrzyłam w jego ciemne oczy i po raz pierwszy od czasu opuszczenia Indii poczułam się spokojna.

Henry

7 stycznia 1869

W nocy ciotka Mina poszła do pokoju ojca. Właśnie skończyłem opisywać wydarzenia z domu kapelana, co zajęło mi całe wieki, więc musiało być bardzo późno. Szykowałem się do snu, gdy usłyszałem, jak puka do ojca. Podszedłem do drzwi i nieco je uchyliłem. Ciotka Mina stała na korytarzu ze świecą, ale wyglądała tak młodo, że początkowo jej nie rozpoznałem. Miała rozpuszczone włosy i owinęła się kolorową chustą.

Ojciec otworzył drzwi.

– Cecily? – odezwał się bardzo głośno, jakby pod wpływem szoku.

– To ja, Mina, Arthurze. Przepraszam, nie chciałam cię przestraszyć. – Nawet jej głos brzmiał inaczej, łagodniej. Powiedziała, że nie mogła zasnąć i chciała z nim porozmawiać.

Ojciec bardzo długo się nie odzywał. Słyszałem, jak ciężko oddycha, aż w końcu przeprosił, że tak nagle wyszedł z domu kapelana.

– Po prostu brzmiałaś tak... Tak bardzo podobnie do niej – wyjaśnił. Ciotka Mina także przeprosiła i powiedziała, że zapomniała, iż Cecily lubiła śpiewać tę piosenkę. Spytała, czy może wejść, tylko na chwilę, a ojciec ją wpuścił i zamknął drzwi.

Wyszedłem na werandę i prześlizgnąłem się wzdłuż ściany pomiędzy jego i swoimi drzwiami. Wiem, że nie powinienem, ale sądziłem, że będą rozmawiać o matce i chciałem tego posłuchać. Przywarłem do ściany obok jego drzwi. Usłyszałem, jak ojciec mówi, że wciąż za nią tęskni i o niej śni. Czasami wyobraża sobie, że została uprowadzona, wciąż żyje i mieszka na jakimś bazarze, a potem przygląda się dłoniom kobiet w burkach, licząc na to, że ją rozpozna. Ciotka Mina odparła, że z pewnością nie chciałby czegoś tak niegodziwego, gdyż nawet śmierć byłaby lepsza od takiego losu, ale nie wiem, co miała na myśli.

Powiedziała mu, że wszyscy uważają, iż bardziej się troszczy o tubylców niż o swoich ludzi, i spytała, jak mógł im przebaczyć to, co zrobili. Ojciec odrzekł, że według niego nie ma dużej różnicy między nimi a nami, a my jesteśmy równie winni – zwłaszcza on, gdyż zdradził zaufanie człowieka, z którym nigdy nie będzie w stanie się równać.

Ciotka Mina stwierdziła, że z pewnością zasłużyli na wszystko, co ich spotkało, a ojciec odpowiedział jej to samo, co zawsze mówi do mnie, gdy na kogoś narzekam: „Kiedy zaczniemy szukać winnych, cofniemy się aż do Adama". Potem powiedział, że jest późno, a oni oboje są zmęczeni, więc powinni odłożyć tę rozmowę na następny dzień.

Ciotka Mina zaczęła płakać i odrzekła, że czekała jedenaście lat, żeby z nim porozmawiać, a przez cały ten czas ojciec prawie do niej nie pisał, chociaż kiedy się poznali, to ona najczęściej z nim rozmawiała i wszyscy byli zaskoczeni, gdy wybrał Cecily. Powiedziała, że Cecily zawsze umiała wszystkich oczarować, aby zdobyć to, czego pragnęła, że była zepsuta i rozpieszczona. Spytała, czy ojciec sobie wyobraża, jak ona się czuła, gdy poprosił Cecily o rękę, chociaż wszyscy się spodziewali, że to właśnie ją wybierze. Ojciec odpowiedział, że jest mu przykro, jeśli ją rozczarował, ale to już przeszłość. A wtedy ciotka Mina przypomniała mu, że wciąż musi myśleć o mnie i spytała, czy nie uważa, że potrzebuję matki. Niemal przestałem oddychać, ale ojciec odparł, że z pewnością już zrozumiała, iż on nie nadaje się na męża, a zresztą ciotka Mina zapewne nie jest stworzona do życia w Indiach i byłaby szczęśliwsza w ojczyźnie.

Bardzo długo nic nie mówiła, a ja słyszałem, jak płacze. W końcu odpowiedziała:

– Postawiłeś ją na piedestale, ale ona na to nie zasłużyła. Nigdy nie mogła znieść myśli, że ktoś inny mógłby zdobyć coś, czego pragnęła, a gdy tylko sama to zdobywała, od razu zmieniała zdanie. Nigdy cię nie kochała.

Nie chciałem dłużej tego słuchać, ale nie śmiałem się poruszyć, gdyż wtedy mogliby mnie usłyszeć. Nagle ciotka Mina przeprosiła, a ojciec odrzekł:

– Nie, nie przepraszaj. Masz rację, Mino. Ona mnie nie kochała. Zasługiwała na kogoś młodego, jak tamten chłopiec, Peter. Powinienem być mądrzejszy, ponieważ w Indiach jest pełno głupich starych mężczyzn, którzy ożenili się z głupiutkimi dziewczynami, a to nigdy nie kończy się dobrze.

Usłyszałem, że ciotka Mina wychodzi i chciałem pójść do ojca, aby zapewnić go, że cokolwiek się stało, to na pewno nie była jego wina, a matka go kochała, ale wiedziałem, że nie byłby zachwycony, iż podsłuchiwałem. Zacząłem się przesuwać z powrotem wzdłuż ściany w stronę swojego pokoju, gdy nagle ojciec wyszedł na werandę i stanął na szczycie schodów. Przywarłem do ściany, bojąc się choćby oddychać. Oparł się dłońmi o słupki po obu stronach schodów i pochylił głowę, a z tyłu wyglądał tak samo jak figura za ołtarzem w kościele.

Usłyszałem, jak mówi „Cecily", a potem zawołał „Ram! Ram!" i jego ramiona zaczęły się trząść. Domyśliłem się, że płacze. Nie rozumiem dlaczego, ponieważ Ram to imię jednego z hinduskich bogów.

8 stycznia 1869

Ostatniej nocy znów miałem ten sen. Zawsze wygląda tak samo: jestem gdzieś, gdzie jest ciasno i gorąco, coś zakrywa mi twarz, nie mogę oddychać. Moje oczy, nos i usta wypełnia ciemność, a w uszach rozbrzmiewa straszliwe zgrzytanie. Otwieram usta, żeby wzywać pomocy, ale nie wydobywa się z nich żaden dźwięk.

Potem pojawił się ojciec, objął mnie i zaczął kołysać.

– Obudź się, Henry. Już wszystko dobrze. Jesteś bezpieczny. To był tylko sen.

Serce tak mi waliło, jakby chciało wyskoczyć z piersi, a po chwili usłyszałem za drzwiami głos ciotki Miny, roztrzęsiony i wystraszony.

– Wszystko w porządku, Arthurze? Słyszałam jakiś krzyk.

– W porządku, Mino. Po prostu Henry miał zły sen – wyjaśnił ojciec.

– Nie odeślesz mnie, ojcze? – zapytałem. – Obiecaj, że mnie nie odeślesz – poprosiłem, na co on odrzekł:

– Obiecuję, Henry. A teraz kładź się spać. Nigdzie stąd nie wyjedziesz.

Cecily

Katak, 3 grudnia 1855

Droga Mino!

Mam Ci tak wiele do opowiedzenia, że nie wiem, od czego zacząć! Piszę do Ciebie z naszego nowego domu w Kataku. Żeby tutaj dotrzeć, przez ponad dwa tygodnie podróżowaliśmy zaprzężonym w kuca powozem, a tam, gdzie nie było szutrowych dróg – palankinem. Nie wiem, jak ludzie mogą narzekać na wojaże po Indiach, gdyż dla mnie to sama przyjemność, jak długi piknik. Nocowaliśmy w ładnych domkach wypoczynkowych nazywanych „dak bungalowami", w których otrzymywaliśmy wszystko, czego potrzebowaliśmy – proste posiłki złożone z omletu albo ćapati oraz curry z mięsa bądź soczewicy. Potem przesiadywaliśmy na werandzie i rozmawialiśmy aż do zmroku.

Dotarliśmy do Kataku o zachodzie słońca. Tutaj nie ma zmierzchu – noc zapada nagle, jakby ktoś zdmuchnął płomień lampy. W ciemności ujrzeliśmy punkciki światła, jakby lecące ku nam świetliki, z każdą chwilą coraz jaśniejsze. Potem rozbrzmiały bębny oraz okrzyki i wiwaty, a z mroku wyłonił się tłum mężczyzn z pochodniami, ubranych w barwne mundury i turbany. To byli ludzie Arthura, którzy wyszli nas powitać. Udekorowali nas girlandami z gardenii i aksamitek, a Arthurowi zawiązali na głowie złoty turban. Potem posadzili go na białym koniu i poprowadzili przodem ulicami miasta przy akompaniamencie grającego zespołu, a ludzie obsypywali nas ryżem. To było takie romantyczne – jakbyśmy znaleźli się w opowieści z *Księgi tysiąca i jednej nocy*!

Ale jeszcze nie napisałam nic o Kataku i naszym domu. A więc w skrócie – Katak to ładne miasto rozciągnięte nad rzeką, z kościołem, meczetem i świątynią, a kwatery wojskowe to małe, białe bungalowy z ogródkami pełnymi kwiatów. Miasto jest bardzo czyste i przypomina mi Anglię, zwłaszcza proste ulice i schludne, białe płoty.

Nasz dom jest identyczny jak pozostałe. Są tutaj salon i jadalnia połączone podwójnymi drzwiami, a także dwie sypialnie z garderobami i prymitywnymi łazienkami. Arthur ma do dyspozycji gabinet na tyłach, a cały dom jest otoczony werandą. Pokoje są wysokie i mają materiałowe sufity, które zdejmuje się w lecie, żeby gorące powietrze mogło się unosić, a także aby umożliwić zawieszenie pankhy. Kuchnia i mieszkania służby znajdują się za domem. Dziwnie jest widzieć rzeczy, o których dotychczas tylko słyszałam albo czytałam w książkach. Wnętrza są bardzo surowe, ale Arthur mówi, że mogę zamówić z katalogów, co tylko zechcę i urządzić dom po swojemu, ponieważ wie, że „kobiety lubią bibeloty". Zamówił dla mnie pianino jako prezent świąteczny. Jest taki serdeczny i troskliwy, a ja postanowiłam, że będę go kochała i wiem, że tak będzie, gdy lepiej się poznamy.

Przekaż moje serdeczne pozdrowienia mamie i tacie i powiedz im, że niedługo do nich napiszę.

Twoja kochająca Cecily

PS Niemal zapomniałam życzyć Ci Wesołych Świąt (chociaż wiem, że będziesz musiała czekać na ten list niemal do lutego).

1 stycznia 1856

Kochana, kochana Mino!

Bardzo Ci dziękuję za piękny szal, idealnie nada się na chłodniejsze poranki. Wprost nie mogłam uwierzyć oczom, gdy go zobaczyłam. Jak udało Ci się znaleźć czas, aby to wszystko wyhaftować? Zawsze, kiedy ogarnie mnie tęsknota za domem, otulę się nim i będę spokojniejsza.

Założyłam szal do kościoła w pierwszy dzień Świąt, ale obawiam się, że nic nie usłyszałam z nabożeństwa, ponieważ cały czas byłam myślami przy Tobie. Wyobrażałam sobie mamę, tatę i Ciebie w naszym kościółku. Pamiętasz, jak Peter wsypał mi opiłki żelaza pod sukienkę i mama odesłała mnie z kościoła, bo się wierciłam? A teraz jesteś zaręczona! Och, Mino, jestem taka szczęśliwa. Proszę, pozdrów go ode mnie i pogratuluj otrzymanej nominacji. Z pewnością będziesz za nim tęskniła, kiedy wyjedzie, ale sama powiedziałaś, że chce zadbać o swoją karierę przed ślubem.

Obawiam się, że nie najlepiej radzę sobie z domowymi obowiązkami – przy takiej liczbie służących trudno spamiętać, kto się czym zajmuje, więc wciąż się mylę. To takie skomplikowane. Chyba sobie wyobrażasz, jak bardzo się denerwuję tym, że muszę ich wszystkich nadzorować. Arthur twierdzi, że powinnam to wszystko zostawić khidmautgarowi, ale inne damy tłumaczą mi, że to wykluczone, gdyż wtedy zostaniemy haniebnie oszukani i wykorzystani. Ciekawe, czy kiedykolwiek się nauczę, jak być dobrą „memsahib". Arthur mówi, że jeśli tak się stanie, to się ze mną rozwiedzie!

Twoja kochająca Cecily

5 marca 1856

Droga Mino!

Właśnie otrzymałam Twoją odpowiedź na mój głupiutki list z Kalkuty i chociaż wiem, że na to zasłużyłam, okazała się ona nader nieuprzejma. To prawda, że Ty i mama ostrzegałyście, iż jestem za młoda na małżeństwo i tak daleką podróż, ale nigdy nie jest przyjemnie usłyszeć: „A nie mówiłam?"!

Wiem, że nie powinnam pisać do Ciebie o takich osobistych sprawach, ale zawsze o wszystkim sobie mówiłyśmy, a nie mam nikogo innego, komu mogłabym się zwierzyć. Jednak słusznie zauważyłaś, że sprawy małżeńskie powinny pozostać między mężem i żoną, dlatego nie musisz się obawiać, że jeszcze kiedyś będę Cię angażowała w swoje problemy.

Twoja skarcona siostra, Cecily

23 kwietnia 1856

Droga Mino!

Bardzo przepraszam, że nie pisałam do Ciebie przez ponad miesiąc. Arthur zachorował na malarię, a ja tak bardzo się boję. Nie miałam pojęcia, jaka to straszliwa choroba. Lekarz twierdzi, że możemy jedynie zbijać Arthurowi gorączkę, zapewniać mu spokój i podawać chininę.

Nie wiem, jak bym sobie poradziła bez miejscowych oficerów. Subedar i dźamadar Arthura codziennie przychodzą z wizytą i przekazują mu wieści dotyczące jego ludzi, a nawet na zmianę czuwają przy nim w nocy, dzięki czemu mogę odpocząć. To wielka pomoc. Subedar nazywa się Durga Prasad, co oznacza „dar bogini Durgi" (tak się składa, że to bogini wojny), chociaż wcale nie wygląda groźnie, tylko przypomina starego Hindusa w turbanie i z białą brodą, którego wizerunek znajduje się na pudełku ze starą drewnianą układanką w naszym pokoju dziecinnym! Dźamadar, Ram Buksh, jest młody, ma lśniące białe zęby i bujny wąs, jak pirat. Całkiem dobrze mówi po angielsku i twierdzi, że Arthur już wcześniej chorował na malarię. Obaj opowiadali mi wiele historii świadczących o jego męstwie i wyraźnie widzę, że go szanują i podziwiają. Jakże żałuję, że nie znałam go, kiedy był młody!

Lekarz powiedział, że gdy tylko Arthur nabierze sił, powinnam go zabrać na wzgórza, gdzie jest chłodniej. Napiszę ponownie, kiedy już tam będziemy.

Twoja pełna czułości Cecily

PS Uczę się języka hindustani, gdyż Ram Buksh zgodził się udzielać mi lekcji. Wiem, że Arthur będzie zadowolony.

Lila

Często myślałam o Jagjicie podczas trzech i pół miesiąca między Bożym Narodzeniem a jego kolejną wizytą w Wielkanoc. Czułam, że stał mi się bliższy niż ktokolwiek inny spośród osób, które spotkałam od przybycia do Anglii, ponieważ wiedziałam, że on także tęskni za domem. Wyznał nam, jak dziwne wszystko mu się wydawało, kiedy po raz pierwszy przyjechał do Anglii – te same rzeczy, które również mnie zadziwiały: szare niebo i mgły, mdłe jedzenie oraz brak dźwięków i zapachów. Jednak najbardziej był zaskoczony, gdy przybył do Tilbury i w porcie zobaczył białych mężczyzn pracujących jako tragarze, dokerzy i zamiatacze. Nie mógł w to uwierzyć, kiedy wsiadł do taksówki, aby pojechać na dworzec, a kierowca zwrócił się do niego: „proszę pana".

Chciałabym dowiedzieć się czegoś więcej o jego domu i rodzinie, ale Simon nie był tym na tyle zainteresowany, żeby zapytać, a chociaż państwo Beuchampowie grzecznie zagadywali Jagjita o rodziców i brata, to zawsze na tym poprzestawali. Głównym tematem rozmów przy stole stanowiła polityka. Ich częstym gościem był Keir Hardie, który właśnie zrezygnował z przewodzenia Partii Pracy. Popierał darmową edukację, prawo kobiet do głosu, samorządność Indii oraz Irlandii i był bliskim przyjacielem pani Pankhurst. Jej siostra, pani Clarke, mieszkała w Brighton i również często wpadała z wizytą, dlatego rozmowy zazwyczaj dotyczyły tematów poruszanych w Parlamencie: poza kwestiami bliskimi sercu Hardiego rozmawiali także o coraz intensywniejszej militaryzacji Niemiec i obawach, że sytuacja w Bośni i Serbii może doprowadzić do wojny w Europie. Zaskoczyło mnie, że Jagjit tak dobrze zna się na historii i polityce. Dorośli traktowali go jak równego sobie i często zapraszali do dyskusji, zwłaszcza gdy poruszano temat Indii.

Ciocia Mina nie zabierała głosu. Nie popierała ani Partii Pracy, ani ruchu sufrażystek i wolałaby, żebym nie uczestniczyła w tych spotkaniach, jednak nie chciała urazić państwa Beauchampów.

W niedzielę wielkanocną po nabożeństwie udaliśmy się do nich na lunch. Tego dnia nie mieli innych gości, a podczas posiłku pan Beauchamp spytał Jagjita, co ten zamierza robić po skończeniu szkoły. Jagjit odpowiedział, że jego ojciec pragnie, aby wstąpił na uniwersytet i studiował prawo z myślą o pracy w Indyjskiej Służbie Cywilnej.

Pani Beauchamp się roześmiała.

– Zatem zostaniesz urzędnikiem! Wczoraj byłam w wiosce i żona piekarza zapytała mnie, czy to prawda, że jesteś księciem! Tak się składa, że kiedyś, jeszcze przed moim urodzeniem, przybył tutaj pewien indyjski książę. Pamiętam, że wspominała o tym moja babka. Powiedziała, że był bardzo światły i ujmujący. Chyba nawet zatrzymał się w hotelu Devil's Dyke. Może pani to pamięta, panno Partridge – zwróciła się do cioci Miny.

Ciocia Mina przez chwilę nie odpowiadała. Potem odezwała się cichym głosem:

– Owszem, pamiętam go. Rzeczywiście był ujmujący. A także zdradziecki jak wąż – oni wszyscy tacy są.

Pani Beauchamp szerzej otworzyła oczy.

– No, tak – odrzekł pan Beauchamp, spoglądając na Jagjita. – Ale on nie był prawdziwym księciem, nieprawdaż? Z tego, co pamiętam, nazywał się… Khan? Jego imię chyba zaczynało się na literę A. Może Azim? Czy przypadkiem nie pochodził z Kanpuru i nie miał czegoś wspólnego z…?

Zamilkł, kiedy pani Beauchamp złowiła jego spojrzenie.

– Myślę, że dla wieśniaków każdy Hindus jest księciem – powiedziała szybko. – Oczywiście przypominają sobie Ranjiego, który grał dla drużyny z Sussex. Ty także grasz w krykieta, prawda, Jagjicie?

– Nie, pani B., chociaż nie udało mi się przekonać trenera, który najwyraźniej uważa, że skoro jestem Hindusem, to powinienem być w tym dobry. Ale, panie Beauchamp, czy może chodzi panu o A z i m u l l a h a Khana, który był…

– Może wszyscy wyjdziemy do ogrodu – weszła mu w słowo pani Beauchamp.

Zapadła cisza, a Jagjit rozglądał się, zaskoczony. Twarz cioci Miny wyglądała, jakby ktoś położył ją na desce do prasowania i potraktował żelazkiem.

– Przepraszam – odezwał się Jagjit. – Czy powiedziałem coś, czego nie powinienem?

– To rzeczywiście śliczne popołudnie – pani Beauchamp przerwała milczenie.

Na zewnątrz państwo Beauchampowie i ciocia Mina zaczęli spacerować po trawniku, podczas gdy nasza trójka ruszyła w stronę sadów, gdzie pączki na jabłoniach wciąż były mocno zwinięte. Kwiecień był zimny, w powietrzu nadal wyczuwało się chłód i wilgoć.

– Zrobiłem coś nie tak, Lilu? Zawsze mam wrażenie, że twoja ciocia mnie nie lubi, ale nie wiem, z jakiego powodu.

– Może dlatego, że jesteś Hindusem – odrzekł Simon. – Kiedyś była zaręczona z moim wujkiem Peterem, ale umarł w Indiach. Tylko że to było dawno, więc nie powinna w c i ą ż żywić urazy.

Wyobraziłam sobie ciocię Minę w młodości, taką jak na zdjęciu, i zastanowiłam się, czy będę pamiętała ojca, kiedy dożyję jej wieku. Nieco przeraziła mnie myśl o długich, samotnych latach, które spędziła w tym wielkim, pustym domu, rozpamiętując przeszłość, ale zarazem ucieszyło mnie, że nigdy go nie zapomnę, tak jak ciocia Mina nie zapomniała Petera.

Dziś uważam, że to niezwykle smutne, iż przez tyle lat obie mieszkałyśmy w tym samym domu, uwięzione we własnej przeszłości, lecz nie potrafiłyśmy rozmawiać o sprawach, które były dla nas najważniejsze.

Kilka dni później pojechaliśmy na rowerach do Shaves Wood. Kolejny tydzień miał przynieść niespotykane o tej porze roku zamiecie i głębokie zaspy, jednak tamten dzień był słoneczny i wciąż niósł zapowiedź wiosny. Siedzieliśmy pod zielono-złocistym baldachimem pączkujących liści; wokół nas zaczynały się rozchylać dzikie dzwonki, wypełniając powietrze delikatną wonią, a my jedliśmy kanapki z ogórkiem i piliśmy lemoniadę.

Ze względu na surową pogodę w tamtym tygodniu prawie nie widywałam się z chłopcami, więc czułam się onieśmielona i wyobcowana. Słuchałam, udając zainteresowanie, podczas gdy oni swobodnie gawędzili o szkole, nauczycielach i kolegach. Jagjit jak zawsze próbował wciągnąć mnie do rozmowy, ale widziałam, że to drażni Simona, więc oddaliłam się, żeby nazbierać trochę hiacyntów i zawilców, które następnie splotłam z wiciokrzewem, tworząc trzy wianki i kilka bransoletek. Założyłam ozdoby na głowę i nadgarstki, a następnie ruszyłam do chłopców.

Kiedy zbliżyłam się do polany, na której siedzieli, usłyszałam, jak Simon mówi:

– Dlaczego ona musi wszystko z nami robić? To takie nudne.

Schowałam się za pniem buku i czekałam na odpowiedź Jagjita.

– Daj spokój, Simonie. Ona nie ma nikogo innego.

– Zawsze musisz być taki cholernie miły dla każdej ofiary losu?

– Czy nie od tego ma się przyjaciół? Już zapomniałeś, jak źle ci było w szkole, zanim się wtrąciłem?

Zapadła cisza, a ja wyobraziłam sobie, jak Simon czerwienieje na twarzy, nie mogąc wykrztusić ani słowa.

– M-myślałem, że l-lubiłeś wracać ze mną do domu – wyjąkał. – M-mogłeś zostać w tej o-okropnej szkole, jeśli chciałeś.

Usłyszałam, że gwałtownie się oddalił.

Jagjit westchnął i położył się na dywaniku w plamie słonecznego blasku.

Cichutko zakradłam się na polanę, ale kiedy się do niego zbliżyłam, otworzył oczy. Kącik jego ust powędrował do góry, znacząc policzek zmarszczkami.

– W tym wianku wyglądasz jak peri – wróżka. Co tam chowasz za plecami? Skrzydła?

Pokazałam mu pozostałe dwa wianki.

Uśmiechnął się.

– Jeden jest dla mnie?

Pokiwałam głową.

– Może mi go założysz?

Zdjął turban, nie psując jego sztywnego plisowanego kształtu, a następnie rozwiązał białą chustkę przytrzymującą kok i rozpuścił włosy. Ich długa czarna wstęga sięgała mu aż do pasa. Usiadł, a ja uklękłam przed nim i włożyłam mu wianek na skronie.

– Słyszałaś nas, prawda? – Poszukał wzrokiem moich oczu.

Zawahałam się, po czym pokiwałam głową.

– Tak myślałem. Wiesz, że on wcale tak nie myśli. Po prostu jest trochę nerwowy. Na początku było mu w szkole bardzo ciężko. Tak mają nowi chłopcy, zwłaszcza jeśli są młodsi i wyglądają tak jak on. Wtedy starsi koledzy interesują się nimi w niewłaściwy sposób.

Zastanawiałam się, o czym on mówi.

– O czym myślisz, Lilu? – Pochylił głowę, zbliżając swoje oczy do moich tak bardzo, że zlały się w jedno wielkie oko cyklopa. – Nic ci nie umyka, prawda? Co naprawdę sądzisz o nas wszystkich? Że jesteśmy bandą paplających głupców?

Pokręciłam głową, ale on już się odwrócił.

– Lepiej pójdę poszukać Simona, bo będzie się dąsał przez cały dzień.

Tamtego wieczoru, siedząc samotnie w pokoju, próbowałam zmusić się do mówienia, ale okazało się to trudniejsze, niż sobie wyobrażałam. Zawsze sądziłam, że kiedy będę gotowa, po prostu otworzę usta i przemówię, ale to było paskudne i nienaturalne uczucie, jakbym miała w ustach dwa języki, które nawzajem się oplątują. Słowa wyślizgiwały się, gdy szukałam ich po omacku, a dźwięki, które wydobywały się z moich ust, bardziej przypominały ropuchy niż perły. Myśl o mówieniu przy ludziach napełniała mnie przerażeniem: wyobrażałam sobie, jak wszyscy skupią się na mnie i powstanie ogromne zamieszanie. A kiedy już zacznę, nie będzie odwrotu; będę musiała rozmawiać z każdym, nie tylko z Jagjitem, Simonem, państwem Beauchampami i ciocią Miną, ale także z Cook, służącymi, ludźmi w kościele, mieszkańcami wioski oraz osobami, których jeszcze nie znam. Obecnie wszyscy tak przywykli do mojego milczenia, że nie pytają mnie o zdanie ani nie czekają na mój komentarz. Musiałabym, nieproszona, wtrącać się do rozmowy, na co nie miałam najmniejszej ochoty. Nie, nie byłam gotowa. A potem niespodziewanie nadeszła zamieć i wszystko przykrył śnieg. Zanim nastał maj i znów dało się przejść drogą, chłopcy wrócili do szkoły.

Miesiąc później sufrażystki organizowały potężną demonstrację w Londynie, a w domu państwa Beauchampów już od tygodni roiło się od kobiet szyjących transparenty i tuniki w fioletowo-biało-zielonych barwach Społeczno-Politycznej Unii Kobiet. Po lekcjach chodziłam im pomagać. Nie potrafiłam szyć, ale mogłam kroić, przycinać i upinać. Sprawiało mi to przyjemność i nie mogłam się doczekać, kiedy wybiorę się na demonstrację razem z panią Beauchamp, ale ciocia Mina nie pozwoliła. Następnego dnia gazety rozpisywały się o wydarzeniach w Londynie – podobno doszło do największej demonstracji w historii Wielkiej Brytanii. Byłam bardzo rozczarowana, że nie mogłam wziąć w niej udziału, i poczułam jeszcze głębszą niechęć do cioci Miny.

Henry

17 lutego 1869

W bibigharze zamieszkała kobieta. Ojciec sprowadził ją ze sobą wkrótce po wyjeździe ciotki Miny. Kiedy spytałem, kim ona jest, wyjaśnił, że znał ją dawno temu.

Bibighar to budynek gospodarczy niedaleko naszego domu – pojedynczy pokój z małą łazienką z tyłu. Kiedyś przechowywano w nim stare meble, ale przed przybyciem kobiety ojciec rozkazał Kishanowi Lalowi opróżnić budynek i wybielić ściany wapnem, a także umieścić w środku kilka dywaników, plecione łóżko, niski stolik oraz lampę. W drzwiach i oknie zawieszono zasłony.

Kishan Lal twierdzi, że kobieta przybyła w zakrytej lektyce, którą przyniesiono pod same drzwi, więc mignęła mu tylko przez chwilę, jednak słyszałem, jak mówił Allahyarowi: – Sądząc po sukni, jest muzułmanką, ale nie ma się czemu dziwić. – Wtedy Allahyar się zdenerwował i odpowiedział, że Kishan Lal jest synem randi, która sprzedaje się na bazarze, Kishan Lal zaś nazwał Allahyara behenćodem, na co ten chwycił kuchenny nóż, więc czym prędzej do nich podszedłem i spytałem, co znaczą randi i behenćod. Wiem od Alego, że to brzydkie słowa i domyśliłem się, że w ten sposób przerwę ich kłótnię.

Obaj popatrzyli na mnie, a Allahyar rzekł: – Wynoś się stąd ze swoim notatnikiem, ty mały szpiegu. – Kishan Lal zaś pouczył go, żeby się tak do mnie nie odzywał, a potem powiedział, żebym nie wtrącał się w cudze sprawy, a przez ten swój notatnik kiedyś wpadnę w poważne tarapaty. Odpowiedziałem, że to pan Mukherjee kazał mi prowadzić dziennik, a wtedy obaj zgodnie stwierdzili, że nie można ufać Bengalczykom i że nie powinienem mu pokazywać niczego, co o nich napisałem.

20 lutego 1869

Dziś po południu wyszedłem z książkami z domu, żeby popracować na świeżym powietrzu. Kiedy Kishan Lal spytał, co robię, odpowiedziałem, że w domu jest zimno, więc postanowiłem posiedzieć na słońcu.

– Uważaj, żeby ojciec cię przy niej nie zobaczył, bo mu się to nie spodoba – ostrzegł. Spytałem dlaczego, ale nie odpowiedział.

Kobieta nie wychodziła przez całe popołudnie. Widziałem, jak żona małego zaniosła jej tacę z jedzeniem przed kolacją, więc nie może być służącą. Poza tym wygląda na to, że nie ma imienia. Przynajmniej Kishan Lal i Allahyar nigdy go nie używają. „Zanieś jej kolację".

28 lutego 1869

Słyszałem, że ta kobieta nocami chodzi do pokoju ojca. Gra na instrumencie, który wydaje dziwne brzęknięcia, i śpiewa. Czasami rozmawiają, a czasami milczą. Kiedyś słyszałem, jak płakała. Postanowiłem więcej nie nasłuchiwać.

Nadal spędzam większość wieczorów i weekendów w dzielnicy wojskowej razem z ojcem, obserwując rozstawianie namiotów i pojedynki zapaśnicze. Mohan, Ali i ja także zaczęliśmy trenować zapasy, ale Ali, chociaż najmłodszy, jest z nas najsilniejszy. Twierdzi, że to dlatego, iż jest Pasztunem, ale Mohan spytał go, jak to w takim razie możliwe, że Dhubraj Ram potrafi pokonać jego ojca, a wtedy się pobili; Ali wygrał, a Mohan odszedł naburmuszony. Opowiedziałem Alemu o kobiecie. Powiedział, że słyszał, jak jego ojciec rozmawia o niej z innymi mężczyznami. Kobieta to bibi mojego ojca, czyli zła kobieta, która mieszka z mężczyzną bez ślubu. Podobno wielu Anglików miało bibi, zanim przyjechały ich żony, i właśnie dlatego tamten budynek gospodarczy nazywa się „bibigharem", co oznacza „dom bibi". Jest mi jej żal. Nie może być szczęśliwa, skoro mieszka sama w malutkim pokoju, z nikim nie rozmawia i nie widuje nikogo poza moim ojcem.

7 kwietnia 1869

Robi się coraz cieplej, a bibi zaczęła zostawiać otwarte drzwi, pozostawiając w nich tylko zasłonę, więc czasami, kiedy mocniej wieje, mogę zajrzeć do środka. Gdy wczoraj odbijałem piłkę o ścianę jej domu, wyszedł Kishan Lal i mnie zganił. Powiedział, że ojciec nie chciałby, abym jej przeszkadzał. Kiedy odparłem, że wcale się nie uskarżała, zagroził, że powie ojcu, jeśli natychmiast sobie nie pójdę. Wszyscy są źli, odkąd przyjechała.

Dzisiaj rano, po wyjściu pana Mukherjee, wyniosłem z domu książkę z poezją w języku urdu i zacząłem spacerować po obozie, powtarzając wiersz, którego mam się nauczyć na pamięć. Pan Mukherjee powiedział, że podczas chodzenia łatwiej uczymy się poezji, ponieważ tupaniem można wyznaczać rytm. Nie rozumiem tego wiersza, dlatego trudno mi go zapamiętać. Wciąż wypadały mi z głowy ostatnie dwie linijki, gdy nagle dopowiedział je za mnie jakiś głos. Był piękny, słodki jak miód, ale kiedy się obróciłem, ona kryła się za zasłoną.

– Może pani wyjdzie? – odezwałem się, a ona odsunęła zasłonę i na mnie popatrzyła.

Jest dosyć stara, starsza nawet od ciotki Miny, wysoka, ma dziobatą twarz i długi srebrny warkocz, który sięga jej niemal do kolan. Uśmiechnęła się do mnie, a ja odwzajemniłem uśmiech. Spytała mnie, czy rozumiem ten wiersz, a kiedy zaprzeczyłem, wyjaśniła, że opowiada on o bólu miłości, więc jestem za młody, żeby go zrozumieć. Potem zadała mi kilka pytań, a ja opowiedziałem jej o panu Mukherjee i swoich lekcjach. Wtedy powiedziała, że sprawiam wrażenie bardzo bystrego, tak jak mój ojciec. Nie wiem, dlaczego nikt jej nie lubi; według mnie jest bardzo miła.

14 maja 1869

Bibi i ja zostaliśmy przyjaciółmi. Każdego dnia po lekcjach czytam jej wiersze lub swoje prace domowe w urdu.

Czasami pomaga mi w lekcjach, a czasami gra na dilrubie i śpiewa. Jej ulubionym poetą jest Mir Taki Mir, a oto jej ulubiona pieśń. Zapisałem jej tekst, a pan Mukherjee przetłumaczył go dla mnie na angielski.

> Moje serce nie ma przyjaciół, jest miastem w ruinie,
> Cały świat skurczył się do spłachetka gruzów.
> Tu, gdzie miłość umarła męczeńską śmiercią,
> Cóż pozostało prócz wspomnień i żalu?

Spytałem ją, dlaczego jej pieśni zawsze są takie smutne. Odpowiedziała, że gazele właśnie takie są. Obiekt uczuć zawsze pozostaje nieosiągalny, kochający nie ma nadziei, kochanka jest okrutna – jej brwi są ostre jak sztylety; oczy miotają strzały. Pan Mukherjee mówi, że w Anglii w średniowieczu opiewano „dworską miłość", a kochankowie wciąż byli poddawani próbom, czasami prowadzącym do śmierci, aby dowieść swego uczucia, trochę tak jak w *Ivanhoe*. Wydaje mi się to głupie. Powiedziała, że kiedyś była śpiewaczką i występowała na muśajrach. To konkursy, podczas których kolejni śpiewacy wykonują dwuwiersze, a na koniec wieczoru zwycięzcą zostaje ten, czyje wersy okażą się najzgrabniej skomponowane. Spytałem, czy kiedykolwiek wygrała, a ona przytaknęła. Potem powiedziała, że właśnie tak poznała mojego ojca. Przychodził i słuchał jej śpiewu. Następnie dodała: – To było dawno temu, kiedy oboje byliśmy młodzi. – Sprawiała wrażenie zasmuconej. Chciałem dowiedzieć się więcej, ale nie miałem ochoty pytać. Ciekawe, czy ojciec znał ją, zanim spotkał matkę.

Pożyczyła mi swój tomik poezji, a ojciec wieczorem wziął go z mojego nocnego stolika i popatrzył na wiersz, który zaznaczyłem skrawkiem papieru. Myślałem, że mnie o niego zapyta, ale najwyraźniej uznał, że to pan Mukherjee dał mi książkę. Kiedy to ja zapytałem go o zaznaczony wiersz, wyjaśnił, że napisano go po tym, jak niektóre części Delhi zrównano z ziemią, a część krewnych Mira została zabita. Spytałem, kto to zrobił i dlaczego.

– Chciałbym znać odpowiedź, Henry – westchnął.

Cecily

28 maja 1856

Droga Mino!

Wróciliśmy wcześniej ze wzgórz, ponieważ pojawiły się problemy z sipajami. Arthur zapewnia, że nie ma się czym przejmować, ale zdecydował się na natychmiastowy powrót, chociaż wciąż jest słaby. Chciał, żebym została na miejscu, dopóki nie zrobi się chłodniej, ale nie mogłam mu pozwolić na samotną podróż, mimo że od czasu powrotu niemal go nie widuję, gdyż spędza jeszcze więcej czasu w dowództwie.

Nawet sobie nie wyobrażasz, jaki panuje upał, Mino! Słońce płonie na białym niebie, od którego bolą oczy, a wychodzić można tylko wczesnym rankiem. Dlatego, nie licząc przejażdżek, jestem uwięziona w domu. Od paskudnego pyłu można się udusić, a zasłony trzeba każdego ranka namaczać, żeby chwytały kurz i ochładzały wpadające powietrze. Przez cały dzień są zaciągnięte, więc żyjemy w ciemności jak krety. Nawet kiedy słońce zachodzi, nie zaznajemy ulgi, ponieważ żar bije z ziemi jak z patelni i przez całą noc musimy korzystać z pankhy. Czasami pankhawala zasypia, a ja budzę się zlana potem, nie mogąc złapać oddechu.

Nie masz pojęcia, jak dłużą mi się noce, gdy tylko przewracam się z boku na bok. Żyje tutaj ptak zwany kukielem – rodzaj kukułki – który przez całą noc wydaje z siebie coraz wyższe wrzaski, aż w końcu człowiek sam ma ochotę wrzeszczeć! Na wsi panuje susza, trawa zbrązowiała, a drzewa pokryły się grubą warstwą pyłu. Wszyscy modlą się o deszcz.

Przekaż najserdeczniejsze życzenia mamie i tacie. Arthur również Was pozdrawia.

Cecily

4 czerwca 1856

Droga Mino!

Proszę, nie wspominaj o tym mamie i tacie, ale już rozumiem, dlaczego Arthur spędza tak dużo czasu w dowództwie. Wczoraj mi wyjaśnił, że od czasu styczniowej aneksji Awadhu (skąd pochodzi duża część żołnierzy) bezustannie pojawiają się plotki, że próbujemy obalić tamtejszy system kastowy i nawrócić mieszkańców na chrześcijaństwo. W kilku pułkach żołnierze zaczęli się buntować, chociaż nie u Arthura. Twierdzi, że jesteśmy bezpieczni, ponieważ jego ludzie są bardzo lojalni, a on całkowicie im ufa. Powiedział mi, że Ram Buksh ocalił mu życie podczas ostatniej wojny z sikhami: stanął z mieczem w dłoni nad rannym Arthurem i odpierał ataki wrogów, dopóki nie przybyła pomoc.

Napiszę ponownie, gdy tylko będę miała jakieś wieści.

Cecily

25 czerwca 1856

Droga Mino!

Dziś rano postanowiłam zabrać ze sobą na przejażdżkę szkicownik i akwarele, z myślą o tym, aby namalować dla Ciebie pejzaż. Jednak kiedy usiadłam i popatrzyłam na krajobraz pełen bujnej roślinności (gdyż spadły deszcze i wysuszone, pokryte pyłem równiny i wzgórza niemal od razu zamieniły się w dżunglę!), stanęła mi przed oczami rodzinna okolica i wyobraziłam ją sobie takiego łagodnego czerwcowego poranka, gdy ma się wrażenie, że wszystko tańczy na granicy realności. Niebo jest bladobłękitne, chmury małe i miękkie, stada szpaków lśnią srebrzyście, kierując się ku nisko wiszącemu słońcu, drzewa i krzewy drżą pod wpływem każdego podmuchu, a całą tę scenę bezustannie odmieniają przepływające cienie obłoków. Oczywiście nie byłam w stanie w pełni oddać tego widoku, gdyż cechuje go r u c h, jednak mam wrażenie, że udało mi się uchwycić coś z jego kruchości i słodyczy.

Kiedy ozdabiałam spodnią część chmur ostatnimi nutami fioletu, przyszedł Ram Buksh, dźajmadar Arthura, i powiedział, że powinniśmy wracać, gdyż nadciąga deszcz. (Arthur uważa, że to niemądre, abym obecnie wybierała się na samotne przejażdżki, że sais na nic by się nie zdał w wypadku kłopotów, dlatego towarzyszy mi Ram Buksh, który od czasu choroby Arthura dosiada jego walera). Zrobił zdziwioną minę, kiedy zobaczył obraz i zaczął porównywać go z krajobrazem, ale wtedy wyjaśniłam mu, że chociaż zamierzałam namalować to, co widzę przed sobą, w końcu przeniosłam na papier widoki ze swojej ojczyzny. Potem rozpłakałam się jak głupia i w końcu opowiedziałam mu o Wysokich Wiązach, o Tobie i rodzicach oraz o wzgórzach i naszych zabawach, a on wysłuchał mnie tak cierpliwie, jakby wszystko rozumiał i wczuwał się w każde moje słowo, chociaż mimo że nieco zna angielski, nie mógł pojąć nawet połowy mojej opowieści, gdyż tutejsze życie jest tak odmienne.

    W ojczyźnie wydaje nam się, że wiemy wszystko o Indiach, ale rzeczywistość przekracza nasze najśmielsze wyobrażenia. Wszystko tutaj jest tak intensywne: upał, słońce, dzikie zwierzęta i wszechobecna woń śmierci. Otacza nas ze wszystkich stron i nierzadko przy drodze widuje się padłe bydło, a nawet ludzkie zwłoki. Arthur opowiedział mi, że podczas głodu w Agrze ulice i pola były pełne trupów, gdyż ludzie umierali tak szybko, że nie nadążano z paleniem ciał, a wielu rodziców sprzedawało dzieci misjom za jedną rupię albo oddawało tym, którzy byli w stanie je wykarmić, byle tylko oszczędzić im śmierci głodowej. Słyszałam, jak niektóre kobiety mówiły, że dla tubylców śmierć dzieci albo konieczność ich sprzedania misjom nie stanowią tragedii, gdyż w Indiach nie dba się o potomstwo tak jak w naszym kraju, jednak nie sądzę, aby to była prawda. W okolicy znajduje się wioska, do której czasami jeżdżę, i mam wrażenie, że tutejsze matki dbają o swoje dzieci nie mniej niż Angielki – może nawet bardziej, gdyż nie mają do pomocy służących, tylko zajmują się wszystkim samodzielnie.

    Nawet sobie nie wyobrażasz, jaką poczułam ulgę, że mogę z kimś porozmawiać o ojczyźnie. Arthur zawsze jest zajęty; w zeszłym tygodniu się posprzeczaliśmy i od tamtej pory prawie go nie widziałam, gdyż nie wraca do domu na noc. Zapewne sypia w kwaterze razem ze swoimi ludźmi.

Wiem, że nie spodoba Ci się, iż wspominam o naszych kłopotach, ale nie mam nikogo innego, komu mogłabym o nich opowiedzieć. Wszyscy tutaj są tacy porządni i stale dbają o maniery. Emily Tremayne wydaje się miła, ale wciąż jest zmartwiona, gdyż jej córeczka Mabel jest bardzo chorowita, a zresztą nie mogłabym zwierzać się jej ze swoich osobistych spraw.

Bądź dla mnie wyrozumiała, Mino, ponieważ tak niecierpliwie czekam na listy z ojczyzny, że nie zniosę myśli, iż się na mnie gniewasz.

Twoja kochająca Cecily

5 września 1856

Najdroższa Mino!

Jakże miło mi słyszeć, że Peter z entuzjazmem czeka na wyjazd do Palestyny, chociaż wiem, że będziesz bardzo za nim tęskniła. Jednak zawsze chciał zobaczyć kawałek świata i wciąż pamiętam, jak czołgał się między drzewami, udając Davy'ego Crocketta.

Zapewne ucieszy Cię wieść, że pogodziliśmy się z Arthurem, a ja powoli zaczynam poznawać jego przeszłość. Jego rodzice zmarli, kiedy był bardzo młody, więc jego i Jamesa wychował wujek, który jednak niezbyt się nimi interesował, dlatego spędzali większość świąt i wakacji w szkole i nigdy nie zaznali rodzinnego życia. Kiedy się o tym dowiedziałam, zrobiło mi się go ogromnie żal. Opowiedziałam mu o naszej rodzinie, o tym, jak bardzo za Wami tęsknię, jak również o tym, że nie rozumiałam, na czym polega życie małżeńskie. Nawet się z tego pośmialiśmy. Zapewniłam Arthura, że chcę być dla niego dobrą żoną i będę się starała, a on był taki łagodny, że doszłam do wniosku, iż mama oraz pani Welling miały rację i być może z czasem zacznie mi to sprawiać przyjemność.

To nie koniec dobrych wieści! Właśnie się dowiedzieliśmy, że pułk Arthura zostanie wysłany do Kanpuru, gdzie obecnie przebywają James i Louisa, a my wyruszymy w listopadzie, kiedy zrobi się chłodniej, i pokonamy dziewięćset mil lądem. Tak się cieszę, że znów ich zobaczę; Arthur również nie może się doczekać spotkania z Jamesem. W Kanpurze znajduje się największa baza wojskowa w Indiach i ze względu na pogłoski o niepokojach w Awadhu przenosi się tam wiele pułków, jednak Arthur twierdzi, że nie ma powodów do obaw, gdyż w Kanpurze rządzi generał Wheeler, który jest najznakomitszym dowódcą, jakiego można sobie wymarzyć. Podróż potrwa około trzech miesięcy, więc dotrzemy do Kanpuru dopiero na początku lutego.

Twoja podniecona Cecily

22 października 1856

Moja najdroższa Mino!

Wiem, że załamiesz nade mną ręce, zwłaszcza po moim ostatnim liście, lecz w sobotę odkryłam coś, co potwornie mnie zaszokowało, gdyż byłam szczerze przekonana, iż łączy nas z Arthurem coraz bliższa więź. Jednak odkryłam, że przez lata utrzymywał bibi, miejscową kochankę.

Nie wspominałam Ci, że w czerwcu pokłóciliśmy się z Arthurem, ponieważ spytał mnie, czy kiedykolwiek poczuję do niego to samo, co on do mnie, na co odpowiedziałam, że nie wiem. (To było jeszcze zanim się pogodziliśmy). Wiedział, że życie małżeńskie nie podoba mi się tak jak jemu, a ja wiedziałam, że sprawiam mu tym ból. Próbowałam mu powiedzieć, że może gdyby spędzał ze mną więcej czasu, moglibyśmy się lepiej poznać, a wtedy moje uczucia uległyby zmianie. Jednak widziałam, że mnie nie słucha, a kiedy tylko skończyłam mówić, rozkazał swojemu ordynansowi osiodłać Wojownika i odjechał pośród deszczu. Wrócił dopiero następnego ranka, przemoczony do suchej nitki i drżący, a ja wystraszyłam się, że znów się rozchoruje, jednak nie chciał odpocząć, tylko przebrał się i pojechał prosto do kwatery. Od tamtej pory, aż do chwili, gdy się pogodziliśmy, nocował poza domem kilka razy w ciągu tygodnia i w niemal każdą niedzielę, a ja nie miałam pojęcia, gdzie się podziewa. Zakładałam, że śpi w jednostce, ale teraz wiem, że spotykał się z kochanką, a wiedzieli o tym wszyscy oprócz mnie!

Dowiedziałam się o tym całkowicie przypadkowo, gdy właśnie gościliśmy na pożegnalnej kolacji przed naszym wyjazdem do Kanpuru. Po wyjściu pań z jadalni udałam się do toalety. Kiedy weszłam, usłyszałam rozmowę dwóch kobiet – jedną z nich była żona kapitana Melbourne'a, Lucy, która zawsze zadziera nosa, ponieważ jej mąż jest przybranym synem baroneta. Mówiła:

– Biedactwo, tak mi jej żal. Jest od niej znacznie starszy i wyraźnie widać, że ani trochę się nią nie interesuje. Graham twierdzi, że spędza mnóstwo czasu w dowództwie ze swoimi ludźmi i strasznie ją zaniedbuje. Cały czas kracze o tym, co mogą zrobić tubylcy, gdy się ich rozdrażni.

Nie widziały, że weszłam, a ja nie chciałam im przerywać, więc zostałam przy drzwiach.

– Oczywiście po dwudziestu pięciu latach spędzonych w Indiach zmienił mu się gust – kontynuowała Lucy Melbourne. – Dziwne, że w ogóle się ożenił. Wszyscy wiedzą, że od ponad dwudziestu lat ma tę samą bibi i ponoć wciąż się z nią spotyka. Pewnego ranka w zeszłym miesiącu Graham widział, jak wychodził z jej domu. Ona jest taka pospolita i do tego stara, a jego żona to przecież prawdziwa ślicznotka, ale miejscowe kobiety oczywiście znają mnóstwo sztuczek... – Nagle zauważyła mnie w lustrze i zamilkła. Obie wyglądały na zażenowane i tak pośpiesznie wyszły z toalety, że od razu domyśliłam się, iż mówiły o mnie i Arthurze.

Mino, nawet sobie nie wyobrażasz, jaka się czuję upokorzona, wiedząc, że wszyscy plotkowali o nas i z nas drwili. Nie mogłam zdobyć się na to, żeby spojrzeć im w oczy, więc posłałam służącego po powóz i kazałam przekazać Arthurowi, że źle się poczułam i wracam do domu. Od razu do mnie wyszedł i koniecznie chciał mi towarzyszyć. Po drodze nie mogłam ukryć łez. Spytał mnie, dlaczego płaczę, a kiedy nie odpowiedziałam, kazał saisowi pojechać nad wiejski staw. Podeszliśmy do brzegu i patrzyliśmy na wodę, a wtedy spytał: – Powiesz mi, dlaczego jesteś taka smutna?

Nic nie odrzekłam, a on powiedział, że wie, iż jest mi trudno żyć z dala od ojczyzny i rodziny, ale myślał, że ostatnio lepiej nam się układało. Kiedy to powiedział, poczułam takie oburzenie, że nie wytrzymałam i spytałam wprost, po co poprosił mnie o rękę, skoro już miał miejscową kochankę. Odrzekł, że jest mu przykro, iż mi o niej nie powiedział, ale kiedy się pobraliśmy, zakończył ten związek i postanowił o nim nie wspominać, żeby mnie niepotrzebnie nie denerwować. Naprawdę nie miał zamiaru więcej jej widywać. Wrócił do niej dopiero wtedy, gdy doszedł do wniosku, że mi na nim nie zależy i nigdy nie będzie zależało, ale kiedy tylko się pogodziliśmy, powiedział jej, że już nigdy jej nie odwiedzi.

Spytałem, od jak dawna ją zna, a on wyjaśnił, że poznali się wkrótce po jego przybyciu do Indii – niemal dwadzieścia pięć lat temu, Mino! – a ona nauczyła go niemal wszystkiego, co wie o tym kraju. Spytałam, czy mają dzieci, a on zaprzeczył i powiedział, że gdyby tak było, ze względu na nie z pewnością by się z nią ożenił. Każdego miesiąca wysyła jej pieniądze, ponieważ podarowała mu najlepsze lata swojego życia.

Po tym, w jaki sposób o niej mówił, poznałam, że wciąż mu na niej zależy i czuje się winny, że ją porzucił, i nie potrafię przestać o tym myśleć. Mieszkali razem, jeszcze zanim przyszłam na świat, Mino, a ona poznała go lepiej niż ja kiedykolwiek będę w stanie! Kiedy myślę o tych rzeczach, na które ostatnio mu pozwoliłam, i wyobrażam sobie, że robił to samo z nią, umieram ze wstydu.

Byłam upokorzona i wściekła i powiedziałam mu, że nie miał prawa mi się oświadczać, a także, że zaręczył się ze mną, udając kogoś innego. Widziałam, że to mu się nie spodobało, ale odrzekł, że jeśli naprawdę jestem nieszczęśliwa i chcę wrócić do ojczyzny, to nie będzie mnie zatrzymywał, chociaż jest już za późno, żeby zmienić nasze plany. Kiedy dotrzemy do Kanpuru, zorganizuje moją podróż do Anglii, jeśli wciąż będę chciała wyjechać.

Od tamtej pory Arthur sypia w swojej garderobie, a ja całymi nocami leżę i nie mogę przestać o tym myśleć. Najgorsze jest to, że na przestrzeni ostatnich tygodni naprawdę go pokochałam i zaczęłam mu ufać. Wiem, że powiesz, iż jest moim obowiązkiem mu przebaczyć, ale nie potrafię przestać wyobrażać sobie ich razem i wiem, że odtąd za każdym razem, gdy mnie dotknie, będę myślała, że tak samo dotykał jej, a tego nie zniosę. Jeszcze nie postanowiłam, co zrobię, ale chyba nie potrafię dalej z nim żyć.

Nie bądź dla mnie zbyt surowa, Mino. Wiem, że na moim miejscu postąpiłabyś inaczej, ale nigdy nie byłam tak silna ani szlachetna jak Ty.

Twoja Cecily

Lila

W wieku piętnastu lat, chociaż nie byłam tak piękna jak ona, zaczęłam dostrzegać coś z matki w rysach swojej twarzy i kształcie ust. Zaczęłam także o niej śnić. W tych snach znów byłam na statku, przechylałam się nad relingiem i patrzyłam na poświatę na powierzchni wody, a ona wynurzała się z głębin z jedną połową twarzy posrebrzoną blaskiem księżyca, a drugą skrytą w ciemności. Wzdrygałam się i widziałam, że ona robi to samo. Dopiero po obudzeniu zdawałam sobie sprawę, że jej ruchy dokładnie odzwierciedlały moje. Byłam nią, a ona była mną.

Budziłam się, rozpaczliwie chwytając powietrze, i leżałam w blasku księżyca, przypominając sobie dzieciństwo, kiedy byłam księżniczką z bajek, które czytywał mi ojciec: bladą, piękną i nieobecną. Lubiłam stawać w drzwiach jej pokoju, gdy siedziała przy toaletce. Początkowo ukrywałam się za futryną, ale potem fascynacja skłaniała mnie do wyjścia i patrzyłam na dwie rozmawiające kobiety: smutną i pokorną przed lustrem oraz ostrą i okrutną w lustrze, wypluwającą kolejne słowa. Postać w lustrze zawsze dostrzegała mnie jako pierwsza: wykrzywiała usta, jej oczy ciemniały, jedno bardziej niż drugie, i rzucała: *„Dźao!*

Precz!", tak samo jak do służących, nawet do aji, która była jej najbliższa.

Wciąż dostrzegałam bladą bliznę na swoim czole, tuż poniżej linii włosów, pamiątkę po dniu, gdy podążałam za szeleszczącymi fałdami jej jedwabnej sukni, goniąc ją od pokoju do pokoju, przekonana, że to zabawa. Musiałam mieć trzy albo cztery latka. Usłyszałam, jak szlocha za drzwiami sypialni, a kiedy otworzyłam je pchnięciem, jej głos zmienił się w krzyk: „Boże, błagam, nie pozwól jej wejść! Proszę, Boże, niech się trzyma z daleka!". W pokoju było ciemno – zawsze miała zaciągnięte zasłony – ale promienie słońca wlewały się przez wąską szparę i załamywały w czymś, co trzymała w uniesionej dłoni. Zamrugałam, oszołomiona, więc nie widziałam, jak tym rzuciła, tylko poczułam uderzenie, a potem ciepłą wilgoć na twarzy i zobaczyłam czerwone rozbryzgi na białym dywanie z Kaszmiru oraz kawałki rozbitego szkła wokół moich stóp. Aja później powiedziała mi, że to był wypadek i nie powinnam o tym mówić ojcu, ponieważ rozgniewa się na matkę.

Nie chciałam myśleć o matce, ale było to coraz trudniejsze, gdy moje ciało zaczęło się zmieniać, na zewnątrz i wewnątrz. Włosy rosły mi w miejscach, które wcześniej były gładkie; na mojej klatce piersiowej pojawiły się bolesne wypukłości, twarde, a zarazem delikatne. Dotyk był dla mnie bolesny, ale jednocześnie kryła się za tym wszystkim tęsknota, której nie potrafiłam nazwać. Nie było to już pragnienie powrotu do dawnego życia, bo chociaż wciąż myślałam o ojcu, wspomnienia o nim okrzepły, jak zdjęcia w starym albumie, które zastąpiły obrazy pełne życia. Ból stał się mniej dotkliwy, oddalił się i zmienił w nostalgię.

Brakowało mi go, gdyż w jakiś dziwny sposób zapewniał mi pociechę i łączność z ojcem, a także przypominał mi, kim jestem i skąd pochodzę.

Kiedy stałam przy oknie, wciąż słyszałam te same rytmiczne wibracje – bezdźwięczny głos, który zdawał się mówić mi coś, co zawsze wiedziałam – lecz teraz były słabsze i obawiałam się, że je stracę. Nocami wierciłam się w pościeli, nie mogąc wygodnie się ułożyć, a w ciągu dnia miotałam się między euforią a łzami. Ciocia Mina także zauważyła te zmiany, co pogarszało sytuację. Zaczęła zwracać uwagę na moje włosy i stroje, wypytując panią Beauchamp o najnowsze trendy w modzie.

Przymierzałam przed lustrem nowe ubrania – zdobione falbanami muślinowe suknie w kolorach *eau-de-nil*, *café-au-lait* i zgaszonego różu, dobrane tak, aby pasowały do mojej karnacji i koloru ust – i na rozmaite sposoby układałam włosy, jednocześnie przemawiając do siebie dorosłym głosem. Potem ponownie zakładałam swój bezrękawnik oraz maskę milczenia i schodziłam na dół z naburmuszoną miną, wiedząc, że to rozdrażni ciocię Minę. Przy śniadaniu udawałam, że nie słyszę, gdy mówiła mi „dzień dobry", tylko ciężko opadałam na krzesło. Pewnego ranka dała mi wykład, jak to jest być „nadąsaną, wyniosłą i przemądrzałą", a kiedy wróciłam do pokoju, powtarzałam szeptem wszystkie brzydkie słowa, jakie znałam po angielsku i w języku hindustani. Obiecałam sobie, że kiedy tylko będę na tyle dorosła, żeby zarabiać na życie, opuszczę dom cioci Miny i nigdy więcej się z nią nie zobaczę.

Zaczęłam spędzać więcej czasu z panią Beauchamp, która zachęcała mnie do myślenia o zdobyciu zawodu; powtarzała, że kobieta nie może być pasożytem, tylko powinna stać się niezależna i mieć pracę. Miała ochotę zaprosić mnie na spotkania sufrażystek, ale wiedziała, że cioci Minie to się nie spodoba. Zamiast tego pożyczała mi książki, takie jak *The Story of an African Farm** czy *The Yellow Wallpaper***, które głęboko mnie poruszały, chociaż niewiele z nich rozumiałam.

Chłopcy wrócili na początku lipca i pani Beauchamp po lunchu posłała po mnie powóz, jak zawsze, kiedy byli w domu. Ciocia Mina zatrzymała mnie, gdy zbiegałam po schodach. Czekałam cierpliwie, aż skończy marudzić.

– Nie zapomnij kapelusza, Lilian. Musisz zacząć dbać o cerę.

Ponownie pomyślałam o matce, która przejmowała się tylko tym, żebym zakładała kapelusz, kiedy wychodzę z domu. Sama nigdy nie wychodziła na słońce.

– Poza tym jesteś już trochę za duża, żeby się bawić z tymi chłopcami – ciągnęła ciocia Mina. – Mogłaś to robić, kiedy byłaś młodsza, ale już nie jesteście dziećmi. Najwyższa pora, żebyś zaprzyjaźniła się z dziewczętami w twoim wieku. W wiosce nie ma nikogo odpowiedniego, dlatego pomyślałam, że powinnam cię posłać do szkoły. Tam nabrałabyś nieco ogłady. Ale lepiej już nie zwlekaj, skoro pani Beauchamp była tak miła i posłała po ciebie powóz.

Porankami i wieczorami wciąż pobierałam prywatne lekcje, ale teraz nadeszły wakacje. W minionych latach, kiedy chłopcy byli w domu, spędzaliśmy razem całe dnie:

---

* Debiutancka powieść południowoafrykańskiej pisarki Olive Schreiner, wydana w 1883 roku pod pseudonimem Ralph Iron, uznawana za jedną z pierwszych powieści feministycznych.
** Opowiadanie amerykańskiej pisarki Charlotte Perkins Gilman z 1892 roku; ważny tekst amerykańskiej literatury feministycznej.

graliśmy w siedem płytek na wzgórzach, kolejką górską przemierzaliśmy dolinę Devil's Dyke albo jeździliśmy pociągiem do Brighton i spędzaliśmy długie godziny na plaży, gdzie pływaliśmy lub spacerowaliśmy promenadą do Hove albo Rottingdean. Czasami wypływaliśmy z miejscowymi rybakami na połów makreli albo urządzaliśmy pikniki w ogrodach Pawilonu Królewskiego, który był zamknięty i nieużywany. Ludzie powiadali, że królowa go nie lubiła, ponieważ kojarzył się jej z haniebnymi postępkami księcia regenta.

Jednak ciocia Mina miała rację: tego lata było inaczej. Chłopcy urośli, a beztroska na ich obliczach ustąpiła miejsca ponurej powadze. Siedemnastoletni Jagjit miał wyraźnie ponad sześć stóp wzrostu i znacznie górował nad Simonem. Zmężniał, a na twarzy pojawiły mu się nierówne wąsy i broda. Mówił niższym głosem, a Simon wreszcie przechodził mutację, czego wyraźnie się wstydził. W ich towarzystwie byłam nieśmiała i zażenowana. Miałam wrażenie, że im przeszkadzam i obawiałam się, że wyrośli z zabaw z głupiutką niemową, ale są zbyt grzeczni, żeby to przyznać. Simon często bywał zniecierpliwiony i opryskliwy, podczas gdy Jagjit starał się zachowywać uprzejmie. Nie było tak źle, kiedy przebywaliśmy poza domem i mieliśmy jakieś zajęcie, ale w deszczowe popołudnia byliśmy uwięzieni w dawnym pokoju Simona, gdzie zabijaliśmy czas, grając w paććisi i tryktraka.

Zaczęłam się obawiać tych deszczowych dni. Dawna swoboda zniknęła i teraz wyraźnie zdawałam sobie sprawę z krępującej bliskości Jagjita. Jeśli przypadkowo stykaliśmy się dłońmi, błyskawicznie cofałam rękę i cała stawałam w pąsach. Wiem, że sprawiałam wrażenie nieuprzejmej, ale nie mogłam nic na to poradzić, a świadomość, że Simon nie jest zadowolony z mojej obecności, jeszcze bardziej mnie krępowała. Było to trudne do zniesienia, ale nie wiedziałam, jak się wyplątać, więc zaczęłam zabierać ze sobą książkę i spędzałam dużo czasu, siedząc na niskim parapecie w wykuszowym oknie i czytając. Za każdym razem mówiłam sobie, że więcej się z nimi nie spotkam, ale kiedy przychodziło co do czego, wsiadałam do powozu z nadzieją, że tym razem będzie inaczej, że znów poczujemy się swobodnie w swoim towarzystwie.

Pewnej upalnej soboty w sierpniu postanowiliśmy urządzić piknik na plaży w Brighton. Otwarta przestrzeń, obecność innych ludzi i krzątanina przy pikniku tak nas pochłonęły, że poczuliśmy się niemal jak za dawnych czasów. Trochę popływaliśmy, po czym chłopcy poszli puszczać kaczki, a ja położyłam się na plecach, zamknęłam oczy i słuchałam morza. Uwielbiam jego odgłos, odkąd stanęłam na dziobie statku, pozwalając, żeby plusk kilwateru oczyścił wnętrze mojej głowy.

Tego pogodnego, prawie bezwietrznego dnia uderzenia fal były łagodniejsze i rzadsze, więc musiałam się skupić, żeby je wychwycić pomiędzy trajkotaniem wycieczkowiczów, głosami dzieci i krzykami mew. Lekka bryza cudownie chłodziła moją rozpaloną skórę, gdy nasłuchiwałam, czekając na chwilę ciszy w otaczającym mnie gwarze. Najpierw pojawiał się krótki szum po mojej prawej stronie, który docierał do mnie ponad kamieniami, potem dłuższy po lewej, a następnie znów z prawej nadciągał donośniejszy dźwięk, który urastał do grzechoczącego ryku, by w końcu ucichnąć, rozpływając się wzdłuż plaży. Zapadała cisza, a potem wszystko zaczynało się od nowa. To było jak orkiestra, w której kolejno odzywały się nowe instrumenty, a muzyka na zmianę narastała i milkła.

Nagle rozległ się chrzęst kamyków, a kiedy otworzyłam oczy, zobaczyłam, że obok siada Jagjit.

– Wyglądasz na szczęśliwą, Lilu. O czym myślałaś?

Byłam zaskoczona, ponieważ dopóki tego nie nazwał, nie zdawałam sobie sprawy, że to, co czuję, jest szczęściem. Bez namysłu otworzyłam usta, żeby odpowiedzieć, i dostrzegłam na jego twarzy zaskoczenie i wyczekiwanie. Przez chwilę patrzyliśmy sobie w oczy, a potem powrócił do mnie rozsądek, ze wszystkimi tego konsekwencjami, i zamknęłam usta. Zobaczyłam w jego oczach rozczarowanie, które szybko ukrył.

Dotknęłam swojego ucha i wskazałam morze, naśladując dłonią ruch fal.

Uśmiechnął się krzywo, wpatrując mi się w oczy tak długo, że aż poczerwieniałam.

– Słuchasz fal? Mogę się przyłączyć?

Położył się obok mnie i zamknął oczy. Ja również zamknęłam oczy i próbowałam się skupić, ale mogłam myśleć tylko o tym, że leży obok mnie, ubrany w kostium w granatowo-brązowe paski, o jego długich brązowych rękach i nogach rozciągniętych na kamieniach. Prawie stykaliśmy się dłońmi.

Cisza. Potem cichy szum po prawej. Wyobraziłam sobie, że on także go słyszy: ten sam przypływ i odpływ w nas obojgu. Jego mały palec dotknął mojego. Ciśnienie rosło, gdy z lewej strony dobiegł dłuższy szum, gorąca fala przetoczyła się przez moje ciało, wzbierając w krtani, aż do kulminacji, po czym ustąpiła. Słońce mnie ogrzewało; bryza głaskała moją skórę, podnosząc mi włoski na rękach i nogach. Z każdym kolejnym odgłosem ogarniała mnie nowa fala ciepła, a ja wiedziałam, że on także to czuje. Odwrócił głowę i nasze spojrzenia się spotkały, ale nie było w nich uśmiechu. Patrzyliśmy na siebie bez końca, zostawiając gdzieś grzeczność i zażenowanie. Potem przenikliwy głos Simona, który zawołał go po imieniu, przeciął szum fal, krzyk mew i trajkotanie ludzi.

W pociągu wiozącym nas do domu siedzieliśmy naprzeciwko siebie przy oknie. Jagjit oparł rękę na parapecie i wyglądał na przemykające wzgórza. W świetle zachodzącego słońca jego długie, brązowe palce lśniły jak wyklepana miedź, a kiedy na nie spoglądałam, przypomniałam sobie, jak zetknęły się nasze dłonie, a wtedy ponownie zalała mnie fala przypływu, niosąc gorąco do mojej twarzy.

– Jejku, ale się spaliłaś, Lilu – odezwał się Simon. Zdałam sobie sprawę, że obserwował mnie, kiedy patrzyłam na Jagjita. – Masz całą czerwoną twarz. Twoja ciotka wpadnie w szał!

Henry

6 lipca 1869

Odkąd zaczęły się deszcze, nie mogę przesiadywać na zewnątrz. Bibi nigdy nie wchodzi do domu w ciągu dnia ani nie zaprasza mnie do swojego pokoju. Kiedy spytałem ją o powód, odpowiedziała, że ojcu by się to nie spodobało. Dlatego teraz po lekcjach czytam w swoim pokoju albo odwiedzam dowództwo i idę na ryby z Alim i Mohanem.

2 sierpnia 1869

Rozchorowałem się. Kishan Lal twierdzi, że prawie umarłem. Gorączka pojawiła się pewnego wieczoru, po tym, jak spędziłem cały dzień nad rzeką z Alim i Mohanem. Zbudowaliśmy tamę, ale rzeka ją zmyła, więc musieliśmy zacząć od nowa. Kiedy wróciłem do domu, Kishan Lal zganił mnie za to, że nie noszę czapki i spędzam całe dnie z tymi nicponiami.

Zanim zapadł zmierzch, dygotałem i szczękałem zębami. Ojca nie było, a Kishan Lal posłał ćaukidara po lekarza.

Potem niewiele pamiętam, nie licząc drgawek i bólu nóg. Kiedy się obudziłem, było ciemno. Na nocnym stoliku paliła się świeca, a ktoś zwilżał mi czoło chłodną szmatką. To była bibi. Powiedziała, że doktor zostawił dla mnie jakieś lekarstwo i kazał mi leżeć w łóżku. Podała lek i spytała, czy chcę, żeby mi poczytała. Właśnie zacząłem odpływać w sen, gdy przerwała w pół zdania. Otworzyłem oczy i zobaczyłem ojca, który stał w progu i patrzył na mnie oszołomionym wzrokiem. Bibi wyszła, a wtedy pojawił się Kishan Lal i wyjaśnił, że ostrzegał ją, iż sahib będzie zły, jeśli zastanie ją w domu, jednak ona nie chciała słuchać. Ojciec odrzekł, że nic się nie stało i odesłał go, a potem spytał mnie, jak się czuję i co powiedział lekarz. Orzekł, że jeśli do rana mi się nie polepszy, poprosi lekarza, żeby przysłał pielęgniarkę do opieki nade mną.

Gorączka początkowo spadła, ale wróciła w nocy. Było mi na zmianę gorąco i zimno; śniłem, że jestem na bazarze i szukam matki, ściągając chusty z głów kobiet i odkrywając, że pod spodem nie mają twarzy, tylko kolejne warstwy chust. Chciałem, żeby to się skończyło, ale sen ciągnął się całymi godzinami. Kiedy obudziłem się rano, bibi obmywała mnie zimną wodą, a ojciec siedział po drugiej stronie łóżka i trzymał mnie za rękę. Nie pojechał do dowództwa, ani tego dnia, ani następnego, i już więcej nie wspominał o pielęgniarce.

Chorowałem prawie trzy tygodnie, ale już czuję się lepiej. W dniu moich urodzin ojciec nie został w swoim pokoju, tylko siedział ze mną, a bibi uczyła nas nowej gry w kości. To były najlepsze urodziny, jakie kiedykolwiek przeżyłem, mimo że byłem chory. Kiedy gorączka ustąpiła, ojciec wrócił do kwatery, ale bibi wciąż przy mnie siedziała i graliśmy w karty. Spytałem, skąd zna tyle gier, a ona odpowiedziała, że kobiety przestrzegające pardy muszą jakoś spędzać czas, gdy nie mogą opuszczać domu. Pomyślałem, że to musi być dla niej okropne, mieszkać w takim malutkim pokoju i nigdzie nie wychodzić, dlatego spytałem ojca, dlaczego bibi nie może zamieszkać z nami w domu. Odpowiedział, że to dlatego, iż nie należy do naszej rodziny. Spytałem, czy jest służącą, ale odrzekł, że nie. Wyjaśnił, że kiedyś była słynną śpiewaczką, ale już nie może śpiewać. Spytałem, dlaczego nie mieszka ze swoją rodziną, a ojciec odrzekł, że wszyscy jej krewni nie żyją.

5 sierpnia 1869

Dzisiaj ojciec kazał Kishanowi Lalowi przenieść rzeczy bibi z jej domku do pokoju, który zajmowała ciotka Mina. Widziałem, że Kishanowi to się nie spodobało, a potem słyszałem, jak mówił Allahyarowi, że to nie w porządku, aby o n a przebywała ze mną w domu. Jednak mnie to nie przeszkadza, ponieważ teraz mogę ją widywać codziennie. Czasami siedzimy razem na werandzie – ja jej czytam, a ona szyje. Ojciec spędza mniej czasu w kwaterze, a więcej w domu. Jesteśmy prawie jak rodzina. Lubię ją znacznie bardziej od ciotki Miny.

17 sierpnia 1869

Bibi jest chora. Zawsze wygląda na zmęczoną, ale teraz trzyma się za bok, jakby ją bolało. Przyszedł do niej lekarz, a dzisiaj ojca ponownie odwiedził kapelan i tym razem nie musiałem podsłuchiwać, ponieważ krzyczeli tak głośno, że było ich słychać w jadalni, gdzie akurat miałem lekcje. Pan Mukherjee próbował czytać głośniej, ale i tak ich słyszałem. Kapelan mówił o bibi i o tym, że ojciec sieje zgorszenie, żyjąc w grzechu z tubylką. Ojciec kazał mu pilnować własnych spraw.

24 września 1869

Nienawidzę ojca! Chociaż tyle razy powtarzał, że nie należy odsyłać dzieci, postanowił wyprawić mnie do szkoły w Anglii. Co gorsza, mam spędzić wakacje z ciotką Miną! Nie chce mi wyjaśnić dlaczego. Mówi tylko, że nadszedł czas, abym zdobył prawdziwe wykształcenie. Wyjeżdżam za cztery tygodnie razem z żoną kapitana Percivala, która wraca do ojczyzny, żeby odwiedzić chorą matkę.

Kiedy mi o tym powiedział, pobiegłem do bibi w nadziei, że go przekona, aby pozwolił mi zostać, jednak ona stwierdziła, że ojciec ma rację, a ja powinienem mieszkać ze swoimi rodakami. Odpowiedziałem, że to ojciec, ona, Kishan Lal i Allahyar są mi najbliżsi, lecz bibi odrzekła, że to dla mojego dobra, a ojciec bardzo mnie kocha i chociaż nie należy do ludzi wylewnych, to jest bardzo wrażliwy, a ja pewnego dnia zrozumiem, jak bardzo doświadczyło go życie. Odpowiedziałem, że nie dbam o to, jak bardzo życie doświadczyło ich oboje, ponieważ są okrutni, skoro chcą mnie odesłać, a ja ich nienawidzę. Próbowała pogłaskać mnie po włosach, ale ją odepchnąłem. Naprawdę ich nienawidzę i wiem, że znienawidzę także Anglię.

Cecily

1 stycznia 1857

Droga Mino!

Szczęśliwego Nowego Roku, chociaż nie wiem, kiedy otrzymasz ten list, ponieważ piszę do Ciebie z dżungli w północnych Indiach.

Chociaż drżałam na myśl o wyprawie, okazało się, że sprawia mi ona przyjemność. Przemierzamy kraj na przełaj, więc oficerowie oraz te damy, które tego chcą, jadą konno, a reszta jest niesiona w palankinach. Codziennie budzimy się o drugiej w nocy i rozbijamy obóz dopiero po pokonaniu piętnastu mil. Na szczęście to najzimniejsza pora roku, więc kiedy wstajemy, często wita nas chłód.

Wędrówka jest wspaniale zorganizowana. Mamy do dyspozycji wszelkie wygody, ponieważ kulisi niosą na głowach nasze meble (nawet wannę!). Mamy po dwie sztuki każdego przedmiotu, wliczając namioty, więc jedna grupa może iść przodem i kiedy docieramy do obozu, nasz nowy dom już na nas czeka, a my możemy jeszcze przed lunchem zanurzyć się w wannach z gorącą wodą. To niezwykle cywilizowany sposób podróżowania; wyobrażam sobie, że w ten sposób podróżowali Rzymianie. Popołudniami odpoczywamy albo spacerujemy po okolicy. Zabieram ze sobą swój szkicownik i próbuję rysować malownicze ruiny świątyń i grobowce, które można napotkać nawet w najodleglejszych zakątkach, czasami na wpół pogrzebane w dżungli, jednak na moich rysunkach nigdy nie wyglądają tak urokliwie jak w rzeczywistości. Załączam kilka szkiców, ale będziesz musiała sama wyobrazić sobie cykanie świerszczy oraz szelest trawy, przez którą pełzają węże!

Obawiałam się dzielenia namiotu z Arthurem, ale rzadko go widuję, gdyż ma dużo pracy ze swoimi ludźmi. Kiedy maszerują, jedzie obok nich, chociaż pozostali dowódcy delegują do tego podoficerów, a popołudniami towarzyszy żołnierzom podczas polowań. Wieczorami organizują walki zapaśnicze albo tańce. Wcześniej nie zdawałam sobie sprawy z tego, jak wielu ludzi podąża za pułkiem, ale podczas przekraczania pierwszej rzeki prąd porwał tratwę pełną miejscowych kobiet i zaniósł ją na przeciwległy brzeg. Grypa sipajów musiała ruszyć im z pomocą. Żona porucznika Tremayne'a, Emily, wyjaśniła mi, że to upadłe kobiety, które dostarczają przyjemności sipajom, a potem posłała mi chytre spojrzenie, więc zaczęłam się zastanawiać, czy jest wśród nich bibi Arthura, ponieważ wątpię, czy ją zostawił. To straszne żyć ze świadomością, że wszyscy obgadują cię za plecami.

Na szczęście, może dzięki wczesnym pobudkom, a także spędzaniu czasu na świeżym powietrzu i dużej ilości ruchu, sypiam bardzo dobrze, chociaż czasami budzi mnie wycie szakali albo dziwaczny, jazgotliwy śmiech hien.

Jeden z poruczników, Thomson, przy każdej okazji poluje z kolegami na dziki, więc na kolację często jadamy dziczyznę, czasami sarninę. Arthur i jego ludzie kilka razy wybrali się na tygrysa, ponieważ mieszkańcy mijanych wiosek skwapliwie wykorzystują pojawienie się Anglików, żeby wyrównywać rachunki z nękającymi ich drapieżnikami, które pożerają ludzi lub zabijają bydło. Raz im towarzyszyłam i z ambony na drzewie wypatrywałam tygrysa, ale na szczęście się nie pojawił. Nic na to nie poradzę, ale mam wrażenie, że to my, a nie tygrysy, jesteśmy intruzami w dżungli.

Dźamadar Arthura, Ram Buksh, miał paskudny wypadek. Tropił rannego tygrysa, został przez niego zaatakowany i uciekając – trudno w to uwierzyć, ale Arthur zapewnia mnie, że to prawda – wpadł prosto w łapy niedźwiedzia! Arthur mówi, że nie wie, kto był bardziej zaskoczony, w każdym razie mężczyzna i niedźwiedź zaczęli się mocować i stoczyli się ze zbocza. Na szczęście upadek oszołomił zwierzę i Ram Buksh zdołał zbiec. Arthur podążył ich śladem i strzelił do niedźwiedzia, ale ten uciekł do dżungli. Kiedy przynieśli Rama Buksha do naszego namiotu, początkowo myślałam, że jest martwy. Stracił przytomność i był zalany krwią, gdyż niedźwiedź przeorał mu bark pazurami.

Arthur posłał jednego z sipajów po doktora Sheldona, a sam rozciął koszulę Rama Buksha i oczyścił ranę, żeby zobaczyć, jak jest poważna, podczas gdy ja rozdarłam kilka ręczników, aby zatamować krwawienie.

Byłabyś ze mnie dumna, Mino – nie zemdlałam ani nie stchórzyłam. Na szczęście doktor Sheldon ocenił, że rana nie jest poważna. Odkaził ją i opatrzył, a potem polecił, żeby nie przenosić Rama Buksha, dopóki krwotok nie ustanie, dlatego Arthur zrezygnował z porannego wymarszu. Służący rozbili dla nas kolejny namiot, doktor Sheldon zaś obiecał, że przyśle jedną z kobiet, żeby zaopiekowała się rannym, jednak Arthur odrzekł, że poradzimy sobie sami przy pomocy jego ordynansa, gdyż Ram Buksh i Durga Prasad bardzo nam pomogli, gdy Arthur chorował. Doktor Sheldon był wyraźnie zaskoczony. Popatrzył na mnie, jakby oczekiwał, że się sprzeciwię, ale ucieszyłam się, że przynajmniej tak mogę im się odwdzięczyć. Poza tym nie miałam wiele do roboty, kładłam kompresy na czole rannego, gdy dostawał gorączki, oraz podawałam mu leki, gdyż ordynans Arthura wziął na siebie wszystkie pozostałe obowiązki.

Kiedy Ram Buksh odzyskał przytomność, był tak zażenowany moją obecnością przy jego posłaniu, że ja też się zawstydziłam, jednak już następnego dnia razem śmialiśmy się z tego. Teraz rozumiem, dlaczego Arthur spędza tak dużo czasu ze swoimi ludźmi. Są znacznie mniej napuszeni niż inni oficerowie i ich żony, które ciągle unoszą się dumą.

Ta wędrówka jest tak cudowna, że ze smutkiem opuszczę Indie. Napiszę z Kampuru i przekażę ci szczegóły mojej podróży.

Twoja kochająca Cecily

Kampur, 4 lutego 1857

Kochana Mino!

Otrzymałam Twoje prezenty i listy, które dostarczono nam z Kataku, gdy przybyliśmy na miejsce, ale nie mogłam odpisać, gdyż tonę we łzach. Nie mogę uwierzyć, że mama nie żyje od listopada, a ja nic o tym nie wiedziałam!

Los jest okrutny, skoro w takiej chwili muszę być tak daleko. Jak się czuje biedny tata? Żałuję, że nie mogłam być na miejscu, aby pożegnać się z mamą i go pocieszyć. Och, Mino, jak sobie bez niej poradzimy? Dotychczas nie zdawałam sobie sprawy, jak bardzo polegałam na jej łagodnej sile. Nie wyobrażam sobie, jak dom będzie wyglądał po jej odejściu.

Proszę, przekaż tacie mojej najserdeczniejsze pozdrowienia i powiedz mu, że już wkrótce będę w Wami.

Pozdrawiam Was oboje,

Cecily

Kampur, 11 lutego 1857

Och, Mino, nie uwierzysz, co mam Ci do przekazania. Spodziewam się dziecka! Jestem zaskoczona, że mogę o tym tak spokojnie pisać. Wprost nie mogłam uwierzyć, gdy doktor Sheldon mi to oznajmił, i wybuchnęłam płaczem. Roześmiał się i nie mógł się nadziwić, że sama się tego nie domyśliłam. „Czy matki niczego was nie uczą?", spytał. Powiedział, że domyślał się już od pewnego czasu, gdyż zauważył, jak dużo śpię w podróży, ale wolał niczego nie mówić, dopóki nie dotrzemy do Kampuru i nie zadomowimy się tutaj.

Nie wiem, co robić.

Twoja oszołomiona Cecily

Lila

Dwa tygodnie przed powrotem chłopców do szkoły jak zwykle po lunchu udałam się do państwa Beauchampów. Padało, więc zabrałam książkę – powieść Maud Diver – którą ciocia Mina podarowała mi na urodziny. Wcześniej do niej nie zaglądałam, ponieważ ciocia zazwyczaj dawała mi książki pani Molesworth albo Charlotte M. Yonge, opowiadające o pobożnych, posłusznych bohaterkach, w których nie dostrzegałam niczego z siebie, ale szukając na półkach czegoś, czego jeszcze nie czytałam, przekartkowałam ją i zorientowałam się, że akcja toczy się w Indiach. Uznałam, że ciocia pewnie kupiła tę książkę nieświadomie, ponieważ zawsze unikała wspominania o Indiach w mojej obecności.

Tamtego popołudnia czytałam przy oknie, a Jagjit i Simon grali w ludo przy świetle wpadającym z zewnątrz. Przeczytałam kilka stron, po czym odłożyłam książkę i zaczęłam wyglądać na ogród. Jedną z rzeczy, które podobają mi się w Anglii, jest to, jak bardzo różnią się kolejne dni: czasami powietrze jest tak przejrzyste i suche, że widać każdy szczegół w promieniu wielu mil, a czasami ma się wrażenie, że krajobraz migocze opalizującymi barwami zza przemieszczających się warstw przejrzystej mgły. Jednak tamtego dnia, gdy patrzyłam przez naznaczoną deszczem szybę, ogród przypominał impresjonistyczny obraz, na którym krzewy i drzewa zlewają się w naniesioną pędzlem plamę rozmazanych zieleni i brązów.

Za moimi plecami odezwał się Simon:

– Jagjicie, tylko posłuchaj! – Zaczął czytać z udawanym namaszczeniem: – *Dopiero po dłuższej rozmowie o tubylcach oraz wyznaniu, iż nadal nie zwalczyła w sobie instynktownej odrazy oraz grozy, którymi ją napełniali od pierwszego...* – Odwróciłam się i usiłowałam odebrać mu książkę, ale trzymał ją poza moim zasięgiem, a jego bladoszare oczy lśniły. – Zaczekaj, dalej jest jeszcze lepsze: *...zdołała przerwać przeciągającą się ciszę nagłym pytaniem.* – Przerwał, a po chwili kontynuował głupawym głosem: – *Oczywiście, jak już się przekonałeś, jestem bezgranicznie niemądra! Jednak chcę się dokładnie dowiedzieć, co ludzie mają na myśli, gdy mówią o mieszańcach; a także dlaczego słowo to tak często wypowiadane jest pogardliwym tonem. –* Laurence wzruszył ramionami... – Simon wypiął pierś i odezwał się grubym, męskim głosem. – *Cóż... Sądzę, że pogarda nie jest nikomu potrzebna, jednak prawdą jest, iż mieszańcy to ni pies, ni wydra. Mają pecha nie być ani biali, ani brązowi i zazwyczaj łączą się w nich najgorsze cechy dwóch ras, tak że każdej z nich jawią się jako wyjątkowo odrażający. Niechęć, jaką darzą mieszańców Anglo-Hindusi, jest niczym w porównaniu z pogardą, jaką czują wobec nich tubylcy z najwyższych kast, którzy postrzegają ich jako istoty nisko urodzone, które ani nie mają przyrodzonego prawa przynależeć do systemu kastowego, ani nie mogą się cieszyć* *prestiżem sahibów. Te biedne diabły mają pecha, lecz nie da się ukryć, iż rzeczywiście są najmniej udani ze wszystkich ras. Niektórzy z nich mają nieco rozumu, lecz nie zbywa im zarówno na sile fizycznej, jak i moralnej. Mieszanie brązowej i białej rasy na drodze małżeństwa to wyjątkowo zły pomysł.*

Opuścił książkę i szeroko się do nas uśmiechnął.

– Lepiej się nie pobierajcie.

– Nie bądź osłem, Simonie – odparł Jagjit. – Nigdy nie słyszałem większych bzdur.

– Cóż, to książka Lili. Co ona o tym sądzi?

– Nie zwracaj na niego uwagi, Lilu. Zachowuje się jak dziecko – rzekł Jagjit ostrym tonem, jakiego nigdy u niego nie słyszałam.

Simon poczerwieniał i podniósł głos, jak zawsze, gdy był rozgniewany.

– Odczep się! Chcesz mi wmówić, że tubylec z wysokiej kasty, taki jak ty, nie miałby nic przeciwko małżeństwu z kobietą mieszańcem?

Jagjit popatrzył na niego w milczeniu. Potem spokojnie odpowiedział:

– Jestem sikhiem, a nie hindusem, my nie uznajemy kast. A gdybym znalazł właściwą dziewczynę, mam nadzieję, że liczyłby się dla mnie jej charakter, a nie pochodzenie.

– Wszystko jedno, skoro przeszłość Lili i tak jest tajemnicą.

Wyraz twarzy Jagjita uległ zmianie, ale zanim zdążył cokolwiek odpowiedzieć, Simon wstał, upuścił książkę na moje kolana i wyszedł z pokoju. Jagjit odwrócił się w moją stronę.

– Przepraszam. On bywa bardzo złośliwy, kiedy jest zazdrosny.

Zastanawiałam się, czego Simon miałby mi zazdrościć, skoro ma wszystko – rodzinę, własny dom, przyjaciół...?

– Lilu... – Dźwignął się z podłogi i położył dłoń na moim ramieniu, ale zaraz ponownie usiadł, gdy rozległo się pukanie do drzwi. Pokojówka państwa Beauchampów zajrzała do pokoju.

– Podano podwieczorek w salonie, paniczu Simonie... – Umilkła, kiedy zorientowała się, że go nie ma. Popatrzyła na nas z zaciekawieniem.

– Zaraz przyjdziemy, Enid – odrzekł Jagjit. – Powiem Simonowi.

Uśmiechnęła się do niego i wyszła.

Wstałam, a Jagjit podążył za mną w stronę drzwi.

– Zostaniesz na podwieczorek, prawda?

Pokręciłam głową i ruszyłam w dół schodów.

Dotknął mojego ramienia.

– Lilu, nie odchodź... – Ale nie chciałam, żeby widział moje łzy, więc się nie odwróciłam.

Tamtego wieczoru, kiedy po kolacji czytałam w swoim pokoju, rozległo się łomotanie do drzwi wejściowych. Popatrzyłam na zegar stojący na kominku. Była dziewiąta i robiło się ciemno – dosyć późno na wizytę. Po kilku minutach ktoś zapukał do mojego pokoju i do środka zajrzała Ellen.

– To panicz Jagjit... Przyszedł do panienki.

Zaniepokojona, zeszłam na parter. Ciocia Mina czekała u podnóża schodów.

– Ten hinduski chłopiec chce się z tobą widzieć. Powiedziałam mu, że położyłaś się spać, ale nalegał. Moim zdaniem zachowuje się osobliwie.

Czekałam, nie zdradzając swoich myśli.

Ciocia zawahała się, a następnie niechętnie powiedziała:

– Lepiej sprawdź, czego chce. Niedługo wróć. Będę tutaj na ciebie czekała.

Jagjit stał przed drzwiami wejściowymi i głęboko oddychał, jakby przed chwilą biegł. Chwycił mnie za rękę i odciągnął od drzwi.

– Nie bądź taka zaniepokojona, nie stało się nic złego. Po prostu chciałem z tobą porozmawiać. – Ściszył głos. – Możesz się ze mną spotkać w starej szklarni za pół godziny?

Zawahałam się.

– Proszę, Lilu. To ważne.

Kiedy ciocia Mina rozsiadła się w salonie, po cichu zeszłam na dół. Słysząc, jak Cook i Ellen myją naczynia i rozmawiają w kuchni, wyślizgnęłam się bocznym wyjściem. Dotarłam do ogródka warzywnego i starej szklarni z powybijanymi szybami, gdzie czasami się bawiliśmy, kiedy byliśmy młodsi. Blade światło przeświecało przez usmarowane, zasnute pajęczynami okna i chociaż wieczór był ciepły, poczułam, że drżę.

Przez szybki zobaczyłam, że Jagjit odsunął stare stoły do sadzenia roślin, żeby zrobić miejsce na środku. Przymocował zapaloną święcę do dna odwróconej doniczki i siedział na ziemi ze skrzyżowanymi nogami, wpatrując się w płomień. Złocisty blask świecy przeświecał przez brudną szybę, rozmazując i zmiękczając wszystkie kontury. Nagle ogarnął mnie strach. Wzięłam głęboki oddech, żeby powstrzymać drżenie, i pchnęłam drzwi.

Zwrócił w moją stronę twarz widoczną pod turbanem w kolorze ochry i wstał jednym zwinnym ruchem.

– Obawiam się, że nie jest tutaj zbyt przytulnie. Ale wejdź i usiądź. – Wskazał podłogę, na której kilka rozłożonych worków z juty pełniło rolę dywanu. W powietrzu unosiła się silna woń pleśni. – Niestety, są trochę wilgotne.

Usiedliśmy naprzeciwko siebie, po dwóch stronach świecy. Podłoga była brudna, a ja wierciłam się niecierpliwie, czekając, aż Jagjit coś powie. Miałam wrażenie, że czuje się równie niezręcznie jak ja. Drżały mu ręce, co mnie denerwowało, ale zarazem dodawało mi odwagi.

– Przepraszam, że wyciągam cię z domu, Lilu, ale chciałem porozmawiać z tobą na osobności, a nie sposób uwolnić się od Simona. – Jego głos zadrżał z irytacji, a ja posłałam mu zaskoczone spojrzenie. Poczerwieniał na twarzy. – Przepraszam. Wiem, że to brzmi niegrzecznie, ale właśnie paskudnie się pokłóciliśmy. Pewnie uważasz, że jestem koszmarnie niewdzięczny, zwłaszcza że jego rodzina była dla mnie taka dobra... Ale czasami mam poczucie, że on traktuje mnie jak swoją własność.

Pokręciłam głową, starając się nie okazywać przyjemności, jaką sprawiły mi jego słowa.

Przez chwilę milczeliśmy, wpatrując się w płomień świecy, a ja zaczęłam się zastanawiać, czy Jagjit w ogóle ma mi cokolwiek do powiedzenia. Poczułam wilgoć przebijającą przez worki i ponownie zadrżałam.

– Proszę, załóż to. – Zdjął marynarkę i wstał, żeby okryć nią moje ramiona. Pachniała nim, a ja przypomniałam sobie, jak leżał obok mnie na plaży, dotykając palcem mojego palca. Znów przeniknęła mnie fala ciepła. Odwróciłam twarz i znieruchomiałam.

– Lilu! – Ukląkł przede mną i pochylił się do przodu. – Po prostu chciałem powiedzieć, że... że bardzo cenię twoją przyjaźń. Właśnie z tego powodu Simon dzisiaj urządził scenę... Nie może znieść, kiedy okazuję sympatię komukolwiek innemu i jest zazdrosny, ponieważ wie, że cię lubię. Nie przeszkadza ci, że to mówię?

Pokręciłam głową.

– Zdaję sobie sprawę, że twoja ciotka za mną nie przepada. Ale wracając do tego, co tutaj robię... Chciałbym przeprosić za dzisiejsze zachowanie Simona i... Do licha, Lilu, po prostu chciałem cię mieć dla siebie! Mam dosyć tego, że nigdy nie mogę powiedzieć ci, co czuję. Nie bądź taka zaskoczona... Na pewno wiesz, że mi na tobie zależy. To przecież oczywiste! Czasami boję się choćby na ciebie spojrzeć, gdy jesteśmy w towarzystwie innych, gdyż mam wrażenie, że wszyscy to zauważą... – Roześmiał się z zażenowaniem. – Wyglądasz na oszołomioną! Masz w ogóle pojęcie, o czym mówię?

Pokiwałam głową, chociaż nie byłam do końca pewna. Czy on naprawdę może mieć na myśli to, co mi się wydaje?

– Czy ty mnie lubisz, Lilu... chociaż odrobinę?

Ponownie przytaknęłam.

– Naprawdę? Nie starasz się po prostu być grzeczna?

Zawahałam się i spuściłam wzrok.

– Tak. – To był tylko szept, więc odezwałam się ponownie, głośniej. Skrzek królewny zamienionej w żabę. Podniosłam oczy. Jagjit się we mnie wpatrywał.

– Powtórz.

Odchrząknęłam i spróbowałam jeszcze raz.

– Tak, naprawdę. – Zbyt głośno. Skrzywiłam się. – Czy właśnie tak go sobie wyobrażałeś?

– Co?
– Mój głos.
– Jak najbardziej. Brzmisz jak sierżant sztabowy!

Roześmialiśmy się, a potem – sama nie jestem pewna, jak to się stało – zaczęliśmy rozmawiać, jakby to była najnaturalniejsza rzecz pod słońcem. Może sprawiły to ciemność, cisza i łagodny krąg blasku rzucanego przez migoczącą świecę, a może zapomniane ciepło czyjegoś kochającego spojrzenia, w każdym razie po początkowym niezdarnym poszukiwaniu słów i zmaganiu się z opornym językiem tama pękła i wszystko, co w sobie chowałam, wypłynęło na zewnątrz, a ja zaczęłam mu opowiadać o swoim życiu w Indiach, o swoich przyjaciołach, misjach ojca i dziwactwie matki. Wreszcie wyznałam mu, co się wydarzyło tamtego wieczoru, zupełnie jakbym mówiła do siebie, obserwując drgający płomień świecy.

Kiedy skończyłam, zapadła długa cisza, a ja poczułam się pusta i spokojna. Wtedy on westchnął i zabrał oddzielającą nas świecę, a następnie przyciągnął mnie do siebie. Podniosłam się na kolana, tak że moja twarz znalazła się na poziomie jego twarzy, a on mnie pocałował, najpierw w czoło, a potem w usta. To były niezwykle delikatne i niewinne pocałunki, niemal jak błogosławieństwo, ale z pewnością nie wyglądały tak w oczach cioci Miny i pana Beauchampa, którzy akurat w tej chwili wpadli do szklarni.

Dwadzieścia minut później leżałam w łóżku, kipiąc ze złości i oburzenia, że mam się czuć winna, chociaż nie zrobiliśmy niczego złego. Ciocia Mina lodowatym tonem nakazała mi wrócić do pokoju i więcej się do mnie nie odzywała, ale słyszałam, że cała trójka rozmawia na dole.

Potem pan Beauchamp i Jagjit wyszli, a ciocia Mina położyła się spać. Długo leżałam rozbudzona i rozmyślałam o nim: co czułam, gdy trzymał mnie w ramionach, a ja opowiadałam mu o swoim ojcu, nie narażając się na osąd ani współczucie, po raz pierwszy naprawdę wysłuchana. Wiedziałam, że czekają mnie konsekwencje, ale o to nie dbałam. Nie mogli nam nic zrobić.

Następnego ranka zbudziły mnie uderzenia kamyków w szybę. Po raz pierwszy od śmierci ojca zaraz po przebudzeniu nie pomyślałam o nim, tylko o poprzednim wieczorze. Uśmiechnęłam się, a następnie przeciągnęłam i wstałam z łóżka. Zanim odsunęłam okno, przygładziłam włosy. Ale to nie był Jagjit, tylko Simon.

– Zejdź!

Szybko się ubrałam, zastanawiając się, gdzie jest Jagjit.

Kiedy tylko wyszłam przez frontowe drzwi, Simon podbiegł do mnie, niemal plując z wściekłości. Miał białą twarz.

– Coś ty zrobiła? Ty samolubna kanalio! Wszystko popsułaś, wszystko!

Wbiłam w niego wzrok.

– Ojciec go odesłał! Podsłuchiwałem pod drzwiami gabinetu, kiedy wrócili – straszliwie się pokłócili. Ojciec powiedział, że żaden dżentelmen nie zachowałby się tak jak on wobec takiej młodej dziewczyny jak ty. Jagjit odrzekł, że nic się nie stało i tylko rozmawialiście, ale ojciec oznajmił, że twoja ciotka jest niezadowolona i Jagjit musi wrócić do szkoły. Kazał mu obiecać, że nie będzie do ciebie pisał, a następnie wsadził go w poranny pociąg i zakazał kiedykolwiek przyjeżdżać tutaj na ferie, ponieważ twoja ciotka na to nie pozwala! A to wszystko twoja wina! Twoja idiotyczna wina!

– Wcale nie. Założę się, że to ty powiedziałeś ojcu, bo byłeś zazdrosny, skarżypyto!

Simonowi opadła szczęka.

– Ty mówisz!

– Tak, ale nie musisz się tym przejmować, ponieważ już nigdy się do ciebie nie odezwę!

Odwróciłam się, weszłam do jadalni, gdzie ciocia Mina jadła śniadanie, i wywrzeszczałam, że jej nienawidzę i nigdy jej nie wybaczę. To były pierwsze słowa, jakie kiedykolwiek do niej skierowałam.

Dwa tygodnie później zostałam wysłana do szkoły.

CZĘŚĆ DRUGA

Henry

Karaczi, 16 sierpnia 1880

Wyczułem go, jeszcze zanim ujrzeliśmy ląd. Od razu rozpoznawalny, złożony zapach Indii – mieszanka dymu z palonego drewna, perfum, gnoju i piekących się herbatników – popłynął nam na powitanie, gdy zbliżyliśmy się do Karaczi. Niósł wspomnienia, które w sobie skrywałem, a ja natychmiast znów poczułem się sobą. W Anglii byłem kimś innym, bezbarwną imitacją człowieka.

W szkole zniechęcano nas do opowiadania o Indiach. Inni chłopcy kpiąco nazywali nas „koi he", a używanie słów pochodzących z hindustani traktowano jako popisywanie się. Niechętnie patrzono na każdego, kto się wyróżniał, ale przypominam ojca bardziej, niż przypuszczałem, i nie miałem najmniejszej ochoty się dopasowywać. Nienawidziłem szkolnego rygoru, dręczenia słabszych, usługiwania starszym uczniom, obowiązkowych sportów drużynowych, mdłego jedzenia i wiecznego zimna. Nocami często nawiedzał mnie dziecięcy koszmar o zamknięciu w dusznym, ciemnym miejscu i krzykami budziłem całą sypialnię, co nie poprawiało mojej reputacji.

Święta u ciotki Miny pozwoliły mi odpocząć od szkoły. Nie mieliśmy sobie niemal nic do powiedzenia, ale lepiej dogadywałem się z chłopcami z wioski niż ze szkolnymi kolegami i chętnie grałem w krykieta na wioskowym trawniku oraz pomagałem zwozić siano. Akceptowali mnie jako miejscowego, jednak nie udało mi się dowiedzieć niczego więcej o matce.

Marzyłem, że po skończeniu szkoły pojadę do akademii wojskowej Sandhurst albo Addiscombe i wzorem ojca wstąpię do indyjskiej armii, ale odkryłem, że on zaplanował dla mnie edukację w Haileybury i karierę w administracji państwowej Indii. Byłem bardzo rozczarowany. W szkole podobało mi się tylko to, co robiłem jako kadet: odgrywanie bitew z wojny brytyjsko-zuluskiej i nauka formowania czworoboku. Moje błagalne listy spotykały się ze zdawkowymi odpowiedziami – nasz los w Indiach był niepewny i ojciec uważał, że jeśli chcę tutaj pracować, to lepsza przyszłość czeka mnie w Indyjskiej Służbie Cywilnej.

W Haileybury dobra znajomość hindustani zapewniła mi przewagę na starcie, ale – w połączeniu z moim obeznaniem z miejscowymi zwyczajami – wzbudziła podejrzenia, że w moich żyłach krąży „kapka ciemnej krwi". Nie spotykałem się z ostracyzmem, ale jestem zbyt dumny, aby godzić się na to, że ktoś łaskawie mnie toleruje, dlatego jedyną osobą, z którą się tam zaprzyjaźniłem, był Gavin McLean, którego ojciec był Szkotem, a matka Chinką. To jeden z najbystrzejszych ludzi, jakich kiedykolwiek poznałem. Planuje karierę w Indyjskiej Służbie Politycznej. Obiecaliśmy sobie, że pozostaniemy w kontakcie.

Nie licząc szkolnych wypracowań i listów do ojca, od czasu opuszczenia Indii niewiele pisałem. Nie prowadziłem dziennika, ponieważ nie zależy mi na zachowaniu w pamięci niczego, co przeżyłem w Anglii. Ten czas przypominał zawieszenie w otchłani, które musiałem przetrwać przed powrotem do prawdziwego życia. Kiedy tam przebywałem, po raz pierwszy zrozumiałem przygnębienie ojca; czułem się tak, jakbym stracił wszystko, co nadawało mojemu życiu sens. Jeśli kiedyś będę miał dzieci, nigdy ich nigdzie nie wyślę.

Rawalpindi, Północno-Zachodnia Prowincja Pograniczna, 19 sierpnia 1880

Kiedy wczoraj dotarłem na miejsce, Kishan Lal wyszedł mnie powitać. Ma teraz bielsze włosy i wyraźniej utyka, ale uśmiecha się równie szeroko jak zawsze. Stanął przede mną i pochylił się, żeby dotknąć moich stóp, ale chwyciłem go za ramiona. Wyprostował się i popatrzyliśmy na siebie nawzajem. Oczy wypełniły mu się łzami.

– Sahib stał się mężczyzną.

Również miałem wilgotne oczy.

– Jak się miewa mój ojciec, Kishanie Lalu?

– Tak samo jak zwykle, Bogu dzięki.

Mieszkają teraz w innym domu niż ten, który opuściłem, jednak jest to typowy wojskowy bungalow o wysokim suficie, z głównym pokojem podzielonym na salon i jadalnię. Meble się nie zmieniły, a leżak ojca stoi na werandzie tak samo jak zawsze. Przez chwilę miałem wrażenie, że cofnąłem się w czasie o jedenaście lat.

– Gdzie on jest?
– Nie spodziewaliśmy się ciebie tak wcześnie. Sahib pojechał do dowództwa. Poprosił, żeby po niego posłać, kiedy się pojawisz. Chciał pojechać do Karaczi, żeby cię powitać, ale podobno się nie zgodziłeś.
– Nie chciałem, żeby niepotrzebnie się męczył. Ma już chyba... ile? Siedemdziesiąt lat?
Kishan Lal potrząsnął głową.
– Chyba tak.
Zastanawiałem się, ile on sam ma lat, ale podejrzewałem, że nie ma sensu go o to pytać, gdyż z pewnością nie wie.
– Wkrótce przejdzie na emeryturę. – Próbowałem to sobie wyobrazić, ale bez powodzenia. Co ojciec wtedy pocznie? – A ty, Kishanie Lalu? Co ty zrobisz?
Kishan Lal wyszczerzył zęby.
– Sahib nigdy nie przejdzie na emeryturę. To istny lew w ludzkiej skórze. W zapasach wciąż pokonuje młodszych. A co ja bym wtedy zrobił? Zostałbym z sahibem Langdonem do samego końca.
– Szczęściarze z niego, że cię ma, Kishanie Lalu. – Rozejrzałem się. – A gdzie bibi? Przywiozłem jej prezent.
Kishan Lal posmutniał.
– Czy sahib nie wspomniał o tym w liście? Bibi zmarła... Jakieś dziewięć albo dziesięć lat temu. Rok po twoim wyjeździe do Anglii. Naprawdę nie wiedziałeś?
– Nie. Nigdy mi o tym nie napisał.
Otoczył mnie ramieniem.
– Nie gniewaj się na niego, sahibie. Zapewne nie chciał cię smucić. Wiedział, że nie jesteś tam szczęśliwy.
Powstrzymałem narzucającą się odpowiedź, przypominając sobie, że wielokrotnie pytałem ojca o jej samopo-

czucie i prosiłem o przekazanie pozdrowień. Nigdy mi nie odpowiedział.

– Jak umarła?

– Miała coś tutaj... Jakąś narośl. – Dotknął boku. – Lekarz powiedział, że nie da się jej usunąć.

Wróciłem myślą do miesięcy przed moim wyjazdem – do odwiedzin lekarza, do chwil, gdy wstrzymywała oddech, przyciskając dłoń do boku.

– Pamiętam. Musiało ją boleć. Więc wiedzieli, jeszcze zanim wyjechałem. Czy to długo trwało?

– Rok, może półtora. Ból był niezwykle silny. Doktor dawał jej lekarstwa, ale to nie wystarczało. Pod koniec bardzo cierpiała. Twój ojciec siedział przy niej całymi dniami i nocami, czasami jej czytał, czasami ocierał jej twarz. Nawet sam ją kąpał, ponieważ powiedziała, że bai, którą przysłał lekarz, nie jest wystarczająco delikatna.

– Pewnie poczuł się bardzo samotny, kiedy zmarła.

– Tak, ale miał swoją pracę w pułku. Dobrze jest mieć jakieś zajęcie.

– Niewątpliwie. Nie musisz po niego posyłać, Kishanie Lalu. Sam się do niego przejdę. Przyda mi się trochę ruchu po tygodniach spędzonych na statku. Każ zanieść moje bagaże do pokoju, dobrze?

– Oczywiście. Aha, sahibie...

– Tak?

– Dobrze, że wróciłeś. To go odmłodzi. Odmłodzi nas wszystkich.

Kiedy się zbliżyłem, ojciec stał na placu defiladowym i rozmawiał z grupą miejscowych oficerów i sipajów. Gdy tylko mnie zobaczył, podszedł, aby mnie objąć, po czym chwycił mnie za ramiona i popatrzył mi w twarz. Jego białe włosy wciąż są tak samo gęste, a oczy tak samo niebieskie jak zawsze. Lekko drżą mu ręce i ma bardziej krzaczaste brwi, ale poza tym się nie zmienił.

– Wyrosłeś, Henry, i zrobiłeś się bardzo podobny do matki. – Mocno uścisnął moją dłoń i cofnął się o krok. – Przyszli się z tobą przywitać starzy przyjaciele. Niecierpliwie czekali na twój powrót.

Dwaj sipajowie w pułkowych mundurach wystąpili naprzód i zasalutowali, a następnie pochylili się, żeby dotknąć moich stóp. Cofnąłem się.

– Sipaj Bedi i sipaj Khan. Poznajesz ich?
– Oczywiście, że tak. Mohan. Ali.

Po chwili wszyscy pozostali sipajowie, także ci, których nie pamiętałem, zgromadzili się wokół, żeby powitać mnie w domu. Jednak sytuacja się zmieniła. Już nie jestem dzieckiem, z którym mogą się drażnić. Jestem sahibem i żaden z nich, nawet Ali i Mohan, nie odważyłby się ze mnie kpić, robić sobie żartów ani sprowadzić mnie na ziemię, gdybym zbytnio się wywyższał.

Kiedy wracaliśmy do bungalowu na lunch, po raz pierwszy zrozumiałem, jak samotne życie wiedzie ojciec. Zawsze żył na uboczu: był szanowany, może nawet kochany przez swoich ludzi, ale nigdy nie mógł podzielić się z nikim kłopotami ani zrzucić maski oficera. Ciekawi mnie, dlaczego nigdy nie zaprzyjaźnił się z innymi brytyjskimi oficerami, a także czy zawsze się tak izolował, czy może zaczęło się to po śmierci matki. Zastanawiam się, czy mnie czeka taki sam los.

20 sierpnia 1880

Wczoraj wieczorem siedzieliśmy z ojcem na werandzie i rozmawialiśmy. Kiedy unosił do ust szklaneczkę z whisky, ponownie zauważyłem, jak drży mu dłoń. Po raz pierwszy dotarło do mnie, że pewnego dnia umrze. Ta myśl mnie zaszokowała i sprawiła, że zrozumiałem, jaki będę samotny, gdy on odejdzie.

Rozmawialiśmy o zwyczajnych sprawach: przekazał mi najnowsze wieści dotyczące marszu generała Robertsa na Kandahar i stwierdził, że według niego jest to przedsięwzięcie skazane na porażkę. – Nikt jak dotąd nie zdołał długo utrzymać Afganistanu i nikomu się to nie uda. – Opowiedziałem mu, co słychać u ciotki Miny i pokrótce zrelacjonowałem swój pobyt w Anglii, a potem skończyły nam się tematy do rozmowy. Patrzyłem, jak miesza whisky w szklance; to stary nawyk, do którego się ucieka, gdy nie ma nic do powiedzenia. Setki razy widziałem, jak to robił w Klubie. Nagle poczułem chęć, aby przebić jego tarczę ochronną.

– Kishan Lal powiedział mi, że bibi nie żyje.

Podniósł wzrok.

– Och, tak. Pamiętasz ją?

– Oczywiście, że ją pamiętam! Opiekowała się mną, kiedy zachorowałem na dur brzuszny.

– Rzeczywiście. Ciekawe, że to zapamiętałeś.

– Dlaczego mi nie powiedziałeś, że zmarła? Pytałem o nią w każdym liście. Nawet załączałem wiersze dla niej.

– Naprawdę? Przepraszam, wypadło mi to z głowy. – Potarł dłonią oczy.

Ogarnęła mnie wściekłość. Przypomniałem sobie, że kiedy byłem dzieckiem, zdziwił się, iż nie znam imienia matki. Może to także „wypadło mu z głowy".

– Czy ona była twoją bibi, zanim ożeniłeś się z moją matką? – spytałem z rozmysłem.

Opróżnił szklaneczkę, podniósł mały mosiężny dzwonek stojący na stoliku i zadzwonił po Kishana Lala.

– Chodzi mi o to, czy moja matka o niej wiedziała.

Roześmiał się chrapliwym głosem.

– Nie byłem z nimi obiema w tym samym czasie, jeśli o to ci chodzi. Ale owszem, poznałem Sabirę – bo tak miała na imię – zanim spotkałem twoją matkę. Miałem dwadzieścia lat, kiedy przyjechałem do Indii. Wtedy nie było tutaj żadnych Angielek; uważano, że to dla nich zbyt niebezpieczne. W tamtych czasach nikomu nie przeszkadzało upodabnianie się do tubylców; zachęcano nas, żebyśmy wtapiali się w hinduskie społeczeństwo, jedli ich potrawy oraz doceniali ich muzykę i kulturę. Kompania pojawiła się tutaj, żeby robić interesy, a nie budować imperium, a my byliśmy zdrowymi młodzieńcami, którzy odczuwali normalne pragnienia. To były mniej rozwiązłe czasy; zachęcano nas do znalezienia sobie bibi. One uczyły nas zasad funkcjonowania kraju i zwyczajów ludzi, z którymi prowadziliśmy interesy albo którymi musieliśmy dowodzić. Sabira była inteligentną i kulturalną dziewczyną, wyszkoloną w śpiewie, poezji i tańcu. Miałem szczęście, że ją poznałem. Nigdy nie zrozumiałem, dlaczego wybrała właśnie mnie – niedoświadczonego młodszego oficera – skoro mogła zostać kochanką nababa. Nauczyła mnie posługiwać się dworskim językiem urdu, a także niemal wszystkiego, co wiem o historii i kulturze Indii. Dopiero po pięćdziesiątym siódmym, kiedy korona przejęła władzę, wszystko się zmieniło. Angielki zaczęły przyjeżdżać ze swoimi mężami i chciały zmienić Indie w angielskie przedmieście. Wspólnie z misjonarzami oraz religijnymi fanatykami w wojsku uznały, że Bóg chce, abyśmy „ucywilizowali" tubylców, narzucając im swoje zwyczaje i oczywiście religię. – Strumień słów się zatrzymał, gdy ojciec ponownie potrząsnął dzwonkiem.

Zaczynałem żałować, że rozpocząłem tę rozmowę. Ojciec jak zwykle zmienił sprawę osobistą w wykład. Wróciłem do tematu, który chciałem zgłębić.

– A skoro mówimy o Angielkach, jak moja matka przyjęła wieść o istnieniu bibi? A może o niej nie wiedziała?

Jego blizna stężała i zobaczyłem, jak czerwona nitka napina kąciki oka i ust.

– Naturalnie zrezygnowałem ze związku z Sabirą, kiedy ożeniłem się z twoją matką. Była utalentowaną śpiewaczką i cieszyła się dużym wzięciem wśród arystokracji w Lakhnau. Po moim ślubie mogła bez trudu znaleźć nowego patrona, ale postanowiła tego nie robić.

– Kochała cię.

– Tak. Bóg jeden wie dlaczego.

– Jak to się stało, że ostatecznie do ciebie wróciła?

– Utrzymywałem z nią kontakt. Nie mogłem tak po prostu jej porzucić po tylu latach. Moje małżeństwo z twoją matką nie było łatwe, ale to nie jej wina. Byłem zbyt stary i za mało wiedziałem o delikatnie wychowanych dziewczętach, żeby zrozumieć jej potrzeby. A potem – długo po jej śmierci, kiedy ty miałeś dziesięć albo jedenaście lat – Sabira zachorowała. Nie miała nikogo, kto by się nią zaopiekował; zrezygnowała dla mnie ze wszystkiego. Miałem wobec niej zobowiązania.

– Więc już była chora, kiedy tutaj zamieszkała?

– Tak. Nie istniało żadne lekarstwo. Miała nowotwór w boku. Próbowaliśmy wszystkiego – przeszła liczne operacje. Wielokrotnie drenowano ranę, ale dolegliwość była potwornie bolesna i wciąż powracała.

– Przykro mi. Szkoda, że o tym nie wiedziałem. Byłem zły na nią – na was oboje – kiedy wyjeżdżałem.

Spuścił wzrok na pustą szklaneczkę.

– Właśnie dlatego cię odesłaliśmy. Nie chciała, żebyś patrzył na jej śmierć. A potem... Uznałem, że będzie najlepiej, jeśli dokończysz edukację.

Kishan Lal przyniósł kolejną butelkę i świeży lód. Przyjrzał się twarzy ojca, po czym popatrzył na mnie, kręcąc głową.

– Przepraszam, ojcze, nie powinienem był podejmować tego tematu, zwłaszcza od razu po powrocie. Ale bibi – Sabira – okazywała mi wielką serdeczność. Żałuję, że mnie nie powiadomiłeś.

Po raz pierwszy na mnie popatrzył tymi pełnymi bólu niebieskimi oczami.

– Ja też żałuję, Henry. Nie byłem dla ciebie dobrym ojcem. Kiedy twoja matka umarła, wszyscy mi powtarzali, że powinienem cię odesłać do Anglii, do twojej ciotki, ale nie mógłbym znieść rozstania z tobą. Tylko ty mi wtedy pozostałeś. – Odchrząknął. – To było samolubne z mojej strony. Miałbyś tam normalne życie, zamiast samotnego dzieciństwa w Indiach.

– Byłem tutaj szczęśliwy, ojcze. Zawsze uważałem Indie za swój dom i to się nie zmieni.

Ojciec się zamyślił.

– Zdajesz sobie sprawę, Henry, że może nie zawsze będziemy tutaj mieszkali. Czasy się zmieniają. Nasza obecność w Indiach już nie polega na władaniu za pomocą siły, ale na budowaniu systemu rządów, które będziemy mogli przekazać. Przynajmniej ja tak to postrzegam, chociaż nie każdy się z tym zgadza. Właśnie dlatego chciałem, żebyś się uczył w Haileybury. Wiesz, że mój brat James skończył tę szkołę.

– Tak, wiem. Widziałem jego nazwisko na liście honorowej.

Skrzyżowaliśmy spojrzenia. Na pewno wiedział, że nie będzie mógł wiecznie tego przede mną ukrywać. Wciąż miałem wiele pytań, ale uznałem, że jak na pierwszy wspólny wieczór porozmawialiśmy już o wystarczająco wielu smutnych sprawach. Postanowiłem załagodzić sytuację.

– Tak naprawdę, ojcze, chciałem wstąpić do wojska, ponieważ zawsze pragnąłem być taki jak ty.

Sprawiał wrażenie oszołomionego.

– Boże uchowaj! Nie życzyłbym nikomu, aby miał moje życie albo mój charakter. Ale bardzo się cieszę, że wreszcie wróciłeś do domu. Tęskniłem za tobą.

Dopiero po dłuższej chwili odzyskałem głos.

– Dobrze znów być w domu, ojcze.

30 sierpnia 1880

Jadę pociągiem, żeby objąć swoje pierwsze stanowisko w Indyjskiej Służbie Cywilnej – okręgowego urzędnika administracyjno-sądowego. Pierwotnie od końca października miałem pracować jako zastępca urzędnika w Zjednoczonych Prowincjach, jednak zły stan zdrowia zmusił dotychczasowego urzędnika w Bhagalpurze do natychmiastowego przejścia na emeryturę. Dopóki nie znajdą następcy, potrzebna jest osoba, która będzie pełniła jego obowiązki. Mam się natychmiast stawić na miejsce.

Niepokoi mnie konieczność zastąpienia osoby na tak wysokim stanowisku, ale na szczęście dysponuję tylko władzą drugiej kategorii, więc mogę jedynie nakładać grzywny i wymierzać karę do sześciu miesięcy surowego więzienia. Dopóki nie pojawi się następca Thorntona, poważniejsze sprawy będą oddelegowywane do Patny. Zapewniono mnie także, że jego zastępca, Hindus, będzie mi służył wszelką możliwą pomocą, chociaż obawiam się, że może nie być zachwycony tym, że nowo przybyły Anglik został awansowany na wyższe stanowisko.

Nie wiem, czy ojciec był rozczarowany moim nagłym wyjazdem, czy może poczuł ulgę. Od dnia mojego przybycia, kiedy odbyliśmy tamtą szczerą rozmowę, ponownie zamknął się w sobie. Każdego wieczora siadaliśmy razem na werandzie i rozmawialiśmy z pozorną swobodą, jednak otaczał go niewidzialny mur, który nie pozwalał mi podejmować niektórych tematów, podobnie jak w czasach dzieciństwa. Znów brakowało mi śmiałości, żeby podjąć temat losu mojej matki. Sądziłem, że mam dwa miesiące na to, aby zmiękczyć ojca, więc nie odczuwałem presji czasu. Pamiętałem, że kiedyś powiedział do mnie: „Gdy się człowiek śpieszy, to się diabeł cieszy, Henry", ale wygląda na to, że ponownie cieszyć będzie się ktoś inny.

Cecily

Kanpur, 18 lutego 1857

Droga Mino!

    Mam wątpliwości, co dalej robić. Z jednej strony pragnę być w domu z Tobą i tatą, zwłaszcza teraz, gdy mama odeszła, ale w zeszłym tygodniu o niej śniłam, a po obudzeniu usłyszałam jej głos – tak wyraźnie, jakby była w pokoju – wypowiadający słowa, które zawsze mówiła, kiedy robiłyśmy coś złego i bałyśmy się to wyznać: „Kiedy pojawi się problem, stawcie mu czoło. Im dalej uciekniecie, tym stanie się większy". Dlatego wiem, że chciałaby, abym została i spełniała swoje obowiązki, zwłaszcza że Arthur jest dla mnie taki cierpliwy i serdeczny, odkąd przekazałam mu wieści. Wiem, że będzie dobrym ojcem, ponieważ poświęca tak wiele uwagi dzieciom Jamesa, bawi się w żołnierzy z Freddiem i wozi Sophie na barana. Rozumiem, że pozbawienie go widoku jego potomstwa byłoby podłe.

    Spodziewałam się, że moja decyzja go ucieszy, ale kiedy powiedziałam mu, że postanowiłam zostać, odparł, że teraz, gdy muszę myśleć także o dziecku, tym bardziej powinnam być bezpieczna i szczęśliwa. Jeszcze przed przybyciem do Kanpuru wiedziałam, że Arthur martwi się zamieszkami, o których słyszeliśmy, i zaskoczył go panujący w mieście spokój, jednak James twierdzi, że właśnie to go niepokoi. Opowiada, że sądy praktycznie nie mają nic do roboty, ponieważ nikt nie łamie prawa. Kiedy zauważyłam, że to dobrze, odparł, że to może oznaczać, iż tubylcy na coś czekają. Pojawiają się plotki o dziwnych wydarzeniach, na przykład przekazywaniu sobie ćapati, które stanowią jakiś rodzaj wiadomości, chociaż nikt nie wie, co oznaczają. Louisa donosi, że także na bazarze panuje inna atmosfera – tubylcy wymieniają spojrzenia i uśmiechy, gdy obsługują Europejczyków, jakby wiedzieli coś, o czym my nie wiemy. Jednak nikt nie chce o tym rozmawiać, a każdego, kto porusza ten temat, zwie się „czarnowidzem".

Niektórzy odsyłają rodziny, ale Louisa twierdzi, że okazywanie strachu tylko ośmieli tubylców, a poza tym nie wyobraża sobie, aby miała zostawić Jamesa. Zna Indie znacznie lepiej niż ja, więc skoro wierzy, że jej dzieciom nic nie grozi, to wykazałabym się tchórzostwem, gdybym wyjechała. Nawet sobie nie wyobrażasz, jaka to ulga znów przebywać w jej towarzystwie.

Dzieci tak bardzo urosły! Freddie, który ma już sześć lat, bardzo przypomina ojca, ale koniecznie chce zostać żołnierzem i spędza cały czas na zabawie w ładowanie i odpalanie „osiemnastofuntówek". Sophie wciąż jest mi bezgranicznie oddana, a ich niemowlę to najsłodsze stworzenie na świecie. Stanowią niezwykle szczęśliwą rodzinę i jest mi wstyd za każdym razem, gdy przebywam z Louisą, ponieważ ona zawsze jest taka spokojna i rozsądna. Wiem, że gdyby była na moim miejscu, od razu przebaczyłaby Arthurowi.

Proszę, nie wspominaj tacie o tym, co się tutaj dzieje. Nie chcę go niepotrzebnie niepokoić. Arthur pokłada ufność w umiejętnościach generała Wheelera i twierdzi, że choć ma on zaledwie pięć stóp wzrostu, to jest tak stanowczy i władczy, że jednym spojrzeniem poskramia najdzielniejszych ludzi. James uważa, że gdyby nie niefortunne małżeństwo, generał mógłby dziś piastować znacznie wyższe stanowisko, jednak pani Wheeler jest Eurazjatką i ma skórę ciemną jak tubylcy. W jej przeszłości kryje się jakiś skandal, jednak wyglądają na oddaną sobie parę, a ich dwaj synowie zostali oficerami w 1. pułku indyjskiej piechoty, co zapewne było możliwe ze względu na szacunek, jakim cieszy się ich ojciec.

Wkrótce ponownie napiszę. Proszę, przekaż moje serdeczne pozdrowienia tacie.

Twoja kochająca siostra, Cecily

25 lutego 1857

Droga Mino!
Skoro już się zadomowiliśmy, mogę Ci opowiedzieć o Kanpurze. To znacznie większe miasto niż Katak, a kwatery wojskowe ciągną się na siedem mil wzdłuż rzeki, która jest bardzo szeroka. Nie wolno mi już jeździć konno, ale lubię tamtędy spacerować wczesnymi porankami, gdy wciąż jest chłodno i cicho. Robi się coraz cieplej, poziom wody opada, a na środku rzeki spod wody wyłaniają się wysepki; są pełne małp i gniazdujących ptaków, a ja zachwycam się widokiem czapli i żurawi, które w pierwszych promieniach słońca, gdy niebo barwi się na różowo, łapią ryby na płyciznach. Dalej nad brzegami rzeki wznoszą się świątynie i ghaty, kamienne schody prowadzące nad wodę, na

których odbywają się ceremonie palenia zwłok. Poniżej, w brudnej wodzie, bramini dokonują rytualnego obmycia, podczas gdy tuż obok dhobi oraz kobiety ubrane w barwne sari urządzają pranie. Załączam akwarelę przedstawiającą taką scenkę, jednak będziesz musiała sama wyobrazić sobie odgłosy świątynnych dzwonów oraz rytmicznego uderzania naszymi ubraniami o kamienie. Nic dziwnego, że potem jest tyle cerowania!

Miasto leży na środku rozległej równiny i podobno nie sposób tutaj wytrzymać podczas upałów, gdy pył wiruje nad ziemią, tworząc niewielkie trąby powietrzne. Żołnierze nazywają je „diabłami z Kanpuru", a tubylcy wierzą, że to niespokojne duchy. Louisa i dzieci na czas gorących miesięcy przeniosą się do Simli, a Arthur nalega, żebym do nich dołączyła. Jednak teraz w Kanpurze jest środek sezonu, przybywają ludzie z całej północy i odbywają się liczne bale, pikniki oraz widowiska, tak że każdego wieczoru moglibyśmy uczestniczyć w jakichś rozrywkach. Arthur nie przepada za takimi atrakcjami, ale jest tak miły, że wszędzie nam towarzyszy i stara się być otwarty. Pewna kobieta, która poznała go w jednej z poprzednich placówek, gratuluje mi zmiany, jaka się w nim dokonała.

Proszę, przekaż moje najserdeczniejsze pozdrowienia tacie.

Twoja kochająca Cecily

4 marca 1857

Droga Mino!

Nie uwierzysz, kogo ostatnio spotkałam. Samego pana Azimullaha Khana, którego poznałaś podczas tamtego balu w Brighton trzy lata temu, kiedy miałam świnkę! Nie mogłam uwierzyć, że to ten sam człowiek, ale potwierdził, że był w Brighton i zatrzymał się w hotelu Devil's Dyke. Cóż za niesamowity zbieg okoliczności. Wcale nie jest księciem, za którego się podawał, tylko doradcą księcia, i pochodzi z bardzo skromnego rodu. Podobno podczas klęski głodu w 1837 jakiś misjonarz znalazł go razem z matką, konających z braku pożywienia, i przygarnął, zapewniając im dom. Khan uczęszczał do szkoły w misji, a dzięki niezwykłej inteligencji nauczył się doskonale mówić nie tylko po angielsku, ale także po francusku i niemiecku.

Rozumiem, dlaczego brano go za księcia, ponieważ prawdziwy z niego strojniś! Stanowi dla mnie łącznik z ojczyzną, więc powinnam poczuć do niego sympatię, jednak okazał się straszliwym chwalipiętą. Chełpił się powitaniem, jakie zgotowała mu kuzynka królowej, Lady Duff--Gordon, która przedstawiła go słynnym pisarzom, między innymi panom Dickensowi i Thackerayowi. Wspomniał także, że wciąż koresponduje z „kilkoma młodymi damami", które poznał w Brighton. Mam wrażenie, że pomimo pozornej przyjacielskości niezbyt za nami przepada.

James twierdzi, że Khan jest rozgoryczony, ponieważ jego misja w Anglii zakończyła się fiaskiem. Książę, dla którego pracuje, niejaki Nana Sahib Dundu Pant, który ma pałac w pobliskim Bithurze, nakazał mu udać się z petycją do królowej, ponieważ Lord Dalhousie zaprzestał wypłacania mu zasiłku po śmierci ojca, argumentując, że Nana Sahib jest adoptowanym synem. Arthur wyjaśnił mi, że zgodnie z hinduskim zwyczajem adoptowanym synom przysługują takie same prawa jak rodzonym. Obaj z Jamesem uważają, że książę został potraktowany niesprawiedliwie, więc dobrze o nim świadczy, że pozostał nam życzliwy. Chociaż jego petycja została odrzucona, Nana Sahib wcale nie sprawia wrażenia rozgoryczonego. Jest niezwykle gościnny dla Europejczyków w Kanpurze i często urządza dla nas bale oraz pikniki. Nawet pożyczył Louisie pianino firmy Broadwood, gdy okazało się, że jej własne zostało uszkodzone w podróży. James i Louisa zaprzyjaźnili się z nim i często go odwiedzają w Bithurze.

Arthur i ja dołączyliśmy do nich w zeszłym tygodniu (właśnie wtedy spotkałam pana Khana), a Nana Sahib potraktował nas bardzo uprzejmie, chociaż muszę przyznać, że prezentuje się absurdalnie. Jest pulchny i ma okrągłą twarz, ubiera się w bardzo obcisłe stroje uszyte z jaskrawych, lśniących materiałów i obwiesza się tyloma klejnotami, że przypomina olbrzymią ozdobę choinkową. Równie duże wrażenie robią jego wyszukane maniery; powiedział, że sława Arthura obiegła cały świat, a opowieści o jego bohaterskich czynach dotarły tutaj przed nim, więc jest zaszczycony, że może poznać taką legendarną postać. Arthur sprawiał wrażenie oszołomionego, ale grzecznie się ukłonił. Kiedy przyszła moja kolej, książę rzekł, iż trudno dać wiarę, że w jednej rodzinie mogły się znaleźć takie dwa ideały piękna jak Louisa i ja, że nasz blask zawstydza księżyc, dla większości śmiertelników zaś jedno spojrzenie na nas byłoby warte milion funtów!

Musiałam przycisnąć chusteczkę do ust, żeby nie parsknąć śmiechem, ale Louisa tylko się uśmiechnęła i skłoniła głowę. Wyjaśniła mi, że tego rodzaju komplementy są popularne pośród miejscowych książąt, a jej ojciec podczas rozmów z gośćmi często musiał tłumaczyć takie wypowiedzi jak: „Jego Wysokość mówi, że jest pan dla niego matką i ojcem, a słońce wschodzi i zachodzi dzięki pańskiej dobrej woli, oraz że modli się o to, by róże zakwitły w ogrodzie waszej przyjaźni, a słowiki śpiewały w altanach waszego przywiązania!".

Razem spacerowaliśmy po pałacowych ogrodach, a Nana Sahib zapewnił nas, że nie musimy się obawiać buntu. Nie wierzy w to, że żołnierze mogliby zdradzić, ale zapewnił nas o swoim wsparciu. James postarał się o to, żeby w wypadku buntu Louisa i dzieci trafiły pod opiekę księcia, który serdecznie zaprosił mnie, abym do nich dołączyła. Jak więc widzisz, nie musicie się z tatą niczym przejmować!

Na sobotę jesteśmy zaproszeni na bal do Bithuru, więc będę mogła opisać wnętrze pałacu. Na zewnątrz nie jest tak bogato zdobiony jak nasz pałac w Brighton, ale znacznie przewyższa go wielkością, a ogrody są naprawdę piękne.

10 marca

Tak jak obiecałam, napiszę teraz o balu u Nany Sahiba w Bithurze. Kiedy przybyliśmy na miejsce, w ogrodzie wisiały sznury kolorowych lampionów, dzięki czemu mieliśmy wrażenie, że znaleźliśmy się w jakiejś bajkowej krainie. Wewnątrz wielkiej sali (której każdy cal, wliczając ściany i sufit, pokrywają lusterka) zapalono kilkadziesiąt świec. Wydawało nam się, że jesteśmy wewnątrz potężnego połyskującego brylantu, a kolory naszych sukni odbijały się w lustrach i tańczyły z każdym naszym ruchem. Bankiet był wspaniały, jeśli nie liczyć faktu, że potrawy podano na dziwacznej zbieraninie talerzy, od najlepszej sewrskiej porcelany po najtańszą wypalaną glinę, a jedną z zup zamiast w wazie przyniesiono w naczyniu, o którego prawdziwym przeznaczeniu skromność nie pozwala mi wspomnieć! Nic dziwnego, że wszyscy goście grzecznie odmówili jej spożycia. Nana Sahib nie jadł z nami, ponieważ nie pozwala na to jego pozycja w systemie kastowym, jednak później dołączył do nas, żeby porozmawiać i popatrzeć na tańce.

Pan Azimullah Khan również tam był i wyglądał niezwykle przystojnie. Ma wspaniałe maniery; przez cały czas krążył między nami, dbając o to, żeby było nam wygodnie i niczego nam nie brakowało. Popełniłam błąd i wspomniałam swoim kompanom przy stole, że moja siostra widziała go, gdy odwiedził Anglię i wzięła za księcia, a niejaki pan Lang – prawnik, z którym Nana Sahib konsultował się w sprawie swojej apelacji – usłyszał mnie i odrzekł, że kiedy był w Londynie, również otrzymał zaproszenie od Lady Duff-Gordon na spotkanie z „księciem Azimullahem Khanem", który się u niej zatrzymał. Roześmiał się głośno i dodał: – Odrzuciłem zaproszenie, tłumacząc, że dobrze go znam, gdyż setki razy sprzątał po mnie ze stołu w Kanpurze!

Nie wiedział, że pan Khan stał za nim i słyszał każde słowo. James szepnął do pana Langa, żeby uważał, ale ten tylko się roześmiał i jeszcze głośniej dodał, że nie boi się opinii uczniaka ze szkółki misyjnej. Widziałam, że James się wściekł, ale zmienił temat. Później powiedział, że na miejscu pana Langa od tej pory uważałby na to, co je i pije.

Posprzątano ze stołu, a o północy obejrzeliśmy pokaz fajerwerków, po czym tańczyliśmy do białego rana. W pawilonie w ogrodzie podano napoje, a my spacerowaliśmy pośród lampionów pod gwiazdami, aż nastał świt.

Twoja kochająca Cecily

PS Najdroższa Mino, dodaję to pośpiesznie, zanim wyjdzie poczta. Ram Buksh przyszedł nad ranem i powiedział Arthurowi, że niektórzy sipajowie i sawarowie spotykają się potajemnie w domu jednego z risaldarów 2. pułku kawalerii. Uważa, że stoi za tym Azimullah Khan. James twierdzi, że nigdy nie ufał panu Khanowi, który najwyraźniej usiłuje zwrócić Nanę Sahiba przeciwko nam, dlatego tym bardziej powinniśmy zabiegać o przyjaźń księcia. Louisa i ja za kilka tygodni zabieramy dzieci na wzgórza, jednak nie mogę przestać martwić się o Arthura i Jamesa, chociaż Arthur zapewnia mnie, że nie ma się czego obawiać.

Jakbyśmy mieli mało kłopotów, okazało się, że za sprawą czyjegoś niedopatrzenia do części karabinów Enfield, które wydano sipajom, stosuje się magazynki smarowane łojem z wołowego i wieprzowego tłuszczu. Jako że papierową osłonę trzeba rozrywać zębami, rozsierdziło to zarówno hindusów, jak i mahometan. Kiedy jeden z sipajów w Barrakpurze w zeszłym miesiącu odmówił używania magazynków i strzelił do oficera, cały pułk oskarżono o bunt i rozwiązano, co Arthur uznał za skrajną niesprawiedliwość oraz lekkomyślność, biorąc pod uwagę niezadowolenie, z jakim spotkała się wcześniejsza aneksja Awadhu.

15 kwietnia 1857

Droga Mino!
Jednak nie udamy się na wzgórza, ponieważ sytuacja tutaj pogarsza się z każdym dniem i Arthur twierdzi, że podróż byłaby dla nas zbyt niebezpieczna. Ram Buksh

doniósł mu, że żołnierze często rozmawiają o proroctwie z czasów wielkiego zwycięstwa Clive'a pod Plasi, według którego Kompania będzie istniała tylko przez sto lat, a stulecie wypada w tym roku.

Wygląda na to, że pan Azimullah Khan poucza sipajów i sowarów, że Anglia wcale nie jest dużym i potężnym państwem z naszych opowieści, ale małym, ponurym krajem, w którym słońce ledwie unosi głowę ponad horyzont, że nasza wielka królowa to niska, tłusta kobieta chodząca na pasku męża, a biali ludzie pracują i mieszkają w brudzie i biedzie, jakich żaden Hindus by nie zniósł. W drodze powrotnej do Indii odwiedził Krym i na własne oczy zobaczył żałosny stan naszych oddziałów oraz skutki straszliwych strat, jakie ponosimy. Opowiada wszystkim o głupocie i niekompetencji naszych oficerów. Według Arthura najgorsze jest to, że ma rację, a my nigdy nie zmażemy hańby, jaką okazała się wojna na Krymie. Wszyscy starają się robić dobrą minę do złej gry, ale widzę, że są zmartwieni.

Na wypadek wybuchu powstania generał Wheeler rozkazał szykować okopy, których będzie można bronić do czasu przybycia posiłków. Arthur nie jest przekonany do tego planu – twierdzi, że okopy umiejscowione pośród budynków będą zbyt odsłonięte. Uważa, że zamiast tego powinniśmy wykorzystać skład amunicji, żeby zapobiec przejęciu go przez buntowników, a także dlatego, że łatwiej go bronić, jednak szacunek dla generała Wheelera nie pozwala mu na okazanie wątpliwości, zwłaszcza że pewna grupa – złożona głównie z członków kasty wędrownych handlarzy – wykpiwa obawy przed powstaniem i oskarża ulegające im osoby, w tym także generała Wheelera, o czarnowidztwo.

Muszę przyznać, że bardzo się boję, ale Louisa upiera się, że nie możemy poddawać się strachowi i przypomina, że Nana Sahib w razie czego obiecał nas bronić.

Serdecznie pozdrawiam Ciebie i tatę.

Twoja zawsze kochająca
Cecily

14 maja 1857

Najdroższa Mino!

Przepraszam, że nie pisałam przez ostatni miesiąc, ale byliśmy zbyt zajęci. Teraz chcę Cię czym prędzej poinformować, że dzisiaj otrzymaliśmy wieści o niedzielnym buncie żołnierzy w Merathu. Buntownicy powędrowali do Delhi i namówili tamtejsze oddziały, żeby się do nich przyłączyły. W całym Kanpurze wrze jak w kotle i wszystkie sklepy są pozamykane. Arthur posłał do mnie Rama Buksha z wiadomością, że w kwaterze panuje spokój, jednak zostanie tam na noc, aby dopilnować, że nikt nie spróbuje podburzyć żołnierzy. Ram Buksh zapewnił mnie, że nasi sipajowie są lojalni. Obiecał, że będzie strzegł Arthura nawet za cenę swojego życia i jest przekonany, że to samo zrobią wszyscy pozostali sipajowie. Wiem, że Arthur ufa swoim ludziom i nie dopuszcza myśli, że mogliby go skrzywdzić, jednak umieram ze strachu, chociaż staram się tego nie okazywać.

Wyślę kolejny list z następną pocztą.

Twoja kochająca Cecily

20 maja 1857

Kochana Mino!

Tak wiele się wydarzyło, że nie mam czasu opowiedzieć Ci o wszystkim, ale James i Louisa wprowadzili się do nas razem z dziećmi, gdyż w dzielnicy wojskowej jest bezpieczniej niż w dowództwie, a Arthur nie chce, żebym samotnie spędzała noce pod jego nieobecność.

Sytuacja niestety staje się coraz bardziej poważna. Dzisiaj Arthur i James wspólnie z kapitanem Matlockiem i porucznikiem Thomsonem chcieli zaminować skład amunicji, żeby w razie czego móc go wysadzić i zapobiec jego wpadnięciu w ręce wrogów, jednak nie mogli tego zrobić, gdyż sipajowie stojący na straży nabrali podejrzeń i wszędzie za nimi chodzili. Nie pozwolili także Jamesowi zabrać złota składowanego w skarbcu. Arthur twierdzi, że potwierdzili swoją lojalność i dziwili się, co opętało sahibów, że tak się boją, ale James uważa, że to oznaka zdrady.

Jednak mam także dobre wieści – Nana Sahib przyjechał z Bithuru, gdy tylko usłyszał o powstaniu w Merathu, żeby zapewnić Jamesa i Louisę o swoim wsparciu. Wyraził wstyd z powodu nielojalności swoich rodaków i zaoferował Louisie, mnie i dzieciom schronienie w Bithurze, gdyby okazało się to konieczne. Obiecał także rozmieścić własne straże przy skarbcu i składzie amunicji, aby dodatkowo chronić je przed przejęciem przez buntowników. W tej sytuacji James i starsi oficerowie zgodzili się poprzeć plan generała Wheelera i przenieść się do okopów.

Staram się zachować spokój ze względu na dziecko, ponieważ doktor Sheldon twierdzi, że szok i wzburzenie szkodzą nam obojgu, jednak nie jest to łatwe w obliczu takiej niepewności. Gdyby nie Louisa, chyba dałabym się przekonać Arthurowi do wyjazdu, ale ona niewzruszenie tkwi w przekonaniu, że okazanie słabości tylko ośmieli naszych wrogów i sprowadzi większe niebezpieczeństwo na tych, którzy zostaną. Tak czy inaczej, Arthur uważa, że teraz jest już za późno i tutaj jesteśmy bezpieczniejsi, gdyż możemy liczyć na ochronę, podczas gdy podróżując niewielką grupą, moglibyśmy wpaść w zasadzkę. Jestem przekonana, że Durga Prasad i Ram Buksh nie pozwolą, żeby cokolwiek złego spotkało jego czy nas. Módlmy się, żeby wszystko dobrze się skończyło.

Cecily

27 maja 1857

Droga Mino!
Piszę ten list z okopów, w których się schroniliśmy. Mam nadzieję, że go otrzymasz, gdyż ostatni tydzień był pełen niepokoju i niepewności, a poczta nie działa tak, jak powinna.

W zeszłym tygodniu, podczas straszliwej burzy, przygalopował ordynans, wołając, że wszystkie kobiety i dzieci mają się udać do okopów. Nawet sobie nie wyobrażasz, Mino, jaki zapanował chaos, ponieważ nikt nie znał przyczyny, a nawet nie wiedział, czy to prawdziwy rozkaz. Jednak James nalegał, abyśmy posłuchali, dodając, że zostanie i zaczeka na Arthura. Zatem Louisa i ja wrzuciłyśmy nieco bagaży do powozu, zabrałyśmy dzieci i ich aję, po czym wszyscy jak najszybciej popędziliśmy na miejsce. Kiedy dotarliśmy do celu, wszyscy tłoczyli się w ciasnych koszarach, ale Louisa natychmiast przejęła dowodzenie i zajęła dla nas jedno z wewnętrznych pomieszczeń, w którym przenocowaliśmy na podłodze, gdyż nie mieliśmy żadnych mebli. Jest mi żal biednej eurazjatyckiej rodziny, którą wypędziła na werandę. Sama nie miałabym serca ani odwagi, żeby to zrobić.

Biedni kanonierzy przez całą noc sterczeli w ulewnym deszczu, a potem okazało się, że to był fałszywy alarm, więc wszyscy wróciliśmy do domu. Okazało się, że panikę wywołał widok żołnierzy Nany Sahiba, którzy przyszli stanąć na warcie przy składzie amunicji i skarbcu. Kiedy Arthur wrócił z dzielnicy wojskowej, powiedział, że to bardzo niedobrze, iż wpadliśmy w taką panikę, ponieważ wiele straciliśmy w oczach żołnierzy, którzy są zaskoczeni naszym zachowaniem. Kapitan Hayes, który przybył z posiłkami z Lakhnau, powiedział Arthurowi, że jeśli dojdzie do powstania, sami będziemy temu winni, ponieważ pokazaliśmy tubylcom, iż łatwo nas przestraszyć, a kiedy się boimy, jesteśmy całkowicie bezradni.

Spędziliśmy dwie noce w okopach, a za dnia wracamy do domów. Mamy dostęp tylko do podstawowych urządzeń sanitarnych i kuchennych, jednak generał Wheeler poinformował nas dzisiaj, że mamy pozostać w okopach. Mamy do dyspozycji jedynie dwa budynki – jeden zajmują chorzy żołnierze oraz rodziny żołnierzy stacjonujących w Lakhnau, a wszyscy pozostali muszą się pomieścić w drugim. Rodziny są zmuszone dzielić pokoje, więc cała nasza siódemka – James i Louisa z dziećmi, ich aja Luxmibai i ja – tłoczy się w jednym niewielkim pomieszczeniu, w którym brakuje powietrza i jest gorąco jak w piecu. Jednak i tak mamy szczęście w porównaniu z innymi.

Arthur wciąż nocuje w dzielnicy wojskowej razem ze swoimi ludźmi; pułkownik Ewart z 1. pułku także tak robi i okazało się to na tyle skuteczne, że generał Wheeler kazał wszystkim oficerom pójść w ich ślady.

Módl się, aby wszystko było dobrze, i ucałuj ode mnie tatę.

Cecily

3 czerwca 1857

Kochana Mino!

To zapewne ostatni list, jaki ode mnie otrzymasz, dopóki sytuacja się nie uspokoi, gdyż buntownicy przechwytują korespondencję i telegramy. Nikt już nie ma wątpliwości, że żołnierze się zbuntują. Cztery dni temu generał Wheeler przeniósł swoją rodzinę do okopów. Do tamtej pory mieszkali w swoim domu, nawet nie zamykając okien, a generał jeździł po dzielnicy wojskowej i dodawał otuchy swoim ludziom, którzy nie mogli spać ze względu na upał. Jest nieustraszony, a kapitan Hayes uważa, że tylko dzięki jego postawie beczka prochu jeszcze nie wybuchła.

W zeszłym tygodniu pan Azimullah Khan przyjechał obejrzeć umocnienia. James mówi, że porucznik Daniell spytał go, jak by je nazwał, a Khan uśmiechnął się kpiąco i zaproponował „Fort Rozpaczy", lecz Daniell odparł, że nazwiemy okopy „Fortem Zwycięstwa". Mąż Emily powiedział jej, że według niego jesteśmy tak odsłonięci, że w przypadku ataku nie przetrwamy nawet dwóch dni. Ściany są tak niskie, że krowa mogłaby je przeskoczyć, a kiedy spadnie deszcz, po prostu się rozpłyną. Pociesza mnie jedynie myśl, że mama będzie nad nami czuwać, gdziekolwiek się znajduje.

Ręka drży mi tak bardzo, że z trudem utrzymuję pióro. Kochana Mino, jeśli nie spotkamy się więcej na tym świecie, to z pewnością odnajdziemy się w zaświatach, ponieważ jestem częścią Ciebie, a Ty jesteś częścią mnie i nic nigdy nas nie rozdzieli. Załączam list do taty, ale przekaż mu go, tylko jeśli dowiesz się, że wszystko się skończyło. Proszę, wybacz mi wszystko, czym Cię kiedykolwiek skrzywdziłam i pamiętaj, że na całą wieczność pozostanę

Twoją kochającą siostrą,
Cecily

Lila

Wiosną 1914 roku miałam dziewiętnaście lat. Chociaż po opuszczeniu szkoły mieszkałam w Wysokich Wiązach, większość czasu spędzałam z panią Beauchamp, ponieważ wciąż nie przebaczyłam cioci Minie wygnania Jagjita.

Minęły cztery lata, odkąd ostatnio się z nim widziałam, ale po jego wyjeździe pisałam do niego co tydzień, łamiąc zakaz cioci Miny oraz szkolny regulamin, według którego nie wolno było korespondować z osobami przeciwnej płci, nie licząc krewnych. Nauczyciele sprawdzali naszą pocztę, jednak w każdą niedzielę szliśmy parami ze szkoły do kościoła wzdłuż wybrzeża w Hove, a ja wykorzystywałam tę okazję, żeby wrzucać listy do skrzynki. Nie oczekiwałam odpowiedzi. Znałam Jagjita na tyle dobrze, że wiedziałam, iż dotrzyma słowa danego panu Beauchampowi i nie będzie się ze mną kontaktował, ale ja nie złożyłam takiej obietnicy.

Z Simonem również prawie się nie widywałam, nie licząc świąt Bożego Narodzenia. Od kilku lat podczas przerw w obradach Parlamentu pan Beauchamp zawsze zabiera obu chłopców w podróż. Odwiedzili już wszystkie największe miasta Europy, wędrowali po Bawarii i Pirenejach, a także jeździli na nartach w Alpach. Niepokoje w Serbii wciąż trwają i na horyzoncie majaczy wizja wojny w Europie, dlatego pan Beauchamp chce im pokazać kontynent, póki to jeszcze możliwe. Podejrzewam, że to także sposób na podtrzymanie przyjaźni Simona i Jagjita, skoro Jagjit już nie może odwiedzać ich domu.

Każdego lata dostawałam widokówkę od Simona. W zeszłym roku przedstawiała alpejską łąkę pełną dzikich kwiatów, na której wznosił się kamienny kościółek otoczony drzewami owocowymi, a powyżej widniały pokryte śniegiem szczyty Dolomitów. Po drugiej stronie napisał:

Droga Lilu!
Przeszliśmy przez te góry od strony Austrii. Austria była świetna, pływaliśmy w jeziorach. Teraz ruszamy do Florencji, a potem do Wenecji.
Ojciec przekazuje pozdrowienia dla Twojej ciotki.
Simon

Czytałam te pocztówki i zazdrościłam mu, zarówno tego, że może podróżować i zwiedzać świat, jak i tego, że jest z Jagjitem.

W szkole nie starałam się z nikim zaprzyjaźnić – niby po co, skoro zawsze odbierano mi wszystkich, na których mi zależało? Ciocia Mina przyznała, że miała nadzieję, iż szkoła sprawi, że stanę się mniej nadąsana i wyniosła, ale inne dziewczęta i tak uważały mnie za nieprzystępną. Jednak przykładałam się do nauki, częściowo po to, żeby zająć czymś czas, a częściowo dlatego, że koniecznie chciałam opuścić Wysokie Wiązy i samodzielnie zarabiać na życie, a jedynym sposobem na uzyskanie upragnionej niezależności było zdobycie dobrego wykształcenia.

Pani Beauchamp była zbyt zajęta działalnością w organizacji sufrażystek, żeby towarzyszyć mężowi i Simonowi w podróżach po Europie. Po wielkiej demonstracji w czerwcu 1908 roku, kiedy setki tysięcy ludzi zebrały się w Hyde Parku w fioletowo-biało-zielonych barwach Społeczno-Politycznej Unii Kobiet, Partia Liberalna zobowiązała się wesprzeć walkę o prawo głosu dla kobiet. Dwa lata później wycofali się z tej obietnicy, a sufrażystki zaczęły działać coraz bardziej agresywnie, protestując przed Parlamentem, prowokując aresztowania i urządzając strajki głodowe, rzucając kamieniami i podpalając skrzynki pocztowe. Jedna z przyjaciółek pani Beauchamp, pani Clarke, pomimo słabego zdrowia aktywnie uczestniczyła w akcjach tłuczenia szyb w Brighton i dzielnie stawiała czoło awanturnikom, którzy często atakowali sufrażystki na ulicy, jednak w listopadzie tego roku została aresztowana podczas marszu protestacyjnego w Brighton. Zatrzymano również panią Beauchamp, jednak policja ją zwolniła, pomimo jej protestów, gdy wyszło na jaw, że jest żoną miejscowego parlamentarzysty. Pani Clarke trafiła do więzienia Holloway, gdzie podjęła strajk głodowy i była przymusowo karmiona. Zwolniono ją kilka dni przed Bożym Narodzeniem.

W drugi dzień Świąt, w pierwszym roku po wygnaniu Jagjita, pojechałam do państwa Beauchampów, aby podziękować im za prezenty. Enid otworzyła drzwi i westchnęła.

– Dzięki Bogu, że panienka przyjechała! – zawołała, po czym zaprowadziła mnie do salonu, gdzie pani Beauchamp bezwładnie siedziała w fotelu; miała bladą twarz i drżały jej ręce. Piękna, wąska spódnica, zdobiona wzorami w różnych odcieniach zieleni, była poplamiona na czerwono. Początkowo pomyślałam, że to krew, ale potem zobaczyłam na podłodze pusty kieliszek od wina.

– Co się stało? – spytałam, przykucając przy niej i ujmując jej dłonie, żeby powstrzymać ich drżenie. Nie mogła wykrztusić ani słowa, więc rozwarłam jej pięści, żeby je rozmasować i ogrzać, a wtedy w jednej z nich znalazłam zmięty telegram. Pani Pankhurst informowała w nim, że jej siostra, pani Clarke, zmarła poprzedniego dnia. Późniejsza sekcja zwłok wykazała, że śmierć spowodowało pęknięcie naczynka krwionośnego w mózgu, zapewne na skutek stresu wywołanego przymusowym karmieniem.

Po tych wydarzeniach pani Beauchamp z jeszcze większą pasją zaangażowała się w kampanię, organizując lokalne grupy i pisząc do gazet. Wiedziałam, że brakuje jej pani Clarke, a gdy pojawiałam się w domu w czasie wolnym od szkoły, zawsze proponowałam jej pomoc, chociaż widziałam, że ciocia Mina tego nie pochwala.

Kiedy zbliżał się koniec mojej nauki, pani Beauchamp zasugerowała, że powinnam zacząć się przygotowywać do egzaminów wstępnych na uniwersytet, a następnie złożyć dokumenty na roczny wstępny kurs medycyny na Uniwersytecie Londyńskim, żeby sprawdzić, czy chcę zostać lekarką. Ciocia Mina oczywiście musiałaby zapłacić, jednak okazało się, że ma inne plany, ponieważ wkrótce po tym, jak skończyłam szkołę, zaprosiła do siebie panią Beauchamp i spytała, czy zechce zabrać mnie na bal do pałacu i wprowadzić do towarzystwa.

– Do towarzystwa? – zdziwiła się pani Beauchamp. – Uważasz, że to będzie właściwe dla Lili? Wiele dziewcząt nie przywiązuje dziś do tego znaczenia. To było istotne, kiedy jedyną perspektywą dla kobiety było zamążpójście, ale dzisiaj mamy więcej możliwości. Lila jest inteligentną dziewczyną; dowodzą tego wyniki jej egzaminów. Może zostać, kim zechce – wiele zawodów obecnie otwiera się dla kobiet. – Mówiła szybko, nie pozwalając, żeby ciocia Mina jej przerwała. – Uniwersytet Londyński prowadzi bardzo dobry wstępny kurs medycyny. Lila mogłaby sprawdzić, czy odpowiada jej zawód lekarki. Warto pamiętać, że w Indiach – gdyby zapragnęła kiedyś tam wrócić – lekarki są bardzo potrzebne.

Nie mogła powiedzieć niczego, co skuteczniej zniechęciłoby ciocię Minę do tego pomysłu. Indie zawsze stanowiły dla nas temat tabu, a ja wiedziałam, że wzmianka o nich od razu przypomni jej o Jagjicie. Dostrzegając swój błąd, pani Beauchamp szybko dodała:

– Jak wiesz, nasza kochana świętej pamięci królowa bardzo zachęcała kobiety do kształcenia się na lekarki.

– Amelio, jesteśmy dobrymi przyjaciółkami – odrzekła ciocia Mina – ale mamy odmienne poglądy. Kiedy jej oj... Kiedy zgodziłam się przyjąć Lilian, dałam słowo, że... – zamilkła i odwróciła się w moją stronę – ...że zawsze znajdziesz u mnie dom.

Skrępowanie, które poczułam, kiedy popatrzyłam jej w oczy, uświadomiło mi, jak rzadko bezpośrednio się do siebie zwracałyśmy. Byłyśmy dwiema obcymi osobami mieszkającymi w tym samym domu, które schodziły sobie z drogi, nie rozumiejąc, co druga strona myśli ani czuje.

Ciocia mówiła dalej, jakby czytała mi w myślach:

– Wiem, że nie zawsze się ze sobą zgadzamy, Lilian, ale mam nadzieję, że nigdy nie dojdzie do tego, że będziesz musiała sama się utrzymywać. Mój dom zawsze będzie twoim domem i liczę na to, że będziesz nadal tutaj mieszkała, kiedy mnie zabraknie – chyba że wyjdziesz za mąż.

Wtedy po raz pierwszy usłyszałam, że dom ma się stać moją własnością, jednak sama wizja uwięzienia w duszącym życiu cioci Miny sprawiła, że zapragnęłam uciec stamtąd z krzykiem. Miałam nadzieję, że nie dało się tego wyczytać z mojej twarzy. Nie przyszła mi do głowy żadna odpowiedź poza:

– Dziękuję, ciociu Mino.

– Lilu, pamiętasz Jagjita Singha, który kiedyś spędzał u nas wakacje...? – pani Beauchamp rzuciła swobodnie pewnego ranka, kiedy siedziałam przy stole w jadalni i starannie przepisywałam listy, które zamierzała wysłać do gazet. Starała się na mnie nie patrzeć, za co byłam jej bardzo wdzięczna.

– Tak, oczywiście – odpowiedziałam, nie podnosząc twarzy znad listu, nad którym pracowałam.

– Odwiedzi nas na początku sierpnia, więc pomyślałam, że może chciałabyś się z nim zobaczyć, skoro przyjaźniliście się w dzieciństwie.

W pierwszej chwili poczułam euforię. Śledziłam postępy, jakie Jagjit czynił po opuszczeniu domu państwa Beauchampów, i nie przestawałam do niego pisać, nawet gdy skończył szkołę i rozpoczął studia prawnicze w Cambridge. Pamiętałam, że jego ojciec chciał, żeby Jagjit wykształcił się do pracy w Indyjskiej Służbie Cywilnej, co oznaczało, że miał spędzić w Anglii kolejne trzy lata. Myślałam o nim przez cały czas i często fantazjowałam, że spotykamy się przypadkiem. Jedną z rzeczy, które pociągały mnie w studiach na uniwersytecie w Londynie, była perspektywa swobodnego widywania się z Jagjitem w Londynie lub Cambridge. Nawet prowadziłam z nim rozmowy w myślach: był jedyną osobą, której mogłam powiedzieć wszystko z nadzieją, że mnie zrozumie. Moje listy stały się czymś w rodzaju pamiętnika – zapisu moich myśli i uczuć – i nie spodziewałam się odpowiedzi. Pisanie do Jagjita było jak rozmowa z inną częścią mnie samej. Jednak kiedy na horyzoncie pojawiła się możliwość spotkania, wpadłam w popłoch. Miałam nawet nadzieję, że ciocia Mina się sprzeciwi, ale po czterech latach najwyraźniej uznała, że niebezpieczeństwo minęło.

Jedynym pocieszeniem był fakt, że będzie nam towarzyszył Simon. On również przebywał w Cambridge, gdzie studiował historię. Dostał się na uczelnię dzięki panu Beauchampowi, który „szepnął słówko swojemu dawnemu asystentowi". Podobnie jak Jagjit, Simon wstąpił do Oficerskiego Korpusu Szkoleniowego i o tej porze roku zazwyczaj już był w domu, ale tym razem studenci zostali na dodatkowym szkoleniu w związku z wojną, której wybuchu wszyscy się obawiali.

Kilka dni przed ich przyjazdem oficjalnie wypowiedziano wojnę. Z perspektywy czasu wydaje mi się dziwne, że prawie się tym nie przejęłam. Nasze życie było tak spokojne, że mieliśmy wrażenie, iż wydarzenia rozgrywające się na świecie nas nie dotyczą. Poza tym byłam przejęta perspektywą ponownego spotkania z Jagjitem.

Zbliżał się dzień jego przyjazdu, a mnie ogarniał coraz większy niepokój. Czułam zażenowanie, przypominając sobie niezgrabne wynurzenia, które słałam bez najmniejszej refleksji nad tym, jak zostaną odebrane. Co on sobie o mnie myślał, skoro przez tyle lat pisałam do niego nieproszona? Co moje listy mogły dla niego znaczyć? Czy w ogóle zadał sobie trud i je przeczytał, czy może pozostawił je nieotwarte, tak jak ja robiłam z listami, które ciocia Mina słała do mnie, gdy byłam w szkole? Dzień spotkania zbliżał się wielkimi krokami, a ja zaczęłam prosić los, aby coś się wydarzyło – cokolwiek, co zapobiegnie naszemu spotkaniu twarzą w twarz.

Dzień ich przyjazdu był wyjątkowo upalny, nawet jak na sierpień. Po lunchu weszłam na górę do swojego pokoju i przymierzałam kolejne stroje, aż moje łóżko zasłały odrzucone ubrania. W końcu wybrałam prostą, kremową, muślinową sukienkę z dekoltem w karo wykończonym koronką w kolorze *café-au-lait*. Przyjrzałam się sobie w lustrze. Wiedziałam, że nie jestem pięknością, ale być może byłam ładna. Mojej owalnej twarzy i regularnym rysom nie można było nic zarzucić, ale ciemne oczy i proste ciemne brwi nadawały mi surowy wygląd. W szkole często zarzucano mi, że patrzę na innych wilkiem i zachęcano do przybrania „sympatyczniejszego wyrazu twarzy". Miałam gładką cerę, ale z wyraźnie oliwkowym odcieniem, który jeszcze wzmagała moja niechęć do noszenia kapelusza. Nie po raz pierwszy pożałowałam, że nie odziedziczyłam bladej karnacji i lekko łukowatych brwi po matce.

Ścieżka biegnąca u podnóża wzgórz była sucha jak pieprz i kiedy dotarłam do domu państwa Beauchampów, ociekałam potem, a rąbek mojej sukni miałam brązowy od kurzu. Otarłam chustką twarz i dłonie, a następnie weszłam przez oszklone drzwi prowadzące do salonu.

Kiedy moje oczy przyzwyczaiły się do zmiany oświetlenia, znikąd pojawił się przede mną dżin. Miał na sobie granatowy garnitur i bladoróżowy turban, a gdybym spotkała go na ulicy, z pewnością bym go nie rozpoznała. Był jeszcze wyższy, a także szerszy w barkach. Miał elegancko przystrzyżone wąsy i brodę, a oczy o ciężkich powiekach i orli nos już nie wydawały się za duże do jego twarzy. Jednak to jej wyraz – posępny, refleksyjny, dostojny – uświadomił mi, jak bardzo się zmienił tamten niezgrabny, patykowaty chłopiec, który stawał mi przed oczami, gdy pisałam listy.

Dłoń, którą do mnie wyciągnął, była duża i ciepła; moja całkiem w niej zniknęła.

– Lilu – odezwał się z uśmiechem. Sięgnął po moją drugą rękę, a potem cofnął się o krok, żeby mi się przyjrzeć. – Dorosłaś, ale i tak wszędzie bym cię poznał.

Zerknęłam w stronę stolika i zobaczyłam Simona, który wstał na przywitanie. Pani Beauchamp uśmiechnęła się do mnie.

– Wejdź i napij się herbaty, Lilu.

Jagjit odsunął dla mnie krzesło, a ja przywitałam się z Simonem i usiadłam.

Pani Beauchamp wyjaśniła, że pan Beauchamp jest w Londynie, gdzie opracowuje plany wojny, ale wróci na weekend.

Jagjit usiadł naprzeciwko mnie. Nie mogłam podnieść na niego wzroku, tylko wpatrywałam się w ciastka i kanapki na stole. Sparaliżowała mnie nieśmiałość i nie wiedziałam, co powiedzieć.

Pani Beauchamp wyjaśniła, że sufrażystki postanowiły na razie zawiesić swoją kampanię.

– Oczywiście musimy wspierać mężczyzn, którzy walczą w naszej obronie. – Popatrzyła na mnie. – Simon się zaciągnął – oznajmiła beznamiętnym tonem.

To były pierwsze słowa, które przebiły się przez mój paraliż. Posłałam Simonowi zdziwione spojrzenie. Uśmiechnął się ze skrępowaniem.

– Nie rozumiem, dlaczego wszystkich tak to zaskoczyło. Myślałem, że będziecie zadowoleni.

Pani Beauchamp rozwinęła serwetkę i rozłożyła ją na kolanach.

– Cóż, uważałam, że będzie mądrzej, jeśli najpierw skończysz studia – powiedziała głucho. – Jesteś młody i masz mnóstwo czasu. Zresztą nigdy nie byłeś silny.

– Zawsze tak mówiłaś. Tak czy inaczej, podobno to nie potrwa długo, a my nie chcieliśmy tego przegapić. – Zerknął na Jagjita, który odwrócił wzrok w stronę oszklonych drzwi. – Zaciągnęliśmy się obaj, wczoraj przed opuszczeniem Cambridge.

Popatrzyłam na Jagjita oszołomionym wzrokiem, ale zachowywał kamienne oblicze, zupełnie jakby brał lekcje u cioci Miny.

– Mieliśmy… – Simon zaczął z wahaniem – …mieliśmy nadzieję, że przydzielą nas do tego samego pułku, ale…

– …ale mnie nie przyjęli – rozgoryczony Jagjit wszedł mu w słowo. – Oficer, który z nami rozmawiał, poinformował mnie, że Hindusi nie mogą zostać oficerami. Powiedział, że bardziej się przydam, jeśli wrócę do domu i obejmę tymczasowe stanowisko w służbie cywilnej, zastępując jakiegoś Anglika, który będzie mógł walczyć za ojczyznę.

– Twoi rodzice na pewno byliby za to wdzięczni losowi – odrzekła pani Beauchamp. – Niewątpliwie bardzo chcieliby cię zobaczyć po tylu latach.

– Ale to niesprawiedliwe – zirytował się Simon. – Jagjit dłużej ode mnie służył w Oficerskim Korpusie Szkoleniowym. Wygrywał wszystkie zawody strzeleckie.

– Na szczęście nie mogą mi zabronić wstąpienia do wojska – wtrącił Jagjit. – Co prawda Hindusi nie mogą zostać oficerami, ale zaciągnę się, kiedy tylko wrócę do Indii. We wtorek wypływam z Southampton. Mam tylko nadzieję, że zdążę wrócić, zanim wszystko się skończy.

Zupełnie jakby mówił o wykluczeniu z drużyny krykieta – jakby jedynym, co się liczyło, było jego idiotyczne pragnienie udziału w tej grze zwanej wojną. Na mnie nawet nie spojrzał.

Poczułam w gardle bolesną gulę i łzy napłynęły mi do oczu. Przypomniałam sobie, jak ojciec żegnał się ze mną przed jedną z misji, na którą wyruszał z wujkiem Gavinem. Był wtedy taki beztroski, nie dopuszczał myśli, że coś może mu się stać, nie chciał dostrzec, jak bardzo przerażała mnie myśl, że zostaniemy z mamą same na zawsze. Zacisnęłam usta, żeby powstrzymać ich drżenie, i wstałam, przewracając krzesło.

– Lilu, moja droga, co się stało? – spytała pani Beauchamp, kiedy chwiejnym krokiem podeszłam do oszklonych drzwi.

Znajome myśli wwiercały mi się w głowę: „Nie możesz nikomu zaufać. Oni zawsze odchodzą. Na końcu zostajesz sama. Głupia! Jak mogłaś zapomnieć, że się nie liczysz... Że zawsze jest coś ważniejszego? Ojciec nie nauczył cię rozumu?".

Kiedy szłam przez ogród, łzy płynęły mi po twarzy. Wściekle je ocierałam. „Ty idiotko, ty idiotko, czemu płaczesz? A czego się spodziewałaś? Że on poświęci dla ciebie szansę zostania bohaterem? Kretynko! Ale nic mnie to nie obchodzi. Nikogo nie potrzebuję. Może iść do diabła!".

Właśnie szarpałam spódnicę, która zaczepiła się o ciernie krzewów rosnących przy ogrodzeniu, gdy nagle usłyszałam jego niski głos.

– Nie ruszaj się – sięgnął zza moich placów i uwolnił materiał długimi palcami. – Chyba ją podarłaś.

Machnęłam ręką, nawet się nie odwracając.

Chwycił mnie za rękę i obrócił.

– Lilu, co się stało?

Wbiłam wzrok w klapy jego marynarki. Z bliska widziałam na granatowym materiale drobne różowe paski składające się z cienkich pasemek czerwieni i bieli.

Nachylił się i popatrzył mi w oczy.

– Co się stało? Dlaczego jesteś taka zdenerwowana? Czy zrobiłem coś złego?

Odwróciłam wzrok.

– Dlaczego nawet się do mnie nie odezwiesz? Dlaczego tak uciekłaś? Nawet nie wiesz, jak czekałem na nasze spotkanie.

Sięgnął po moją dłoń, ale gwałtownie ją cofnęłam. Miałam ochotę na niego krzyczeć, ale dławiła mnie gula w gardle. Z trudem przełknęłam ślinę i zdołałam wykrztusić łamiącym się głosem:

– Głupiec… Co za g-głupiec…

– Kto jest głupcem? Mówisz o mnie?

Podniosłam wzrok na jego zdumioną twarz.

– Tak, o tobie... Ty głupcze! – powiedziałam i go spoliczkowałam.

Zrobił krok do tyłu, a ja odwróciłam się i uciekłam aż do Wysokich Wiązów.

Ciocia Mina wyszła do ogrodu z kremową parasolką i w białych ogrodniczych rękawicach przycinała róże. Obróciła się, zaskoczona, kiedy ją minęłam i wbiegłam po schodkach, głośno szlochając, po czym zatrzasnęłam za sobą drzwi pokoju. Rzuciłam się na łóżko. Całe moje ciało było lekkie, jakby mogło się unieść w powietrze. W piersi czułam bolesny ucisk, szumiało mi w głowie, a kwaśna gula w przełyku nie pozwalała mi oddychać. Byłam chora z wściekłości, pragnęłam coś rozbić, zniszczyć cały pokój, dom, nawet świat. Czułam się jak tamten sześcioręki posąg bogini Kali, który kiedyś widziałam razem z ojcem. Posadzka wokół posągu spływa krwią ofiarnych kozłów, których łby leżą na stercie u jej stóp. Zrozumiałam jej taniec zniszczenia; sama również chciałam deptać, zabijać i palić, rozczłonkowywać i równać z ziemią.

Zwinęłam się w kłębek na łóżku i objęłam rękami kolana, starając się utrzymać gniew w sobie, zamknąć go tam, gdzie nie mógł skrzywdzić nikogo poza mną. Moje serce ciążyło jak kamień. – Wszystko mi jedno, wszystko jedno, wszystko jedno – powtarzałam, ale słowa zmieniły się w szloch, a potem już nie wiedziałam, gdzie jestem. Słyszałam, jak gdzieś daleko ktoś zawodzi i jęczy: „O-o-jcze... o-o-jcze" absurdalnie teatralnym głosem.

Kiedy się ocknęłam, Jagjit siedział obok mnie na łóżku, głaskał mnie po włosach i cicho do mnie mówił. Usiadłam i rozejrzałam się po pokoju. Byliśmy sami.

Uśmiechnął się, widząc moją zaskoczoną minę.

– Twoja ciocia wysłała mnie na górę. Nie, wcale nie zmieniła zdania; czeka na zewnątrz. Wystraszyłaś ją. Zresztą mnie także.

Przyłożyłam dłoń do głowy. Włosy rozsypały mi się po jednej stronie i zwisały splątane. Miałam wrażenie, że spuchły mi oczy i gardło, a głowa pulsowała bólem.

– Jestem chora?

– Raczej zdenerwowana.

Popatrzyłam na niego tępo.

– Nie pamiętasz? Może to dlatego, że powiedziałem ci o swoich planach zaciągnięcia się do wojska.

Odwróciłam się do niego plecami i wbiłam wzrok we wzorzystą tapetę, na której widniały kropki pomarańczy oraz splecione gałęzie i zielone spiczaste liście. Ponownie poczułam gulę w gardle, ale tym razem łzy swobodnie popłynęły. Jagjit położył mi dłoń na ramieniu i odwrócił mnie w swoją stronę, ale wyrwałam się i położyłam na posłaniu, zasłaniając twarz ręką.

Poczułam, że zmienił pozycję na łóżku, a następnie położył się za mną, objął mnie obiema rękami i przygarnął do piersi. Jedną dłonią delikatnie odgarnął mi włosy z ucha, a potem wyszeptał do niego:

– Lilu, nie gniewaj się na mnie. Tęskniłem za tobą. Uwielbiałem czytać twoje listy, wszystkie bez wyjątku. Chciałem odpisać, ale dałem słowo. Myślałem tylko o tym, kiedy znów cię zobaczę.

– I dlatego uznałeś, że najlepiej będzie dać się zabić!

– Daj spokój, Lilu. To nie potrwa wiecznie. Mówią, że wojna szybko się skończy.

Mówił wyrozumiałym tonem, jakbym robiła mu wyrzuty bez powodu. Nigdy wcześniej tego u niego nie słyszałam – nigdy nie udawał brawury, aby ukryć delikatność, słabość i lęk. Szczerość zawsze odróżniała go od Simona i innych chłopców.

– To naprawdę niczego nie zmienia – dodał. – A potem będę mógł wrócić i dokończyć szkolenie do ISC. Zaczekasz na mnie, Lilu?

– Nie, ponieważ zginiesz! – Nie dodałam: „a ja znów zostanę sama".

– Ciii. – Roześmiał się cicho i zaczął mnie kołysać. Jego ciało było silne i ciepłe. Chciałam go nienawidzić, ale nawet dziś nie pamiętam chwili, w której czułabym się bezpieczniejsza i bardziej kochana. – Wrócę. Obiecuję. Zaczekasz na mnie?

Ktoś zapukał do drzwi.

– Precz! – wrzasnęłam.

– Nie wiedziałem, że jesteś taka wojownicza – rzekł z podziwem.

– Niczego o mnie nie wiesz.

– Na pewno wiem mniej, niżbym chciał, ale chcę cię poznawać przez całe swoje życie.

– Czyli niedługo.

Usiadł i obrócił mnie w swoją stronę.

– Nie mam zamiaru umierać, Lilu. Sądzę, że powinniśmy wpuścić twoją ciocię, zanim zacznie się naprawdę niepokoić. Ale jeszcze nie odpowiedziałaś na moje py...

Zakryłam mu usta dłonią.

– Wejdź! – zawołałam, a potem podniosłam się na kolana i pocałowałam go gorąco. Wciąż się całowaliśmy, gdy ciocia Mina otworzyła drzwi.

*

Kilka dni później dołączyłam do państwa Beauchampów, którzy odwozili Jagjita do Southampton. Ciocia Mina nie próbowała mnie powstrzymać; wciąż była oszołomiona moim wybuchem i zapewne pocieszała ją myśl, że Jagjit niedługo znajdzie się w odległości niemal pięciu tysięcy mil.

W powozie siedziałam pomiędzy panem a panią Beauchamp, a Jagjit i Simon zajęli miejsca naprzeciwko.

– Będzie mi tego wszystkiego brakowało – rzekł Jagjit, wyglądając przez okno. – Zmieniających się pór roku – pierwszych przebiśniegów, potem kwiatów jabłoni i wiśni, hiacyntów w maju i maków, zwożenia siana, a także opadających liści i śniegu. Tam, gdzie mieszkam, nie ma takiej różnorodności.

– Jak tam jest? – spytała pani Beauchamp.

Uśmiechnął się.

– Zupełnie inaczej. W północnych Indiach mamy tylko trzy pory roku. Porę gorącą, która trwa wiele miesięcy – wtedy wszystko jest rozgrzane i pokryte kurzem, a my tęsknimy za deszczem. Potem przychodzi pora monsunowa, którą zawsze witamy z radością – to ulubiony czas mojego brata Baljita i mój. Wszystko obmyte po miesiącach pyłu, pola wypełnione wodą, w której odbija się niebo. A potem nastaje pora zimna, która jest znacznie łagodniejsza niż tutaj, ale wieczory są wtedy piękne.

Zamilkł na chwilę, a ja przypomniałam sobie tamten dzień, gdy po raz pierwszy przybył sam do Wysokich Wiązów, żeby mnie odwiedzić, i opowiadał o zimowych wieczorach, gdy chłopi wracają z pól pośród mgieł unoszących się z ziemi. Łączyło nas coś, czego nikt inny nie mógł zrozumieć.

Moje oczy napełniły się łzami. Chciałam go błagać, aby zabrał mnie ze sobą.

Na pokładzie przez chwilę podziwialiśmy salonki i prywatne kajuty, a potem stanęliśmy zmieszani, czekając na sygnał nawołujący do opuszczenia statku. Jagjit górował nad wszystkimi wzrostem i zauważyłam, że ludzie ukradkiem zerkają na niego, a następnie na nas, zastanawiając się, co nas łączy. On sam jak zwykle nie przejmował się tym, że wzbudza ciekawość.

Simon zaproponował, że pomoże mu zanieść bagaże do kajuty, którą Jagjit dzielił z innym Hindusem. Wydawało się, że zniknęli na całe wieki, a gdy wreszcie wrócili, Simon był blady i zdenerwowany. Usiłowałam złowić spojrzenie Jagjita, ale widziałam, że jest zafrasowany i wybiega myślami w przyszłość. Pani Beauchamp próbowała nawiązać rozmowę, lecz w końcu się poddała. Kolejne minuty się dłużyły, gdy czekaliśmy na ostrzegawczy gwizdek, a ja żałowałam, że nie pożegnałam się z Jagjitem w domu państwa Beauchampów, gdyż tutaj wszyscy go obserwowali, a on i tak już mnie opuścił.

Nagle rozległ się pierwszy gwizd i ludzie wokół nas zaczęli się żegnać. Jagjit uścisnął dłonie państwa Beauchampów i podziękował im za serdeczne przyjęcie. Następnie zwrócił się w stronę Simona i zawahał, a potem podszedł, żeby go uścisnąć, ale Simon się cofnął. Wyciągnął rękę, nie patrząc Jagjitowi w oczy. Jagjit uścisnął jego dłoń.

– Napiszesz z miejsca, w którym będziesz stacjonował? – spytał. – Chciałbym wiedzieć, jak sobie radzisz.

– Oczywiście. – Simon odwrócił się do rodziców. – Zaczekamy na nabrzeżu?

Pan Beauchamp sprawiał wrażenie zbitego z tropu. Pani Beauchamp ścisnęła go za ramię i odprowadziła, a Simon podążył ich śladem.

Jagjit zwrócił się w moją stronę i objął moje dłonie, nie zwracając uwagi na spojrzenia ludzi.

– Wrócę po ciebie, kiedy to się skończy – powiedział cicho. – A jeśli zostanę wysłany do Europy – na co liczę – będę cię odwiedzał podczas przepustek.

– Wciąż nie rozumiem, dlaczego musisz się zaciągnąć... To nie ma z tobą nic wspólnego. Proszę...

– Przestań, Lilu. Nie mam czasu wyjaśniać. Po prostu muszę to zrobić. – Uniósł moją dłoń do ust. – Do widzenia, kochanie.

– Zaczekaj. – Odpięłam kołnierzyk swojej koszuli i wyciągnęłam szczęśliwy kamyk z Sussex. – Weź go. Żebyś szczęśliwie wrócił. Należał do mojego ojca.

– Lilu, nie mógłbym...

– Chciałby, żebyś go nosił. Pochyl się.

Skłonił głowę, a ja założyłam mu wisiorek na szyję, tak samo jak kiedyś ojcu. Schował kamień pod kołnierzyk i uśmiechnął się do mnie.

– Obiecuję, że będę go pilnował, dopóki sam ci go nie zwrócę.

Wspięłam się na palce, tak że nasze twarze się zbliżyły. Zawahał się, a następnie pochylił głowę i mnie pocałował. Rozmowy wokół nas na chwilę umilkły, aż w końcu drugi gwizdek przerwał ciszę i oznajmił, że już czas się rozstać.

Tamtej nocy śniło mi się, że ojciec wciąż żyje. Znów byłam w bungalowie w Peszawarze, gdzie białe, muślinowe zasłony powiewały na wietrze, jednak tym razem kryła się za nimi jakaś postać oświetlona blaskiem księżyca. Poczułam dreszcz strachu, ale nie mogłam się powstrzymać i podeszłam bliżej. Kiedy zasłony znów się uniosły, rozpoznałam ją. To była matka, ubrana w białą sukienkę i uśmiechnięta, ale jej oczy były przejrzyste i pozbawione życia jak zielone szkiełka. Odwróciłam się i uciekłam, a po chwili stanęłam przed drzwiami gabinetu ojca, które otaczało jaskrawe białe światło. Zdjęta uczuciem grozy, położyłam dłoń na gładkiej, mosiężnej gałce i przekręciłam ją. Drzwi się otworzyły i zobaczyłam ojca, który siedział za biurkiem. Na półce za jego plecami stał posążek tańczącego Śiwy.

– Witaj, Lilu – powiedział, jakby nic się nie stało.

– To nie możesz być ty – odrzekłam.

Sprawiał wrażenie rozbawionego.

– Niby dlaczego?

– Ponieważ nie żyjesz – rzuciłam, po czym uświadomiłam sobie, że on nie wie.

Roześmiał się.

– Przecież widzisz, że to nieprawda!

– Ale byłam tutaj. Widziałam… – Podniosłam wzrok na ścianę, ale nie było na niej plam. Czy tylko to sobie wyobraziłam? – Więc gdzie byłeś? Dlaczego odszedłeś?

Wyglądał na zaskoczonego.

– Byłem z Gavinem… Wykonywaliśmy jedną z naszych misji. Wiesz, że nigdy bym cię nie opuścił. Dlaczego nie zaczekałaś? Na pewno wiedziałaś, że wrócę.

Pokręciłam głową.

– Myślałam… Przecież byłeś… Sama widziałam… – Z trudem przełknęłam ślinę i łzy napłynęły mi do oczu, gdy pomyślałam o tych wszystkich zmarnowanych latach.

Uśmiechnął się pobłażliwie.

– Jakże małej wiary jesteś! Wciąż mi nie wierzysz, prawda? – Podwinął rękaw i położył rękę na biurku. – Proszę, dotknij mnie. Jestem prawdziwy. Wiesz, że we śnie nie można niczego poczuć.

Wyciągnęłam ręce i objęłam nimi jego przedramię, czując jego ciężar i ciepło, wyczuwając zapach rozgrzanego słońcem ciała, widząc, jak skóra marszczy się pod naciskiem moich palców. To jest prawdziwe. Łzy napłynęły mi do oczu. On żyje! Przepełniła mnie radość.

A potem się obudziłam.

Henry

Bhagalpur, Bihar, 5 listopada 1880

Zastępowanie Thorntona na stanowisku urzędnika administracyjno-sądowego okazało się bardziej wymagające, niż się spodziewałem. Po przybyciu chciałem się przedstawić, więc odwiedziłem go w domu, ponieważ źle się czuł. Już podczas powitania stało się oczywiste, jaki jest powód jego „choroby", gdyż w ciągu wieczoru pochłonął niemal całą butelkę whisky. Jego instruktaż ograniczył się do utyskiwania, że Indie to „piekielna dziura", jego praca jest „niewdzięczna i śmiertelnie nudna", a on chętnie by z niej zrezygnował. Dokładnie jego słowa brzmiały tak: „Niech pan nie wierzy w ani jedno słowo tych miejscowych brudasów. To same świnie i łgarze. Nie ma żadnego znaczenia, na czyjej pan się znajdzie łasce. Hindusi, muzułmanie, chrześcijanie – wszyscy są siebie warci".

Następnego dnia spotkałem się z jego zastępcą, muzułmaninem z Bengalu nazwiskiem Hussain. Hindusi na tak wysokim stanowisku są rzadkością, więc domyśliłem się, że mam do czynienia z człowiekiem o nieprzeciętnych umiejętnościach. Pokazał mi długą listę spraw czekających na proces lub ogłoszenie wyroku. Nie musiał mówić, że Thornton nie okazuje większego zainteresowania swoimi obowiązkami: rano zaprosił mnie na posiedzenie sądu i muszę przyznać, że jeszcze nigdy nie widziałem tak znudzonego człowieka. Zachowywał się nawet gorzej niż ojciec podczas spotkań towarzyskich. Głośno ziewał, klepał się po całym ciele łapką na muchy, a kilka razy zaczął podśpiewywać podczas przemów prawników. Po lunchu zasnął, ale przedstawiciele obu stron kontynuowali, jakby nic się nie stało, najwyraźniej przyzwyczajeni do takich sytuacji. Zastanawiałem się, jak Thornton sobie poradzi, gdy przyjdzie pora na podsumowanie i wydanie wyroku, ale kiedy obie strony skończyły przemawiać, Hussain go obudził i nastąpiła krótka przerwa, podczas której przeszli do innego pomieszczenia. Kiedy wrócili, Thornton ogłosił wyrok, który wydawał się rozsądny.

Nie mam wątpliwości, że to Hussain pełni tutaj funkcję głównego urzędnika i byłby użytecznym sojusznikiem. Na pierwszy rzut oka sprawia wrażenie uczciwego człowieka i przypomina mi pana Mukherjee. Jest oczywiste, że dysponuje olbrzymim doświadczeniem i gra pierwsze skrzypce, dlatego obawiam się, czy nie ma pretensji, że zostałem awansowany na wyższe stanowisko. Mam nadzieję, że tak nie jest, ponieważ będę musiał polegać na jego pomocy, dopóki nie przyzwyczaję się do lokalnego dialektu. Wygląda na to, że czeka mnie zadanie trudniejsze, niż się spodziewałem. Co najmniej dziesięć dni każdego miesiąca mam spędzać na objeżdżaniu okolicy, jednak Hussain twierdzi, iż podlegające nam terytorium jest tak rozległe, że Thornton nigdy nie odwiedził niektórych obszarów, gdzie sprawiedliwość wymierza policja, bez sądu i często za pomocą bicia. Koniecznie muszę temu zaradzić.

30 listopada 1880

Dzięki pomocy Hussaina udało mi się zapoznać z większością zaległych dokumentów. Jego znajomość miejscowych warunków okazała się nieoceniona: pamięta historię wielu sporów, a moje obawy, że będzie stronniczy wobec której ze stron, były nieuzasadnione. Niewątpliwie to właśnie dzięki jego kompetencji i prawości Thornton zdołał tak długo pełnić swoją funkcję. Bałem się, że Hussain może zobaczyć we mnie uzurpatora i będzie niechętnie poświęcać mi czas, gdyż obecnie pracujemy po nocach, musiałem także zwiększyć liczbę godzin pracy sądu, żeby zająć się zaległymi sprawami, z których część już od lat czeka na swoją kolej. Jednak najwyraźniej jest zadowolony z mojego zainteresowania i z tego, że cenię sobie jego opinie.

Mojego pierwszego dnia w sądzie miał miejsce pewien upokarzający incydent. Zauważyłem, że podczas wspólnej pracy Hussain zawsze odmawia, gdy zachęcam go, aby usiadł, twierdząc, że woli stać, lecz już zrozumiałem dlaczego. Jeden z miejscowych posiadaczy ziemskich odwiedził mnie w gabinecie podczas przerwy na lunch, żeby mi się przedstawić, a ja wskazałem mu krzesło. Przez chwilę się wahał, a ku mojemu zaskoczeniu, ćaprasi zabrał krzesło stojące przed moim biurkiem i wymienił je na inne – stare i zniszczone – które stało pod ścianą. Kiedy mój gość już poszedł, spytałem chaprasiego, co wyprawia. Początkowo nie zrozumiał, ale w końcu wytłumaczył – zdziwiony, że tego nie wiem – że to było krzesło „babu". Popatrzyłem na Hussaina, nie wierząc własnym uszom.

– Pan Thornton miał specjalne krzesło dla hinduskich gości – wyjaśnił zastępca.

Nie wiedziałem, co odpowiedzieć, ale poprosiłem ćaprasiego, żeby pozbył się rupiecia.

– Siadaj, Hussainie – powiedziałem, wskazując krzesło, które pozostało.

Zawahał się.

– Na litość boską, siadaj, człowieku!

Usiadł.

Później pomyślałem, że może nie powinienem być taki ostry, ale następnego ranka Hussain spytał, czy chciałbym zjeść lunch z nim i jego żoną, a kiedy się zgodziłem, był zachwycony. Zaskoczyło mnie, że jego żona usiadła z nami przy stole, ponieważ to nietypowe dla muzułmanki. Jest wykształconą kobietą pochodzącą z Bengalu i, podobnie jak jej mąż, mówi w hindustani, po bengalsku i angielsku. Poza tym dużo czyta, więc porozmawialiśmy o literaturze. Marzy, aby pewnego dnia otworzyć szkołę dla dziewcząt w Kalkucie.

Podczas lunchu spytałem Hussaina, dlaczego postanowił pracować w administracji państwowej, a on odpowiedział, że zainspirowała go historia, którą przeczytał w pewnej książce, kiedy był w college'u. Opowiadała o urzędniku z Delhi nazwiskiem Metcalfe. Podczas rebelii uciekał on pieszo wzdłuż drogi, ścigany przez buntowników, gdy nagle napotkał świętego męża, który siedział na poboczu. Sadhu ocenił sytuację i wskazał jaskinię w zboczu wzgórza, radząc Metcalfe'owi, aby się w niej schronił. Urzędnik nie miał wielkiego wyboru, więc wszedł do jaskini, pełen złych przeczuć, wiedząc, że znajdzie się w pułapce, jeśli sadhu go zdradzi. Kiedy buntownicy przybyli, spytali sadhu, czy kogokolwiek widział, a on odrzekł, że nie, jednak buntownicy zauważyli jaskinię i postanowili ją przeszukać. Wtedy sadhu oznajmił im donośnym głosem, który miał dotrzeć także do uszu Metcalfe'a, że w jaskini mieszka czerwony demon, który lubi ścinać ludziom głowy, a następnie ich pożerać. Słysząc te słowa, Metcalfe stanął z mieczem w dłoni u wejścia do jaskini, a gdy pierwszy z mężczyzn pochylił się, żeby wejść, ściął go jednym ciosem miecza. Głowa stoczyła się ze wzgórza, a przerażeni buntownicy uciekli. Metcalfe następnie podziękował sadhu i spytał, dlaczego ten ocalił mu życie. Sadhu odpowiedział: „Kiedyś stanąłem przed tobą w sądzie i wiem, że jesteś uczciwym człowiekiem". „Więc pewnie wydałem wyrok korzystny dla ciebie", odrzekł Metcalfe. „Nie – odparł sadhu. – Orzekłeś przeciwko mnie. Ale miałeś rację".

Hussain uśmiechnął się do mnie.

– Z jakiegoś powodu ta opowieść mnie zainspirowała.

Roześmiałem się.

– Sądzisz, że jest prawdziwa?

Zachichotał.

– Niestety, nie. Później poczytałem o sir Theophilusie Metcalfie. Był urzędnikiem administracyjno-sądowym w Delhi podczas rebelii, a życie uratował mu znajomy nabab, który zapewnił mu schronienie i którego Metcalfe później odpowiednio nagrodził. Jednak po odzyskaniu Delhi był tak zaślepiony żądzą krwi i zemsty, że minister usunął go z miasta, twierdząc, że im prędzej zostanie pozbawiony władzy nad życiem i śmiercią, tym lepiej.

Wtedy coś mi się przypomniało:

Moje serce nie ma przyjaciół, jest miastem w ruinie,
Cały świat skurczył się do spłachetka gruzów.
Tu, gdzie miłość umarła męczeńską śmiercią,
Cóż pozostało prócz wspomnień i żalu?

– Mir – rzucił Hussain. – Skąd pan to zna?
– W dzieciństwie miałem nauczyciela z Bengalu. – Sam nie wiem, dlaczego nie wspomniałem o bibi; może się bałem, że pomyśli coś złego o moim ojcu.

Hussain powiedział mi, że kiedy wstąpił do służby cywilnej, jeden z nauczycieli ostrzegł go, że nigdy nie osiągnie najwyższych stanowisk w administracji, ponieważ zawsze znajdą się mniej doświadczeni Europejczycy, których ktoś awansuje ponad niego.

– Także znam pewien wiersz na tę okoliczność.

Hen na wysokiej górze
owoc chwyta skrzecząca wrona,
tymczasem w dole z głodu warczy
lew, co nie lęka się nawet słonia.

Uśmiechnął się.
– Tylko niech się panu nie wydaje, panie Langdon, że porównuję siebie do lwa albo pana do wrony.

To niewątpliwie prawda, że gdyby był biały, zostałby awansowany z zastępcy na stanowisko, które obecnie zajmuję, ale obaj wiemy, że żaden Europejczyk nie pozwoli, by sądził go tubylec. Jest także dla mnie jasne, że Hussain nie jest ślepo zapatrzony w Anglików, więc będę musiał zasłużyć na jego szacunek.

Tymczasem należało zająć się praktycznymi sprawami, między innymi znaleźć lokum. Z wynagrodzeniem urzędnika nie mogę sobie pozwolić na dalsze mieszkanie w Klubie ani na przejęcie bungalowu Thorntona. Na szczęście poznałem jednego z „żółtych chłopców", nowo przybyłego członka 1. pułku bengalskiej kawalerii – oddziału znanego także jako „Konnica Skinnera" – który zaproponował, abym zamieszkał z nim i jeszcze jednym oficerem, gdyż dysponują wolnym pokojem. Roland Sutcliffe jest moim całkowitym przeciwieństwem – wysoki, przystojny blondyn, którego lubią kobiety – i świetnie prezentuje się w mundurze z długą, żółtą tuniką i w turbanie w niebiesko-złociste paski.

Postanowił mnie wyedukować i poucza mnie, że flirtowanie z niezamężnymi europejskimi dziewczętami jest niedopuszczalne, gdyż rozbudza ich nadzieje, jednak żonate kobiety stanowią uczciwy cel, dopóki dbamy o dyskrecję. Najlepsze są Eurazjatki, ponieważ ze wszelkich sił starają się nakłonić mężczyznę do małżeństwa, dlatego nie musimy czuć się winni, sprawdzając, jak daleko uda nam się posunąć bez podejmowania zobowiązań. Roland już zaczął flirt z żoną oficera, który przebywa poza jednostką, a cyniczna część mojego umysłu zastanawia się, czy zaprzyjaźnił się ze mną dlatego, że nie stanowię dla niego konkurencji pod względem urody.

Z tego, co widzę, w Bhagalpurze nie bardzo jest co robić, nie licząc różnorakich potańcówek oraz balów, a już mnie ostrzeżono, że dużo zachodu wymaga unikanie sideł zastawianych przez setki młodych dziewcząt, które nazywa się Flotą Rybacką, gdyż co roku ściągają tutaj, marząc o złowieniu męża. Urzędników nie obowiązują te same ograniczenia co wojskowych, których zniechęca się do małżeństwa w młodym wieku, dlatego, pomimo braku uroku osobistego, stanowię bardziej smakowity kąsek niż Roland, choć nie mam majątku, więc nie byłbym w stanie utrzymać żony.

1 czerwca 1881

Jestem tutaj już od dziewięciu miesięcy i wreszcie czuję, że poczyniłem jakieś postępy. Współpraca z Hussainem doskonale się układa i coraz głębiej poznaję miejscowe uwarunkowania oraz lepiej rozumiem dialekt. Szczególnie podoba mi się objeżdżanie podlegającego nam terytorium – przypominają mi się wtedy manewry wojskowe, podczas których towarzyszyłem ojcu jako dziecko. W jednych miejscach nocujemy w bungalowach pocztowych, w innych obozujemy w przestronnych i wygodnych namiotach, a za dnia prowadzimy rozprawy. Tam, gdzie nie mamy do dyspozycji żadnego budynku, pracujemy pod gołym niebem, siedząc pod drzewami. Jako że nie ma tam żadnych dróg, dotarcie konno do odleglejszych miejsc zajmuje nawet kilka dni, więc często opuszczam dom na dwa albo trzy tygodnie.

Zanim wyruszyłem na ostatnią wyprawę, Roland zdradził mi, że podczas potańcówki poznał pewną dziewczynę. Nazywa się Rebecca Ramsay i jest córką kupca, jak Roland upiera się nazywać każdego, kto zajmuje się handlem. Podobno to najpiękniejsza istota, na jakiej kiedykolwiek spoczęło jego spojrzenie, a kiedy ją zobaczę, z pewnością zakocham się w niej po uszy. Odpowiedziałem, że w takim razie może lepiej, abym jej nie poznał, skoro on sam wyraźnie jest w niej zakochany. Tak czy inaczej, zanim miałem okazję ją spotkać, wyruszyła na wzgórza ze swoją ają, żeby spędzić tam porę gorącą. Z pewnością jest kimś wyjątkowym, skoro Roland wciąż o niej opowiada, a minęły już trzy miesiące, i nie może się doczekać jej powrotu, kiedy zaczną się deszcze. Jednakże zauważyłem, że nie powstrzymuje go to przed flirtowaniem z Eurazjatkami, które uczestniczą w letnich balach, odkąd wszystkie Angielki przeniosły się na wzgórza.

30 czerwca 1881

W końcu poznałem pannę Ramsay i rzeczywiście dorównuje ona opisowi Rolanda. Nigdy nie widziałem kogoś tak pięknego jak ona. Jest niezwykle smukła, ma burzę kręconych ciemnych włosów i bladą skórę. Najbardziej fascynujące są jej oczy, błękitnozielone, ale każde o nieco odmiennych odcieniach. To bardziej zielone jest naznaczone brązową plamką na skraju tęczówki – niedoskonałością, która, o dziwo, tylko podnosi jej urodę. Kiedy ją zobaczyłem, myślałem, że stanęła przede mną istota z innego świata – wróżka albo nimfa wodna. Jest w niej coś kruchego i delikatnego, co sprawia, że chce się ją chronić.

Roland nas sobie przedstawił i niemal natychmiast zostawił samych, udając się po poncz dla niej. W takich chwilach zazdroszczę mu obycia z kobietami. Stałem jak kołek, dopóki panna Ramsay nie uśmiechnęła się i nie zaproponowała, żebyśmy zażyli świeżego powietrza. Wyszedłem za nią na werandę, czując się niezręcznie i głupio. Kiedy tak stałem, wciągając w nozdrza zapach jaśminu płynący od ogrodu i patrząc na jej bladą twarz migoczącą w blasku księżyca, przez chwilę czułem się jak któryś z bohaterów *Księgi tysiąca i jednej nocy*.

– Roland mówił, że pełni pan obowiązki urzędnika administracyjno-sądowego – odezwała się.

– Tak.

Potem zacząłem opisywać różne niefortunne przypadki, które były moim udziałem podczas rozpraw pod gołym niebem. Właśnie udało mi się ją rozbawić opowieścią o tym, jak pewnego razu krowa zabrała plik dokumentów ze stołu ustawionego pod drzewem i gdzieś z nim powędrowała, a biedny protokolant musiał ją gonić, gdy Roland wrócił z napojami. Chociaż ona stara się tego nie okazywać, widzę po tym, jak na niego patrzy, że jest w nim zakochana.

Kiedy wróciliśmy do bungalowu, przypomniałem Rolandowi jego ostrzeżenia dotyczące flirtowania z niezamężnymi dziewczętami, ale on tylko wyszczerzył zęby.

– Od każdej zasady są wyjątki. Nie sądzisz, że jest najrozkoszniejszą istotą, jaką kiedykolwiek widziałeś? Jest niemal warta utraty przydziału.

– Chcesz powiedzieć, że bierzesz pod uwagę poślubienie jej?

Roześmiał się.

– Gdybym rozważał małżeństwo, to właśnie z nią, ale mój przełożony nigdy nie wyraziłby na to zgody, a nie nadaję się do żadnej innej pracy. Nie jestem taki bystry jak ty, Henry, i mam niewielkie dochody. Zawsze był mi przeznaczony los mięsa armatniego. Wiem, że nie powinienem rozbudzać jej nadziei, ale sam przyznasz, że jest urocza. Szkoda tylko, że jej aja nie odstępuje nas na krok, bo mógłbym skraść całusa.

Także się roześmiałem.

– Najwyraźniej ci nie ufa. A skoro panna Ramsay nie ma matki, która mogłaby jej pilnować...

– Tak, ale ta kobieta jest nie do wytrzymania. Kiedy jesteśmy na werandzie, cały czas stoi w ogrodzie, skryta za woalem, jak jakiś upiór albo widmo.

– Nie zauważyłem jej. A co z ojcem panny Ramsay?

– Prawie go nie znam. Po przyjeździe zawsze od razu udaje się do bawialni i wychodzi dopiero, gdy mają odjeżdżać, a wtedy ledwie trzyma się na nogach.

A więc łączy nas coś jeszcze. Jednak dziewczynie z pewnością jest trudniej dorastać bez matki, zwłaszcza że najwyraźniej nie ma żadnych przyjaciółek. Podejrzewam, że jej sytuację dodatkowo pogarsza fakt, że – tak samo jak ja – urodziła się i wychowała na wsi. Poza tym jest piękna, a ogromne zainteresowanie, które wzbudza podczas potańcówek, z pewnością wywołuje zazdrość u pozostałych dziewcząt.

24 lipca 1881

Dowiedziałem się nieco więcej o pannie Ramsay. Dorastała w Asamie na plantacji herbaty; jej ojciec był plantatorem, ale obecnie zajmuje się sprzedażą parowców. Pewnego wieczoru spotkałem go przelotnie w Klubie i nigdy bym nie zgadł, kim jest, gdyby nie przedstawiono mi go z nazwiska. Jest niski, krępy i rumiany, a na głowie pozostała mu resztka wyblakłych, rudych włosów. Dziewczyna z pewnością odziedziczyła urodę po matce. Panna Ramsay miała dwa latka, kiedy ta zmarła, więc jej nie pamięta; wychowała ją aja, która jest niezwykle oddana i nie odstępuje jej na krok – za co, muszę przyznać, jestem wdzięczny losowi, gdyż obawiam się, że Roland całkowicie stracił dla panny Ramsay głowę i, przyzwyczajony do tego, iż dostaje wszystko, czego zapragnie, mógłby ulec pokusie i wykorzystać jej niewinność.

20 września 1881

Roland wyjechał ze swoim pułkiem już miesiąc temu i muszę się przyznać ze wstydem, że wykorzystałem jego nieobecność, aby lepiej poznać pannę Ramsay. Chociaż nigdy nie byłem miłośnikiem balów ani przyjęć, nadal w nich uczestniczyłem, licząc na to, że ją tam spotkam, a gdy raz się nie pojawiła, zdobyłem się na odwagę i zaprosiłem ją na przejażdżkę. Zgodziła się, ponieważ była znudzona, widziałem, a podczas przejażdżki bezustannie mówiła tylko o Rolandzie. Jej aja siedziała z przodu obok saisa. Szczelnie owinęła twarz chustą i zdawałem sobie sprawę, że nas obserwuje i nasłuchuje każdego naszego słowa, chociaż nie wiedziałem, jak wiele rozumie. Służący zazwyczaj rozumieją znacznie więcej, niż nam się zdaje.

Panna Ramsay zabrała ze sobą robótkę i przez cały czas się nad nią pochylała, nie patrząc mi w oczy, chociaż sprawiała wrażenie zadowolonej, gdy pochwaliłem jej dzieło. Rzeczywiście, jeszcze nigdy nie widziałem tak pięknego haftu, tak dziwacznych wzorów ani kombinacji barw: drzew, ptaków i kwiatów o nieznanych mi kształtach i formach. Podobno wszystkie pochodzą z jej wyobraźni i sama je zaprojektowała. – Zatem musi pani mieć niezwykle żywą wyobraźnię – zauważyłem, a ona odpowiedziała, iż wie od ojca, że gdy była małą dziewczynką, matka, Irlandka, czytała jej różne opowieści. Dziś już nie pamięta matki, ale sądzi, że niektóre z obrazów pochodzących z tych opowieści pozostały w jej umyśle. Następnie podniosła swoje piękne, różniące się od siebie oczy, a ja zauważyłem, że płacze; zapragnąłem chwycić ją w ramiona i scałować jej łzy. Nigdy wcześniej nie ogarnęła mnie taka czułość.

Wiem, że wtargnąłem na terytorium Rolanda, ale wiem także, że nie ma on uczciwych zamiarów, a znając jego zamiłowanie do frazesów, podejrzewam, że jako pierwszy przyznałby, iż w miłości i na wojnie nie obowiązują żadne zasady.

29 października 1881

Muszę zachować ostrożność, gdyż uczucia dla panny Ramsay wymykają mi się spod kontroli. Wczoraj przyłapałem się na myśleniu o niej w trakcie rozprawy, a Hussain musiał zwrócić moją uwagę na to, że prawnik powoda skończył wystąpienie. Ogłosiłem krótką przerwę, podczas której Hussain zrelacjonował, co przegapiłem. Nie skomentował mojego zachowania, ale być może pomyślał o Thorntonie, który zapewne na początku również starał się być kompetentny. Przeprosiłem za nieuwagę, co go bardzo zaskoczyło. Wiem, że to nie przystoi sahibowi, lecz ojciec nauczył mnie, żebym zawsze przepraszał, gdy niewłaściwie postąpię.

10 listopada 1881

Roland wrócił. Dzisiaj wieczorem spotkaliśmy się z panną Ramsay w Klubie i gdy tylko go ujrzała, jej twarz się rozpromieniła. Było oczywiste, że chcą zostać sami, więc wyszedłem wcześniej. Usiłuję pracować, ale kiedy przeglądam akta sprawy Gobina Chundera walczącego o kawałek ziemi, do którego roszczą sobie prawo także jego muzułmańscy sąsiedzi, widzę tylko Rebeccę Ramsay w objęciach Rolanda, a umysł wypełnia mi oszałamiająca taneczna muzyka wzmagająca moje cierpienie. Odłożyłem pracę, ale nawet trzy porcje whisky nie zdołały stłumić bólu i zazdrości.

Zapewne właśnie to nazywają zakochaniem, ponieważ kiedy z nią przebywam, mam wrażenie, że cały świat wypełnia się światłem, a każda chwila jest cenna i nie zamieniłbym jej na nic innego, kiedy zaś jestem daleko, wszystko zdaje się puste i pozbawione znaczenia. Ciekawe, czy właśnie to ojciec czuł wobec mojej matki. Po raz pierwszy zaczynam pojmować, co mogło dla niego znaczyć jej odejście.

Bhagalpur, 2 kwietnia 1882

Ponownie nawiedziła nas pora gorąca. Przetrwaliśmy zamieszanie związane z dorocznym eksodusem kobiet i dzieci przenoszących się na wzgórza i zapanował spokój. Panna Ramsay z nimi nie wyjechała. Twierdzi, że jej ojciec źle się czuje i nie może go zostawić samego, ale prawdopodobnie żadna z memsahib nie zaproponowała, że przyjmie ją pod swoje skrzydła. Nie wiem, czy stało się tak za sprawą Rolanda, czy kogoś innego, w każdym razie rozniosły się wieści o przeszłości pana Ramsaya – wygląda na to, że stracił pracę plantatora herbaty, ponieważ nie potrafił trzymać rąk z dala od miejscowych kobiet – co sprawiło, że ludzie zaczęli coraz bardziej odsuwać się od jego córki. Jednakże podejrzewam, iż prawdziwą przyczyną jest zazdrość; kobiety od początku nie przepadały za panną Ramsay, gdyż przy niej ich córki wyglądają pospolicie. Nieraz słyszałem złośliwe komentarze, wystarczająco głośne, aby dotarły do jej uszu, a pozostałe dziewczęta już z nią nie rozmawiają. Udaje, że tego nie zauważa, ale za każdym razem, gdy ją widzę, jest coraz bardziej blada i krucha, a mnie boli serce. Pamiętam ze szkoły, jakie to uczucie, gdy jest się wyobcowanym i pozbawionym przyjaciół, zresztą na mnie również zerka się podejrzliwie ze względu na przyjaźń z Hussainem.

Roland wciąż ma na jej punkcie obsesję, a mnie przypada rola przyzwoitki, jako że dobiegł końca sezon zimowych balów i nie mają tak wielu okazji do spotkań. Wyruszamy całą trójką – oczywiście w towarzystwie jej aji – nad jeziorka i siedzimy nad brzegiem albo jeździmy konno wczesnym rankiem, zanim Roland uda się do dowództwa. Wiem, że daję się wykorzystywać, ale nie potrafię zrezygnować z okazji spędzania czasu w jej towarzystwie.

20 maja 1882

Wczoraj wieczorem pojechaliśmy całym towarzystwem – wojskowi znajomi Rolanda, kilka eurazjatyckich dziewcząt pod opieką matek, Roland, panna Ramsay i ja, a także towarzysząca nam jak cień aja – nad jeden z akwenów, które zaopatrują miasto w wodę. Panna Ramsay miała białą sukienkę w kropki uszytą z wielu jardów jakiegoś prześwitującego materiału, w której wyglądała jeszcze bardziej zwiewnie niż zazwyczaj. Zaczęliśmy spacerować wokół jeziora, matki w dyskretnej odległości za córkami, ale kiedy aja panny Ramsay chciała za nami ruszyć, dziewczyna odwróciła się w jej stronę i syknęła coś wściekle, tak że aja została. Po tym wydarzeniu zacząłem się czuć niezręcznie, więc postanowiłem przespacerować się na szczyt pobliskiego wzgórza do niewielkiej świątyni, z której zapewne dobrze było widać jezioro. Była jasna księżycowa noc i ze szczytu wzgórza z łatwością mogłem obserwować spacerującą grupę. Kiedy dotarłem do świątyni, wydało mi się, że ktoś poruszył się w środku.

– Kto tam jest? Pokaż się! – zawołałem w języku hindustani.

Jakiś mroczny kształt zbliżył się do wyjścia, ale pozostał w cieniu. Blask księżyca oświetlał tylko podstawę żłobkowatej kolumny oraz stopy w sandałach – wysokie łuki o długich, eleganckich palcach – które w tym intensywnym świetle wyglądały jak część greckiego posągu.

– Stań w świetle.

Postać wyszła z wahaniem, a wtedy zorientowałem się, że to aja panny Ramsay. Powitała mnie słowami „salam alejkum", jednocześnie dokładnie zasłaniając twarz woalem i zbierając się do odejścia.

– Chwileczkę, proszę nie odchodzić – odpowiedziałem pośpiesznie. – Pani była tutaj pierwsza.

Odwróciła się w moją stronę, wyraźnie spanikowana.

– Muszę iść. Panienka może mnie potrzebować. – Wiedziałem, że tak naprawdę obawia się zostawić pannę Ramsay samą z Rolandem.

– Nie są sami – odrzekłem uspokajającym tonem. – Proszę popatrzeć. Stąd wyraźnie ich widać.

Podeszła na skraj postumentu, a ja wskazałem jej pannę Ramsay, którą łatwo było dostrzec pośród pozostałych dziewcząt dzięki białej sukience. Aja stanęła przy jednej z kolumn i popatrzyła w dół, odwracając ode mnie twarz.

Próbując nawiązać rozmowę, spytałem, od jak dawna opiekuje się panną Ramsay.

– Od jej urodzenia, sahibie.

Zauważyłem, że ma niski głos i wyraża się w wyrafinowany sposób. Jej akcent przypominał mi sposób mówienia bibi.

– Pochodzi pani z Lakhnau?

Obejrzała się, zaskoczona, a następnie ponownie spuściła wzrok.

– Tak.

– Znała pani matkę panny Ramsay?

Pokiwała głową.

– Jaka ona była?

Zawahała się.

– Była dobrą kobietą.

– Czy panna Ramsay ją przypomina?

– Pod jakim względem?

– Czy ona była bardzo piękna?

Wzruszyła ramionami.

– Niektórzy tak twierdzą.

Wyczułem, że niechętnie o tym opowiada i zaciekawiło mnie dlaczego, ale zanim zdążyłem bardziej ją przycisnąć, nagle zapytała:

– Jakim człowiekiem jest sahib Sutcliffe?

– Co pani ma na myśli? – odrzekłem, zaskoczony jej bezczelnością.

– Czy jest dobrym człowiekiem? Honorowym?

– Nie sądzę, aby miała pani prawo stawiać podobne pytania – odparłem wyniośle.

– Nie chcę nikogo obrazić, sahibie – odpowiedziała cicho. – Chcę jedynie tego, co najlepsze dla niej. Ona nie ma nikogo innego, kto by się nią opiekował.

– Chyba ma ojca?

Prychnęła pogardliwie, co mnie zaskoczyło, gdyż rozmawiała z Anglikiem o innym Angliku. Już miałem ostro odpowiedzieć, gdy nagle westchnęła, zaniepokojona, a ja podążyłem za jej spojrzeniem. Większość spacerowiczów już wróciła i usiadła w niewielkich grupkach nad brzegiem wody. Nigdzie nie było widać białej sukienki panny Ramsay. Zanim zdążyłem zareagować, kobieta ruszyła w dół zbocza, tak szybko, że obawiałem się, iż spadnie.

Dogoniłem ją i zaproponowałem:

– Pani niech się rozejrzy po tej stronie jeziora, a ja pójdę na drugą stronę.

Wiedziałem, że Roland nie byłby zadowolony, gdybym zakłócił jego *tête-à-tête*, dlatego poczułem ulgę, gdy wreszcie go znalazłem i dowiedziałem się, że aja panny Ramsay odkryła ich pierwsza i uparła się, aby dziewczyna wróciła do domu. Roland kipiał ze złości.

– Spędziłem z nią na osobności tylko kilka minut, zanim ta jędza nas dopadła. Och, Henry, cóż za hipnotyzująca istota. Czasami bywa jak lód, a czasami jak czysty ogień.

– Rolandzie, chyba nie…

Parsknął.

– Nie miałem tyle szczęścia. Świetnie nam szło, gdy… Gdy nagle nakryła nas ta wiedźma. Zdążyłem trochę wygnieść sukienkę Rebekki, a gdyby można było zabijać wzrokiem, już bym nie żył. Ostrzegła mnie, że powie o wszystkim jej ojcu. Jeśli ten złoży skargę, zostanę wezwany przed oblicze dowódcy, ale było warto. Żałuję tylko, że nie mieliśmy więcej czasu.

Miałem ochotę go uderzyć, jednak wcale nie jestem od niego lepszy, gdyż wczoraj w nocy po położeniu się do łóżka zacząłem fantazjować o pannie Ramsay i wiem, że Roland miał rację: na pewno okazałaby się dzika i namiętna. Jeszcze nigdy tak bardzo nikomu nie zazdrościłem. Dałbym wszystko, żeby ona coś do mnie poczuła, ale jest w niego zapatrzona. Dłużej tego nie zniosę, dlatego postanowiłem wziąć przepustkę i odwiedzić ojca. Może tym razem dowiem się więcej o swojej przeszłości.

Cecily

Okopy, Kanpur, 4 czerwca 1857

Najdroższa Mino!

    Zapewne nigdy nie otrzymasz tego listu, ponieważ poczta przestała pracować, jednak pisanie do Ciebie przynosi mi pociechę. Najgorsze jest oczekiwanie, aż coś się wydarzy. Wszędzie panuje spokój, a jednak czujemy napięcie w powietrzu: ciszę przed burzą. Czujemy się strasznie, stłoczeni w ciemności w tym pokoiku, a mnie przepełnia strach, jednak nie mogę go okazywać ze względu na dzieci, które są wesołe i podniecone, jakbyśmy byli na pikniku. Dla nich to wszystko jest zabawą. Dzisiaj rano słyszałam, jak Freddie powiedział do Sophie: „Strzelaj do mnie z działa, a ja odpowiem ogniem z baterii", a wtedy, pomimo lęku, wymieniłyśmy z Louisą znaczące uśmiechy. Ona jak zwykle jest dzielna i stanowcza. Jakże żałuję, że sama taka nie jestem. Cały czas rozmyślam o potwornych rzeczach, które podobno uczyniono w Delhi ciężarnym kobietom i niewinnym dzieciom. Louisa mówi, że nie wolno mi o tym myśleć, ale nie potrafię wyrzucić tych obrazów z głowy. Jak ludzie mogą być tak okrutni i dlaczego tak bardzo nas nienawidzą?

Dławią nas upał i kurz. Wczoraj wieko mojego sekretarzyka, prezentu ślubnego od mamy, pękło na pół.

Później

Właśnie się dowiedzieliśmy, że kapitan Hayes i porucznik Barbour nie żyją – usieczeni przez własnych sawarów. Generał Wheeler kilka dni temu posłał ich na ratunek ocalałym cywilom. Dzisiaj odwołał dwa patrole złożone z żołnierzy Arthura, którzy są godni zaufania, i zamiast nich posłał ludzi z 56. pułku, którzy zaczynali zdradzać oznaki niezadowolenia. Wszyscy wiedzą, że w ten sposób chce się ich pozbyć. Ich biedni oficerowie dzielnie do nich dołączyli, nie pokazując, że zdają sobie sprawę z czekającego ich losu. Jednym z nich był porucznik Tremayne, mąż Emily. Nie wiem, jak ona sobie bez niego poradzi.

Wszystkim oficerom rozkazano nocować w okopach. Tylko Arthur może spać w kwaterze, ponieważ jego oddziały jako jedyne nie okazują niezadowolenia. Nie wierzę, że Ram Buksh albo Durga Prasad pozwoliliby swoim ludziom nas skrzywdzić, jednak nie potrafię zapomnieć, że najgorszym okrucieństwem wobec bezbronnych kobiet i dzieci w Delhi wykazali się ich służący. Kiedy Ram Buksh wrócił z Arthurem, nie mogłam spojrzeć mu w oczy, tak byłam zawstydzona tym, że w niego zwątpiłam.

5 czerwca 1857

Nasza sytuacja wydaje się beznadziejna. Dzisiaj rano obudziły nas wystrzały, a kiedy wyszliśmy z ukrycia, odkryliśmy, że tubylcy z 2. pułku kawalerii zbuntowali się i zastrzelili swojego majora-risaldara, który usiłował ich powstrzymać. Bałam się o Arthura, ale on i jego ludzie pojawili się na placu defiladowym razem z resztkami 56. pułku dowodzonymi przez miejscowych oficerów. Stanęli na baczność, ignorując prośby buntowników, aby się do nich przyłączyli. Wkrótce potem 56. pułk także się zbuntował i otworzył ogień do pułkownika Williamsa, który pojechał z nimi negocjować.

Na szczęście generał Wheeler wezwał Arthura do okopów razem z jego oficerami, jednak potem, z jakiegoś powodu, którego nikt nie rozumie, rozkazał naszym artylerzystom tubylcom otworzyć ogień do ludzi Arthura, mimo że stali spokojnie w szeregu i nie zdradzali żadnych oznak buntu. Arthur usiłował temu zapobiec, ale generał Wheeler na niego nie zważał. Kiedy pierwszy pocisk spadł niedaleko żołnierzy, ci sprawiali wrażenie zaskoczonych, ale pomyśleli, że to pomyłka i tkwili w pozycji na baczność, ale kiedy kolejne dwa wylądowały między nimi, wyłamali się z szeregu i uciekli do swoich kwater.

Nikt nie wie, czemu generał Wheeler wydał taki rozkaz, jednak James uważa, że mógł w ten sposób sprawdzać lojalność artylerzystów, wśród których ostatnio panował ponury nastrój. Jeśli tak, to popełnił błąd, gdyż od tej chwili stali się tak niechętni do współpracy, że generał Wheeler zaproponował im opuszczenie okopów, na co wszyscy bez wyjątku przystali.

Jeszcze nigdy nie widziałam Arthura tak zdenerwowanego. Błagał, aby pozwolono mu iść do jego ludzi, jednak generał Wheeler zakazał mu opuszczać okopy. Arthur pobladł jak ściana i przez chwilę byłam pewna, że rzuci się na generała, jednak wtedy Ram Buksh wskoczył na konia

Arthura i odjechał. Nasi strażnicy strzelili w ślad za nim, ale na szczęście spudłowali. Kiedy wrócił wieczorem, wyjaśnił, że przypomniał sobie, iż nasi ludzie pilnują skarbca oraz składu amunicji, i przestraszył się, że kiedy dowiedzą się o ostrzelaniu ich kompanów, oddadzą budynki buntownikom, więc pojechał ich powstrzymać. Jednak nie zdążył, ponieważ kiedy dotarł na miejsce, oba obiekty były już w rękach rebeliantów, a „Nana Sahib przejął nad nimi dowodzenie"! Dziwne, z jakim spokojem przyjęliśmy te wieści, niemal jakbyśmy się ich spodziewali, chociaż biedny James ma ogromne wyrzuty sumienia, że mu zaufał.

Generał Wheeler odwołał wszystkich oficerów i rozstawił ich wzdłuż ścian okopów. Jako że Arthur nie ma już żadnych podwładnych, na ochotnika oddał się pod dowództwo kapitana Moore'a. To z pewnością upokarzające dla niego przyjmować rozkazy od młodszego oficera, ale twierdzi, że to nie jest czas na dumę i każdy człowiek jest na wagę złota. Ramowi Bukshowi pozwolono zostać, podobnie jak kilku innym lojalnym oficerom tubylcom. Durga Prasad chciał do nich dołączyć, ale Arthur poprosił go, żeby opuścił okopy i zebrał jego ludzi. Przyprowadził ich kilka godzin temu, ale kiedy kazał im wziąć karabiny, odmówili, bojąc się, że znów zaczniemy do nich strzelać. Generał Wheeler nie pozwolił im wejść do okopów, więc przebywają w koszarach, gdzie według Arthura są wystawieni na ostrzał ze wszystkich stron. Durga Prasad ma nimi dowodzić. Arthur i James oddali mu wszystkie swoje pieniądze, żeby kupił jedzenie, ponieważ my już ich nie potrzebujemy.

Kiedy Arthur wrócił po rozstaniu z Durgą Prasadem i swoimi ludźmi, załamał się i rozpłakał. Przez ostatnie kilka dni widziałam jego siłę, odwagę i dobroć, niezachwianą serdeczność i cierpliwość, widziałam, jak pociesza i podnosi na duchu wszystkich wokół siebie. Naprawdę dorosłam, Mino i jeśli – dzięki Bożemu miłosierdziu – zdołamy to przetrwać, nigdy więcej w niego nie zwątpię.

Kochani, jeśli nie zobaczymy się już więcej na tym świecie, wiem, że ujrzę Was w zaświatach.

Wasza kochająca Cecily

6 czerwca 1857

James właśnie nam powiedział, że generał Wheeler otrzymał dziwnie uprzejmy list od Nany Sahiba, który zapowiedział, że zaatakuje nas o dziesiątej. Teraz jest za dziesięć dziesiąta. Niech Bóg ma nas w opiece.

Lila

Kiedy Jagjit wyjechał do Indii, czułam się, jakbym zapadła w hibernację. To było najgorętsze i najbardziej suche lato, jakie pamiętam w Anglii. Słońce świeciło każdego dnia, naigrawając się z mojego nieszczęścia. W piersiach czułam ciężar smutku i przerażenia, który próbował unieść się do gardła, żeby mnie udusić. Czułam go, gdy budziłam się rano i kładłam spać wieczorem.

Każdego dnia brałam jakąś książkę z biblioteki pradziadka i szłam na wzgórze za domem do swojej dawnej kryjówki. Książki przynosiły mi pociechę w dzieciństwie, kiedy nie było ojca; wyobrażone światy wypełniały pustkę świadomości, że nikt tak naprawdę o mnie nie dba, nawet aja, ponieważ potrzeby matki zawsze były na pierwszym miejscu. Wtedy zatracałam się w opowieściach, lecz teraz nie znajdowałam w nich ulgi. Już nie potrafiłam zapomnieć, kim jestem, i stając się biednym sierotą Pipem albo Jane Eyre, samotną i pozbawioną przyjaciół, pocieszać się wspólnie przeżywanym nieszczęściem. Jednak stale wracałam do opowiadania *The House of Eld* i zastanawiałam się nad znaczeniem tragicznej historii Jacka.

*

Mniej więcej dwa tygodnie po wyjeździe Jagjita ciocia Mina zawołała mnie do salonu. Podniosła wzrok znad gazet, które przeglądała.

– Proszę, usiądź, Lilian.

Przysunęłam krzesło do biurka i usiadłam naprzeciwko cioci, zastanawiając się, czego ode mnie chce. Ponownie wyczułam między nami skrępowanie. Mieszkałam z nią od siedmiu lat, ale wciąż nie miałyśmy sobie nic do powiedzenia.

Odłożyła gazetę i na mnie popatrzyła.

– Czy wciąż chcesz pojechać na uniwersytet do Londynu?

Nie wiedziałam, co odpowiedzieć. Minął termin składania dokumentów, a ja zarzuciłam ten pomysł. Nic nie miało już dla mnie znaczenia poza tym, że Jagjit może zginąć. Chociaż starałam się w to nie wierzyć, nie mogłam pozbyć się uczucia, że los odbiera mi wszystkich, których kocham.

– Nie wiem, ale i tak jest już za późno, prawda?

– Kilka tygodni temu widziałam się z panem Beauchampem, który obiecał, że porozmawia z rektorem. Wielu studentów zaciągnęło się do wojska, więc uczelnia ma wolne miejsca. Jeśli wciąż jesteś zainteresowana, w przyszłym tygodniu mogłabyś pojechać na rozmowę. – Wręczyła mi list.

– Myślałam, że nie chcesz, abym jechała.

– Być może masz wrażenie, Lilian, że zawsze staram się stanąć ci na drodze, ale dobrze wiem, co znaczy żyć w niepewności. Jestem zdania, że lepiej znaleźć sobie jakieś zajęcie, aby nie mieć czasu na myślenie. Możliwe, że w twoim wypadku odpowiedzią będzie nauka.

Zatem zauważyła mój smutek. Ponownie zabrakło mi słów.

– Dziękuję, ciociu Mino.

Tak czy inaczej, nigdy nie dotarłam na uniwersytet, ponieważ w ciągu następnych kilku tygodni władze zrozumiały, że ta wojna różni się od wszystkich poprzednich. Kiedy wyszła na jaw skala rzezi, a listy ofiar stawały się coraz dłuższe, nasilił się pobór. Pan Kipling przemierzał kraj, wygłaszając inspirujące przemowy przy wtórze nowego hymnu *Jerozolima* z muzyką pana Parry'ego. Pani Pankhurst na czas wojny zawiesiła działalność swojego ruchu walczącego o prawo głosu dla kobiet i skupiła energię na werbowaniu mężczyzn do walki, wręczając białe piórka maruderom, podczas gdy pan Keir Hardie, który był zagorzałym pacyfistą, usiłował zorganizować strajk generalny, aby zaprotestować przeciwko wojnie. Pan Beauchamp powiedział nam, że wygwizdano go w Izbie Gmin, gdy wspomniał o antywojennych demonstracjach i bronił mężczyzn odmawiających pełnienia służby wojskowej z powodów religijnych lub etycznych. Od tamtej pory przestano go zapraszać.

Tymczasem pani Beauchamp, tak jak matki wielu młodzieńców, którzy się zaciągnęli, poświęciła się pracy na rzecz żołnierzy i załatwiła mi miejsce w kobiecym Ochotniczym Oddziale Pomocy w Brighton. Zatem niecałe dwa miesiące po wyjeździe Jagjita rozpoczęłam pracę w nowym wojskowym szpitalu przy Dyke Road.

Praca w Oddziale otworzyła mi oczy na wiele spraw, o których opowiadały pani Beauchamp i jej przyjaciółki sufrażystki. Przez lata słyszałam, jak rozmawiały o losie kobiet z klasy pracującej, ale teraz osobiście doświadczyłam, jak wygląda całodniowa ciężka praca fizyczna. Członkinie Oddziału nie miały wystarczających kwalifikacji, żeby zostać pielęgniarkami, więc wykonywały proste czynności: myły niekończące się sterty tłustych naczyń, opróżniały baseny, podawały posiłki. Na dłoniach drażnionych karbolem miałam bolesne wypryski; bolały mnie mięśnie. Wieczorami byłam tak zmęczona, że zasypiałam w tramwaju, wracając do noclegowni dla pielęgniarek i nie miałam siły, żeby przyrządzić sobie kubek kakao, zanim padłam na łóżko. Po raz pierwszy zaczęłam myśleć o życiu pokojówek, które codziennie wstawały o piątej, żeby wyszorować palenisko kominka i rozpalić ogień, a kładły się spać dopiero po nas.

Mam wrażenie, że zmęczenie nieco łagodziło szok, jaki wywoływały w nas oglądane widoki. Przez pierwsze kilka miesięcy pracowałam jak automat, szorując i czyszcząc, przynosząc i dźwigając, wykonując polecenia. Siostra przełożona traktowała nas ze zniecierpliwieniem, a zawodowe pielęgniarki z pogardą, gdyż uważały nas za rozpieszczone i bezużyteczne „damy". Jednak nikt nawet nie myślał narzekać. Widząc, w jakim stanie są młodzieńcy, prawie chłopcy, których do nas przywożono, nie mogłyśmy się nad sobą użalać. Wzywano nas, abyśmy przytrzymywały bandażowane kończyny, odnosiły amputowane ręce i nogi do śluzy, myły mężczyzn w naszym wieku, siedziały przy umierających oraz pocieszały oszołomionych i pogrążonych w żałobie krewnych. Dziewczęta, które dotychczas trzymano pod kloszem, nagle musiały stawić czoło niewyobrażalnemu cierpieniu. Pod pewnymi względami przystosowałam się do tego lepiej niż inne opiekunki, ponieważ przynajmniej częściowo rozumiałam, co przeszli ci młodzieńcy. Wiedziałam, jakie to uczucie doświadczyć brutalnej śmierci; wiedziałam, jak wygląda wnętrze ludzkiej głowy. Wiedziałam, jak to jest, gdy komuś kończy się świat.

W listopadzie Simon wrócił z Francji do domu na krótką przepustkę. Jego wygląd mnie zaszokował. Miał szarą twarz, drżały mu ręce i jeszcze bardziej się jąkał. Podczas lunchu sprawiał wrażenie nieobecnego, prawie się nie odzywał i ignorował próby wciągnięcia go do rozmowy podejmowane przez panią Beauchamp. Przez cały posiłek opierał łokieć na stole – czego nigdy nie wolno mu było robić – i rozkruszał palcami kawałki bułki, upuszczając okruchy na podłogę. Widziałam, że to irytuje panią Beauchamp, która w końcu odezwała się z naciskiem:

– Lila przyjechała, żeby się z tobą zobaczyć, Simonie. Mógłbyś postarać się być mniej ponury.

W odpowiedzi posłał jej zaskakująco nienawistne spojrzenie.

Po lunchu w milczeniu wspięliśmy się na zbocze doliny Devil's Dyke. Czułam napięcie w jego ciele, gdy stał obok mnie, patrząc na północ ponad Wealdem. Dzień był senny i szary, a wiejski krajobraz pogrążał się w ciszy. Po wspaniałym lecie nastała wilgotna, zimna jesień; zastanawiałam się, jak wygląda życie w okopach.

Simon głęboko westchnął.

– Tutaj jest tak spokojnie. Trudno sobie wyobrazić, że po drugiej stronie kanału trwa taka rzeź.

– Tam jest bardzo źle, prawda?

Zerknął na mnie.

– Nawet nie wiem, od czego zacząć, Lilu. Jest gorzej, niż ktokolwiek potrafi sobie wyobrazić, ale na pewno o tym wiesz, skoro pracujesz w szpitalu.

Pomyślałam o pacjentach z neurastenią, którzy jąkali się i dygotali, dotknięci amnezją lub bólami głowy, czasem oniemiali w wyniku szoku.

– Widzimy, w jakim są stanie, ale zazwyczaj starają się udawać, że nie jest z nimi tak źle.

– A może po prostu zrozumieli, że nikt tak naprawdę nie chce przyznać, jakie to wszystko jest potworne. Wszyscy stale próbują ich pocieszać, jakby byli czarnowidzami psującymi atmosferę na pikniku, albo udzielają rad, chociaż nie mają o niczym pojęcia. Ale powinienem już do tego przywyknąć... Matka nigdy tak naprawdę się o mnie nie troszczyła... Zawsze chciała mieć córkę, którą mogłyby wciągnąć do swojego cholernego ruchu na rzecz wyzwolenia kobiet.

– Jestem pewna, że jej na tobie zależy, Simonie. Po prostu nawet mnie trudno jest sobie wyobrazić, jak tam jest. Nikt nie chce o to pytać. Może gdybyś opowiedział, ludzie zdołaliby zrozumieć.

Parsknął.

– Dziwna rada jak na ciebie, Lilu. W końcu sama nigdy nie byłaś zbyt rozmowna. Nie opowiedziałaś nam, co się wydarzyło w Indiach, zanim tutaj przyjechałaś.

Zamilkłam.

Simon się uśmiechnął.

– No widzisz, wcale tak bardzo się nie różnimy. O niektórych rzeczach po prostu zbyt trudno się rozmawia. – Odgarnął jasne włosy z czoła. – Jagjit się z tobą kontaktował?

Jagjit napisał do mnie kilka razy. Poinformował mnie, że jego brat, Baljit, również się zaciągnął i znaleźli się w tym samym pułku. W ostatnim liście donosił, że pod koniec miesiąca opuszczą Indie.

– Pisze do mnie. Nie sprawia wrażenia uszczęśliwionego pobytem w wojsku. Dostrzega, że oficerowie czują się skrępowani, gdy się dowiadują, że uczęszczał do ekskluzywnej prywatnej szkoły, ponieważ nie wiedzą, jak go traktować. Jest mu łatwiej, gdy udaje, że nie mówi płynnie po angielsku, poza tym podejrzewa, że nie spodobałoby im się, że sipaj przyjaźni się z Angielką, więc nie będzie mógł do mnie swobodnie pisywać, kiedy trafi na front. Wygląda na to, że ich oficerowie czytają wszystkie listy.

– Owszem, robimy to, aby się upewnić, że żołnierze nie zdradzą żadnych tajemnic ani nie wyjawią, jak tam naprawdę jest. Nie wiesz, że musimy podtrzymywać morale w ojczyźnie? Jednak rozumiem, że może być mu trudno. Ojciec mówił, że niektórzy parlamentarzyści protestowali, gdy po raz pierwszy zaproponowano wykorzystanie oddziałów złożonych z Hindusów. Uważali, że można prowadzić Hindusów do walki przeciwko ich rodakom w Indiach, ale nie wyobrażali sobie wysyłania ich przeciwko innym Europejczykom. Rozumiem, że życie w wojsku może odbiegać od jego oczekiwań – w Oficerskim Korpusie Szkoleniowym wszystkich nas traktowano tak samo. Wiesz, gdzie go zamierzają posłać?

– Nie. Ma nadzieję, że do Europy, żeby mógł nas odwiedzać. Ale z pewnością do ciebie też pisuje.

– Nie.

– Przecież byliście takimi bliskimi przyjaciółmi.

Simon wygiął usta.

– Również tak myślałem, ale on najwidoczniej nie. Kiedy się rozstawaliśmy, obiecał, że będzie pisał – tymi słowami mnie pożegnał – ale tego nie robi. Nie wysłał do mnie ani jednego listu.

Przypomniałam sobie niezręczną atmosferę pomiędzy nimi, kiedy żegnali się na statku.

– A ty do niego pisałeś?

– Piłka była po jego stronie. – Nagle zerknął na mnie i się skrzywił. – Przepraszam, że jestem taki niemiły, Lilu. Dobrze, że przyjechałaś.

– W porządku, Simonie. Rozumiem.

Po raz pierwszy popatrzył na mnie z uwagą.

– Naprawdę, Lilu? Tak, pewnie rozumiesz. Twój spokój mnie irytował, kiedy byliśmy młodsi, ale teraz mi się podoba. Przebywanie z tobą mnie wycisza. Nie potrafię rozmawiać z większością dziewcząt... Nigdy nie wiem, co mam im mówić. Nie sposób przestać o tym myśleć, nawet kiedy się wyjedzie. Ty przynajmniej rozumiesz. Zawsze byłaś inna.

Kiedy Simon wyjechał, zaczęłam rozmyślać o tym, co powiedział o mojej odmienności. To prawda, że nawet jako dziecko zawsze czułam się inna, osobna; sądziłam, że jedynaczki tak mają, ale teraz zastanawiałam się, czy nie stoi za tym coś więcej. Służący zawsze drażnili się ze mną z powodu mojego zamiłowania do samotności, a inne kobiety z noclegowni dla pielęgniarek uważały mnie za dziwną i nieprzystępną.

W szpitalu zaprzyjaźniłam się tylko z jedną osobą, pielęgniarką Barbarą Melton, która z jakiegoś niewytłumaczalnego powodu mnie polubiła, chociaż byłyśmy całkowicie różne. W swoim wykrochmalonym mundurku i czepku stanowiła wcielenie profesjonalizmu i inne dziewczyny z Ochotniczego Oddziału Pomocy bały się jej, jednak po pracy była najbardziej niekonwencjonalną osobą, jaką kiedykolwiek spotkałam. Miała krótko przystrzyżone ciemne włosy, malowała usta czerwoną szminką i nosiła krótkie spódnice. Mówiła, że mnie lubi, ponieważ nie jestem głupiutka ani przewrażliwiona i po prostu wykonuję swoją pracę. Wszystkie byłyśmy naiwne i żadna z nas nie miała wprawy w ciężkiej pracy fizycznej, jednak niektóre z dziewcząt były tak nieudolne, że bardziej przeszkadzały, niż pomagały, a inne zaczynały się krępować i chichotały, kiedy musiały podawać pacjentom basen albo pomagać w ich kąpaniu. Barbara nie miała do nich cierpliwości; sama była córką baroneta i została pielęgniarką jeszcze przed wojną, pomimo sprzeciwu krewnych, którzy uważali, że taki zawód nie przystoi damie. Jej narzeczony, Ronald, przebywał na froncie.

Niecałe dwa tygodnie po wyjeździe Simona ogłoszono plany przekształcenia nieużywanego Pawilonu Królewskiego w Brighton w szpital dla hinduskich żołnierzy. Barbara była jedną z pielęgniarek wyznaczonych do pracy w nowej placówce i postanowiła zabrać mnie ze sobą. Kobiety z Ochotniczego Oddziału Pomocy nie były potrzebne w szpitalu, ponieważ wszystkie prace wykonywali sanitariusze Hindusi – pielęgniarkom nie wolno było dotykać mężczyzn – jednak Barbara uznała, że moja znajomość języka hindustani może się okazać pomocna.

Otwarcie szpitala wymagało niezwykłych przygotowań. Dołożono wszelkich starań, żeby uszanować różne obrzędy religijne: zamontowano osobne krany, urządzono osobne kuchnie, nawet osobne sale operacyjne dla hindusów i muzułmanów, obsługiwane przez innych sanitariuszy. W namiotach na terenie wokół szpitala przygotowano świątynie dla hindusów i sikhów, a muzułmanom zapewniono transport do meczetu w Woking. Podłogi pokryto linoleum i ustawiono na nich rzędy łóżek z białą pościelą oraz parawany, tworząc na dole szpitalne wnętrze, nad którym malowane kopuły, kolumny w kształcie palm i okazałe żyrandole wciąż podtrzymywały klimat orientalnego pałacu. Żołnierze odzyskujący przytomność mieli wrażenie, że znaleźli się we wschodnim raju i czasami trzeba ich było przekonywać, że wcale nie umarli ani nie mają halucynacji. Jednak ja czułam się, jakbym wróciła do domu. Słuchając gwaru rozmów w hindustani, wracałam do czasów dzieciństwa, gdy bawiłam się w posiadłości, otoczona głosami służących plotkujących podczas pracy. Z kolei kiedy usłyszałam, jak sikhowie mówią po pendżabsku, przypomniałam sobie, że tym językiem Jagjit mówił w domu, i zapragnęłam się go nauczyć.

Lubiłam spędzać czas z mężczyznami, pomagać im w czytaniu i pisaniu listów; byłam wdzięczna ojcu, który nauczył mnie czytać i pisać w hindustani. Pendżabski alfabet gurmukhi był dla mnie zbyt trudny, jednak sam język rozumiałam z łatwością dzięki jego podobieństwu do hindustani.

Najbardziej lubiłam czuwać przy umierających. Nigdy nie byłam świadkiem narodzin dziecka, jednak Barbara mówi mi, że doświadczenie pojawienia się żywej istoty tam, gdzie przed chwilą jej nie było, to prawdziwy cud. Dla mnie nie mniej doniosła jest chwila śmierci. Ojciec kiedyś opowiadał mi o tym, jak Sawitri przechytrzyła boga śmierci Jamę, aby ocalić swojego młodego męża, którego czekała śmierć. Sawitri, oddana żona, była główną bohaterką tej historii, ale mnie najbardziej podobał się Jama, ponieważ był na tyle współczujący, że pozwolił się oszukać, wiedząc, że oboje w końcu i tak do niego przyjdą.

W ostatnich latach byłam świadkiem wielu zgonów i jestem zdania, że nie sama śmierć jest straszna, tylko proces umierania, i właśnie to nie daje mi spokoju, gdy myślę o ojcu: że umarł bez żadnej pociechy, z poczuciem, że nie ma już po co żyć. Nie mogę pozbyć się myśli, że go zawiodłam, nie sprawiając, by miał po co żyć.

Kiedy czuwałam przy pacjentach i z nimi rozmawiałam, często pytali mnie o wojnę. Byli zaskoczeni. Pewien młodzieniec z kasty dźatów spytał mnie, czy to prawda, że cesarz, król i car są spokrewnieni, a jeśli tak, to dlaczego ze sobą walczą. „To tak jak w *Mahabharacie* – wyjaśnił mu starszy sipaj. – Bracia toczą ze sobą wojnę".

Niektórych tak oszołomiła skala zniszczeń, pociski obracające w ruinę całe wioski i niszczące żyzne pola, że uznali, iż musi to być końcowa bitwa ostatniego wieku, Kalijugi, gdy Śiwa otwiera trzecie oko, a świat zostaje zniszczony przed odrodzeniem. Przyzwyczajeni do walki twarzą w twarz i okazywania wrogowi szacunku, nie widzieli honoru w wojnie, w której mężczyźni wystreliwują pociski w kierunku ludzi, których nigdy nie widzieli, a potem kulą się w wykopanych rowach, gdy sypią się na nich bomby. Jednak wszyscy pamiętali entuzjazm, z jakim Francuzi przyjęli ich w Marsylii. Kobiety wyszły z domów, żeby powitać ich kwiatami. Niektóre nawet obejmowały ich i całowały. Następnie w szpitalnym pociągu opiekowały się nimi Angielki, które zmieniały opatrunki i podawały im baseny. „To nie były kobiety, tylko anioły", powiedział mi pewien starszy podoficer.

Kiedy dotarli do Anglii, pojawiły się kolejne anioły. Gdy tylko otwarto szpital, panie z miasteczka przybyły z kwiatami, owocami i innymi podarunkami. Żołnierzy zapraszano do domów na podwieczorek lub zabierano na przejażdżki wzdłuż wybrzeża. Dla większości szpital nie był przygnębiającym miejscem. Spędzili jesień i początek zimy, kopiąc okopy w ulewnym deszczu, po kolana w wodzie; wielu odmroziło i straciło palce u nóg, a co gorsza nigdy nie dostali zimowych mundurów, więc wciąż byli w tropikalnych uniformach i miało tak zostać aż do wiosny. Pamiętałam, jak marzłam owego pierwszego lata w Anglii, nawet w domu, więc nie wyobrażałam sobie, jak musieli się czuć zimą w okopach. Dlatego przebywanie w ciepłym i wygodnym miejscu, w którym zaspokajano ich wszystkie potrzeby, gdzie mogli grać w karty i kości oraz stać na balkonach i wymieniać pozdrowienia z ludźmi w tramwajach, było dla nich przyjemnym doświadczeniem.

Zimą Hindusi uczestniczyli w najpoważniejszych walkach na Froncie Zachodnim. Jak się później dowiedziałam, Jagjit i jego brat znaleźli się w Ypres, gdzie niemal połowa ich pułku zginęła albo została ranna, jednak Jagjit nie wspomniał o tym w listach, w których zwracał się do mnie ze sztywną oficjalnością, wiedząc, że jego słowa przeczyta dowódca.

Mijały kolejne miesiące, a ja coraz niechętniej wyjawiałam swoje uczucia, więc nasze listy zaczęły przypominać korespondencję przypadkowych znajomych.

W marcu 1915 roku Hindusi wzięli udział w potężnej bitwie pod Neuve Chapelle, podczas której rannych zostało tak wielu ludzi, że zabrakło nam łóżek; żołnierze leżeli na noszach na podłodze. W odróżnieniu od wcześniejszych pacjentów, których zawsze najpierw myto i opatrywano na oddziałach urazowych oraz w szpitalach polowych, tych zabrano do pociągu prosto z pola bitwy, z zabłoconymi, przesiąkniętymi ropą prowizorycznymi opatrunkami, ubranych w cuchnące, zawszone mundury. Smród gangreny unosił się w powietrzu, a piece nie nadążały ze spalaniem.

Ranni zaczęli do nas trafiać poprzedniej nocy i chociaż starałyśmy się jak najszybciej nimi zajmować, wciąż przybywali kolejni. Większość z nas pracowała na dwie zmiany i wyglądało na to, że czeka nas kolejna noc w szpitalu z nielicznymi krótkimi przerwami na odpoczynek, gdy opadałyśmy z sił.

Tego dnia nie miałam żadnego wyznaczonego zadania, więc pracowałam jako posługaczka. Nosiłam herbatę wyczerpanym chirurgom, którzy pili ją duszkiem pomiędzy operacjami, zabierałam przyrządy z sal operacyjnych do odkażenia, nosiłam wiadra z amputowanymi częściami ciała do śluzy i robiłam wszystko, czym akurat nie mógł się zająć nikt inny. Pod koniec drugiego dnia, kiedy sytuacja zaczęła się nieco uspokajać, właśnie pomagałam sanitariuszom, którzy przeglądali stertę mundurów, oceniając, które z nich da się naprawić, a które muszą trafić do pieca, gdy w ręce wpadła mi bluza od munduru, która była tak przesiąknięta krwią, że jej właściciel z pewnością wykrwawił się na śmierć. Nie mogłam uwierzyć, że żył na tyle długo, aby trafić do pociągu jadącego do Anglii. Właśnie odkładałam ją na stertę ubrań przeznaczonych do spalenia, gdy coś z brzękiem upadło na podłogę. Opuściłam wzrok i serce podeszło mi do gardła, gdy zobaczyłam guzowaty wisiorek na sznurku, pokryty zaschniętą krwią. Podniosłam go, a moje palce rozpoznały kształt szybciej niż oczy. To był szczęśliwy kamyk z Sussex mojego ojca.

Henry

29 czerwca 1882

Jestem u ojca już od prawie dziesięciu dni. Deszcze zaczęły się dwa dni po moim przyjeździe i od tamtej pory nie ustają. Odgłos bębnienia w blaszany dach jest ogłuszająco donośny, ale o dziwo mnie uspokaja – to jeden z dźwięków mojego dzieciństwa. Woń kwitnących w nocy kwiatów rat-ki-rani przenika do mojego pokoju, a kiedy obudziłem się wczoraj w nocy, miałem wrażenie, że znów leżę w swoim dziecięcym łóżku i przypomniałem sobie chłodny dotyk dłoni bibi na moim rozpalonym czole.

Wczoraj zebrałem się na odwagę i ponownie poruszyłem temat matki.

Ojciec westchnął.

– Na pewno wiesz, co się stało, Henry. Każdy wie, co się wydarzyło w Kanpurze w pięćdziesiątym siódmym. Z pewnością uczono cię o tym w Haileybury?

– Więc chcesz powiedzieć, że moja matka zginęła w Kanpurze? Że to nie była moja wina?

Wyglądał na zdziwionego.

– Twoja wina? Dlaczego? Naprawdę tak uważałeś?

Wzruszyłem ramionami.

Przez chwilę przyglądał mi się, a potem zaczął się wpatrywać w ciemności i deszcz, a ja pomyślałem, że teraz zamknie się w sobie i mnie odepchnie, tak jak wielokrotnie czynił w przeszłości, ale zamiast tego powiedział:

– Pewnie masz prawo wiedzieć i jesteś wystarczająco dorosły, żeby zrozumieć. Ale to długa historia.

– Mam mnóstwo czasu, ojcze.

Westchnął.

– Tak naprawdę twojej matki w ogóle nie powinno tutaj być. Miała wrócić do Anglii, kiedy odkryliśmy, że jest w ciąży, ale sytuacja się zaogniła, zanim zdążyłem ją odwieźć do Kalkuty. Kiedy stało się jasne, że czekają nas kłopoty, zorganizowałem dla niej transport razem z rodziną mojego brata, ale wtedy Louisa – żona mojego brata Jamesa – odmówiła wyjazdu, a Cecily uznała, że ma obowiązek ze mną zostać. Wbiła sobie do głowy, że tego chciałaby jej matka, która niedługo przedtem zmarła. Nasze małżeństwo nie było łatwe, a ona próbowała zachowywać się uczciwie, robić to, co było dla mnie dobre, ale czasami dobre chęci mają fatalne skutki. Oczywiście nigdy nie powinienem był na to pozwolić, lecz bałem się, że jeśli wróci do Anglii, to stracę zarówno ją, jak i ciebie. To było egoistyczne z mojej strony, ale chyba nikt z nas nie spodziewał się, że siedzimy na beczce prochu. A potem było już za późno: znaleźliśmy się w potrzasku. To była moja wina, skutek mojego egoizmu. Nigdy nie powinienem był pozwolić jej zostać... Ani nikomu z nich.

– Więc co dokładnie się stało?

Wziął głęboki oddech.

– Wheeler zbudował okopy w Kanpurze. Na pewno uczyłeś się o tym w Haileybury…

Oczywiście ma rację. Od lat wiem, co się wydarzyło w Kanpurze. Trudno było nie dowiedzieć się o tym, kiedy przebywałem w Anglii, ponieważ każdy, kto ma rodzinę w Indiach, boi się powtórki. Czytałem relacje Mowbraya Thomsona i Fitchetta, które ujrzały światło dzienne, gdy byłem w szkole, ale nie wiedziałem, że moja matka i ja uczestniczyliśmy w tych wydarzeniach.

– Tak, oczywiście – odrzekłem. – James Langdon na liście honorowej. To twój brat.

Pokiwał głową.

– Wszyscy tam byliśmy – twoja ciężarna matka, James oraz jego żona Louisa i troje ich dzieci… – Jego głos stał się chrapliwy, więc odchrząknął. – Wystarczy, jeśli powiem, że to było niewyobrażalnie potworne, a twoja matka przez cały czas wykazywała się niezwykłą odwagą. Bardzo się bała, jak każdy, zwłaszcza zważywszy na jej stan, ale zachowywała się bardzo dzielnie. Pomagała Louisie przy dzieciach, a nawet jako ochotniczka pracowała w prowizorycznym szpitalu, dopóki ten nie spłonął. To była bardzo przykra praca – ludzie mieli paskudne rany postrzałowe, w które wdawało się zakażenie, a my mieliśmy niewiele obiektów medycznych, nawet zanim pożar zniszczył szpital. Trudno było wytrzymać wrzaski chorych i rannych… Martwiłem się, że to może zaszkodzić w jej stanie, ale wspaniale sobie radziła. Na końcu to Louisa się załamała… Po tym, co spotkało Jamesa i… – Zamilkł i zakrył oczy dłonią. – Przykro mi, Henry. Mimo upływu lat wciąż nie potrafię o tym mówić.

– A co ty wtedy robiłeś? – Próbowałem zmienić temat, ale zabrzmiało to niemal jak zarzut. – Przepraszam, nie chciałem…

Wypił łyk whisky.

– Wykonywałem rozkazy dowódcy brytyjskiego pułku, niejakiego kapitana Moore'a. Był ode mnie niższy rangą, ale sam nie miałem żadnych podwładnych – Wheeler wyrzucił z okopów wszystkich tubylców poza kilkoma zaufanymi oficerami. Moi ludzie byli całkowicie lojalni, co później udowodnili, ale Wheeler już nie ufał nikomu z nich. To był błąd, który przypieczętował nasz los, ponieważ odwrócili się nawet ci, którzy byli wobec nas lojalni, i pozwolili, aby skład amunicji i skarbiec wpadły w ręce Nany Sahiba.

Odetchnął.

– Trudno opisać… to niewyobrażalne piekło. Niesamowite, że tak długo się utrzymaliśmy. Każda sprawna armia mogłaby nas pokonać w ciągu jednego dnia, ale oni nie mieli żadnego przywódcy… Ściany okopów były tak niskie, że nie zapewniały nam żadnej osłony. Znajdowaliśmy się właściwie na otwartym terenie, w pełnym słońcu podczas najgorętszej pory roku, pod ostrzałem, który nie ustawał we dnie ani w nocy. Nie mieliśmy dostępu do wody: studnię nawet w ciemności trzymali na celowniku strzelcy wyborowi, którzy nasłuchiwali plusku wody w wiadrze lub trzeszczenia sznura. Ochotnicy, którzy chodzili po wodę, narażali życie. Przywykliśmy do picia wody zmieszanej z krwią, a pod koniec do jedzenia mieliśmy tylko mąkę z ciecierzycy rozrobioną z odrobiną wody. Kiedy szpital zajął się ogniem, nie zdążyliśmy uratować rannych, a cały nasz sprzęt medyczny uległ zniszczeniu. To oznaczało, że już nie mogliśmy usuwać pocisków i nawet najlżejsza rana stanowiła wyrok śmierci.

Początkowo kryliśmy się w koszarach, ale musieliśmy je opuścić, ponieważ w ścianach ziały ogromne dziury i budynki groziły zawaleniem. Od tamtej pory obozowaliśmy w płytkim okopie pod ścianami – wykopaliśmy go, aby przemieszczać się bez ryzyka trafienia przez strzelców wyborowych. Nasze ubrania zmieniły się w łachmany. Koszule podarliśmy na bandaże, a kobiety zdjęły halki i chodziły niemal nago... Jednak już nie przejmowaliśmy się takimi sprawami. Nawet sobie nie wyobrażasz, Henry, jak bardzo cierpienie może upodlić ludzi. Byliśmy brudniejsi od najbrudniejszych żebraków.

Twoja matka była w zaawansowanej ciąży i z trudem się przemieszczała. Pomagałem jej jak mogłem, ale w ciągu dnia byłem zajęty obroną okopów... Stale nas atakowano. – Roześmiał się urywanym śmiechem. – Pamiętam, jak twoja matka powiedziała mi, że pułkownik Ewart wściekał się na nieudolność swoich sipajów, gdy jeden z ich ataków zakończył się niepowodzeniem. Pytał: „Czy niczego się ode mnie nie nauczyli?". Przebywał wtedy w szpitalu, ranny w rękę. Ale odpowiadając na twoje pytanie – jak już wspomniałem, zgłosiłem się na ochotnika do obrony murów pod dowództwem kapitana Moore'a. Był dobrym człowiekiem, młodym, ale bardzo zdolnym. Później posyłał mnie na czele wypadów przeciwko wrogowi, dzięki czemu przeżyłem. Bóg świadkiem, że dzisiaj żałuję, iż nie zostałem w okopach. Nie mam złudzeń, że zdołałbym ją ocalić... Ale przynajmniej podzieliłbym jej los – dodał, a ja patrzyłem, jak walczy z napływającymi łzami.

– W porządku, ojcze. Nie musisz o tym opowiadać.

Podniósł dłoń.

– Nie, skoro zacząłem, to skończę. Tamtego dnia wyruszyłem z grupą ludzi, wśród których był jeden z moich hinduskich oficerów – dźamadar Ram Buksh – żeby usunąć buntowników z nieużywanej części koszar, którą wykorzystywali jako bazę podczas ataków na nasze pozycje. Właśnie udało nam się ich wykurzyć, gdy zaszarżowała na nas grupa sawarów. Jeden z nich ruszył prosto na mnie. Byłem pieszo – już dawno zjedliśmy wszystkie konie. Krzyknąłem do Rama, żeby poprowadził pozostałych w bezpieczne miejsce, a sam spróbowałem zanurkować pod brzuchem wierzchowca, jednak sawar uderzył od góry mieczem... Zostawił mi to... – dotknął swojej blizny – ...oraz rozciął ramię i złamał obojczyk. Kiedy się ocknąłem, leżałem na posłaniu z trawy w jakiejś chatce. Kilku moich sipajów ukrywających się w pobliskim wąwozie znalazło mnie i zaniosło do wioski, której mieszkańcy zaopiekowali się mną. Wódz mnie znał, ponieważ razem z twoją matką czasami wybieraliśmy się tam na przejażdżki, a dzieci bardzo ją lubiły.

Łzy stanęły mu w oczach.

– Żałuję, że jej nie znałeś, Henry. Była taka... pełna życia. Kiedy wchodziła do jakiegoś pokoju, wypełniał się światłem. Lubiłem na nią patrzeć, kiedy przebywała z dziećmi z wioski. One również ją uwielbiały. Kiedy ją poznałem, świat stał się jaśniejszym miejscem... A kiedy umarła...

Odwróciłem oczy, kiedy walczył, by zapanować nad twarzą. Pociągnął łyk whisky, żeby się uspokoić, a potem kontynuował ponurym głosem.

– Obłożyli moje rany jakimś miejscowym lekarstwem i mocno obandażowali, ale w ramię wdało się zakażenie i przez kilka dni majaczyłem. Gdy gorączka wreszcie opadła, byłem zbyt słaby, żeby się ruszyć. Jednak sipajowie odwiedzali mnie i przynosili najnowsze wieści. Poinformowali mnie, że odsiecz, która wyruszyła z Kalkuty pod koniec maja, utknęła w Allahabadzie, a po drodze wciąż się zatrzymywała, żeby palić wioski i wznosić szubienice. Żołnierze wzbudzali taką grozę, że wioski pustoszały przed ich przybyciem i nie znajdowali w nich zapasów ani kulisów, którzy mogliby je nieść. Trwała ta sama pora roku co teraz i zaczęły się deszcze. Trudne warunki dla maszerującego wojska.

Umilkł i wyjrzał na strugi deszczu, ale wiedziałem, że widzi tamte dni.

– Zdawałem sobie sprawę, że Wheeler nie może długo się utrzymać, ponieważ deszcz po prostu zmyje ściany okopu. Rzeczywiście, kilka dni później dowiedziałem się, że poddał się Nanie Sahibowi, a ludziom, którzy ocaleli w okopach, obiecano bezpieczną przeprawę łodziami do Allahabadu.

Potem na długo zamilkł, a ja nie namawiałem go, aby kontynuował, ponieważ każdy Anglik i każda Angielka wiedzą, co oznaczają słowa: „Pamiętajcie Kanpur!".

Cecily

Kanpur, początek lipca 1857

Nie wiem, jaka wypada dzisiaj data. Jesteśmy tutaj od dwóch albo trzech dni jako jeńcy Nany Sahiba. Nie wiem, jak mam przekazać te straszliwe wieści. Freddie, James, Louisa, Sophie i niemowlę nie żyją. Arthur zaginął podczas wypadu poza okopy. Ram Buksh widział, jak uderzono go mieczem, ale kiedy wrócił po ciało, już go nie znalazł.

Obrazy, które widziałam, wryły mi się w pamięć i nie potrafię się ich pozbyć. Widzę je, kiedy zamykam oczy, a kiedy zasypiam, nawiedzają mnie w koszmarach. W nocy budzą mnie krzyki – moje własne, innych kobiet albo dzieci. Sceny z okopów bez przerwy przesuwają mi się przed oczami – mała Mabel Tremayne, która umarła pod wpływem szoku, gdy rozpoczął się pierwszy ostrzał; Freddie trafiony w głowę przez strzelca wyborowego, konający w objęciach ojca; James z wylewającymi się wnętrznościami i Louisa próbująca wepchnąć je z powrotem; wrzaski rannych w płonącym szpitalu; Luxmibai, której wybuch urwał obie nogi, gdy chciała przynieść wodę dla dzieci; Louisa, oszalała z rozpaczy, umierająca z powodu gorączki i niemowlę, które zwiędło jak kwiat kilka godzin później. Pod koniec już nas nie obchodziło, czy przeżyjemy, czy zginiemy; dzieci biegały pośród latających kul i nikt nie próbował ich powstrzymywać. Biedny Arthur widział, jak ginie cała jego rodzina oprócz Sophie i mnie.

Po tym, jak zniknął, Ram Buksh we wszystkim mi pomagał – opiekował się biedną Sophie, która oniemiała pod wpływem szoku i nie chciała jeść. Nawet kiedy został ranny, wciąż przynosił nam jedzenie i wodę ze studni, ryzykując przy tym życie.

Generał Wheeler poddał się 25., a 27. opuściliśmy okopy. Opóźnienie było spowodowane tym, że zabrakło palankinów dla chorych i rannych. Jednak kiedy znaleźliśmy się na zewnątrz, odciągnięto od nas służących i pozostawiono wszystkie nasze bagaże. Wtedy zrozumieliśmy, że zostaliśmy zdradzeni, ale było już za późno. Brudni i ubrani w łachmany szliśmy w stronę rzeki, a tubylcy szydzili z nas i kpili. Widziałam, jak sawarowie pułkownika Ewarta ściągają go z palankinu za ranną rękę. Krzyczał z bólu, a oni drwili z niego i pytali, dlaczego ma niewypolerowane buty. Potem poćwiartowali go na oczach jego żony. Powiedzieli jej, że może odejść, ale kiedy się odwróciła, ją również usiekli. Ram Buksh próbował osłonić mnie przed tym widokiem, ale kiedy zbliżyliśmy się do rzeki, odciągnęli go na bok, wykrzykując, że jest zdrajcą, po czym zakuli go w kajdany. Walczył z nimi, nie chcąc mnie opuszczać, ale wtedy zaczęli go bić kolbami karabinów, a ja błagałam go, aby z nimi poszedł. Jest mi strasznie wstyd, że kiedy zgodziliśmy się na kapitulację, nikt nie spytał, czy gwarancja bezpieczeństwa będzie dotyczyła także hinduskich oficerów, którzy narażali dla nas życie.

Czekali na nas nad rzeką, wzdłuż ghatów, z karabinami gotowymi do strzału. Udało nam się wejść na łodzie, ale poziom wody był niski i utknęliśmy na mieliźnie. Strzelili kapitanowi Moore'owi prosto w serce, a generał Wheeler zginął w wodzie, zabity mieczem przez konnego sawara. Pchnęłam Sophie na dno łodzi, ale zanim zdążyłam położyć się obok niej, jeden z sipajów chwycił mnie i wyciągnął za burtę. To był jeden z ludzi Arthura; krzyczał do mnie coś o Arthurze, ale nie słuchałam, ponieważ walczyłam, żeby wrócić do Sophie. W końcu mnie puścił, ale gdy dobiegłam do brzegu, nie znalazłam łodzi. Wszystkie zajęły się ogniem, a ludzie, którzy w nich byli, płonęli żywcem. Kobiety i dzieci wyskakujące do wody przebijano włóczniami jak ryby. Nie dam rady nic więcej napisać.

Następnego dnia

Przetrzymują nas w budynku w ogrodzie jakiegoś większego domu. Znad rzeki zabrali nas żołnierze Nany Sahiba, którzy drwili z nas, rzucali na podłogę ziarno, które dzieci zbierały na kolanach, i nazywali nas szczurami. Wczoraj przeniesiono nas tutaj, gdzie pilnują nas sipajscy buntownicy. Jest ciemno, gorąco i jest nas tak dużo, że nie możemy jednocześnie się położyć, tylko musimy odpoczywać na zmianę. Jednak strażnicy nie są okrutni; pozwalają nam czerpać wodę ze studni i prać ubrania, a niektóre kobiety obcięły włosy, żeby pozbyć się wszy. Tubylcy wspinają się na mury, żeby na nas patrzeć i z nas kpić, ale już się tym nie przejmujemy. Obrazy, które widziałam, wciąż krążą w moim umyśle.

Niektóre z kobiet modlą się, żeby zachować spokój, albo czytają na głos Biblię, ale ja nie potrafię. Nie rozumiem, jak Bóg mógłby pozwalać na takie straszne rzeczy.

Dwa dni później

Dzisiaj służący generała Wheelera przyniósł moją torbę, którą dla mnie przechowywał, i podał mi ją przez okno. Spytał o moją rodzinę i rozpłakał się, kiedy powiedziałam mu, że zginęli, chyba że ktoś zdołał uciec w jedynej łodzi, która odpłynęła. Inni służący podchodzili do zakratowanych okien, żeby pytać o swoich panów i przekazywać nam jedzenie oraz nasz dobytek, który udało im się ocalić. Pani Anderson wręczyła im listy z prośbą o pośpiech, skierowane do oddziałów idących z odsieczą, które podobno dotarły do Allahabadu.

Powiedzieli nam, że hinduscy oficerowie wciąż żyją, ale Nana Sahib zamierza oskarżyć ich o zdradę i przykładnie ukarać, obcinając im dłonie. Nie mogę o tym myśleć. Zrozumiałam, że już nie uważam Rama Buksha za kogoś innego od nas. Jest mi bliższy niż ktokolwiek inny na świecie, bliższy niż Arthur, mama i tata, a nawet Mina, ponieważ przeżyliśmy wspólnie coś, czego nikt inny nie mógłby zrozumieć.

Lipiec?

Nana Sahib przysłał nam mięso, piwo i wino oraz miejscowego lekarza, aby zajął się chorymi. Sipajowie twierdzą, że kiedy zobaczył warunki, w jakich jesteśmy przetrzymywani, przeżył szok. Sama już nie wiem, co myśleć.

Może to, co się stało nad rzeką, nie nastąpiło z jego rozkazu i on wcale nie zamierza nas zabić? Lekarz jest Bengalczykiem i sprawia wrażenie serdecznego człowieka. Powiedział, że moje dziecko wkrótce się urodzi i wszystko będzie dobrze.

Lipiec?

Dwaj służący niosący listy do Allahabadu zostali złapani, a żeby nas ukarać, Nana Sahib przysłał kobietę, która ma zostać dozorczynią więzienną. Mamy ją nazywać Begam. Mieliśmy nadzieję, że kobieta okaże się łagodniejsza, ale tak nie jest i nawet sipajowie jej nie lubią. Żeby nas upokorzyć, rozkazała, aby jedzenie dostarczali nam mężczyźni, których praca polega na wywożeniu nieczystości. Poza tym każe nam samodzielnie mielić kukurydzę, ale to nam nie przeszkadza, ponieważ każde zajęcie przynosi ulgę.

Dzisiaj czternaście osób zmarło na cholerę, a ciała wywleczono z budynku, aby wrzucić je do rzeki.

Lipiec?

Dzisiaj usłyszeliśmy wystrzały. Wreszcie przybyli! Wszyscy zaczęliśmy wiwatować, ale Begam powiedziała, żebyśmy się tak nie cieszyli, ponieważ armia Nany Sahiba wyruszyła odsieczy naprzeciw i zmiecie ją z powierzchni ziemi.

14 lipca

Moje dziecko przyszło na świat. To chłopiec. Urodził się o świcie dzięki pomocy pani Moore i miejscowego lekarza.

Spytałam go, jaką mamy datę, żebym wiedziała, jakiego dnia urodził się mój syn. Teraz leży obok mnie i śpi tak ufnie, że zrobiłabym wszystko, żeby go ocalić – wiem, że jeśli nawet my wszyscy przepadniemy, on musi przeżyć. To ostatnie, co mogę zrobić dla Arthura; pozostawić po sobie syna, który zachowa jego nazwisko, skoro on i James nie żyją.

15 lipca

Rankiem obudziły nas odgłosy wystrzałów. Po śniadaniu żołnierze Nany Sahiba wyprowadzili mężczyzn i chłopców pochodzących z Fatehgarhu, których trzymano w innym pomieszczeniu, i ich zastrzelili. Zabrali także lekarza, chociaż prosił, aby go pozostawić, gdyż jest potrzebny. Po południu zastrzelili również jego, razem ze służącymi, których złapano z listami.

Begam powiedziała pani Anderson, że Nana Sahib rozkazał nas stracić. Kiedy pani Anderson zaczęła błagać o życie dzieci, Begam odparła, że kiedy oczyszcza się gniazdo węża, nie wolno zostawić jaj. Nie rozumiem, dlaczego ona tak nas nienawidzi. Powiedziała, że każdy sipaj chętnie oddałby życie, żeby uwolnić swój kraj od białolicych węży, jednak kiedy po południu rozkazała strażnikom nas zastrzelić, ci odmówili. Odrzekli, że mogą zabić dowolną liczbę mężczyzn, ale nie podniosą ręki na kobiety ani dzieci. Wtedy wezwała generała Nany Sahiba, a ten rozkazał im zastrzelić nas przez okna, jednak strażnicy strzelili w sufit, obsypując nas tynkiem. Begam zaczęła wrzeszczeć, że są tchórzami i że sama znajdzie prawdziwych mężczyzn, którzy nie będą się bali wykonać męskiego zadania. Nie ma jej już od godziny. Pani Anderson i pani Moore podarły swoje suknie i związały klamki na drzwiach.

Umieściłam dziecko w torbie, zawiesiwszy mu na szyi swój szczęśliwy kamyk z Sussex, licząc na to, że on go ochroni. Pozostali się modlą. Próbowałam do nich dołączyć, ale nie potrafię, ponieważ straciłam wiarę w Boga. O dziwo, przestałam się też bać.

Lila

— Naprawdę jesteś tajemnicza — stwierdziła Barbara, kiedy minęło największe zamieszanie i znalazłyśmy chwilę spokoju. — Masz chłopaka sikha i nigdy nawet o tym nie wspomniałaś.

Siedziałam przy łóżku Jagjita, czekając, aż się ocknie, i wciąż próbowałam dojść do siebie po szoku, jakiego doświadczyłam, gdy znalazłam kamyk. Barbara powiedziała, że jeden z sanitariuszy przybiegł i powiadomił ją, że zemdlałam. Ocuciła mnie za pomocą soli trzeźwiących i kazała siedzieć z głową między kolanami.

— Byłaś biała jak prześcieradło. Myślałam, że się przepracowałaś, ale nagle zaczęłaś płakać i wołać go po imieniu. Oczywiście wtedy jeszcze nie wiedzieliśmy, kim jest.

Zupełnie tego nie pamiętałam, podobnie jak tego, co robiłam w oczekiwaniu na wieści o stanie Jagjita. Nie mogłam uwierzyć, że przeżył, nawet gdy Barbara powiedziała mi, że krew na mundurze nie należy do niego. Zrozumiałam, że nie spodziewałam się jego powrotu.

Chirurg usunął kawałki szrapnela z jego ramienia i pleców.

— Szczęściarz z niego — stwierdził, kiedy Barbara mnie przyprowadziła. — To... — pokazał postrzępiony odłamek —

...zatrzymało się na jego łopatce, ale wciąż ma kilka kawałków w czaszce. Nie mogę go operować bez zgolenia części włosów, a do tego potrzebuję jego zgody; nie chcemy wywołać kolejnego buntu.

Takie były zasady postępowania z sikhami, którym religia zabrania obcinania włosów. Na oddziale znajdował się starszy sikhijski dźamadar z pękniętą czaszką, który właśnie z tego powodu odmawiał poddania się operacji mogącej go uwolnić od paraliżu. Pomimo moich zapewnień, że znam Jagjita i jestem gotowa wziąć na siebie odpowiedzialność, chirurg pozostał nieugięty.

– Naprawdę z niego przystojniak – powiedziała z uznaniem Barbara. – Pasuje do tego miejsca... – Wskazała potężną malowaną kopułę. – Przy odrobinie szczęścia wkrótce się ocknie. Może rozstawię dookoła parawany i zostawię was samych, zakochani? Będę czuwała, czy nie idzie siostra przełożona.

– Jesteśmy tylko przyjaciółmi. Poznaliśmy się, kiedy miałam trzynaście lat.

– Ja ci wierzę, ale tysiące innych nie dałyby wiary. Nie przejmuj się, nie zdradzę twojej tajemnicy. – Mrugnęła do mnie, zasłoniła nas parawanami i odeszła.

Jagjit wciąż leżał nieruchomo z obandażowaną głową, a jego żółtoszara skóra odcinała się od białych poduszek. Wpatrywałam się w niego, czując mieszankę ulgi i złości. Dlaczego mnie nie posłuchał? Dlaczego koniecznie musiał się zaciągnąć na wojnę, która nie miała z nim nic wspólnego? Dlaczego mężczyźni muszą bawić się w bohaterów, nie myśląc o konsekwencjach, które dotykają nie tylko ich samych, ale także tych, których pozostawili?

Naszła mnie fala wyczerpania. Odchyliłam się do tyłu i zamknęłam oczy, a kiedy je otworzyłam, dopiero po kilku chwilach zorientowałam się, że Jagjit na mnie patrzy.

– Lilu? Co...? – Oderwał ode mnie wzrok i rozejrzał się po pomieszczeniu, zatrzymując spojrzenie na żyrandolach i kolumnach w kształcie palm. – Gdzie, u diabła...? – Spróbował usiąść, ale skrzywił się i opadł z powrotem na posłanie.

– Nie wolno ci się poruszać. Miałeś operację.

– Operację? Ale dlaczego? Co to za miejsce?

– Szpital. W Brighton. – Opanowałam głos, nie chcąc go niepokoić.

– Szpital? Jakiego rodzaju szpital? I co to za dzwony?

– Nie słyszę żadnych dzwonów; możliwe, że brzęczy ci w uszach. Jesteś w indyjskim szpitalu w starym Pawilonie... gdzie ja pracuję. Pisałam ci o nim.

Zamrugał i uniósł rękę do obandażowanej głowy.

– Co się stało?

– To chyba był pocisk artyleryjski. Straciłeś trochę krwi, więc przez jakiś czas będziesz osłabiony. Czy coś cię boli?

– Eee... – Przesunął się i skrzywił.

– Postaraj się nie ruszać. Lepiej, żebyś nie zaczął ponownie krwawić. Wciąż masz w głowie niewielkie odłamki. Potrzebują twojej zgody na ogolenie głowy, żeby przeprowadzić operację. Zgodzisz się?

– Oczywiście. – Ponownie się rozejrzał, a następnie przeniósł wzrok na mnie. – Nie bądź taka zmartwiona.

– Powinnam ich powiadomić, że odzyskałeś przytomność. Poza tym siostrze przełożonej nie spodoba się, że siedzę z tobą sama za parawanem.

– Zbliż się.

Wyciągnął do mnie rękę, a ja ją chwyciłam, czując jej ciężar i dotyk ciepłej skóry pod palcami. Ogarnęło mnie poczucie nierzeczywistości. A jeśli on zginął i to wszystko sen, jak wtedy, gdy przyśniło mi się, że ojciec żyje? Przypomniałam sobie bluzę od munduru i zadrżałam.

– Co się stało?

– Nic. Po prostu miałam złe przeczucie.

– Przed chwilą wyglądałaś na bardzo rozgniewaną... Jesteś zła?

– Oczywiście, że nie. Tylko zmęczona. No i zmartwiona.

Przyciągnął mnie do siebie.

– Zbliż się.

Nachyliłam się w jego stronę.

– Pocałuj mnie.

– Jeśli siostra przełożona nas zobaczy, wyrzuci mnie z pracy.

– Do diabła z siostrą przełożoną.

Pochyliłam się nad nim, uważając, żeby nie urazić jego ramienia, i nasze usta się zetknęły. Łza spadła na jego czoło, a ja szybko się wyprostowałam i otarłam oczy.

– Chyba masz gorączkę. Jak się czujesz? Pamiętasz cokolwiek? Co się stało albo jak tutaj trafiłeś...?

Zmarszczył czoło.

– Prowadziliśmy szturm... Chyba padało. Baljit... – jego głos stał się ostrzejszy – ...Baljit był obok mnie. – Zaczął się podnosić.

Pchnęłam go z powrotem na łóżko.

– Nie ruszaj się! Jeszcze nie możesz wstawać.

– Ale Baljit... muszę go odnaleźć. Już pamiętam... Został ranny... Krwawił. Czy on też tu jest?

Pomyślałam o mundurze.
– Nie wiem, ale zapytam.
– Było jej tak dużo… Nie potrafiłem jej zatrzymać… Cały czas płynęła… – Zaczęły mu drżeć usta.
– Odpoczywaj. Spróbuję się czegoś dowiedzieć.
Kiedy wstałam, złapał mnie za nadgarstek. Miał zaskakująco silny uścisk.
– Jeśli coś mu się stało, nigdy sobie nie wybaczę. Zaciągnął się ze względu na mnie. Jeśli on… Jeśli…
– Ciii. Przestań. Możliwe, że nic mu się nie stało. Pójdę i popytam.
Położył się i zamknął oczy. Łzy płynęły spod powiek.
Pochyliłam się i pocałowałam go w czoło.
– Muszę już iść. Obiecuję, że zapytam o Baljita.
Jednak nikt nie odnotował przyjęcia Baljita Singha.
– Możliwe, że zabrano go gdzieś indziej – powiedziała Barbara. – Ale jeśli to jego krew znalazła się na mundurze twojego przyjaciela, wątpię, aby przeżył.

Rany dobrze się goiły i Jagjit nie odniósł żadnych trwałych obrażeń oprócz kilku blizn oraz brzęczenia w uszach, jednak widziałam, że cierpi. Kilka dni później został oficjalnie powiadomiony o śmierci brata i otrzymał puszkę po tytoniu, w której znajdował się jeden z małych palców Baljita owinięty w szmatkę. Jagjit powiedział mi, że kiedy nie da się odzyskać ciała ofiary, inni sipajowie zabierają palec, żeby chociaż część ich przyjaciela mogła zostać poddana kremacji.

Kilka tygodni później, kiedy Jagjit nabrał sił, odwieziono nas autobusem do pewnego miejsca na wzgórzach, kawałek na północ od Brighton, gdzie znajdowało się miejsce kremacji dla hindusów i sikhów, którzy zmarli w szpitalu.

Wszyscy żołnierze, którzy mogli chodzić, przybyli okazać szacunek, a Barbara uzyskała od siostry przełożonej zgodę na mój udział w uroczystości. Tamtego pięknego bezchmurnego poranka stanęliśmy pośród wzgórz, widząc w oddali niewyraźną błękitną wyspę Wight. Na polach żółciły się jaskry, skowronki śpiewały nam nad głowami, a my słuchaliśmy, jak bramin czyta formułę świętego obrządku, podczas gdy płomienie pożerały ciała. Jagjit wystąpił naprzód, położył palec Baljita na stosie pogrzebowym, a następnie się cofnął. Potem w ogień rzucono kwiaty, owoce i kawałki sandałowca, a gdy wiatr poniósł w naszą stronę odór palonego ciała, zobaczyłam, jak popioły wzbijają się w bezchmurne błękitne niebo i wyobraziłam sobie, że pasaty porywają je i niosą dookoła świata, by mogły spocząć w łonie Matki Gangi.

Jagjit nabierał sił, ale nie opuszczało go przygnębienie. Często śnił o Baljicie i budził się z krzykiem lub płaczem. Państwo Beauchampowie czasami go odwiedzali, a w maju, kiedy Simon dostał dwutygodniową przepustkę, poprosili, aby Jagjit mógł odbyć dalszą rekonwalescencję w ich domu. Była to nietypowa prośba, jednak wyrażono zgodę, gdyż młodzieńcy wspólnie uczęszczali do szkoły. W szpitalu panował już wtedy większy spokój, więc mnie również udało się wziąć urlop.

Simon, jeszcze chudszy i bledszy, był kłębkiem nerwów i stale drżały mu dłonie. W ostatnim liście powiadomiłam go, że Jagjit został ranny, ale nie otrzymałam odpowiedzi i miałam nadzieję, że ich konflikt, czegokolwiek dotyczył, popadł w zapomnienie. Spodziewałam się, że wspólne doświadczenia w okopach ponownie zbliżyły ich do siebie, jednak Simon sprawiał wrażenie wycofanego, a Jagjit był zbyt udręczony, żeby to zauważyć. Podczas posiłków państwo Beauchamp starali się podtrzymywać rozmowę, ale ja nigdy nie byłam zbyt wylewna, a Simon i Jagjit niemal się nie odzywali.

Pani Beauchamp drugiego dnia zaprosiła na lunch ciocię Minę, która, ku mojemu zaskoczeniu, starała się nawiązać rozmowę także z Jagjitem, nie tylko z Simonem, pytając o jego rodzinę i wyrażając współczucie z powodu śmierci brata. Odpowiadał jej grzecznie, jednak rozmowa szybko przestała się kleić i ciocia opuściła dom zaraz po lunchu.

Wyszłam za nią i przeprosiłam.

– Jestem pewna, że nie chciał być nieuprzejmy... Po prostu...

– Nie musisz przepraszać, Lilu. Widzę, że obaj są wyczerpani. Jak mogłabym czuć wobec nich cokolwiek poza wdzięcznością, skoro walczą w naszej obronie?

Dopiero kiedy odjechała, uświadomiłam sobie, że nazwała mnie Lilą.

Miałam wrażenie, że czas straszliwie się wlecze, a jednak dni błyskawicznie mijały. Wszyscy troje późno wstawaliśmy, guzdraliśmy się przy śniadaniu, chodziliśmy na długie spacery do lasu i na wzgórza. Za obopólną zgodą wieczorami spotykaliśmy się w bawialni, gdzie siedzieliśmy i czytaliśmy lub patrzyliśmy w ogień buzujący w kominku. Rozumiałam, że obaj tego potrzebują – spokoju i chwili na zaleczenie ran – ale miałam wrażenie, że to strata czasu, czasu, który mogłabym spędzać na osobności z Jagjitem.

Pewnego ranka pod koniec pierwszego tygodnia, gdy państwo Beauchampowie wstali od śniadania, Simon poprosił Jagjita o rozmowę w cztery oczy. Patrzyłam, jak razem wychodzą z pokoju i idą do ogrodu. Kiedy wrócili, Simon był zamknięty w sobie i zasępiony. Następnego ranka oznajmił, że pozostałą część przepustki spędzi w mieszkaniu, z którego jego ojciec korzystał podczas pobytów w Londynie. Rodzice oczywiście chcieli mu towarzyszyć, ale obawiali się zostawić nas samych z Jagjitem.

– Twojej ciotce by się to nie spodobało – wyjaśniła pani Beauchamp – a ja rozumiem jej niepokój. Ludzie zaczęliby gadać. A Jagjit nie może zostać sam pod opieką służących.

Tak się szczęśliwie złożyło, że Barbara mogła wziąć zaległy urlop i zgodziła się przyjechać. Jako osoba starsza – miała dwadzieścia siedem lat – i wykwalifikowana pielęgniarka, mogła pełnić rolę naszej przyzwoitki, a jednocześnie zadbać o zdrowie Jagjita.

Jej obecność jak zwykle przyniosła ożywczy powiew. Nie zamierzała dostosowywać się do humorów Jagjita, tylko starała się, żebyśmy oboje byli zajęci: wybieraliśmy się na konne przejażdżki, urządzaliśmy pikniki w lesie pośród hiacyntów, spacerowaliśmy ogrodzoną drutem kolczastym promenadą w Brighton i chodziliśmy do herbaciarni The Grand. Wieczorami kazała nam się elegancko ubierać do kolacji, a potem zabawiała nas opowieściami o swoich perypetiach z czasów, gdy szkoliła się na pielęgniarkę. Zdołała nawet wciągnąć do rozmowy Jagjita, co mnie się nie udawało. Czwartego dnia pobytu po kolacji udała się do swojego pokoju, tłumacząc, że musi napisać kilka listów. Tamtego popołudnia wręczyła mi niewielki pakunek, prosząc, abym go otworzyła, kiedy będę sama. W papierowej torebce podpisanej „Carpe diem!" znajdowała się paczka prezerwatyw.

Kiedy wieczorem poszła do swojego pokoju, Jagjit i ja siedzieliśmy w milczeniu przy stole, nie wiedząc, czym się zająć. To on w końcu zaproponował przejście do bawialni. W tym znajomym miejscu zawsze czuliśmy się bezpieczni, ale tym razem było inaczej. W szpitalu potrafiłam wcielić się w rolę pielęgniarki, jednak tutaj czułam się jak dziecko w obecności dorosłego, poważnego mężczyzny. Rozumiałam, że potrzebuje czasu na żałobę – któż zrozumiałby to lepiej? – ale ponownie odczułam, jak bolesne jest odrzucenie.

Jagjit usiadł na jednym końcu sofy. Nie byłam pewna, czy chce, żebym usiadła obok niego, więc zajęłam miejsce na fotelu przy oknie. Siedzieliśmy w milczeniu, wpatrując się w kominek. Chociaż był maj, każdego wieczoru rozpalaliśmy ogień, ponieważ Jagjitowi było zimno; twierdził, że obecnie stale jest zmarznięty.

– Chciałabym ci jakoś pomóc – powiedziałam i natychmiast zauważyłam, jak żałośnie niewłaściwe były moje słowa. Przypomniałam sobie, co Simon mówił o czczych uwagach cywilów, którzy nie mają pojęcia, jak wygląda wojna.

Na zewnątrz zaczynał zapadać zmierzch, a płomienie wypełniły pokój ruchomymi cieniami. Milczenie się przedłużało, aż w końcu nie mogłam go dłużej wytrzymać. Popatrzyłam na Jagjita. Miałam wrażenie, że zapomniał o mojej obecności. Łzy napłynęły mi do oczu i już miałam wyjść, gdy nagle odezwał się w stronę kominka.

– Nikt nie może mi pomóc, Lilu. Nie da się opisać tego, jak tam jest. Jednak dla mnie to nie przerażenie i niewygody są najgorsze... ponieważ one w takim samym stopniu dotykają każdego. Wszyscy jedziemy na tym samym wózku. Najbardziej dokuczają drobiazgi... Bolesna nierówność i niesprawiedliwość... Oczywiście wiedziałem, że rasowe uprzedzenia istnieją, ale... Nigdy tak naprawdę nie doświadczyłem ich na własnej skórze. Wszyscy zawsze dobrze mnie traktowali. Jednak na statku do Francji dzieliliśmy ładownię z grupą brytyjskich żołnierzy... Było okropnie gorąco i ciasno, więc wszyscy byli rozdrażnieni, jednak oni zachowywali się tak potwornie grubiańsko – zarówno wobec nas, jak i w naszej obecności – że trzeba nas było przenieść. Skarżyli się, że śmierdzimy... Nie podobało im się, że mężczyźni jedzą palcami, zamiast używać noża i widelca... Kiedy spotykaliśmy ich na kładkach lub w korytarzach, obrzucali nas wyzwiskami i kazali schodzić sobie z drogi. Kiedyś zwróciłem jednemu z nich uwagę, a wtedy oficer zmył mi głowę i zapowiedział, że po przybyciu do Europy będę musiał nauczyć się manier. Nawet odwołano zebrania, podczas których mogliśmy zgłaszać skargi oficerowi. Stanowiły one szczególne ustępstwo wobec hinduskich żołnierzy, mające zapobiec narastaniu niezadowolenia, jednak teraz już nikogo to nie interesuje... A ludzie rzeczywiście są niezadowoleni... ponieważ o naszych zwycięstwach nie wspomina się w raportach, a Hindusi jako jedyni nie mają wstępu do domów publicznych. Pozwala się na to nawet żołnierzom z Afryki Północnej, ale Francuzi nie są tak przerażeni wizją mieszania się ras jak Brytyjczycy.

Popatrzył na mnie i wykrzywił usta.

– Przepraszam, Lilu. Czasami zapominam, z kim rozmawiam.

Czy naprawdę zapomniał, myślałam, ciesząc się, że blask płomieni maskuje rumieniec na mojej twarzy, czy może to stanowi część nowej wrogości, którą w nim wyczuwałam?

– To, że wpadliśmy w kłopoty, miało jedną zaletę... Ludzie zaczęli mi ufać. Wcześniej nie byli pewni mojej lojalności. Wiedzieli, że mieszkałem w Anglii... Myśleli, że może donoszę oficerom. Baljitowi też było trudno... Jego również nie byli pewni. Jednak od tamtej pory zaczęli się mnie radzić. Większość z nich nigdy nie widziała morza... Wszystko było dla nich nowe: korzystanie z europejskiej toalety, jedzenie nożem i widelcem. Uczyłem kwatermistrza francuskiego, żeby mógł się targować o jedzenie i zapasy.

Zauważyłam, że Jagjit – podobnie jak Simon – mówił teraz z większym namysłem niż przed wojną, a także splatał dłonie, żeby nie drżały.

Zamilkł, a ja patrzyłam, jak wbija wzrok w kominek. Miał poważną, surową twarz; zmarszczki otaczały jego oczy i usta. Nagle ziewnął jak kot, a jego białe zęby zabłysły w blasku ognia. Potem popatrzył na mnie, jakby zbudził się ze snu.

– Przepraszam, Lilu. Zachowuję się jak marudny nudziarz.

– Nie, chcę o tym posłuchać.

Uśmiechnął się.

– Mówisz tak przez grzeczność. To miło z twojej strony, że nie wypominasz mi błędu. Oczywiście to ty miałaś rację... Zaciągnięcie się do wojska było głupotą. Chciałem odegrać swoją rolę... ale już podczas szkolenia zorientowałem się, że oficerowie nie czują się swobodnie w mojej obecności. Wiem, że nie jestem jednym z nich, ale... Wszystkie te bzdury o honorze. O tym, że pułk jest dla nas jak ojciec i matka. Nawet rozdali sikhom i hindusom egzemplarze *Bhagawadgity*... żeby przekonać nas, że to jest święta wojna.

– Jesteś rozgoryczony.

– Owszem, chociaż przecież nie mam do tego prawa. Byłem głupcem, który próbował spełnić dziecięce marzenie. Mogę zapłacić za swoją głupotę, ale Baljit... – Spuścił wzrok i z trudem przełknął ślinę. – On mi ufał. Byłem jego bara bhai i wiedziałem, w co się wplątujemy... Miałem się nim opiekować. Zaledwie kilka miesięcy wcześniej się ożenił. Jego żona spodziewa się dziecka.

– Jak zostaliście ranni?

Przez kilka chwil myślałam, że nie odpowie, ale w końcu zaczął mówić.

– Nacieraliśmy na wroga. Przypomniano nam, że mamy iść powoli i utrzymywać szereg. Baljit i ja szliśmy obok siebie. Najwyraźniej zobaczył albo usłyszał coś, na co ja nie zwróciłem uwagi, bo mnie popchnął... Wtrącił mnie do jakiejś wyrwy i wskoczył za mną... a po chwili pocisk uderzył dokładnie w miejsce, gdzie przed chwilą staliśmy. Nie wiem, jak to przewidział... czasami po prostu ma się przeczucie. Oczywiście początkowo byłem zdezorientowany za sprawą wstrząsu i huku. Pamiętam nagłą ciszę... a potem... ten... potężny spokój. Po prostu leżałem i patrzyłem na szczątki – na ziemię i... odłamki oraz strzępy ubrań i innych rzeczy – które latały ponad nami, widoczne na tle nieba. To było naprawdę piękne. Dopiero później dowiedziałem się, że zostałem ranny. Baljit leżał na mnie... Jego twarz spoczywała na mojej piersi... Dygotał. Myślałem, że po prostu jest w szoku. Zepchnąłem go z siebie, a wtedy zobaczyłem krew... Wyjąłem polowy opatrunek, ale nie mogłem zatamować krwotoku; krew wciąż płynęła... – Zamilkł na chwilę. – A potem wydarzyło się coś dziwnego. Miałem wrażenie, że unoszę się w powietrzu i patrzę z góry na siebie, na to, jak próbuję opatrzyć ranę Baljita, a po chwili znalazłem się jeszcze wyżej, nad polem bitwy, i zobaczyłem wszystko... Miałem czas, żeby przyjrzeć się każdemu detalowi... rozoranym polom, drutowi kolczastemu, rannym i umierającym. Widziałem układ niemieckich okopów, które były znacznie prostsze i solidniej zbudowane od naszych, i nie czułem niczego – ani smutku, ani nienawiści, ani wrogości – tylko zachwyt i spokój, jakby to wszystko nie miało znaczenia... jakby było nieistotne. A potem ponownie znalazłem się w błocie i brudzie, gdzie rozpaczliwie usiłowałem zatamować krwawienie, panikując... wiedząc, że to beznadziejne i że on odchodzi...

Zamknął oczy; cały drżał.

Usłyszałam brzęczenie w głowie i zobaczyłam czerwoną fontannę obryzgującą ścianę oraz boga tańczącego w poruszających się cieniach. Wstałam i podeszłam do Jagjita, a on mnie objął. Jego ramiona zadrżały i poczułam gorące łzy przesączające się przez moją bluzkę.

Następnego dnia zaproponowałam, żebyśmy wybrali się do lasu Shaves obejrzeć dzikie hiacynty. Barbara wymówiła się, tłumacząc, że musi zrobić zakupy w Brighton, więc poszliśmy sami. Chyba zabrałam go, chcąc obudzić w nim wspomnienia szczęśliwych czasów, które tam spędziliśmy – owych ciepłych, słonecznych dni, gdy zbierałam kwiaty na wianki i bransoletki dla nas wszystkich. Jednak tym razem dzień był cichy, a niebo zasnuwały chmury.

Wiosna była wilgotna, więc żołnierze w okopach taplali się w błocie. Nieuczęszczane ścieżki w lesie pozostały twarde, lecz w powietrzu unosiła się woń mokrej próchnicy. Było duszno, a przenikliwe ptasie trele brzmiały groźnie, jak ostrzeżenia zakłócające panującą ciszę.

My również się nie odzywaliśmy. Trzymaliśmy się na dystans, pogrążeni w ponurych myślach, i chociaż oboje wiedzieliśmy, że coś trzeba powiedzieć albo zrobić, brakowało nam energii. Widziałam, że Jagjit jest przygnębiony, a ja sama byłam bliska łez. Zbyt wiele zaszło, w nas i na świecie. Zastanawiałam się, czy jeszcze kiedykolwiek będziemy szczęśliwi.

Szliśmy w milczeniu jedno za drugim, aż w końcu zaproponowałam:

– Może usiądziemy?

Wzruszył ramionami i wszedł za mną na polanę. Hiacynty już zwiędły, podobnie jak zawilce. Zarośla były drapiące i nieprzyjazne, a po deszczu wszędzie wyrosły pokrzywy.

Znalazłam pień śmierdzący grzybem i przycupnęłam na jednym końcu. Jagjit także usiadł, zachowując między nami wyraźny odstęp. Zerknęłam na niego z ukosa. Garbił się, zwiesił długie ręce między kolanami i patrzył w ziemię. Narastał we mnie gniew na jego przygnębienie i wycofanie, ale wiedziałam, że sam nic na to nie może poradzić. Przez chwilę miałam wrażenie, że znalazłam się wewnątrz baśni, w której książę został zmieniony w zwierzę, a księżniczka musi podjąć niebezpieczną podróż, aby dowieść swojej miłości. Jednak to on wyruszył w niebezpieczną podróż, podczas gdy ja bezradnie czekałam w domu. Złajałam się w myślach za to, że czuję rozczarowanie. Nie liczyły się moje romantyczne marzenia, tylko rzeczywistość jego cierpień. Mimo wszystko byłam urażona. Miałam nadzieję, że zdołam go pocieszyć, ale ponownie mu nie wystarczałam. Potrzebował odpoczynku, nudy, normalności, a nie emocji i większego zaangażowania.

Wstałam i odeszłam w stronę stawu, który pamiętałam z dawnych czasów. Oparłam się o drzewo i zapatrzyłam na wodę. Jej powierzchnia była nieruchoma, a wokół panowała całkowita cisza. Nawet ptaki przestały śpiewać. Usłyszałam trzask gałązek, kiedy zbliżył się do mnie od tyłu. Stanął tak blisko, że czułam jego oddech na czubku głowy. Odchyliłam się i oparłam o niego, a on objął mnie w pasie i przygarnął do siebie, zanurzając twarz w moich włosach.

Długo tak staliśmy, aż w końcu obróciłam się i podniosłam na niego wzrok.

– Lilu – powiedział z melodyjną intonacją, do jakiej tylko on był zdolny. Potem nachylił się i mnie pocałował. Kiedy chciał się cofnąć, wzięłam jego twarz w dłonie i przytrzymałam. Wydał z siebie cichy odgłos, a następnie rozluźnił się i odwzajemnił mój pocałunek, przytulając mnie mocno do swojego twardego, drżącego ciała. Uniósł rękę i pogłaskał mnie po szyi, a potem opuścił dłoń na moją pierś. Poczułam, że zapadam się w świat fizycznych doznań; wszystko zniknęło poza słodyczą jego ust i ciepłem dłoni. Zadrżałam, a wtedy bez żadnego ostrzeżenia cofnął się, tak gwałtownie, że na chwilę straciłam równowagę i musiałam się o niego oprzeć. Podniosłam na niego wzrok, zaszokowana pośpiechem, z jakim się ode mnie odsunął. Miał szarą twarz.

– Co się stało?

Pokręcił głową.

– Lepiej wracajmy. – Odwrócił się i ruszył przez las. Stawiał takie długie kroki, że wyszedł spomiędzy drzew, zanim zdążyłam go dogonić. Zwolnił i szedł ze zwieszoną głową.

Poczułam przypływ złości.

– Co się dzieje, Jagjicie? Powiedz mi.

Odezwał się niewyraźnym głosem, unikając mojego spojrzenia.

– Myślę, że będzie lepiej, jeśli to przerwiemy. Powinnaś o mnie zapomnieć. Wtedy... przedtem sytuacja była inna. Ja byłem inny. Wtedy sądziłem, że możemy ułożyć sobie razem życie... Być szczęśliwi... Ale teraz to wszystko...

– To wszystko co...?

Pokręcił głową.

– Lepiej dać sobie spokój... Pozostać przyjaciółmi. Powinienem jutro wracać. – Zmusił się do uśmiechu.

„Ale dlaczego?", chciałam – i powinnam była – spytać. Powinnam była zmusić go do wyjaśnień, jednak znajomy smutek wezbrał we mnie i odebrał mi głos. Byłam niechciana. Nie mogłam dać mu tego, czego potrzebował. Nie wystarczałam mu, tak samo jak ojcu. Nigdy nie będę dostatecznie dobra.

W milczeniu powędrowaliśmy do domu.

Następnego dnia wrócił do szpitala, a trzy tygodnie później został uznany za zdolnego do służby wojskowej. Przyznano mu okolicznościową przepustkę, żeby mógł odwiedzić rodzinę w Indiach, a następnie przeniesiono na nowy teren działań wojennych.

Henry

14 lipca 1882

Potrzebowałem dwóch tygodni, żeby zapisać tę historię w taki sposób, w jaki opowiedział mi ją ojciec, i starałem się to zrobić jego słowami. Dzisiaj są moje dwudzieste piąte urodziny. Cały dzień padało i ojciec nie wychodził z pokoju. To mi przypomniało liczne urodziny, które spędzałem samotnie jako dziecko, gnębiony poczuciem winy, ponieważ wierzyłem, że jestem odpowiedzialny za śmierć matki, podczas gdy ojciec topił smutek w alkoholu. Chociaż jest mi go żal, mam mu za złe, że nigdy nie wyprowadził mnie z błędu.

Tego wieczoru Kishan Lal poprosił, abym porozmawiał z ojcem, więc poszedłem do jego pokoju. Ojciec miał zaczerwienione oczy i widziałem, że pił, ale ku mojemu zaskoczeniu wstał, umył twarz i przyszedł do stołu w jadalni. Później siedzieliśmy na werandzie, słuchając grzechotania deszczu o blaszany dach. Straciłem nadzieję na jakąkolwiek rozmowę, więc zdziwiło mnie, gdy niespodziewanie podjął swoją opowieść.

Powiedział mi, że kiedy leżał chory, jego sipajowie dostarczyli mu wieści o masakrze na łodziach, gdzie Nana

Sahib, przyjąwszy kapitulację Wheelera i obiecawszy jeńcom bezpieczny transport do Allahabadu, rozkazał swoim ludziom otworzyć do nich ogień na rzece. Jeden z sipajów później wyznał, że próbował uratować moją matkę, ale ona mu się wyrwała, być może bojąc się, że usiłuje ją uprowadzić. Ojciec później dowiedział się, że niektóre z kobiet i dzieci przeżyły i trafiły do niewoli, jednak nie mógł sprawdzić, czy moja matka lub Sophie znalazły się w tym gronie. Rozpaczliwie pragnął coś zrobić, więc błagał sipajów, aby zawieźli go do oddziału śpieszącego z odsieczą, jednak oni dowiedzieli się, że ludzie pod dowództwem generała brygady Neilla wieszają wszystkich tubylców, którzy wpadną im w ręce, nie zważając na to, czy są winni, czy nie, więc odmówili. W końcu ojciec przekonał ich, żeby zanieśli go w palankinie do drogi, którą nadchodziła odsiecz, i tam go pozostawili.

– Nigdy nie widziałem wojska w takim stanie, Henry. Deszcz nawet na chwilę nie ustawał... – ojciec wyjrzał na mokry ogród – ...podobnie jak dzisiaj, a namioty, które wieziono na wozach zaprzężonych w woły, napęczniały od wody i stały się tak ciężkie, że zwierzęta zdychały z wyczerpania. Kolumna musiała porzucić wszystkie zapasy, a żołnierze jedli tylko to, co mogli unieść przy sobie, i spali na deszczu. Byli brudni i wyczerpani, ale kiedy usłyszeli, że kobiety wciąż żyją, każdy z mężczyzn wyraził wolę walki na śmierć i życie o ich uwolnienie.

Siły Nany Sahiba wyszły z Kanpuru, żeby się z nami zmierzyć. Obie strony walczyły z odwagą i wprawą – niechętnie to przyznaję, ale ich generał, Tatya Tope, był wspaniały, z kolei nasi ludzie bili się jak tygrysy. Bitwa trwała trzy dni, aż w końcu wróg został pokonany. Wtedy nasi ludzie padli ze zmęczenia i na miejscu zasnęli. Koniecznie chciałem tego samego wieczoru ruszyć do Kanpuru, ale generał Havelock nie wyraził zgody. Obiecał mi, że z samego rana wyśle na ratunek oddział szkockich górali dowodzony przez kapitana Ayrtona, a ja będę mógł do nich dołączyć. Potrafiłem już wtedy wsiąść na konia, z pomocą młodego Petera Markhama, który dziwnym zbiegiem okoliczności znalazł się w oddziale odsieczy. Był moim rywalem w staraniach o rękę twojej matki, a później zaręczył się z twoją ciotką Miną – jego pułk ściągnięto z Palestyny, by pomógł w stłumieniu buntu. Kiedy się dowiedział, że żyję, przyjechał się ze mną zobaczyć i razem wyruszyliśmy. Biedak kilka tygodni później zmarł na cholerę.

Potem ojciec długo milczał, a ja widziałem, że zbiera siły, aby kontynuować. Chyba nigdy nie zapomnę jego opisu tego, co wydarzyło się później.

Kiedy rankiem wjechali do Kanpuru, zobaczyli mnóstwo przygnębionych Hindusów, którzy stali ze spuszczonymi głowami. Niektórzy nieśmiało zbliżyli się do żołnierzy, proponując im mleko i słodycze, a część górali je przyjęła. W mieście zawołał ich mężczyzna zakuty w łańcuchy; to był Jonah Shepherd, Eurazjata, który przebywał w okopie, ale został wysłany na przeszpiegi przez generała Wheelera. Wpadł w ręce buntowników, a teraz szukał żony i córek, które pozostawił. Zaproponował żołnierzom, że zaprowadzi ich do domu, w którym podobno trzymano kobiety.

– Patrzenie oczyma górali na to, co zostało z Kanpuru, było szokującym przeżyciem. Wszystkie europejskie bungalowy spłonęły, kościół spalono i splądrowano. Kiedy zobaczyłem okop z zewnątrz, nie mogłem uwierzyć, że wytrwaliśmy w nim tak długo. To był zwykły rów w ziemi, otaczający ruiny dwóch budynków, które zmieniły się w sterty gruzu. Zatrzymaliśmy się, żeby zajrzeć na drugą stronę muru. Cały teren był poorany pociskami, pokrywały go rozbite butelki i stare buty, pełno było na wpół zagrzebanych w ziemi niewybuchów. Sępy i wrony dziobały kości walające się po ziemi. Nigdy nie zapomnę tamtego smrodu...

Nagle zrobiło mi się gorąco. Mój oddech przyśpieszył i ogarnęło mnie znajome uczucie duszności.

– Ojcze...

Jednak on mnie nie słyszał, pochwycony w szpony swojej wizji.

– Pokonaliśmy wąwóz, gdzie skryli się moi sipajowie, po tym, jak generał Wheeler wypędził ich z okopu, a ja wskazałem Ayrtonowi koszary, w których zostałem ranny. Potem dotarliśmy do rzeki. Odór stał się jeszcze straszniejszy... Wkrótce napotkaliśmy grupę mężczyzn, którzy patrzyli na nas z przestrachem... – Przerwał i wziął głęboki oddech. – Nieco dalej dostrzegliśmy kolejną grupę, która w milczeniu stała przy drodze. Kiedy nas zobaczyli, zwrócili ku nam smutne oblicza i bez słowa wskazali bramę obozu. Mężczyźni umilkli; chyba wszyscy wiedzieliśmy, że przybyliśmy za późno.

Kiedy weszliśmy przez bramę, smród jeszcze przybrał na sile... Powietrze było aż ciężkie. Miałem ochotę się zatrzymać, ale nasze wierzchowce szły dalej. To było jak sen. Tuż za bramą leżała olbrzymia sterta kobiecych ubrań i innych osobistych przedmiotów... Kiedy Jonah Shepherd je zobaczył, zawrócił, żeby zaczekać przy bramie. Żałuję, że nie zrobiłem tego samego. – Ojciec rozdzierająco westchnął.

– W porządku, ojcze. Wiem, co się wydarzyło.

Pokręcił głową.

– Wciąż pamiętam muchy, potężną czarną chmurę i bzyczenie, oraz to, jak buty przyklejały mi się do podłogi... A potem... – Zamknął oczy i przez chwilę myślałem, że zemdleje, ale w końcu na nowo podjął opowieść. – Peter musiał mi pomóc wrócić do bramy. Oficerowie wyszli z budynku; słowa nie były potrzebne, wystarczyły ich pobladłe twarze. Shepherd przez łzy zapytał, czy znaleźli jakieś ciała. Pokręcili głowami. Potem usłyszeliśmy krzyki górali, którzy poszli sprawdzić ogród. Poszliśmy za nimi. Przez zarośla wiódł krwawy szlak prowadzący do studni... – Ojcu opadła głowa.

– Ojcze! – Wstałem, napełniłem jego szklaneczkę i wepchnąłem mu ją w dłoń. – Wypij to.

Uniósł głowę i pociągnął długi łyk. Usłyszałem już wystarczająco dużo i chciałem go powstrzymać, ale wyglądało na to, że skoro już rozdrapał tę ropiejącą ranę, postanowił ją całkowicie oczyścić.

– Błagałem stojących tam Hindusów, żeby powiedzieli mi, czy kogokolwiek oszczędzono. Powiedziałem im, że moja żona spodziewała się dziecka. Czy ją widzieli? Nikt mi nie odpowiedział. Wypytywani świadkowie w końcu wyznali, że widzieli, jak do ogrodu weszło czterech mężczyzn z mieczami. Na ich czele stał kochanek kobiety, która pilnowała jeńców. Z zawodu byli rzeźnikami...

Długo siedzieliśmy w milczeniu. Kishan Lal, który przyszedł przyciąć knot świecy, zatrzymał się i zapatrzył na nas, a potem spojrzał na mnie i pokręcił głową z dezaprobatą. Ojciec go zignorował.

– Nigdy nie zostali pochowani. Nawet ich nie policzono ani nie zidentyfikowano. Sherer, urzędnik, który prowadził późniejsze śledztwo, przybył wkrótce potem i kazał zasypać studnię. Havelock wydał zgodę, żeby zapobiec rozprzestrzenieniu się zarazy.

– Więc nie możesz być pewien?

Popatrzył na mnie bezbronnymi niebieskimi oczami.

– Myślisz, że nie zachowałem nadziei, Henry? Że nie modliłem się, aby ona jakimś cudem ocalała? Nawet się pocieszałem, że mogła zostać porwana. Spotkało to część Eurazjatek, w tym córkę generała Wheelera, a twoją matkę mogli wziąć za jedną z nich... Miała ciemną cerę, tak jak ty. Wiedziałem, że tylko się oszukuję, ponieważ ona zrobiłaby wszystko, aby do ciebie wrócić, ale wolałem wierzyć w nawet najbardziej absurdalną bajkę, niż wyobrażać sobie i śnić – co spotykało mnie każdego dnia i każdej nocy przez lata i wciąż czasami mi się zdarza – jaki koniec naprawdę ją spotkał. – W końcu popatrzył mi w oczy. – Teraz już wiesz.

Oczywiście już znałem tę historię, ale nie wiedziałem, że moja matka była wśród ofiar rzezi w Kanpurze, a to wszystko zmieniało. Teraz już rozumiałem, dlaczego nigdy o tym nie mówił; tamte obrazy z pewnością ciągle stawały mu przed oczami, gdy wyobrażał sobie los mojej matki. W jaki sposób zginęła i jakie przerażenie oraz ból odczuwała? Czy była jedną z kobiet żywcem wrzuconych do studni, gdzie powoli się udusiła pod naporem ciał swoich towarzyszy? Dręczony poczuciem winy i wstydem, czuł się odpowiedzialny, ale zarazem nigdy nie przyszło mu do głowy, że ja także mogę się obwiniać.

– Wciąż nie rozumiem, w jaki sposób ocalałem.

– Powiedziano mi, że kiedy wróciliśmy z bibigharu, padłem na ziemię i przez dwa dni wrzeszczałem jak obłąkany. A potem przyszedł do mnie Peter i powiedział, że pojawił się jakiś tubylec z niemowlęciem i uważają, że to może być dziecko Cecily. Wiedziałem, że to niemożliwe, że żadne niemowlę nie mogłoby tego przetrwać, ale mimo wszystko sprowadzili tego człowieka. – Ojciec popatrzył mi w oczy. – Powiedział mi, że dowiedział się o sahibie, który szuka małego dziecka. Twierdził, że znalazł cię w torbie, którą kupił na bazarze... Bardziej prawdopodobne wydaje się, że ukradł ją ze sterty rzeczy w ogrodzie, a potem przeżył szok, kiedy w środku odkrył niemowlę.

– Więc tak naprawdę nie wiesz, czy... czy jestem twoim s... – Zacisnęła mi się krtań, gdy chciałem wypowiedzieć to słowo.

– Nie mam co do tego najmniejszych wątpliwości, Henry... Nie wątpię, że jesteś naszym synem. Poza tym, że wyglądasz jak twoja matka – masz jej oczy i uśmiech – znaleziono cię w torbie razem z kilkoma listami, które napisała do swojej siostry, gdy przebywała w okopie, a także miałeś na szyi jej szczęśliwy kamyk z Sussex. Wciąż go masz?

Wyciągnąłem kamyk spod koszuli. Dławiło mnie w gardle i czułem napływające łzy.

– Henry, ostatnie słowa, które napisała, dotyczyły ciebie. Wiedziała, że ci rzeźnicy idą ich zabić, więc schowała cię w torbie, mając nadzieję, że cię nie znajdą. Na szczęście spałeś, w czym pomogły ciemność i brak powietrza w torbie, ale nawet gdybyś się obudził, nie usłyszeliby twoich krzyków tym zgiełku. Byłeś jej darem dla mnie, Henry. Najcenniejszym podarunkiem, jaki kiedykolwiek otrzymałem. Kiedy wziąłem cię na ręce, poczułem...

Wiedziałem, że nie wolno mi na niego patrzeć, w przeciwnym razie obaj się rozpłaczemy. Odchrząknąłem.

– Dziękuję, że mi powiedziałeś, ojcze.

Zaczekał, aż popatrzę mu w oczy.

– Powinienem był ci powiedzieć dawno temu. Przepraszam, Henry, ale nie potrafiłem się na to zdobyć.

– Ro-rozumiem, ojcze – zdołałem wykrztusić.

– Przez lata starałem się o tym nie myśleć, ale tak naprawdę nie myślałem praktycznie o niczym innym. Co ciekawe, odkąd zacząłem opowiadać ci tę historię, przestały mnie nawiedzać koszmary. W ciągu ostatnich dwóch nocy spałem lepiej niż kiedykolwiek od czasu jej śmierci.

Nie dodałem, że przez ostatni tydzień rozmawialiśmy ze sobą więcej niż przez całe dotychczasowe życie.

15 lipca 1882

Dzisiaj jest rocznica śmierci mojej matki. Zeszłej nocy dawny sen się powtórzył. Obudziłem się przerażony, jak wielokrotnie przedtem, i odkryłem, że to ja krzyczę. Ojciec potrząsał mnie za ramię.

– Henry, obudź się. Obudź się. Już dobrze, jesteś bezpieczny.

Siedział przy mnie, dopóki nie opuściło mnie przerażenie i mogłem znów zasnąć. Kiedy obudziłem się dziś rano, okazało się, że pojechał do dowództwa.

Wieczorem sam z siebie opowiedział mi, co się wydarzyło po masakrze: o tym, jak wszyscy stracili rozum i wszelkie hamulce. Żołnierze, ogarnięci wściekłością i poczuciem winy, że nie zjawili się na czas, postanowili mścić się na wszystkich napotykanych tubylcach; pamiątki z bibigharu traktowano jak skarby; jeden z górali pokazał ojcu zakrwawioną chustkę i powiedział, że jeśli kiedykolwiek zechce zaufać tubylcowi, niech popatrzy na nią, a ona przypomni mu o pragnieniu zemsty.

– Wszyscy zachowywaliśmy się jak opętani. Dyscyplina legła w gruzach, a Neill stracił panowanie nad swoimi „Owieczkami", jak ich nazywano, gdyż byli gorliwymi chrześcijanami. Żołnierze stale chodzili pijani, pustoszyli miasto, zabijali i palili. Włóczyli się także ludzie Havelocka – znani jako „Święci" ze względu na abstynencję – aż w końcu Havelock rozkazał wykupić cały alkohol. Gwałcili hinduskie kobiety na ulicach, palili żywcem dzieci. Brali w tym udział nawet sikhowie, którzy strzelali do wszystkich napotkanych Hindusów. Biedny Sherer musiał wydawać dokumenty, które szanowani obywatele przytwierdzali do drzwi swoich domów, aby zaświadczyć, że nie mieli nic wspólnego z buntem.

Wymyślano coraz drastyczniejsze kary, aby przerazić i upokorzyć buntowników i złamać ich opór: siłą wpychano im do ust wołowinę lub wieprzowinę; smarowano ich krowią krwią albo zaszywano w świńskich skórach; hindusom zapowiadano, że zostaną pochowani, a muzułmanom, że zostaną skremowani, co zagwarantuje im wieczne potępienie. Nawet wróciliśmy do dawnej mogolskiej kary polegającej na wystrzeliwaniu ludzi z armat.

Miałem wrażenie, że wszyscy umarliśmy i poszliśmy do piekła – takiego jak na obrazach Boscha... Wpadliśmy w ekstazę nikczemności. Generał Neill, który chlubił się swoją chrześcijańską wiarą, wymyślił karę, z jakiej byłaby dumna nawet Inkwizycja. Każdy skazany buntownik miał wyczyścić część bibiharu – własnym językiem! Myśleliśmy, że jesteśmy lepsi... że jesteśmy cywilizowani, ponieważ panujemy nad instynktami, a oni tego nie potrafią. Kiedy myślę o naszym zachowaniu, drżę ze wstydu. Ale jak mogę ich osądzać po tym, co zrobiłem? – zakończył.

– Co masz na myśli?

Przez pewien czas milczał, szukając właściwych słów.

– Ja także kogoś zdradziłem... Człowieka, który był lepszy niż ja kiedykolwiek się stanę. Nazywał się Ram... Ram Buksh. Był dźamadarem w moim pułku i zawsze okazywał mi lojalność... Ocalił mnie z narażeniem życia podczas pierwszej kampanii sikhijskiej, kiedy był jeszcze chłopcem. Wziąłem go pod swoje skrzydła i zostaliśmy przyjaciółmi... Podczas drugiej kampanii radził sobie tak doskonale, że go awansowałem. Nie zostało to dobrze przyjęte, ponieważ, jak dobrze wiesz, w indyjskiej armii żołnierzy zazwyczaj awansuje się według starszeństwa. Jednak on był wyjątkowo zdolny i inteligentny. Nigdy nie miałem towarzysza, z którym tak wiele by mnie łączyło.

Czekałem na dalszy ciąg.

– Wiedziałem, że twoja matka go lubiła. Nauczył ją języka hindustani i zabierał na przejażdżki, kiedy ja dochodziłem do siebie po ataku malarii. Był jednym z niewielu hinduskich oficerów, którym Wheeler pozwolił pozostać w okopie. Kiedy zostałem ranny, zaopiekował się twoją matką. Gdy Wheeler skapitulował, Ram Buksh wpadł w ręce Nany Sahiba, który skazał go na obcięcie obu dłoni, jednak wyroku nigdy nie wykonano. Potem stanął przed obliczem tymczasowego urzędnika – jakiegoś kupca, który miał rozstrzygać o winie bądź niewinności tubylców. Dla większości z tych ludzi – a on nie był wyjątkiem – jedynym dowodem winy była brązowa twarz. Ram Buksh powiedział urzędnikowi, że zaświadczę o jego lojalności, więc urzędnik niechętnie go do mnie sprowadził. Wtedy wciąż byłem osłabiony ranami i na wpół oszalały z rozpaczy.

Zauważyłem, że blizna na jego twarzy się napięła, a prawa powieka zaczęła drgać.

– Henry, nie potrafię ci opowiedzieć, w jakim wtedy byłem stanie umysłu. Otępiały mnie smutek i złość – na siebie samego i na niego, gdyż nie zdołał jej ocalić. Poza tym byłem zazdrosny. Czasami nie dogadywaliśmy się z twoją matką, a on był młody, silny i przystojny – w pozostawionych listach pisała, że był jej bliższy niż ktokolwiek inny na świecie. Oczywiście to wszystko było całkowicie niewinne – zrozumiałem to, gdy ponownie przeczytałem jej relację i uświadomiłem sobie, że do niczego tak naprawdę nie doszło – ale nabrałem takiej pewności dopiero później. – Zamilkł z nieobecnym wyrazem twarzy i udręczonym spojrzeniem.

– Ojcze, o co się obwiniasz? – odezwałem się w końcu.

Westchnął.

– Kiedy postawili go przede mną, zapłakał z radości, że nie zginąłem, i chciał dotknąć moich stóp. A ja... odepchnąłem go i ostro zapytałem, co z nią uczynił. Pewnie uznał, że według mnie nie zrobił wszystkiego, aby ją ocalić, ponieważ zaszlochał i zaczął błagać o wybaczenie, a to potwierdziło moje podejrzenia. Urzędnik, który nie grzeszył cierpliwością i nie przepadał za tubylcami, spytał mnie, czy mogę poręczyć za tego człowieka, a ja odrzekłem... – Zamknął oczy. Odrzekłem, że nie mogę ręczyć za jego działania po tym, jak opuściłem okop, ponieważ niczego o nich nie wiem. – Zamilkł i odchrząknął. – Kiedy Ram Buksh to usłyszał, wyraz jego twarzy uległ zmianie. Wstał i już więcej na mnie nie spojrzał. Poradziłem urzędnikowi, żeby porozmawiał z porucznikiem Thomsonem, który przez cały czas przebywał w okopie, więc powinien wiedzieć więcej ode mnie.

Ojciec popatrzył na mnie ponad krawędzią szklanki.

– Naprawdę byłem przekonany, że Thomson potwierdzi słowa Rama Buksha i urzędnik puści go wolno. Jednak Thomson właśnie nadzorował budowę nowych umocnień poza granicami Kanpuru, więc był niedostępny. Później powiedziano mi, że urzędnik spytał, czy Ram Buksh chce wystąpić o odroczenie rozprawy, aby Thomson mógł zostać wezwany na świadka. Ram Buksh odpowiedział, że jeśli jego przełożony, pod którego dowództwem służył przez osiemnaście lat, nie chce poręczyć za jego lojalność, to nie zamierza się bronić. Powinienem był pamiętać, jaki był dumny. Urzędnik powiedział mi, że najpierw zabrano go do bibigharu, gdzie miał zostać poddany karze Neilla... Ale kiedy zobaczył wnętrze pomieszczenia, tak gorzko zapłakał, że oficer darował mu tę karę. Po południu tego samego dnia Ram Buksh został powieszony.

Ojciec zamilkł, jakby czekał, aż coś powiem, ale nic nie przychodziło mi go głowy. Przypomniałem sobie wieczór po kolacji u kapelana, gdy ojciec stanął na werandzie, ukrzyżowany na tle księżycowego blasku, i krzyknął: „Ram! Ram!" prosto w ciemność.

Zgarbił się i nagle wydał mi się stary.

– Ale to nie wszystko. Kiedy Wheeler odmówił wpuszczenia moich sipajów do okopu, dałem każdemu z nich list poświadczający ich lojalność. Kiedy Ram Buksh został powieszony, grupa moich ludzi, wliczając subedara nazwiskiem Durga Prasad – najlepszego i najbardziej lojalnego oficera, jakiego można sobie wyobrazić – została postawiona przed sądem. Okazali listy i ich sprawy zostały umorzone, lecz gdy tylko wyszli z budynku, kilku angielskich żołnierzy stojących przy bramie zadźgało ich bagnetami.

– To przynajmniej nie była twoja wina, ojcze.

– Powinienem tam być, Henry. Poświęcili dla mnie wszystko, więc byłem im to dłużny. Gdybym tam był, może mógłbym temu zapobiec. Ale zbyt pogrążyłem się w swoim smutku, żeby się o to troszczyć. Jeśli mam być szczery, także pragnąłem zemsty... Nigdy nie zapomnę widoku Jamesa, który tulił w ramionach ciało małego Freddiego...

Odwróciłem wzrok, kiedy starał się odzyskać panowanie nad sobą.

– Nie rozumiem, po co zostałeś. Spodziewałbym się raczej, że zechcesz uciec, wrócić do ojczyzny.

Roześmiał się.

– Nie mam ojczyzny, Henry. Mieszkam w Indiach od dwudziestego roku życia. Moi rodzice umarli, kiedy byłem dzieckiem. James i jego rodzina byli moimi ostatnimi krewnymi. Już dawno przestałem wierzyć, że mamy tu do wypełnienia jakąś misję, ale wojsko i moi sipajowie są mi bliscy jak rodzina. No i oczywiście mam ciebie.

Chciałem go jakoś pocieszyć, ale nie wiedziałem, co powiedzieć. Teraz już rozumiem, dlaczego nigdy nie chciał rozmawiać o przeszłości.

16 lipca 1882

Dzisiaj spytałem ojca o coś, co nie dawało mi spokoju, odkąd opowiedział mi o śmierci matki, czyli dlaczego nie jestem sławny jako jedyny ocalały z rzezi w bibigharze.

Wyjaśnił, że odkrycie w Kanpurze wywołało histerię, zamieszanie i mnóstwo plotek.

– Żołnierze wymyślali różne historie, żeby karmić się żądzą zemsty i usprawiedliwiać własne okrucieństwo –

opowiadali o kobietach pędzonych nago przed oddziałami Nany Sahiba, o gwałtach, ciałkach dzieci wieszanych na hakach – zupełnie jakby prawda nie była wystarczająco straszna! Wiele plotek wzajemnie się wykluczało, tak że nikt nie wiedział, w co wierzyć.

Później unikałem wspominania o tamtych wydarzeniach i nikt nie śmiał mnie o nie pytać. Oczywiście ludzie plotkowali – nikt nie mógł im tego zabronić – jednak to były tylko spekulacje. Zaniepokoiłem się tylko raz – kiedy dowiedziałem się, że porucznik Thomson pisze książkę o tym, co się stało w Kanpurze. Gdy tylko o tym usłyszałem, napisałem do niego i poprosiłem, żeby o tobie nie wspominał: wciąż byłeś dzieckiem i nie chciałem, żeby otoczyła cię zła sława. Był na tyle uprzejmy, że się zgodził – zakończył ojciec.

Świadomość, że mistyfikacja dotycząca mojego przyjścia na świat, którą dręczyłem się przez te wszystkie lata, miała mnie chronić, to lekcja pokory.

18 lipca 1882

Wczoraj, w drodze powrotnej do Bhagalpuru, powodowany impulsem, wysiadłem z pociągu w Kanpurze i poszedłem poszukać miejsca, w którym znajdował się okop. Oczywiście nic po nim nie zostało. Wszystkie budynki się zawaliły, gruzy rozrzucono, błotne ściany dawno się rozmyły i cały teren zmienił się w jałowe pustkowie zamieszkane przez bezpańskie psy żywiące się odpadkami. Zapewne tak samo wyglądało to miejsce, zanim wybrano je, by podjąć beznadziejną obronę.

Wieczorem poszedłem do ogrodów upamiętniających miejsce, gdzie kiedyś stał bibighar. Przy bramie stoi brytyjski żołnierz, który ma za zadanie nie wpuszczać do środka Hindusów. Ośmiokątna marmurowa płyta z otworami zakrywa studnię, którą całkowicie zasypano. Przez chwilę przyglądałem się strażnikowi studni – marmurowemu Aniołowi Zmartwychwstania o opuszczonym wzroku i uroczystym, ponurym wyrazie twarzy. Skrzyżowane palmowe liście rozpościerają się ponad jego złożonymi dłońmi.

Bibighar – miejsce mojego przyjścia na świat – pierwotnie wznosił się w ogrodzie, którego część stanowiła studnia. Jakiś Anglik wybudował go dla swoich bibi. Budynek zburzono wkrótce po zakończeniu rebelii, a kilka lat później wzniesiono pomnik sfinansowany z publicznej zbiórki przeprowadzonej w Anglii oraz grzywien, które nałożono na obywateli Kanpuru.

Napis na pomniku głosi:

> Ku wiecznej pamięci
> grupy szlachetnych chrześcijan,
> głównie kobiet i dzieci, którzy niedaleko tego miejsca
> zostali okrutnie zamordowani przez zwolenników
> buntownika Nany Dundu Panta z Bithuru,
> a następnie wrzuceni, martwi z umierającymi,
> do studni znajdującej się poniżej,
> dnia XV lipca, MDCCCLVII

Nieskazitelna biel pomnika nie mówi niczego o straszliwym wydarzeniu, które on upamiętnia.

Czekałem tam przez pewien czas, aż grobowiec zabarwił się na różowo podczas krótkiego, ale widowiskowego zachodu słońca. Liczyłem na przebłysk pamięci, na przebudzenie jakiegoś uśpionego instynktu, ale niczego nie poczułem.

Lila

Kilka tygodni po przybyciu Jagjita do Indii dostałam od niego list.

Moja droga Lilu!
Proszę wybacz mi, że byłem tak nieprzystępny podczas ostatniej wizyty. Dręczyło mnie poczucie winy w związku ze śmiercią Baljita i czułem, że nie mam prawa szukać szczęścia, gdy z mojego powodu nasi rodzice, jego żona oraz synek – urodzony zaledwie miesiąc temu – stracili dziecko, męża i ojca. Nie potrafię go zastąpić, nawet w sercu rodziców, ponieważ jesteśmy sobie niemal całkowicie obcy.
Moje prawdziwe życie toczy się w Anglii, a Ty jesteś mi bliższa niż wszyscy moi krewni. Nie kochałem się z Tobą nie dlatego, że tego nie pragnąłem, ale dlatego, że nie mogłem znieść myśli, iż pogrążyłbym Cię w żałobie, gdyby coś mi się stało. Proszę, uwierz, że moje serce się nie zmieniło i wciąż zamierzam za wszelką cenę dotrzymać danej obietnicy, jednak widziałem wojnę i dlatego wiem, że nie sposób przewidzieć, co się wydarzy. Po tej rzezi już

nie potrafię uwierzyć, że świat stanie się lepszym miejscem.

Zdaję sobie sprawę, że pozwoliłem się wciągnąć w tę wojnę tylko po to, żeby się sprawdzić, a takie motywy stoją za większością moich zachowań w ciągu ostatnich dziesięciu lat, odkąd przybyłem do Anglii. Już nie pamiętam, kim kiedyś byłem. Po zakończeniu wojny, jeżeli przeżyję, będę musiał poświęcić trochę czasu na zastanowienie się, kim naprawdę jestem. Zawsze podziwiałem w Tobie, że idziesz własną drogą.

Pozdrawiam Cię serdecznie,
Jagjit

Chociaż Jagjit sprawiał wrażenie nieszczęśliwego, to był pierwszy list, w którym dzielił się ze mną swoimi myślami równie otwarcie, jak ja dzieliłam się z nim. Myślałam o tym, co o mnie napisał. Czy to prawda, że idę własną drogą, czy może to także tylko reakcja? Czy nie nauczyłam się tego od ojca, który, tak jak Akela, zawsze był samotnikiem, a jego jedynymi przyjaciółmi – nie licząc wujków Gavina i Rolanda – byli Hindusi, z którymi pracował?

Ja również czułam się swobodniej w towarzystwie Hindusów, jednak wtedy już nie pracowałam w hinduskim szpitalu. Wkrótce po wyjeździe Jagjita wszystkie angielskie pielęgniarki zostały usunięte, zakazano odwiedzin, a pacjentom cofnięto zgodę na opuszczanie terenu placówki. Podwyższono ogrodzenia i zwieńczono je drutem kolczastym. Pomimo protestów pacjentów, którzy twierdzili, że czują się jak więźniowie i ma to zły wpływ na ich morale, wojsko się nie ugięło. Panowało przeświadczenie, że hinduscy żołnierze nadmiernie się spoufalają z miejscowymi kobietami, co może negatywnie wpłynąć na ich podejście do Angielek, gdy wrócą do Indii. Przed końcem 1915 roku zamknięto wszystkie hinduskie szpitale, a Hindusów zaczęto leczyć we Francji. W tym samym czasie wycofano większość hinduskich oddziałów z Frontu Zachodniego.

Według pana Beauchampa parlamentarzyści, którzy opowiadali się przeciwko wykorzystywaniu hinduskich żołnierzy, uważali, że ich postawę usprawiedliwiają trudności, jakie mieli Hindusi z przystosowaniem się do życia w okopach, co tłumaczono słabym charakterem. Postanowiono, że oddziały wycofane z Frontu Zachodniego zostaną wysłane do Palestyny, Egiptu oraz Mezopotamii, gdzie panują warunki bliższe tym, do jakich Hindusi są przyzwyczajeni i gdzie mogliby walczyć przeciwko innym brązowoskórym rasom.

Jesienią tego roku Jagjita posłano na Front Mezopotamski, czy raczej – jak go później nazywali żołnierze z Frontu Zachodniego – na „Mezopotamski Piknik". Mniej więcej w tym samym czasie wojsko zarekwirowało dom cioci Miny na sanatorium dla rannych oficerów, a ja dostałam tam pracę i pokój. Ciocia Mina na czas trwania wojny przeprowadziła się do państwa Beauchampów.

Ostatni nieocenzurowany list od Jagjita dostałam wkrótce po jego przybyciu do Mezopotamii.

Moja kochana Lilu!
Jestem w Basrze już od niemal tygodnia, czekam, by dołączyć do nowego pułku. Razem z innymi żołnierzami oddziałów wsparcia utknęliśmy tutaj,

ponieważ nie ma wystarczająco dużo łodzi, żeby przetransportować nas w górę rzeki. Nie chcę Cię niepotrzebnie niepokoić, ale kiedy dołączę do pułku, nie będę mógł swobodnie do Ciebie pisać. Pozostawiam ten list w rękach rannego oficera, który czeka na transport do Anglii. Jest kapitanem sikhijskiego pułku i powiedział mi, że 3. batalion, do którego należy większość sikhijskich oddziałów, od kwietnia uzupełniono posiłkami ponad dwukrotnie przewyższającymi jego pierwotną liczebność. Innymi słowy, batalion już dwa razy został wybity do nogi. Być może to tłumaczy list, który czekał na mnie po przybyciu, a w którym poinformowano mnie, że zostałem awansowany bezpośrednio do rangi dźamadara, zapewne na skutek służby w okopach. Jako że żołnierzy awansuje się wyłącznie na podstawie starszeństwa, nie muszę Ci tłumaczyć, co to oznacza.

Jakby na potwierdzenie moich przypuszczeń, zaraz po zejściu ze statku ujrzałem stertę nowych sosnowych trumien, rozmiarem dorównującą piramidzie w Gizie. Cóż za ironia, skoro brakuje nam niemal wszystkiego innego – namiotów, sprzętu lekarskiego, moskitier, sprzętu do odkażania wody, a zwłaszcza płaskodennych łodzi potrzebnych do transportu sprzętu i ludzi w górę rzeki oraz do przywożenia z powrotem rannych.

Czekając na rozkazy, pomagałem przenosić rannych z transportów rzecznych. Po podróży w dół rzeki na odkrytych pokładach, większość z nich cierpi z powodu udarów i poparzeń słonecznych. Wielu wciąż ma opatrunki z polowych szpitali. Są w tak fatalnym stanie, że wyczuwamy nadpływającą łódź szpitalną długo przed tym, zanim ją zobaczymy.

Optymizmem może napawać fakt, że pod dowództwem generała Townshenda, który jest wytrawnym taktykiem, kampania wspaniale się rozwija. Generał zdobył sławę w regionie dobrze znanym Twojemu ojcu i zdobył przydomek „Bohatera Chitral", gdyż bronił tego miasta malutkim garnizonem przed afgańskim oblężeniem. Jego wojska jak dotąd wygrały każdą bitwę i mówi się, że jego celem jest Bagdad. Pomimo panujących warunków cieszę się, że będziemy w ruchu zamiast miesiącami tkwić w okopach. Jednak kiedy wyruszymy, nie wiem, czy będę w stanie do Ciebie pisać. Jeśli przez jakiś czas nie dostaniesz ode mnie listu, pamiętaj, moja droga, że kocham Cię bardziej niż moje nieudolne słowa są to w stanie wyrazić.

Jagjit

Odkąd dołączył do swojego pułku, dostałam od niego kilka krótkich listów, jednak wciąż się przemieszczali, więc nie miał czasu na pisanie, a korespondencję ponownie zaczęto cenzurować; tym razem zajmował się tym oficjalny cenzor we Francji, co oznaczało, że listy czasami docierały do mnie dopiero po kilku miesiącach. Jednak za pośrednictwem gazet oraz biura pana Beauchampa na bieżąco śledziłam wieści o błyskawicznej wędrówce generała Townshenda ku Bagdadowi i kolejnych zwycięstwach nad Turkami.

Wieści o jego triumfach pomagały złagodzić straszliwe informacje napływające z Frontu Zachodniego, aż do listopada, gdy wojska generała doznały porażki pod Ktezyfonem, ponosząc ogromne straty. Nastąpiły tygodnie niepewności, gdy rodziny czekały na podanie nazwisk zabitych i zaginionych: ja musiałam czekać jeszcze dłużej, gdyż nazwiska Hindusów nie pojawiały się na listach ofiar. Mogłam liczyć tylko na jakieś wieści od rodziny Jagjita, jednak na odpowiedź musiałam czekać kilka tygodni, a gdy ta wreszcie nadeszła, okazało się, że niczego się nie dowiedzieli.

W końcu doniesiono, że Townshend został odepchnięty do Al-Kut, niewielkiego miasteczka slumsów leżącego w zakolu rzeki Tygrys. Kut było całkowicie otoczone przez Turków: nie docierały tam ani nie wychodziły stamtąd żadne listy, a próby zrzucania zapasów i poczty z samolotów okazały się nieskuteczne. Przez pięć miesięcy nie miałam żadnych wieści. To były najmroczniejsze miesiące mojego życia, gdy starałam się zachować nadzieję, wiedząc, że w oczach wszystkich tylko się oszukuję. Trzymali mnie przy życiu jedynie moi pacjenci; podczas pracy nie miałam czasu na myślenie, a lęk i smutek otwierały mój umysł na ich cierpienie.

Kut w końcu padło pod koniec kwietnia 1916 roku i cały garnizon wpadł w ręce Turków. Ponownie miałam nadzieję, że znajdę nazwisko Jagjita na liście jeńców wojennych, jednak tureccy strażnicy zapisywali ich nazwiska fonetycznie własnym alfabetem, a rejestry były prowadzone chaotycznie.

W ciągu kolejnych miesięcy dowiedziałam się czegoś o warunkach panujących w Kut. Tysiące ludzi zmarły tam z powodu chorób, a pod koniec w placówce panował głód. Kiedy zaczęły do nas docierać wiadomości od Czerwonego Krzyża, dowiedzieliśmy się, że jeńców zmuszono do pokonania pieszo setek mil przez pustynię, a niektóre obozy jenieckie znajdowały się tak daleko w głębi kraju, gdzie nie było żadnych dróg ani torów, że Czerwony Krzyż nie był w stanie do nich dotrzeć.

W końcu, po niemal dwóch latach bez wieści, w sierpniu 1917 roku otrzymałam list z Ministerstwa Wojny.

Szanowna Pani!

Z żalem przekazuję do rąk Pani załączone listy adresowane do dźamadara Jagjita Singha, które wróciły z Turcji opatrzone adnotacją, iż dźamadar Singh nie żyje.

Ministerstwo nie otrzymało żadnego potwierdzenia tej informacji, jednak obawiam się, że zapewne jest ona prawdziwa, jeżeli adresat ostatnio się z Panią nie kontaktował. Jednakowoż wysłaliśmy zapytanie do Turcji i czekamy na potwierdzenie, dopóki zaś ono nie nadejdzie, otrzymana informacja nie zostanie uznana za oficjalną. Muszę jednak Panią powiadomić, że nie należy się spodziewać rychłej odpowiedzi.

W imieniu Rady Armii przekazuję wyrazy współczucia krewnym, łącząc się w niepokoju i oczekiwaniu.

Pani uniżony sługa,
F. Weatherstone

Do wiadomości załączono plik moich listów do Jagjita. Nie otrzymał żadnego z nich.

CZĘŚĆ TRZECIA

Henry

19 lipca 1882

Wszystko potoczyło się tak szybko, że z trudem mogę w to uwierzyć; minął niecały miesiąc, odkąd wyjechałem na urlop, a w tym czasie wszystko się zmieniło.

Kiedy wczoraj wieczorem wróciłem do pracy, czekały na mnie dwie wiadomości. Po pierwsze, wreszcie powołano zastępcę Thorntona – niejakiego pana Farradaya – który ma przybyć na początku sierpnia, a ja pozostanę na miejscu jako dodatkowy urzędnik, przynajmniej dopóki pan Farraday nie zacznie orientować się w sytuacji. Po drugie, bardziej szokujące, kilka dni po moim wyjeździe ojciec panny Ramsay stracił przytomność w Klubie i zmarł na atak serca. Według Rolanda nie zostawił niczego poza długami – był wszystkim winien pieniądze i zalegał z czynszem. Jego pracodawca zgodził się przez dwa miesiące opłacać czynsz za pannę Ramsay, aby dać jej czas na uporządkowanie spraw. Podobno wszyscy spodziewali się, że dziewczyna wyjedzie do rodziny, do Anglii albo Irlandii, jednak tego nie zrobiła – a może nikt nie chciał jej przyjąć.

– Jak ona się czuje? – spytałem. – Na pewno bardzo cierpi.

Być może lepiej rozumiem jej smutek, ponieważ niedawno poznałem okoliczności śmierci matki. Mam wrażenie, że to kolejna rzecz, która nas łączy.

Ku mojemu sporemu zaskoczeniu Roland przyznał, że od tamtej pory się z nią nie widział; źle się czuła, więc uznał, że jej aja nie będzie zachwycona jego odwiedzinami. Zapewne zauważył moje niedowierzanie, ponieważ dodał:

– Tak naprawdę nie wiedziałbym, co jej powiedzieć. Nie znam się na takich sprawach... Psiakrew, Henry, łatwo ci mnie oceniać, ale to cholernie niezręczna sytuacja. Zresztą niczego jej nie obiecywałem...

– Ale sugerowałeś.

– Cóż, powiedzmy, że wyciągnęła pewne wnioski, którym ja nie zaprzeczyłem. – Na jego ustach pojawił się ten krzywy uśmiech, który kobiety najwyraźniej uznają za rozbrajający. – Oczywiście teraz spodziewa się, że jej pomogę. Ale nie mogę tego zrobić, Henry. Wiesz, co do niej czuję, ale nawet gdyby dowódca dał mi pozwolenie i byłoby mnie na to stać, małżeństwo zrujnowałoby mi karierę.

– Nie miałem pojęcia, że jesteś taki ambitny.

– To nie ambicja, gdy ktoś nie chce zaprzepaścić kariery. Nie myśl, że mnie to nie obchodzi... Czuję się fatalnie.

– Na twoim miejscu aż tak bardzo bym się tym nie przejmował. Inne kobiety jej nie lubią, więc nikt nie będzie miał ci za złe, że ją zawiodłeś.

Zgromił mnie wzrokiem.

– Nie wiem, dlaczego tak się cholernie wywyższasz. Ty byś się z nią ożenił?

– Wymagałby tego mój honor, gdybym rozbudził jej nadzieje, tak jak ty to zrobiłeś.

– Więc skoro jesteś taki cholernie honorowy, to może poprosisz ją o rękę? Nie myśl, że nie zauważyłem, co do niej czujesz. – Roześmiał się. – Ale obaj wiemy, że nawet nie spojrzy w twoją stronę, gdy ja jestem w pobliżu. Teraz masz swoją szansę – jest na tyle zdesperowana, że zadowoli się byle czym.

– Ty arogancki draniu!

Zapomniałem, że od jazdy konnej miał mięśnie brzucha twarde jak skała. Przez chwilę patrzył, jak przeklinając, masuję obolałą dłoń, a potem się odwrócił.

– Powodzenia – rzucił od progu. – Będziecie idealną parą. A jeśli będziecie potrzebowali kogoś, kto poprowadzi pannę młodą do ołtarza, nie wahajcie się poprosić.

Nigdy się nie spodziewałem, że Roland jest na tyle inteligentny, aby pozwolić sobie na sarkazm.

20 lipca 1882

Nie wiem, czy powinienem odczuwać nadzieję, czy przerażenie. Poprosiłem Rebeccę o rękę. Stało się to niemal bez mojej świadomej decyzji i zastanawiam się, czy Roland nie miał racji co do jej zdesperowania. A jednak ona niczego nie zrobiła – inicjatywa wyszła z mojej strony.

Odwiedziłem ją dzisiaj, aby spytać o samopoczucie, a jej aja, ku mojemu zaskoczeniu, rozpoznała mnie i zaprosiła do środka. Rebecca siedziała na leżaku na tylnej werandzie. Miała na sobie białą bawełnianą koszulę nocną zapinaną pod szyję, a włosy dla wygody obcięła. Kiedy tak siedziała z krótkimi lokami okalającymi twarz niemal równie bladą jak jej koszula, przypominała pięknego chłopca.

Na kolanach trzymała duży haft niezwykłej jakości: dokładne odwzorowanie baniana ze zwisającymi pędami. Przyjrzałem się dokładniej, chcąc pochwalić jej dzieło, a wtedy zobaczyłem, że spomiędzy pni wygląda kobieta o ustach szeroko otwartych w krzyku przerażenia bądź rozpaczy. Wydawało się, że jest uwięziona, schwytana w potrzask przez zwisające pędy, które owijały jej nadgarstki i kostki. Prawa pierś i noga zostały wchłonięte przez pień, jednak lewa pierś była obnażona, a sutek krył się za rozłożystym korzeniem, który zatopił sękate palce w ciele, jakby chciał wyrwać jej serce. Ledwie zdążyłem się przyjrzeć haftowi, gdyż aja gwałtownie go zabrała i zaczęła składać.

Przywitałem się z Rebeccą i usiadłem, ale jej haft tak mną wstrząsnął, że nie potrafiłem spojrzeć jej w oczy, więc skupiłem wzrok na jej bosych stopach, które odsłoniły się, gdy aja zabrała haft. Są piękne – smukłe i wysoko sklepione, z czterema długimi i cienkimi palcami oraz jednym krótkim. Z dziwnym uczuciem *déjà vu* ujrzałem w myślach oświetloną blaskiem księżyca świątynię z kolumnami. Może to jakiś obraz, który kiedyś widziałem? W każdym razie zniknął, zanim zdążyłem się na nim skupić.

Rebecca zachowywała się tak, jakby nie zauważyła, że zabrano jej haft. Wyprostowała się i niecierpliwie spytała, kiedy odwiedzi ją Roland. Wyjąkałem jakąś wymówkę i zobaczyłem, że jej oczy wypełniły się łzami.

– Przykro mi z powodu twojego ojca – powiedziałem, czując, jak nie na miejscu są moje słowa.

Pokręciła głową. W świetle dnia jej oczy wydają się ciemniejsze, ponieważ ma duże źrenice, a tęczówki nie są jednobarwne, tylko składają się z wielu kolorów – bladoszarego, różnych odcieni błękitu i zieleni, a nawet małych złotych i rdzawych punkcików; no i jest jeszcze ta dziwna brązowa plama w zieleńszym oku. W świetle różnice między nimi są jeszcze bardziej uderzające.

– Przygotowuję dla niego obraz – wyjaśniła, rozglądając się za swoim haftem. – Już prawie skończyłam.

Przez chwilę czułem się zbity z tropu, ale w końcu zrozumiałem, że chodziło jej o Rolanda. Skrzyżowałem spojrzenia z ają, a następnie odwróciłem wzrok, wyobrażając sobie, co Roland by pomyślał o takim prezencie.

– Postaraj się nie martwić – powiedziałem łagodnie. – Musisz wypoczywać i nabierać sił. Zrobię wszystko, co w mojej mocy, żeby ci pomóc.

Łzy popłynęły jej po policzkach.

– To bardzo miło z twojej strony, ale co możesz zrobić? Będziemy zmuszone wyprowadzić się z tego domu.

– Dokąd pójdziecie?

Otarła oczy.

– Nie wiem. Ona… – zerknęła na aję – …powiedziała, że możemy robić serwetki, obrusy i… inne rzeczy… które potem będziemy sprzedawać po domach. – Załamał się jej głos, a po chwili dodała z nutą dumy: – Zawsze podziwiano moje hafty.

Próbowałem sobie wyobrazić, jak puka do drzwi niczym żebraczka; jak ludzie ją przepędzają albo mężczyźni tacy jak Roland wykorzystują jej nędzę. Pomyślałem o swojej matce, brudnej, na wpół nagiej i obszarpanej, z której drwiono podczas długiej wędrówki nad rzekę, oraz o wyrzutach sumienia ojca, który nie zdołał jej ocalić. Ja mogłem ocalić Rebeccę. To leżało w mojej mocy.

– Może za mnie wyjdziesz? – Te słowa zaskoczyły mnie tak samo jak ją. Wbiła we mnie wzrok. – Mówię poważnie. Spuściła wzrok na swoje splecione palce.

– Wiem, że mnie nie kochasz. Niczego od ciebie nie oczekuję. Wiem, że ulokowałaś uczucia… gdzieś indziej… ale obawiam się, że stamtąd niczego się nie doczekasz. Chciałbym ci pomóc, a to jedyny sposób, jaki dostrzegam.

Popatrzyła na mnie, najwidoczniej nie rozumiejąc moich motywów. To mnie poruszyło, ponieważ w towarzystwie mężczyzn zawsze sprawiała wrażenie pewnej swojego czaru.

Nachyliłem się i ująłem jej dłoń.

– Nie będę cię teraz zmuszał do podjęcia decyzji, ale obiecasz mi, że się zastanowisz?

Pokiwała głową, a jej oczy ponownie napełniły się łzami.

Kiedy tylko zszedłem jej z oczu, zacząłem się zastanawiać, co mnie opętało. Czy chcę, żeby odpowiedziała twierdząco, czy przecząco?

22 lipca 1882

Nie spodziewałem się odpowiedzi tak szybko, ale kiedy wczoraj wieczorem wróciłem z Klubu – Roland poszedł na kolację do kantyny – ćaukidar powiedział mi, że jakaś kobieta czeka na mnie na werandzie. Serce szybciej mi zabiło, a kiedy zbliżyłem się do bungalowu, zacząłem się pocić. To była jej aja.

– Czy ma pani wiadomość od panny Ramsay? – Byłem oszołomiony tym, jak spokojnie zabrzmiał mój głos.

– Kazała panu przekazać, że się zgadza.

Poczułem gwałtowny przypływ adrenaliny, chociaż wciąż nie wiem, czy wywołało go podniecenie, czy panika.

Stała, czekając, aż coś powiem.

– Czy... czy pani uważa, że to dobry pomysł? – spytałem jak głupiec. – To znaczy, dla niej?

Spuściła wzrok.

– Nie ja o tym decyduję, sahibie, ale wiem, że jest pan dobrym człowiekiem, lepszym niż sahib Sutcliffe.

– Uważa pani, że ona kiedykolwiek może coś do mnie poczuć?

Wzruszyła ramionami.

– Mężowie i żony uczą się wzajemnej miłości. Przynajmniej tak słyszałam – dodała ironicznym tonem. Już rozumiem, dlaczego Rebecca za nią nie przepada.

Czy kiedykolwiek mnie pokocha? A może powtarzam błąd ojca, zakochując się w kimś, kto nigdy nie odwzajemni mojego uczucia?

30 sierpnia 1882

Pobraliśmy się z Rebeccą dwa tygodnie temu, zaraz po ogłoszeniu zapowiedzi. John Moxton, który dzieli z nami kwaterę, został moim świadkiem, ale Roland wyprawił dla mnie huczne przyjęcie pożegnalne. Wieczorem w przeddzień ślubu on, John oraz dwaj inni oficerowie zabrali mnie do Klubu i kompletnie spili; potem, kiedy grzecznie poproszono nas o opuszczenie lokalu, Roland zawlekł mnie do kilku palarni opium na bazarze, gdzie wypiliśmy nieco paskudnego trunku domowej roboty i paliliśmy nargile. Nigdy wcześniej nie paliłem opium, ale mam wrażenie, że wreszcie dopadły mnie nerwy. Pamiętam tylko gwałtowne rozszerzenie się czasu, jakbym żył od stuleci – albo nawet całą wieczność – obserwując powstawanie i upadki cywilizacji. Otwierały się przede mną rozległe krajobrazy pełne oszałamiająco wysokich urwisk i przepastnych głębin, a wszystkiemu towarzyszyła jasność myśli, jakiej jeszcze nigdy nie doświadczyłem. Siedziałem pochłonięty swoimi wizjami, podczas gdy wokół mnie ludzie palili i strzykali do spluwaczek długimi strumieniami brązowej śliny. Roland i pozostali śpiewali przy wtórze hałaśliwej muzyki oraz bicia w bębny, a hurysy tańczyły, poruszając obnażonymi brzuchami w sposób, od którego kręciło mi się w głowie. Pamiętam, jak Roland namawiał jedną z nich, żeby rozpięła mi spodnie, podczas gdy sam jeździł po pokoju na plecach jednego z oficerów, a Pasztuni się z niego naśmiewali.

Przed świtem chwiejnym krokiem wróciliśmy do obozu, gdzie zatrzymał nas strażnik. Nikt z nas nie potrafił sobie przypomnieć hasła, a zresztą zbytnio się śmialiśmy, żeby je wymówić, więc w końcu wezwano oficera, który znał Rolanda, żeby nas zidentyfikował, i pozwolono nam wejść. Pamiętam, że potem leżałem w łóżku, Roland i jego znajomi patrzyli na mnie przez moskitierę, a ja czymś w nich rzuciłem. Rano odkryłem, że była to teczka pełna dokumentów sądowych, które zamierzałem przeczytać w domu.

Tamtej nocy miałem sen, który wyraźnie zapamiętałem. Byłem sam na środku rozległej pustyni, która w każdym kierunku ciągnęła się aż po horyzont. Przede mną wznosiła się świątynia, którą zapewne wybudowali Tytani, ponieważ jej szczyt ginął pośród chmur. Na środku ściany, przed którą stałem, znajdowała się olbrzymia rzeźbiona brama, wysoka na kilka pięter, zbudowana z czarnego drewna, tak starego, że bardziej przypominało kamień. Kiedy się zbliżyłem, potężne wrota zaczęły się otwierać, a wtedy znikąd pojawił się tłum, który ustawił się po ich obu stronach. Dołączyłem do ludzi i czekałem.

Z miejsca, w którym stałem, słyszałem dziwny odgłos, niczym skrzypienie i pojękiwanie gigantycznego drewnianego statku, a także niski, dudniący śpiew, który wydobywał się jakby spod ziemi. Potem przez otwartą bramę przeszła procesja mężczyzn, których ścięgna i mięśnie rąk oraz klatki piersiowej napinały się, gdy ciągnęli grube liny przywiązane do potężnego drewnianego rydwanu. Miał wysokość trzypiętrowego domu, zdobiły go fantastyczne rzeźbienia i poruszał się na ogromnych drewnianych kołach okutych żelazem. Pot spływał po plecach i nogach mężczyzn, a gdy któryś z nich padał, inni przechodzili nad nim i szli dalej. Na szczycie rydwanu, ubrany w wytworny, jedwabny strój, znajdował się bożek: zwykły kawał drewna pomalowany na czarno, o okrągłych, wytrzeszczonych, białych oczach i czerwonej plamie w miejscu ust.

Kiedy rydwan mnie minął, tłum się przerzedził i zobaczyłem, że ludzie pchają się do przodu, aby układać się na drodze olbrzymich kół, które zgniatały ich jak robaki. Słyszałem chrzęst miażdżonych kości oraz wrzaski i widziałem wąskie strumyki krwi płynące przez pył. Potem poczułem, że ktoś pcha mnie naprzód i chociaż walczyłem z całych sił, nie potrafiłem się uwolnić. Chętne ręce rzuciły mnie na ziemię i ujrzałem nad sobą krawędź wielkiego koła. Śpiew tłumu zabrzmiał z nową mocą. Poczułem opadający na mnie ciężar i moje żebra zaczęły się zapadać.

Obudziłem się albo przyśniło mi się, że się obudziłem, ponieważ zobaczyłem nagą kobietę, która siedziała na mojej piersi niczym sukub. Jej długie, czarne włosy opadały mi na twarz, jej skóra połyskiwała w blasku księżyca, a gdy otworzyłem usta do krzyku, gwałtownie opuściła głowę i wpiła się w nie wargami jak atakujący wąż. Jej język dotknął mojego i poczułem, że unoszę się pod nią. Jej gibkie ciało wiło się nade mną, gdy zmagaliśmy się i dyszeliśmy. Miałem wrażenie, że trwa to całymi godzinami, zaklęty krąg pożądania i zaspokojenia, jak w wywołanych gorączką snach, których nie da się odpędzić. W końcu, całkowicie wycieńczony, opadłem na posłanie i straciłem przytomność.

Obudziłem się z pulsującym bólem głowy, czułem suchość w ustach oraz mdłości. Promienie słońca wpadały przez okno. Walcząc z otępieniem, ubrałem się przy pomocy ordynansa Rolanda, starając się przegnać z umysłu resztki snu, jednak wciąż nie opuszczały mnie ponury nastrój i złe przeczucia. Co mnie opętało, że oświadczyłem się Rebecce, którą ledwie znam i która kocha innego mężczyznę? Tamten sen był jak ostrzeżenie, a gdy wyobraziłem sobie Rebeccę idącą do ołtarza, zobaczyłem kobietę-węża z mojego snu i zadrżałem, chociaż jednocześnie wypełniło mnie gorączkowe podniecenie.

– Tchórzysz? – Roland spytał wesoło, kiedy wszedłem do jadalni. Jadł jajka na bekonie, na których widok poczułem, jak żołądek mi się wywraca.

– Czy wczoraj przysłałeś kobietę... jedną z tamtych hurys z bazaru... do mojego pokoju?

Uniósł brew.

– Miałeś opiumowe sny, chłopcze. Przyjemne, nieprawdaż?

W niewielkim kościółku stałem pod podobizną nagiego, udręczonego Chrystusa na krzyżu i rozumiałem, jak się muszą czuć mężczyźni, którzy uciekają w przeddzień bitwy. Czułem gwałtowną niechęć do Rolanda; to on powinien być na moim miejscu, a nie, swobodny i przystojny w jasnym mundurze, siedzieć w tylnej ławce, oświetlony promieniami słońca, które wydobywały złoty odcień z jego włosów.

Zabrzmiały organy i odwróciłem się, żeby popatrzeć, jak panna młoda idzie w moją stronę, prowadzona przez Johna. W słabym świetle wpadającym przez wąskie łukowate okna mogłaby być kimkolwiek – dziewicą, hurysą, demonem – a ja poczułem, że moje serce napełnia się grozą. Po chwili znalazła się obok mnie i zobaczyłem, że również jest blada i tak mocno drży, że z jej bukietu kremowych róż płatki sypią się na szarą kamienną posadzkę. Nieśmiało podniosła na mnie wzrok, a ja uśmiechnąłem się i ująłem jej dłoń. Kiedy poczułem, jak drży w moim uścisku, wiedziałem, że podjąłem właściwą decyzję, a Rebecca jest jedyną kobietą, którą kiedykolwiek będę chciał za żonę.

Lila

Następnego ranka po otrzymaniu listu nie wstałam z łóżka. Leżałam i wpatrywałam się w sufit, o niczym nie myśląc; miałam wrażenie, że mój umysł wypełniają obłoki albo kłaczki bawełny. Ludzie przychodzili i odchodzili, a ja niemal ich nie zauważałam. Prawie nie pamiętam owych kilku tygodni. Przypominam sobie wizyty lekarza, karmienie zupą przez panią Beauchamp, ciocię Minę, która siedziała w fotelu przy oknie i wyszywała, a także Simona, który próbował ze mną rozmawiać, ale nie pamiętam żadnych słów. To był pocieszający czas – jakby owinął mnie puchaty koc, który chronił przed ostrymi krawędziami świata – jednak rzeczywistość powoli zaczęła się zakradać do mojego umysłu, chociaż starałam się jej nie dopuszczać.

Pewnego ranka zauważyłam, że jestem głodna i chociaż usiłowałam to zignorować, ciało nie dało się zwieść. Dwa dni później poczułam, że od ciągłego leżenia w łóżku bolą mnie plecy. Wstałam i chwiejnym krokiem podeszłam do lustra, w którym zobaczyłam matkę, bladą i słabą po wielu dniach spędzonych w ciemnym pokoju, gdy dręczyły ją bóle głowy. Zaczęłam się zastanawiać, czy ona także nie była w żałobie – dlaczego nigdy wcześniej nie przyszło mi to do głowy? Zapewne dlatego, że dzieci nie przejmują się problemami swoich rodziców; oczekują, że rodzice będą myśleli tylko o nich. A matka nigdy tego nie robiła. Dlaczego nigdy mnie nie kochała? Z pewnością to naturalne, że kobieta kocha swoje dziecko? Kiedyś wmawiałam sobie, że wcale nie jest moją matką, ale kiedy teraz patrzyłam w lustro, nie miałam wątpliwości, że jestem jej córką.

– Usłyszałem, że czujesz się nieco lepiej.

Simon uśmiechnął się do mnie, a ja słabo odwzajemniłam uśmiech. Przysunął krzesło do mojego łóżka.

– Wiem, że trudno jest wrócić, ale cieszę się, że ci się udało. Czuliśmy się samotni bez ciebie.

Popatrzyłam na niego, zaskoczona. Simon nie miał w zwyczaju zdradzać uczuć. W czerwcu zwolniono go z wojska, po tym, jak został ranny w nogę pod Messines, przez co teraz utykał. Po powrocie do domu zamknął się w sobie, jak wielu mężczyzn, którzy przeżyli walkę w okopach. Pracowałam, kiedy wyszedł ze szpitala, więc mogłam spędzić z nim tylko chwilę, ale widziałam, że jest przygnębiony.

Wziął mnie za rękę.

– Przykro mi z powodu Jagjita. – Zobaczył, że się wzdrygnęłam i mocniej zacisnął dłoń. – Niewiedza jest najgorsza, ponieważ do niej nie sposób przywyknąć. Nauczyłem się, że można przywyknąć do wszystkiego, jeśli się to zaakceptuje, jednak nie da się zaakceptować tego, czego się nie wie.

– Ty też za nim tęsknisz.
– Tak.

Długo siedzieliśmy w milczeniu. Potem Simon wstał, zbierając się do wyjścia, ale wciąż trzymał mnie za rękę. Uśmiechnął się do mnie.

– Cieszę się, że wróciłaś, Lilu. Tęskniłem za tobą. – Uniósł moją dłoń do ust i ją ucałował, a następnie położył z powrotem na kołdrze.

Podczas mojej nieobecności jakimś cudem oswoiłyśmy się ze sobą, ja z ciocią Miną. Może po prostu przyzwyczaiłam się do tego, że siedzi przy oknie, haftując bądź szyjąc w milczeniu. Niewykluczone, że od czasu do czasu nawet mi czytała, chociaż nie potrafię powiedzieć, jakie to były lektury. Tak czy inaczej, jej obecność wydawała mi się naturalna, więc kiedy po obudzeniu zastałam ją obok mojego łóżka, uniosłam głowę i odezwałam się zaspanym głosem:

– Witaj, ciociu Mino.

Spytała mnie, jak się czuję, a kiedy udzieliłam zwyczajowej odpowiedzi, popatrzyłyśmy sobie w oczy i zobaczyłam, że ciocia poczerwieniała.

– Lilian… Lilu, tak mi przykro… Wiem, jakie to trudne – czekać i niczego nie wiedzieć, gdy ktoś, na kim nam zależy, ma kłopoty.

Drżał jej głos, a ja wzięłam ją za rękę.

– Twoja babka, a moja siostra, Cecily, była razem z mężem w Indiach podczas rebelii. Wiedzieliśmy, że przebywają w Kanpurze, jednak wieści, które otrzymywaliśmy, były spóźnione o kilka miesięcy i często niezgodne z prawdą. Wciąż pamiętam, jak każdego ranka budziłam się z poczuciem, że wisi nade mną coś przerażającego… smak strachu, który nigdy nie przemijał…

Popatrzyłam w jej zamglone brązowe oczy, zastanawiając się, co widziała, gdy patrzyła na sufit; czy przez te wszystkie lata również żyła w świecie wypełnionym bawełną, nie doświadczając niczego w pełni. Jak inaczej mogła znieść takie duszne, bezbarwne życie?

Odwróciła wzrok.

– Przepraszam. Pewnie nie powinnam teraz o tym mówić, skoro jesteś przygnębiona.

– Nie szkodzi. To mnie ciekawi. Mów dalej.

– Nie ma zbyt wiele do opowiadania. Dostawaliśmy od niej listy, ale nagle przestały przychodzić i wiedzieliśmy, że są oblężeni przez buntowników. Od czasu do czasu docierały do nas wieści, że jakieś ataki odparto, że próbowano posłać odsiecz, ale nie znaliśmy żadnych konkretów. Informacje w gazetach pochodziły sprzed tygodni. Słyszeliśmy, że ludzie giną, ale nie wiedzieliśmy, czy Cecily i Arthur są wśród nich. – Przełknęła ślinę. – Mój narzeczony, Peter, wchodził w skład oddziału odsieczy. Dotarli na miejsce za późno. On… kiedyś kochał się w Cecily. Chyba wciąż coś do niej czuł. Po Kanpurze wysłał do mnie list. Wiedziałam, że nigdy nie zdoła zapomnieć tego, co zobaczył. A potem zachorował na cholerę. Zmarł w drodze. Powiadomił mnie twój dziadek…

Wciąż czasami budzę się z tym okropnym uczuciem i wracam do tamtych chwil, gdy zastanawiałam się i czekałam… A potem przypominam sobie, że już jest po wszystkim. – Skupiła na mnie spojrzenie brązowych oczu. – Chcę po prostu powiedzieć, że jest mi przykro z powodu twojego przyjaciela. Wiem, jakie to uczucie pragnąć kogoś, ale nigdy nie mieć szansy… – Przycisnęła chustkę do ust drżącą dłonią i wstała. – Jeśli to cię pocieszy, wiedz, że to najgorszy okres. Trudniej już nie będzie... Nawet gdy nasze obawy się ziszczą.

Kiedy zastanawiałam się nad konsekwencjami jej słów, ciocia Mina wyszła z pokoju. Po tej rozmowie przestałam odczuwać wobec niej niechęć i od tamtej chwili zapanował między nami pokój.

– Jeśli Jagjit wciąż żyje, na pewno jest bardzo rozgoryczony – zauważył Simon. Otrzymał pracę biurową w siedzibie Ministerstwa Wojny w Londynie, gdzie zajmował się wojskowymi transportami i pojawiał się w domu tylko w weekendy.

Był zimny, deszczowy dzień w styczniu 1919 roku, a Simon i ja spędzaliśmy go w dawnej bawialni, jak wielokrotnie czyniliśmy w dzieciństwie. W tym pokoju zawsze czułam, że Jagjit jest blisko mnie, unosi się tuż poza polem widzenia. Czasami tak mocno czułam jego obecność, że odwracałam głowę, próbując go zaskoczyć.

Wojna skończyła się w listopadzie zeszłego roku i oficjalnie uwolniono wszystkich jeńców, jednak minęło Boże Narodzenie, a ani ojciec Jagjita, ani ja nie otrzymaliśmy żadnych wieści na jego temat. Niektórzy z powracających brytyjskich oficerów, po hospitalizacji z powodu czerwonki, malarii czy choroby beri-beri, trafiali do Wysokich Wiązów na rekonwalescencję. Nie narzekali na to, jak ich traktowano w więzieniu. Przebywali w wygodnych warunkach, nie brakowało im jedzenia ani ruchu, zaprzyjaźnili się ze strażnikami, z którymi grywali w karty, a nawet mogli wyprawiać się do pobliskich miasteczek. Uskarżali się głównie na nudę.

Serce żywiej mi zabiło, gdy się dowiedziałam, że w tych samych obozach przetrzymywano hinduskich podoficerów i gorliwie wypytywałam wszystkich, czy spotkali dźamadara Jagjita Singha, dopóki jeden z kapitanów, który walczył pod Kut, nie poinformował mnie, że Brytyjczycy nie byli przetrzymywani razem z Hindusami:

„Turcy początkowo traktowali nas tak samo, a nawet podawali nam posiłki przy tych samych stołach. Dopiero jeden z naszych oficerów musiał im powiedzieć, że w brytyjskiej armii brytyjscy oficerowie nie jadają razem z hinduskimi podoficerami. Od tamtej pory już ich nie widywaliśmy. Trzymali się w swoim gronie".

Zupełnie inaczej potoczyły się losy szeregowców, którzy walczyli pod Kut. Byli osłabieni za sprawą głodu, odniesionych ran, cholery i innych chorób. Po wyczerpującej wędrówce przez pustynię, która pochłonęła życie wielu z nich, zostali zamknięci w obozach, gdzie przez dwanaście godzin na dobę tłukli kamienie i układali tory kolejowe, nie mając żadnej osłony przed palącym słońcem. Kiedy wojna się skończyła, duża część strażników uciekła, pozostawiając bez jedzenia ani wody jeńców, którzy na własną rękę musieli przemierzyć setki mil pustyni oddzielające ich od wybrzeża. Wielu umarło z pragnienia albo głodu bądź zginęło z rąk Madanów. Oficerowie, którzy odwiedzali nielicznych ocalałych żołnierzy, byli zaszokowani ich stanem i opowieściami. Dziękowałam Bogu za to, że Jagjit jest podoficerem.

Popatrzyłam na Simona.

– „Jeśli żyje"? Czyżbyś stracił nadzieję?

Ze znużeniem otarł oczy chudą dłonią.

– Myślę, że zawsze pozostaje nadzieja. Podobno wciąż odnajdują maruderów z najbardziej oddalonych obozów, ale to sami szeregowcy, nie oficerowie. To nie wygląda dobrze, Lilu. Możemy nigdy się nie dowiedzieć, co się z nim stało.

Czułam, że zniosę wszystko poza tym – wieczną niewiedzą, zastanawianiem się i domysłami.

– Ojciec mówi, że Townshend wyjątkowo dopiekł swoim hinduskim oddziałom – ciągnął Simon. – Obwiniał ich o wszystko, a teraz wygląda na to, że kiedy zabrakło im jedzenia pod Kut, podczas przygotowywania racji żywnościowych nie wziął pod uwagę faktu, że Hindusi są wegetarianami. Wielu z nich zmarło z głodu albo zapadło na szkorbut. Wszyscy się nim brzydzą. Straciliśmy dwadzieścia pięć tysięcy ludzi, próbując przyjść mu z odsieczą, a on od czasu ogłoszenia kapitulacji żyje w luksusie jako gość paszy, podczas gdy jego ludzie umierali w obozach. Ojciec twierdzi, że Townshenda najwyraźniej interesuje tylko wynegocjowanie dobrych warunków rozejmu dla swoich tureckich przyjaciół. Czy na miejscu Jagjita nie byłabyś rozgoryczona?

– Dlaczego przestaliście do siebie pisywać?

Westchnął.

– Jakie to ma teraz znaczenie?

Miałam ochotę odpowiedzieć: „Jeśli mam go już nigdy nie zobaczyć, chcę wiedzieć wszystko", ale widziałam, że jest zdenerwowany, więc się powstrzymałam.

Siedzieliśmy w milczeniu, wbijając wzrok w kominek, jak stare małżeństwo, a ja nagle zobaczyłam, jak siedzimy w tym samym miejscu za wiele lat z głowami pełnymi wyschniętych skorup wspomnień, zastanawiając się, co się stało z przyszłością, którą kiedyś przed sobą dostrzegaliśmy.

Henry

23 września 1882

Odkładałem napisanie listu do ojca, ponieważ nie wiedziałem, jak mu wytłumaczyć swoją nagłą decyzję, podjętą zaledwie miesiąc po naszym spotkaniu, o małżeństwie z kobietą, o której istnieniu nawet mu nie wspomniałem. Jednak teraz muszę go poprosić o niewielkie wsparcie finansowe; utrzymanie domu okazało się kosztowniejsze, niż się spodziewałem, nawet przy ograniczeniu służby do minimum, czyli do tragarza, kucharza, ogrodnika, strażnika oraz, oczywiście, aji Rebekki.

Rebecca wciąż odnosi się do mnie z rezerwą. Po obiedzie zazwyczaj siedzimy na werandzie, ona ze swoim haftem, a ja z moimi dokumentami, udając, że pochłania nas praca, jednak każdy jej ruch, a nawet szelest sukni, rozprasza mnie i sprawia, że gubię wątek i muszę zaczynać od początku. Z tego, co widzę, ona również nie czyni dużych postępów w pracy nad haftem.

Jak dotąd nie znaleźliśmy zbyt wielu tematów do rozmów, gdyż odnoszenie się do naszej wcześniejszej znajomości nieuchronnie przywołuje widmo Rolanda, który taktownie trzyma się z daleka.

7 października 1882

Dzisiaj otrzymałem odpowiedź od ojca i z zaskoczeniem odkryłem, że w pełni zaakceptował całą sytuację. Złożył mi gratulacje i poinformował, że podczas mojej wizyty zapomniał mi powiedzieć, iż dysponuję teraz własnym kapitałem. Okazało się, że dziadek, po którym otrzymałem imię – ojciec mojej matki – po jej śmierci wpłacił pewną sumę na fundusz powierniczy i złożył dyspozycję, abym otrzymał te pieniądze po dwudziestych piątych urodzinach. To rozwiązuje część moich problemów.

Jako że ojciec ma prawo do urlopu, obiecał odwiedzić nas w przyszłym miesiącu. Ciekawe, co sobie o nas pomyśli.

3 listopada 1882

Wszystkie moje obawy dotyczące odwiedzin ojca okazały się nieuzasadnione. Od razu wyczuł kruchość Rebekki i zwraca się do niej z czułością i delikatnością, jakiej nigdy u niego nie widziałem. Przypomina mi się opowieść Kishana Lala o tym, jak ojciec opiekował się bibi przed jej śmiercią.

Rebecca najwyraźniej także go polubiła, ponieważ traktuje go czule jak córka, podsuwając mu dokładki podczas posiłków i dbając o to, by zawsze miał pełny kieliszek, a jemu wyraźnie się to podoba.

Po kolacji siadamy na werandzie, a ojciec wspomina młodość. Wczoraj wieczorem opowiadał o śmierci rodziców i o tym, że jego i Jamesa wychował ich wujek, kawaler; wydaje się, że mieli samotne dzieciństwo. Rebecca słuchała go, jednocześnie pracując nad haftem, którego nie omieszkał pochwalić. Nigdy nie podejrzewałem go o choćby najmniejsze zamiłowanie do sztuki, jednak powiedział, że zawsze podziwiał kreatywność, a w mojej matce najpierw spodobały mu się jej zdolności muzyczne i artystyczne. Ku mojemu zaskoczeniu, Rebecca także zaczęła opowiadać o swoim dzieciństwie: o tym, jak ojciec ją podziwiał, rozpieszczał, nazywał swoją „małą księżniczką" i mówił, że wygląda tak samo jak jej matka – „prawdziwa irlandzka dziewczyna" o ciemnych kręconych włosach i zielonych oczach. Czułem się, jakbym słuchał dziecka opowiadającego bajkę, gdyż nic z tego nie pasuje do mężczyzny, którego znałem, a który sprawiał wrażenie całkowicie obojętnego na los córki, nie troszczył się o nią ani jej nie chronił.

Jeśli nawet ojciec zauważył, że śpimy w osobnych pokojach albo uznał nasze wzajemne relacje za dziwaczne, to nie dał tego po sobie poznać.

17 listopada 1882

Ojciec wczoraj wyjechał, ale jego wizyta wiele zmieniła. Obawiałem się, że razem z nim zniknie nowo odnaleziona swoboda, ale kiedy wczoraj wieczorem wróciłem do domu, Rebecca siedziała na werandzie i uśmiechała się, jakby się cieszyła, że mnie widzi. Gdy pojawiłem się, zażywszy kąpieli i przebrawszy się do kolacji, odesłała służącego i sama nalała mi kieliszek sherry. Podczas posiłku spytała, czy dzisiaj wydarzyło się coś ciekawego w sądzie i wydawało się, że interesuje ją moja odpowiedź. Później zapytała, czy mam coś przeciwko temu, aby zadbała o kilka poduszek i nakryć stołowych do domu. Odpowiedziałem, że to jej dom, więc powinna robić wszystko, na co ma ochotę, aby uczynić go bardziej komfortowym. Potem zdobyłem się na odwagę i spytałem, czy żałuje swojej decyzji. Nie odpowiedziała, tylko się uśmiechnęła, tak zagadkowo, że poczułem się jak niedojrzały uczniak stojący przed Moną Lisą.

Później zasiedliśmy na werandzie, pogrążeni w swoich zajęciach, otoczeni intensywną wonią jaśminu. Prawie się nie odzywaliśmy, ale kiedy nadeszła pora snu, Rebecca zatrzymała się przy drzwiach i posłała mi uśmiech, jaki często kierowała do Rolanda: figlarny uśmiech, któremu towarzyszyło szersze otwarcie oczu, jakie zazwyczaj zachęca do intymności. Przez chwilę nie ruszała się z miejsca, a kiedy nie zareagowałem, ponownie się uśmiechnęła i zniknęła w domu. Siedziałem, zastanawiając się, czy powinienem za nią podążyć, ale przypomniałem sobie powiedzenie ojca, które zawsze doprowadzało mnie do pasji – „Gdy się człowiek śpieszy, to się diabeł cieszy, Henry" – i pozostałem na miejscu.

23 listopada 1882

Ostatni tydzień doprowadził mnie do szaleństwa. Nie wiem, jak Rebecca to robi, ale ma w sobie jakiś rodzaj magnetyzmu, który nie pozwala jej ignorować. Widziałem, jaki wywiera efekt, gdy wchodzi do pokoju: nawet nie musi się odzywać, po prostu stoi, a głowy wszystkich mężczyzn zwracają się w jej stronę, wszystkie kobiety zaś mocniej zaciskają usta.

Wieczorami, kiedy przesiadujemy na werandzie, ona zajęta szyciem, a ja pogrążony w lekturze, czuję jej obecność tak wyraźnie, że każdy nerw w moim ciele budzi się do życia. Czasami się zastanawiam, czy ona zdaje sobie sprawę z tego, jak działa na innych.

Kiedy wczoraj wieczorem położyłem się do łóżka, nie potrafiłem zasnąć. Dręczyło mnie pożądanie, wyobrażałem sobie jej bladą, gładką skórę, hipnotyzujące oczy, zapach jej włosów. W końcu zapadłem w sen, a wtedy powrócił znany koszmar. Obudziłem się z krzykiem, kurczowo kogoś ściskając, co często mi się przydarzało w dzieciństwie, jednak tym razem nie przytrzymywały mnie silne dłonie ojca, tylko ręce kobiety. Klęczała przy moim łóżku, przybliżając twarz do mojej twarzy; w ciemności nie widziałem jej rysów, ale rozpoznałem ją po perfumach. Zażenowany, spróbowałem usiąść, ale pchnęła mnie z powrotem na posłanie.

– Zamknij oczy.

Usłuchałem.

Głaskała mnie po włosach.

– Teraz odpoczywaj.

Słuchałem jej cichego śpiewu, a potem zapewne odpłynąłem w sen. Kiedy obudziłem się rano, już jej nie było.

Podczas śniadania Rebecca była milcząca, jak zwykle porankami. Wiem, że ma problemy ze wstawaniem, w czym nie pomaga jej laudanum, które przepisano jej na uspokojenie nerwów po śmierci ojca. Tak bardzo przypominała dawną siebie, że zacząłem się zastanawiać, czy przypadkiem nie przyśniła mi się jej obecność w moim pokoju. Czy to była ona? A może śniłem o jakiejś innej kobiecie – może matce? W końcu się odezwałem:

– Mam nadzieję, że nie zakłóciłem ci odpoczynku wczoraj w nocy?

Uśmiechnęła się i spytała, czy często miewam koszmary, więc opowiedziałem jej o złych snach, które dręczyły mnie w dzieciństwie, chociaż przemilczałem ich przyczynę, a Rebecca wysłuchała mnie z takim współczuciem, że odważyłem się powiedzieć: – Mam nadzieję, że ty czujesz się już mniej nieszczęśliwa – ona zaś ponownie obdarzyła mnie tym kusicielskim uśmiechem.

Rozmyślałem o nim przez cały dzień, starając się go zinterpretować, a tego popołudnia Hussain musiał mnie o coś prosić aż trzykrotnie, zanim go usłyszałem.

27 listopada 1882

Dzisiaj w Klubie, gdzie jadłem lunch z Farradayem i omawiałem naszą kolejną wizytację, zobaczyłem Rolanda i niemal roześmiałem mu się w twarz.

Poprzedniej nocy Rebecca i ja skonsumowaliśmy nasze małżeństwo. Rano nie chciałem opuszczać jej boku i podczas rozmowy z Farradayem przez cały czas o niej myślałem. Byłem tak rozproszony, że zaczął się ze mnie podśmiewać i powiedział, że wyraźnie przydałby mi się miesiąc miodowy. Odrzekłem, że już wykorzystałem cały urlop, ale on zapewnił mnie, że poradzą sobie z Hussainem i dał mi tydzień wolnego. Kiedy wróciłem do domu, Rebecca właśnie wypoczywała, więc dołączyłem do niej w łóżku. W świetle dnia było to jeszcze rozkoszniejsze. Mam wrażenie, że mógłbym spędzić całe życie na kochaniu się z nią i nigdy by mi się to nie znudziło.

13 stycznia 1883

Żałuję, że nie wiem więcej o kobietach ani nie mam nikogo, kto mógłby mi służyć radą. Wszystko jest wspaniale, kiedy jesteśmy we dwoje – Rebecca jest kochająca i czuła, a ja czuję się szczęśliwszy niż kiedykolwiek. Przez cały dzień czekam na powrót do domu, żeby zobaczyć jej szeroki uśmiech, którym mnie wita, oraz poczuć miękkość jej ciała, gdy się obejmujemy. Siedząc z nią przy stole, zastanawiam się, czy służba dostrzega, że niecierpliwie wyczekuję końca posiłku, aby zostać tylko z nią. Później, kiedy siedzimy na werandzie, rozkoszuję się oczekiwaniem, co jakiś czas podnosząc wzrok znad dokumentów, obserwując, jak jej smukłe palce przeciągają igłę przez materiał i wyobrażając sobie ich dotyk na mojej skórze. Czasami ona napotyka moje spojrzenie i posyła mi uśmiech, a ja muszę się powstrzymywać, żeby od razu nie zaciągnąć jej do sypialni. Kiedy jesteśmy we dwoje, sprawia wrażenie zadowolonej; jednak obecność innych czyni ją nieszczęśliwą i czasami żałuję, że nie mogę posłać do diabła całej służby, Farradaya, Hussaina i reszty świata.

Przez pierwsze kilka miesięcy po ślubie odrzucaliśmy wszystkie zaproszenia, jakie zwyczajowo otrzymują nowożeńcy, tłumacząc się niedawno przeżytą żałobą oraz kłopotami ze zdrowiem, lecz nie możemy tego ciągnąć w nieskończoność, jeśli nie chcemy nikogo urazić. W zeszłym tygodniu Farraday zaprosił nas na kolację i odmowa wydała mi się ze wszech miar nierozsądna. Zdaję sobie sprawę z plotek, głoszących, że pobraliśmy się zbyt szybko po śmierci ojca Rebekki, zwłaszcza że ludzie wiedzieli o jej związku z Rolandem. Wkrótce po ślubie otrzymałem anonimowy list, w którym ostrzegano mnie, że ludzie plotkują, iż Rebecca nosi dziecko Rolanda. Od tamtej pory minęło pięć miesięcy, więc wydawało się rozsądne, żeby Rebecca pokazała się publicznie i zdusiła te pogłoski w zarodku.

Podczas kolacji wyczuwałem, że wszystkich zżera ciekawość, jednak panowie byli na tyle dobrze wychowani, że tylko mi pogratulowali. Rebecca miała mniej szczęścia. Kiedy po posiłku dołączyliśmy do dam, zauważyłem, że jest blada i siedzi sztywno, tak samo jak w pierwszych dniach po naszym ślubie. Kiedy wracaliśmy powozem do domu, spytałem ją, co się stało. Powiedziała tylko, że kobiety zadawały pytania, które miały ją upokorzyć. Zapytałem, jakie to były pytania, ale nie chciała odpowiedzieć; podejrzewam, że dotyczyły plotek, o których wspominałem. Po powrocie do domu długo płakała, a ja nie potrafiłem jej pocieszyć. W końcu jej aja kazała mi odejść i obiecała, że sama się nią zajmie.

Łączy je więź bliższa, niż podejrzewałem, a kiedy Rebeccę męczą bóle głowy – niestety, dzieje się to często i sprawia jej wielkie cierpienie – Zainab jest jedyną osobą, której towarzystwo toleruje. Kiedy przypominam sobie, że aja opiekuje się nią od urodzenia, wcale mnie to nie dziwi, lecz nie licząc tych chwil, Rebecca wprost nie może znieść jej obecności i odnosi się do niej tak nieuprzejmie, że wczoraj byłem zmuszony zainterweniować, jednak ostatecznie aja stanęła po stronie Rebekki!

10 marca 1883

Rebecca jest w ciąży. Lekarz wczoraj to potwierdził. Doradził mi, aby odstawiła laudanum, jednak dopiero w drugim trymestrze, na wypadek, gdyby sprawiało jej to trudność. W przyszłym tygodniu wyjeżdżam na dwutygodniowy objazd okolicy, jednak Zainab zapewnia mnie, że pod moją nieobecność zatroszczy się o wszystkie potrzeby Rebekki.

28 marca 1883

Biedna Rebecca. W zeszłym tygodniu odwołano mnie z objazdu okolicy, ponieważ poroniła. Było po wszystkim, zanim przyjechał lekarz. To był chłopiec. Rebecca ogromnie cierpi, a lekarz ponownie zwiększył jej dawkę laudanum, którą ostatnio stopniowo zmniejszał, gdyż Rebecca uskarżała się na nocne koszmary i bóle brzucha. Zastanawiam się, czy mogło to mieć jakiś związek z jej poronieniem, ale on uważa, że nie, chociaż zaleca, aby przestała zażywać lek, zanim zaryzykuje kolejną ciążę.

Kiedy do niej poszedłem, była bardzo przygnębiona, chociaż odniosłem wrażenie, że bardziej niż utratą dziecka przejmuje się tym, co ludzie o niej powiedzą. Nie rozumiem, dlaczego tak ją to martwi, ale podejrzewam, że dla kobiet, których życie obraca się wokół domu i relacji międzyludzkich, opinia innych jest ważniejsza niż dla mężczyzn, którzy mogą się zatracić w pracy lub innych zainteresowaniach. Wczoraj, kiedy po raz pierwszy wyszła na werandę, zauważyłem, że pracuje nad nowym haftem – wzorem z drzew o przeplatających się gałęziach, na których zamiast owoców rośnie coś, co niepokojąco przypomina dłonie i stopy niemowląt.

13 maja 1883

Wczoraj wieczorem jedliśmy kolację u Hussainów; już kilkakrotnie nas zapraszali, więc niegrzecznie byłoby wciąż odmawiać. Rebecca nie była zachwycona, ale uznałem, że towarzystwo pani Hussain, która jest niezwykle inteligentną i troskliwą kobietą, pozwoli jej się odprężyć. Ostatecznie żałuję, że nie zostawiłem jej w domu, ponieważ już od chwili przybycia stało się jasne, że nie chce tam być. Hussainowie wyszli nas przywitać, ale kiedy pan domu wyciągnął rękę do Rebekki, ona spłoszyła się i cofnęła, nie odwzajemniając powitania. Myślę, że obaj uznaliśmy to za objaw nieśmiałości, jednak kiedy pani Hussain podeszła i wyciągnęła rękę, Rebecca tylko lekko musnęła jej dłoń. Sądzę, że nie tylko ja zauważyłem, iż później zaczęła pocierać palce chustką, jakby chciała je wyczyścić, chociaż miała na tyle przyzwoitości, że oblała się rumieńcem, gdy Hussain zapytał, czy chciałaby umyć ręce.

Podczas kolacji nie odezwała się ani słowem. Kiedy Hussain albo jego żona zwracali się do niej, spoglądała na mnie, jakby mówili nieznanym językiem. Było to niezwykle niezręczne i nie byłem pewien, jak reagować. Nie mogłem przeprosić za jej zachowanie, a jednocześnie jej grubiaństwo trudno było zignorować. Rozmowa stała się tak sztywna, że Hussainowie w końcu dali sobie spokój z próbami ośmielenia Rebekki i zwracali się wyłącznie do mnie.

W drodze do domu Rebecca wcisnęła się w kąt dwukółki i prawie nic nie mówiła. Byłem rozgniewany i powiedziałem, że wstyd mi za jej zachowanie, gdyż nie tylko obraziła Hussainów, ale także naraziła mnie na upokorzenie w pracy. Początkowo tylko się rozpłakała, ale kiedy zażądałem wyjaśnień, spytała mnie oskarżycielsko przez łzy, co pomyślą o nas ludzie, jeśli będziemy się spotykać z tubylcami. Kierowany złością odpowiedziałem, że nie obchodzi mnie, co pomyślą ludzie, na co odparła, że ona najwyraźniej również mnie nie obchodzi. To było tak niedorzeczne oskarżenie, że nie zaszczyciłem jej odpowiedzią i przez resztę drogi do domu już się do siebie nie odzywaliśmy. Trudno mi uwierzyć, że jeszcze wczoraj uważałem się za najszczęśliwszego mężczyznę na świecie.

20 maja 1883

Rebbecca znów źle się czuje. To się zaczęło nazajutrz po przyjęciu u Hussainów. Cały dzień spędziła w łóżku, szlochając. Kiedy spytałem, co się stało, odrzekła, że od początku wiedziała, iż będę nią rozczarowany i pożałuję, że się z nią ożeniłem. Zachowywała się jak małe dziecko, które się smuci, że zostało ukarane. Przytuliłem ją, pocałowałem i powiedziałem, że niczego nie żałuję, a wszystkie małżeństwa napotykają trudności, jednak ona nie dała się pocieszyć. Wieczorem dopadła ją migrena, która trwała pięć dni. Przez cały ten czas Rebecca leżała w zaciemnionym pokoju, a Zainab siedziała u jej boku, nacierając jej skronie wodą kolońską.

Odkąd poczuła się lepiej, zachowuje się, jakby o wszystkim zapomniała. Chciałbym spokojnie z nią o tym porozmawiać, ale boję się, że znów wyprowadzę ją z równowagi. Całe to wydarzenie przepełniło mnie niepokojem.

Lila

Wzgórza Sussex, maj 1919

Ciocia Mina zmarła dwa tygodnie temu, akurat kiedy zaczęło się ocieplać. Złapała grypę na początku lutego. Choroba zabrała tysiące, wliczając wielu żołnierzy, którzy przeżyli walkę w okopach. Niektórzy z naszych pacjentów zmarli na grypę, gdy właśnie zaczynali stawać na nogi. Ostatecznie postanowiono zwolnić ze szpitala tych, którzy mogli być dalej leczeni w domu, aby uchronić ich przed zarażeniem.

Pod koniec lutego zamknięto sanatorium w Wysokich Wiązach, ale wtedy już mieszkałam u państwa Beauchampów i opiekowałam się ciocią Miną. Cieszyłam się, że mogę się nią zajać, a podczas tych trzech miesięcy, kiedy jej towarzyszyłam, gdy przechodziła kolejno grypę, zapalenie opłucnej, a w końcu zapalenie płuc, zaczęłyśmy się znacznie lepiej rozumieć.

Zmarła tuż przed świtem, kiedy siedziałam obok niej. Gdy zaczęła tracić kontakt z rzeczywistością, czuwałyśmy na zmianę z panią Beauchamp. Przez dwa dni była w śpiączce, ale kiedy odezwały się poranne trele ptaków, nagle otworzyła oczy, a na jej twarzy pojawił się beztroski uśmiech młodej dziewczyny. Potem popatrzyła za mnie i odezwała się radosnym tonem, jakby do pokoju właśnie wszedł dawno oczekiwany gość.

– Cecily!

Obejrzałam się, ale oczywiście nikogo tam nie było, a gdy odwróciłam głowę w jej stronę, już nie oddychała.

Siedziałam obok niej w milczeniu, trzymając jej niemal pozbawioną ciężaru dłoń i – jak często się zdarza po spokojnej śmierci – czułam w pokoju lekkość i wyzwolenie. Następnie wstałam, żeby otworzyć okno, jak zawsze robiłyśmy w szpitalu. To stary zwyczaj, mający na celu wypuszczenie duszy. Nie wiem, czy wierzę w istnienie duszy, ale miałam wrażenie, że tak wypada zrobić. Otworzyłam okno i wystawiłam głowę na chłodne poranne powietrze, nasłuchując śpiewu ptaków, a kiedy się cofnęłam, miałam wrażenie, że pokój opustoszał.

Ostatniej soboty, pięknego wiosennego poranka, pośród śpiewu skowronków oraz kwitnących tarniny i kolcolistu, które pokrywały wzgórza plamami bieli i żółci, udaliśmy się do normańskiego wiejskiego kościółka na pogrzeb. Pan Beauchamp i Simon przyjechali na weekend z Londynu.

Stałam obok Simona i śpiewaliśmy ulubiony hymn cioci Miny, O *Boże, pomocy nasza w wiekach minionych*. Mam wrażenie, że rzeczywiście niewiele zmieniło się na świecie, ponieważ słowa hymnu znakomicie opisują minione cztery lata.

> Twe słowo w proch obraca ciało –
> Wracajcie, o synowie ludzcy;
> Narody wpierw z ziemi powstają,
> By kiedyś znów do niej powrócić.

> Czas, niczym nieprzerwana rzeka,
> Unosi wszystkie swoje dzieci;
> Płyną, jak sen, który ucieka,
> Gdy rankiem słońce mu zaświeci.

Pomyślałam o wszystkich ludziach, którzy wciąż przeżywają koszmar na jawie, i zerknęłam na Simona. Łzy spływały mu po twarzy. Wzięłam go za rękę.

> Narody jak kwieciste pola,
> Co pysznią się w porannej zorzy;
> Lecz zanim przyjdzie mrok wieczora
> Zmarnieją pod ręką kosiarzy.

Ludzie zaczęli płakać w całym kościele; nie z powodu cioci Miny, ale po synach, braciach, mężach i kochankach, których mieli już nigdy nie zobaczyć.

Następnego dnia, po porannym nabożeństwie, państwo Beauchampowie przyjęli mnie w swoim gabinecie, aby omówić szczegóły spadku. Kiedy im się przyjrzałam, zauważyłam, jak bardzo się postarzeli. Byłam tak zajęta ciocią Miną, że całymi miesiącami nie zwracałam uwagi na nic innego. Pani Beauchamp jest elegancka jak zawsze, chociaż jej włosy spłowiały; miała na sobie jasnoszarą, wąską, adamaszkową tunikę, a pod nią prostą grafitową spódnicę. Ciemne włosy pana Beauchampa przecinają srebrne pasma, a wokół jego jasnych, pełnych życia oczu zauważyłam siateczkę zmarszczek.

– Twoja ciotka ustanowiła mnie wykonawcą testamentu i pozostawiła mi pewne informacje, które miałem ci przekazać po jej śmierci – rzekł, otwierając szufladę biurka i wyjmując plik papierów. Zawahał się, po czym dodał: – Informacje dotyczące twojej matki.

Najwyraźniej szerzej otworzyłam oczy, ponieważ szybko podjął wątek:

– Z tego, co wiem, ciotka powiedziała ci, że twoi rodzice zmarli na cholerę. Obawiam się, że to nieprawda. Zawsze uważałem, że powinnaś poznać prawdę, jednak ciotka chciała cię chronić. Kiedy skończyłaś dwadzieścia jeden lat, namawiałem ją, aby ci o wszystkim powiedziała, ale doszła do wniosku, że nie ma prawa przeszkadzać ci w twojej pracy na rzecz żołnierzy.

Zadrżałam, a kiedy opuściłam wzrok, zauważyłam, że podniosły się włoski na moich rękach.

– Chyba ci zimno – zatroskała się pani Beauchamp. – Może przyniosę szal?

Pokręciłam głową.

– O co chodzi z moją matką? – Jak to możliwe, że nigdy nie zastanawiałam się, gdzie ona jest, że tak całkowicie wyrzuciłam ją z myśli?

Pan Beauchamp mówił dalej:

– Przykro mi to mówić, ale po śmierci twojego ojca... – Zawahał się. – Nie jestem pewien, jak dużo wiesz, Lilu...

– Wiem o ojcu – odrzekłam. – Proszę mówić dalej.

Odetchnął z ulgą.

– Otóż twoja matka nigdy w pełni nie otrząsnęła się z szoku. Wkrótce potem została zabrana... – Zamilkł.

– Nie żyje?

Wyglądał na zaszokowanego.

– Ależ nie. Została zabrana do wojskowego szpitala w Deolali... niedaleko Bombaju. To miejsce przeznaczone dla ludzi, którzy mają, cóż... problemy nerwowe... Przetrzymuje się ich tam do czasu, kiedy zostają odesłani do Anglii.

„Mówią, że jej matka jest szurnięta", powiedziała kiedyś Cook; a może to była Ellen.

– Matka jest w Anglii?

Zapewne wziął moje oszołomienie za entuzjazm, bo od razu odparł:

– Nie, przykro mi, Lilu, ale nigdy jej tutaj nie przywieziono. Z jakiegoś powodu przekazano ją pod pieczę jakiejś Hinduski... Gdzieś tutaj mam zapisane jej nazwisko... – Zaczął przerzucać dokumenty. – Aha, mam... Zainab Khan... która się nią zaopiekowała.

– Zainab? – To była moja aja, a także aja mojej matki. Jednak matka nigdy jej nie lubiła.

– Rzeczywiście, wydaje się to dziwne. Możliwe, że zorganizowała to twoja ciotka. Mieszkają w górskiej miejscowości Nasik, a czynsz i bieżące wydatki są pokrywane z majątku twojego ojca. W dokumentacji medycznej wspomina się o katatonii. Z tego, co mi wiadomo, ludzie dotknięci tym schorzeniem nie cierpią, jednak zapewne znasz się na tym lepiej ode mnie, skoro pracowałaś w szpitalach.

Przypomniałam sobie pacjentów z katatonią, których widziałam: nieobecnych, jakby jakaś zła wróżka rzuciła na nich urok. Jednak w moim umyśle to matka była złą wróżką.

Pani Beauchamp położyła dłoń na mojej ręce.

– Przykro nam, że ci o tym mówimy, Lilu. To na pewno dla ciebie straszliwy szok.

– Jak już wspomniałem – dodał pan Beauchamp – uważam, że powinnaś była dowiedzieć się o tym wiele lat temu, a przynajmniej kiedy osiągnęłaś pełnoletność, jednak twoja ciotka należała do pokolenia, które wierzyło, że im mniej się mówi, tym lepiej.

– Powiedziała panu? Mam na myśli... co się stało z ojcem?

Zawahał się.

– Nie była pewna, czy to pamiętasz. Na wypadek, gdybyś zapomniała, nie chciała ci o tym przypominać.

– Jak mogłabym zapomnieć? Zastrzelił się w swoje urodziny. Widziałam go... zaraz po tym.

Sprawiali wrażenie oszołomionych.

– Moja droga, to musiało być dla ciebie straszne – odezwała się pani Beauchamp.

Pan Beauchamp odchrząknął.

– Lilu, jesteś pewna, że chcesz teraz kontynuować? Może tyle wiadomości wystarczy na jeden dzień.

– Nie, wolałabym się dowiedzieć wszystkiego.

– Podejrzewam, że będziesz chciała utrzymać opiekę dla matki w dotychczasowej formie?

– Wydaje mi się, że tak będzie najlepiej.

– Chyba że chciałabyś ją sprowadzić tutaj. Dom ciotki... który teraz należy do ciebie... jest wystarczająco duży...

– Nie.

Zapadła cisza. W końcu pan Beauchamp odezwał się ostrożnie:

– Więc może chcesz ją odwiedzić?

– Raczej nie. Zresztą to bez sensu, skoro ona cierpi na katatonię, prawda?

Beauchampowie wymienili spojrzenia.

– Pewnie masz rację. Cóż... może powinniśmy omówić zapisy testamentu – szybko dodał pan Beauchamp. – Jak zapewne się domyślasz, twoja ciotka zostawiła ci wszystko. Mam tutaj egzemplarze jej testamentu oraz dokumenty dotyczące kont bankowych i inwestycji. A to dla ciebie. – Wręczył mi grubą żółtą kopertę.

Pomyślałam o notatnikach i listach, które przed laty widziałam na jej sekretarzyku.

– A pozostałe rodzinne dokumenty?

Zmarszczył czoło.

– Nie wspomniała o żadnych innych dokumentach. Może napisała o nich w liście, który jest w tej kopercie? Przekazała mi tylko dokumenty dotyczące spadku. Wszelkie rodzinne listy, fotografie i tak dalej zapewne wciąż znajdują się w domu. O ile się nie mylę, większość mebli składowano, od kiedy dom poddano rekwizycji?

– Tak, wszystko jest na poddaszu.

Pokiwał głową.

– Dom, oczywiście, będzie wymagał solidnego odnowienia po ostatnich trzech latach użytkowania, ale nawet biorąc pod uwagę koszt remontu, pozostanie ci renta, która wystarczy na zaspokojenie wszystkich potrzeb. Oprócz tego dysponujesz kapitałem ojca, chociaż większość dochodów idzie na utrzymanie matki, dopóki ta pozostaje przy życiu.

– Rozumiem.

– Oczywiście, gdybyś postanowiła sprzedać dom i kupić coś mniejszego, zwiększyłabyś tym samym dostępny kapitał i swoje dochody. Nie nazwałbym cię bogatą, jednak niewątpliwie możesz sobie pozwolić na wygodne życie, nawet jeśli nigdy nie podejmiesz pracy. Pod tym względem masz większe szczęście od wielu młodych kobiet.

Rzecz jasna chciał powiedzieć, że w odróżnieniu od wielu kobiet nie będę zmuszona do zarabiania na życie. Od zakończenia wojny w prasie regularnie przypominano, że większość z nas jest skazana na staropanieństwo i będzie musiała samodzielnie się utrzymywać. Być może w ramach rekompensaty, w lutym 1918 roku część kobiet, które ukończyły trzydzieści lat, wreszcie otrzymała prawo głosu, rzekomo jako nagrodę za pomoc udzieloną podczas wojny. Sądziłam, że pani Beauchamp będzie triumfowała, jednak ona powiedziała ze smutkiem, że trudno się cieszyć, gdy cena okazała się tak wysoka.

– Ale Lila oczywiście będzie chciała pracować – powiedziała teraz. – Jesteś stanowczo zbyt inteligentna, żeby bezczynnie siedzieć w domu. A teraz, gdy jesteś kobietą zamożną, masz swobodę wyboru. Wiem, że miałaś nadzieję na powrót do Indii, ale może tutaj będzie ci lepiej? My także potrzebujemy lekarzy, a Simon naprawdę bardzo cię lubi...

Popatrzyłam na nią, oszołomiona. Czy ma na myśli to, co mi się zdaje? Przypomniały mi się ogłoszenia zamieszczane w gazetach przez kobiety, które na wojnie straciły mężów lub kochanków i teraz proponowały, że zostaną żonami i opiekunkami niepełnosprawnych żołnierzy.

– Nie musisz się śpieszyć z decyzją – dodał pan Beauchamp, kiedy nie odpowiedziałam. – Ledwie zdążyłaś się zorientować w sytuacji. Najpierw zajmowała cię praca w szpitalu, potem opieka nad ciotką, a zresztą Wysokie Wiązy nie nadają się do zamieszkania, nawet gdybyś miała służbę. Aurelia chciała jedynie powiedzieć, że bylibyśmy zachwyceni, podobnie jak Simon, gdybyś dalej z nami mieszkała.

Byłam wdzięczna za tę propozycję. Nawet gdybym mogła się wprowadzić do Wysokich Wiązów, nie potrafiłam znieść myśli, że miałabym tam mieszkać bez cioci Miny. Jestem zaskoczona tym, jak bardzo mi jej brakuje i żałuję wszystkich lat, które zmarnowałyśmy, podczas gdy mogłyśmy być dla siebie wsparciem.

Pan Beauchamp zbył moje podziękowania machnięciem ręki.

– Od dziecka jesteś dla nas jak członek rodziny. Ty, Simon i oczywiście... – na chwilę zamilkł, a potem dokończył uroczystym tonem – ...Jagjit.

– Czy otrzymali państwo... Czy pojawiły się jakieś wieści?

Spuścił wzrok na swoje dłonie, a potem podniósł go na mnie.

– Nie. Przykro mi, Lilu, ale wojna skończyła się już prawie pół roku temu. Wszystkie obozy dla oficerów i większość pozostałych dawno zostały opróżnione. Myślę, że musimy się pogodzić z...

Kątem oka dostrzegłam, że pani Beauchamp kręci głową.

Tamtego popołudnia, kiedy Simon wyjechał do Londynu, weszłam do swojego pokoju na górze i otworzyłam kopertę od cioci Miny. W środku znajdował się list oraz paczuszka przewiązana sznurkiem. List nie został opatrzony datą, ale podejrzewam, że pochodzi z tego samego czasu co testament.

Droga Lilu!

Żałuję, że nie mogłam być dla Ciebie taką przyjaciółką, jaką chciałabym być, ale z jakiegoś powodu zawsze byłam opieszała w kwestii przyjaźni. Co innego Cecily, która była na tyle szczodra, że dzieliła się ze mną swoimi przyjaciółmi, jednak zawsze czułam się w ich towarzystwie jak piąte koło u wozu. Kiedy wyjechała, niewystarczająco angażowałam się w sprawy innych ludzi. Może brakowało mi odwagi. Nawet mój narzeczony, Peter, był spadkiem po Cecily, ale gdyby żył i gdybyśmy mieli dzieci, niewykluczone, że sprawy potoczyłyby się inaczej. Jednakże rodzina jest zakładnikiem fortuny.

Nigdy nie wspominałyśmy o straszliwych rzeczach, które spotkały naszą rodzinę w Indiach, nie licząc jednej rozmowy. Może to błąd, że nie powiedziałam Ci o tym wcześniej, ale kiedy tutaj przyjechałaś, uznałam, że będzie lepiej, jeśli zbudujesz dla siebie nowe życie, wolna od przeszłości. George Beauchamp uważał, iż nie miałam prawa tego przed Tobą ukrywać i niewykluczone, że miał rację. Tak czy inaczej, jesteś teraz dorosłą i niezależną kobietą, więc jeśli zapragniesz dowiedzieć się więcej, w dolnej szufladzie mojego sekretarzyka znajdziesz wszystkie dokumenty związane z tą historią. Do niniejszego listu załączam kluczyk.

Powinnam Cię ostrzec, że to, czego się dowiesz, może być trudne do zniesienia. Jednak jesteś silna; wiem to od dnia, gdy Cię poznałam. Zapewne miałaś wrażenie, że staram się zniszczyć tę siłę, jednak tak naprawdę zazdrościłam Ci jej. Masz w sobie wiele ze swojej babki. Ona zawsze uważała, że to ja jestem odważniejsza, ale się myliła.

Chociaż zapisałam Ci dom, nie chciałabym, żebyś pozostała w Wysokich Wiązach i wiodła samotne życie na moje podobieństwo. W ostatnich kilku latach tak wiele się zmieniło, że już nie potrafię ocenić, co jest właściwe w tym nowym świecie. Mogłaś uważać, że nie podobały mi się Twój niezależny duch ani dobór znajomych, jednak to, co wydarzyło się w Indiach, dręczyło mnie przez całe życie i być może uczyniło bardziej nieufną i surową, niż to było konieczne. Jednakże zawsze starałam się działać w Twoim interesie.

Mam nadzieję, że znajdziesz w swoim życiu więcej spełnienia i szczęścia, niż kiedykolwiek było moim udziałem.

Ciocia Mina

Henry

7 stycznia 1894

Sądziłem, że po dwunastu latach małżeństwa z Rebeccą już nic mnie nie zaskoczy, ale kiedy w ostatni wtorek wróciłem do domu, odkryłem, że włamała się do szuflady biurka i spaliła moje dzienniki – wszystkie poza tym, w którym opisałem pierwsze trzy lata po powrocie do Indii, a który, o ironio, znajdował się w niezamkniętej szufladzie razem z moimi zapiskami z dzieciństwa. Trzymałem dzienniki pod kluczem, ponieważ mniej więcej rok po naszym ślubie Rebecca przeczytała jeden z dotyczących jej wpisów i wpadła w histerię. Wtedy po raz pierwszy widziałem ją w takim stanie i zrozumiałem, jak bardzo jest niezrównoważona. Nigdy nie przyszłoby mi do głowy, że przeczyta moje osobiste dokumenty.

Zainab przekazała mi te wieści, a kiedy spytałem, czy niczego nie udało się ocalić – wiem z doświadczenia, że książki słabo się palą – wyjaśniła, że zjawiła się zbyt późno, żeby je uratować, a mali oblał je wodą, aby zgasić ogień, co rozmyło atrament.

Zaskoczyło mnie, jak bardzo dotknęła mnie ta strata. W końcu te zapiski jedynie pomagały mi wyrażać myśli.

Nigdy nie zamierzałem ich nikomu pokazywać, a jednak jestem wściekły – tak wściekły, że nie porozmawiałem o tym z Rebeccą, obawiając się tego, co mógłbym powiedzieć. Ciekawe, czy wiedziała, jak wiele dla mnie znaczyły. Nie sądzę, żeby się nad tym zastanawiała, ponieważ nauczyłem się, że Rebecca jest całkowicie pochłonięta sobą. Nie potępiam jej: dotyczy to wielu ludzi, którzy doświadczyli ogromnego cierpienia. Nie tylko ich ono nie uszlachetniło, lecz całkowicie nimi zawładnęło, tak że nie potrafią dostrzegać bólu innych osób.

Nie może być wątpliwości, że Rebecca dużo wycierpiała. Pięć poronień doprowadziłoby do załamania nerwowego każdą kobietę, nawet taką, która nie ma ku temu predyspozycji. Ta strata w połączeniu z uzależnieniem od laudanum, od którego na przestrzeni lat wraz z kolejnymi lekarzami nie potrafiliśmy jej uwolnić, uczyniły z niej niewolnicę własnych lęków. Wszędzie dostrzega wrogów. Na przykład narzeka, że służący jej nie lubią ani nie szanują, jednak jest tak niecierpliwa i krytyczna, że wcale mnie to nie dziwi. Wiem, że nie ma doświadczenia w prowadzeniu domu; w posiadłości jej ojca tę rolę pełniła Zainab, która zapewne przejęła obowiązki po matce Rebekki. Jednak służącym mężczyznom nie podoba się, że polecenia wydaje im kobieta, tym bardziej że są hindusami, a ona – muzułmanką.

Rebecca przestała mi ufać, gdy przeczytała dziennik – teraz już spalony – w którym martwiłem się jej zdrowiem psychicznym i rozważałem, czy podczas kolejnego długiego urlopu nie powinienem zabrać jej do Anglii na konsultację u jednego z tych nowych lekarzy od umysłu. Kiedy wbiła to sobie do głowy, nie potrafiłem jej przekonać, że nie mam zamiaru zamknąć jej w szpitalu dla umysłowo chorych.

Stopniowo dotarło do mnie, że prześladowania są w większości wytworem jej umysłu. To prawda, że inne kobiety za nią nie przepadają, jednak ludzie już dawno przestali plotkować na temat naszego małżeństwa i czasami mam wrażenie, że to jej skrytość sugeruje innym, że coś przed nimi ukrywa. Do tego dochodzi jej nierozumna niechęć do Hindusów, których oskarża o przebiegłość, nieuczciwość i sprzedajność. Tak naprawdę nikomu nie ufa, nawet kobiecie, która wychowała ją od niemowlęcia i jest jej szczerze oddana, ani mnie, chociaż robię, co w mojej mocy, aby ją chronić, głównie przed nią samą.

Na przestrzeni ostatnich kilkunastu lat jej przeświadczenie, że wszyscy wokół plotkują na jej temat, zmieniło się w manię, przez co nie możemy mieszkać w jednym miejscu – a ja nie mogę pozostawać w jednej placówce – dłużej niż dwa albo trzy lata. Po przeprowadzce początkowo wszystko jest dobrze. Wstępuje w nią nowe życie i Rebecca znów rozkwita – w wieku trzydziestu lat jest piękniejsza niż kiedykolwiek i wciąż ma w sobie magnetyzm, który przyciąga mężczyzn oraz drażni ich żony. Przez kilka miesięcy rozkoszuje się zainteresowaniem otoczenia, a potem nabiera przekonania – zazwyczaj uzasadnionego, jeśli chodzi o kobiety – że jej nie lubią i o niej plotkują. Następnie pojawiają się fantazje: wszyscy ją prześladują, zadając bezczelne pytania, które mają na celu ujawnienie jakiejś haniebnej tajemnicy, którą rzekomo ukrywa; służący spiskują przeciwko niej i rozsiewają plotki. Tak to się toczy, aż w końcu Rebecca przestaje opuszczać dom, następnie swój pokój, a wreszcie łóżko. Światek Indyjskiej

Służby Cywilnej jest nieduży, a ludzie przenoszeni do nowych placówek zabierają ze sobą opowieści, które nie pomagają ani jej reputacji, ani mojej karierze.

Zawsze zachodzi w ciążę wkrótce po przybyciu do nowego miejsca, gdy rozkwita i jest uwodzicielska. Wciąż nie potrafię się jej oprzeć, mimo że znam jej wszystkie sztuczki: delikatne uniesienie kącików ust, któremu towarzyszą szersze otwarcie oczu oraz lekkie zakołysanie biodrami. Jednak teraz nie panuje nade mną za pomocą swojej siły, tylko słabości. Kiedy biorę ją w ramiona, nie pragnę dowieść, że jestem jej wart, tylko przekonać ją, że to ona jest warta kochania. Czasami przepełnia mnie litość, a nie pożądanie, ale wiem, że zniszczyłbym resztki jej szacunku do samej siebie, gdybym dał poznać, iż straciła nade mną władzę. Zainab i ja jesteśmy jedynymi dwiema planetami, które stale orbitują wokół jej słońca, utwierdzając jej miejsce na niebiosach i powstrzymując ją przed zatonięciem w ciemności.

Kiedy ponownie czytam jedyny ocalały dziennik opisujący nasze małżeństwo, zasmuca mnie różnica między jej stanem pierwotnym a obecnym, chociaż już na początku pojawiały się oznaki tego, że nie wszystko jest dobrze. Kiedyś zobaczyłem wronę ze złamanym skrzydłem, która z trudem szła po ziemi, zjadana żywcem przez mrówki. Skróciłem cierpienia tej biednej istoty i czasami mam wrażenie, że byłoby lepiej, gdybym uczynił to samo dla Rebekki. Pięciokrotnie po powrocie do domu dowiadywałem się o kolejnym poronieniu – dziwne, że zawsze dzieje się to podczas mojej nieobecności – a Rebecca siedziała zamknięta w swoim pokoju, na wpół oszalała i odurzona laudanum. Odzwyczajamy ją od leku, a potem cały cykl zaczyna się na nowo. Lekarze twierdzą, że nie ma żadnego powodu, aby nie mogła donosić ciąży i podejrzewają, że może to mieć związek ze stanem jej nerwów.

Obecnie czuję jedynie znużenie na myśl o tym, co zastanę, gdy wrócę do domu.

20 marca 1894

Rebecca znów jest w ciąży. Robi mi się niedobrze, gdy myślę o kolejnej tragedii, kolejnym straconym dziecku, kolejnym załamaniu. Nie wierzę, że okazałem się taki słaby i pozwoliłem się uwieść.

To się stało mniej więcej dwa tygodnie po moim powrocie. Trzymałem się od niej na dystans, wciąż wściekły z powodu moich dzienników, a kiedy ona zdała sobie sprawę, że do niej nie przyjdę, co zwykłem czynić, sama odwiedziła mnie w nocy, blada i smutna, płacząc jak dziecko, aż w końcu ulitowałem się nad nią i wziąłem ją w ramiona. A potem nie miałem serca, aby odrzucić jej zaloty. Później byłem na siebie wściekły i modliłem się, aby nie zaszła w ciążę, jednak Bóg – jeśli istnieje – nie uznał za stosowne mnie wysłuchać.

28 marca 1894

Jestem tak wstrząśnięty, że nie wiem, czy dam radę to napisać. Po tych wszystkich latach sądziłem, że już nic mnie nie zaskoczy, jednak po wczorajszej rozmowie z lekarzem mam wrażenie, że znalazłem się wewnątrz koszmarnego snu. Lekarz przeprosił, że nie powiadomił mnie o tym wcześniej, ale wyjechał do Anglii w sprawie rodzinnej, a uznał, że o czymś takim nie powinien mnie informować listownie. Wyznał, że nie był pewien, czy w ogóle powinien mi o tym mówić, jednak doszedł do wniosku, że nie może pozwolić, aby taki stan rzeczy trwał, a nie chce zgłaszać sprawy władzom.

Zauważam, że zwlekam z napisaniem tych słów, jakby dopiero przeniesienie ich na papier miało uczynić je prawdą. Poronienia Rebekki nie były przypadkowe – tak mi powiedział. Moja żona usuwała kolejne ciąże... Z zimną krwią zabiła pięcioro naszych dzieci.

Początkowo mu nie uwierzyłem i oskarżyłem go o złośliwe rozpowszechnianie plotek, a nawet zagroziłem, że pozwę go o zniesławienie. Byłem niemal gotów przyznać, że Rebecca miała rację i ludzie rzeczywiście ją prześladują. Wiem, że lekarz, jak większość ludzi, nigdy za nią nie przepadał, jednak widziałem, że mi współczuje. Przyznał, że miał takie podejrzenia wobec poprzedniego poronienia, ale tym razem znalazł dowód. Kiedy pokazał mi gałązkę, jakich miejscowe kobiety używają do przerywania ciąży, niemal się pochorowałem. Od razu zrozumiałem, kto za tym stoi, ponieważ jest tylko jedna osoba na tyle bliska Rebecce, aby jej pomóc. Zresztą bez jej wiedzy nie mogłoby się to odbyć.

Nie wiem, co robić. Nie śmiem denerwować Rebekki w jej obecnym stanie, a jednak nie mogę pozwolić, aby zniszczyła to dziecko tak samo jak poprzednie. Dlaczego nie odrzuciłem jej zalotów? A jednak jest we mnie także wściekłość, która każe mi się cieszyć z jej ciąży, jak również mściwość, za której sprawą z radością myślę o tym, że tym razem zmuszę Rebeccę do donoszenia ciąży, czy jej się to podoba, czy nie.

29 marca 1894

Wczoraj w nocy śniłem, że znajduję się w jednym z tych dziwacznych ogrodów, które ona tak kunsztownie haftuje. Przypominał Eden, tylko że na drzewach zamiast owoców rosły niemowlęce dłonie i stópki, które zaciskały i rozwierały tłuste paluszki przypominające czułki ukwiału. Rośliny u moich stóp w miejsce kwiatów miały pulchne różowe usta, które drżały i otwierały się szeroko, jakby do krzyku. Powietrze wypełniały krótkie, piskliwe wrzaski, które na zmianę rozbrzmiewały i urywały się jak chór świerszczy. Coś przemykało mi pod nogami, a kiedy przyjrzałem się dokładniej, stwierdziłem, że to gałki oczne, wędrujące na rzęsach jak na pajęczych nogach. Dotarłem do jabłoni. Wokół unosiła się woń przejrzałych owoców, a kiedy się zbliżyłem, drzewo ożyło i wyciągnęło w moją stronę patykowatą rękę, w której trzymało jabłko naznaczone smugami fioletu, żółci i niezdrowej zieleni. Moje palce zagłębiły się w owocu i zrozumiałem, że jest zgniły. Kiedy obróciłem go w dłoni, zorientowałem się, że to tylna część rozkładającej się niemowlęcej stopy i odrzuciłem ją z przerażeniem. Wrzaski przybrały na sile i ziemia zaczęła się poruszać. Obudziłem się i zobaczyłem, że Rebecca potrząsa mnie za ramię i woła po imieniu.

Wzdrygnąłem się, a następnie wstałem i wyszedłem na werandę, chcąc od niej uciec. Czułem ciarki na szyi i plecach. Rebecca wyszła za mną i zaczęła głaskać mnie po ramionach, ale odsunąłem się od niej.

– Wracaj do łóżka. – Nawet nie mogłem się zdobyć na wypowiedzenie jej imienia.

– Jesteś na mnie zły – odezwała się tym zranionym dziecięcym głosem, który zazwyczaj budzi we mnie współczucie, ale tym razem czułem tylko wściekłość i obrzydzenie. Wyciągnęła w moją stronę rękę, a ja się cofnąłem.

– Nie dotykaj mnie!

Odwróciła się, wyraźnie zasmucona. Musiałem jej powiedzieć, ale obawiałem się, że jeśli zacznę mówić, stanę się brutalny. Szczerze mówiąc, zamierzałem ją ukarać, sprawić, aby cierpiała. Wiem, że najbardziej boi się odrzucenia, lecz ostatecznie zawsze do niego doprowadza – niczym samospełniająca się przepowiednia. Jednym z moich straszliwych odkryć jest to, ile rozkoszy daje dręczenie kogoś, kto zdaje się o to prosić.

Tego ranka jej aja – ta jędza Zainab – przyszła się ze mną zobaczyć. Odezwała się oskarżycielskim tonem:

– Jak może pan być dla niej taki okrutny, skoro nosi pańskie dziecko?

Byłem tak rozwścieczony, że aż szczękałem zębami. Chwyciłem ją za nadgarstki i zawlokłem do ogrodu, z dala od domu i służby.

– Jak śmiesz tak do mnie mówić? Myślisz, że nie wiem, co robicie, ty i ta twoja… twoja… ulubienica?

Pobladła.

– Tak, wiem o wszystkim. Lekarz wczoraj mi powiedział. Dlaczego to zrobiłyście? Te wszystkie dzieciątka… Moje dzieci… Zamordowane!

Przyłożyła dłonie do policzków, udając szok.

– Co pan mówi, sahibie?

Jej obłuda zmieniła moją wściekłość w lód.

– Lekarz powiedział mi, co znalazł – odrzekłem chłodnym tonem. – Ile razy? Za każdym razem robiła to rozmyślnie?

Nie odpowiedziała.

Powiedziałem jej, że jest zwolniona, ma opuścić dom jeszcze tego samego dnia i nie dostanie ode mnie żadnego zasiłku. Poza tym nigdy więcej nie zobaczy Rebekki.

– Dziękuj losowi, że nie oddaję cię w ręce policji. Gdyby cię za to osądzono, skończyłabyś na stryczku.

Po południu przyszła do mnie, załamana. Padła na kolana, chwyciła mnie za stopy i błagała, abym jej nie odsyłał.

– Ona jest wszystkim, co mam. Całym moim życiem – powtarzała.

– A tamte dzieci były moim życiem – odparłem, próbując się cofnąć, ale podążyła za mną na kolanach.

– Ona nie chciała pana skrzywdzić, sahibie. Bała się...

– Czego się bała? Powiedz, dlaczego chciała zamordować nasze dzieci... I dlaczego jej w tym pomogłaś?

Wtedy powiedziała coś, co mnie oszołomiło.

– Podobno już po urodzeniu można ocenić, czy dziecko ma w sobie hinduską krew. Bała się, że niemowlę będzie wyglądało na Hindusa.

Wbiłem w nią wzrok.

– Ale dlaczego u licha miałaby sądzić...? Chcesz powiedzieć, że uważa, iż ja...?

– Nie, sahibie. To nie o to chodzi.

A potem powiedziała coś, w co niemal tak trudno mi uwierzyć, jak w opowieść lekarza – wyznała, że wcale nie jest ają Rebekki, tylko jej matką!

Oto jej historia. Według jej słów Ramsay miał skłonność do małych dziewczynek i kupił jej dziewictwo oraz wyłączne prawa do niej, gdy miała dwanaście lat. Uczyła się wtedy na kurtyzanę w Lakhnau pod okiem kobiety, której sprzedał ją jej brat po śmierci ich rodziców. Ramsay zakochał się w niej i ją wykupił. Przyjął ją jako swoją bibi, ale kiedy zaszła w ciążę, zaczęła nalegać, aby się z nią ożenił, a on się zgodził, chcąc, żeby była szczęśliwa. Skłamali w kwestii jej wieku; miała zaledwie czternaście lat.

– Wtedy jeszcze mnie kochał – rzekła z goryczą.

Żyli jak mąż z żoną w Kalkucie, gdzie Ramsay pracował jako zarządca w firmie produkującej herbatę. Jednak komentarz pewnej Angielki, która zauważyła, że dziecko jest tak jasnowłose, jakby pochodziło z Europy, podsunął mu nowy pomysł. Kiedy został mianowany zarządcą nowo założonej plantacji w Asam, gdzie nikt go nie znał, wykorzystał tę okazję, by zmienić swoją historię. Powiedział Zainab, że Rebecca, która miała wtedy dwa latka, lepiej poradzi sobie w życiu, jeśli wszyscy uznają, że jest biała, dlatego od tej pory Zainab miała udawać jej aję i opowiadać, że matka dziewczynki nie żyje.

Cóż za niedorzeczna historia. Czy naprawdę uważała, że jestem takim imbecylem, aby w nią uwierzyć?

– Ale po co miałby robić coś takiego? No i dlaczego ty miałabyś się zgodzić? – zapytałem ostro.

Wzruszyła ramionami.

– Miał mnie dosyć. Zawsze lubił młode dziewczyny. Zresztą jaki miałam wybór? Ostrzegł, że jeśli się nie zgodzę, odeśle mnie i już nigdy nie zobaczę córki. – Głos jej zadrżał i nagle przypomniałem sobie, jaka była wystraszona, gdy stała w świątyni ponad stawem, podczas gdy w dole Roland spacerował z Rebeccą. Powrócił do mnie także obraz stóp w sandałach obok podstawy białej kolumny oświetlonej blaskiem księżyca. Spuściłem wzrok na wysoko sklepione stopy o czterech długich i smukłych oraz jednym krótkim palcu, niczym u greckiego posągu. Znów ogarnęło mnie uczucie *déjà vu*, jak w tamtej chwili, gdy po raz pierwszy zobaczyłem stopy Rebekki, w dniu moich oświadczyn. Dlaczego nie dostrzegłem tego wcześniej?

Jej opowieść tłumaczy ich zaskakujące relacje. Jeśli jest prawdziwa, to dopuściłem się straszliwej niesprawiedliwości. Nawet postraszyłem Zainab, niemal w takich samych słowach co Ramsay, że na zawsze rozdzielę ją z córką.

Jednak czy to naprawdę możliwe, że Rebecca nie zdaje sobie sprawy, iż ta kobieta jest jej matką? Zainab zapewnia mnie, że tak jest w istocie; że ona sama, obawiając się utraty córki, zgodziła się zrobić wszystko, co w jej mocy, aby Rebecca ją zapomniała.

– Zakazałam jej nazywać mnie mamą, a kiedy się do tego nie stosowała, karałam ją klapsem, jednak uparcie to robiła. Pewnego dnia, gdy raz za razem tak do mnie wołała, Ramsay wrzasnął do mnie, żebym się spakowała i wyniosła jeszcze tego samego wieczoru, więc zabrałam Rebeccę do łazienki, przytrzymałam jej głowę pod wodą i powiedziałam, że puszczę ją dopiero, kiedy nazwie mnie „aja". Jednak to uparta dziewczyna, ma to po nim... Krztusiła się i płakała, ale nie chciała tego powiedzieć... Nie chciała... – Jej oczy napełniły się łzami. – Nie przerywałam, dopóki nie zemdlała. Później dostała gorączki i tak się rozchorowała, że myślałam, iż umrze. Lekarz powiedział, że to zapalenie mózgu, a kiedy wydobrzała, już nie nazywała mnie matką. Od tamtej pory przestało jej na mnie zależeć i troszczyła się tylko o ojca. Ale nie mam do niej żalu. To jego wina... Tego łotra... Niech przez wieki płonie w Dźahannum.

Nie mam pojęcia, co myśleć o tej historii. Nie ufam Zainab, a jednak opowiadała z takim uczuciem, że wbrew sobie poczułem wzruszenie. Błagała mnie, abym nie mówił o niczym Rebecce, gdyż mogłaby ponownie dostać zapalenia mózgu. Podobno przytrafiało się to jej już kilkakrotnie.

– W szkole inne dziewczęta jej dokuczały. Były tak okrutne, że zachorowała i musiano odesłać ją do domu. Zresztą sam pan widział, jak źle się poczuła, kiedy ten... ten łotr Sutcliffe... ją porzucił. Wtedy także sądziłam, że umrze.

– Ale wciąż czegoś nie rozumiem – odrzekłem. – Czy ona uważa, że mnie obchodzi coś takiego? Że mógłbym ją odrzucić albo zostawić z takiego powodu? Nie dałem jej najmniejszego powodu, aby tak myślała!

Wręcz przeciwnie, to ona zawsze z niechęcią odnosiła się do Hindusów i niewłaściwie ich traktowała. A jednak to wszystko ma sens: większa swoboda w kontaktach z mężczyznami, którzy zaślepieni jej pięknem, nie zadają niewygodnych pytań; wybuchy płaczu, gdy inne kobiety pytają ją o jej krewnych; strach przed służącymi, ponieważ oni najszybciej dostrzegają nieszczerość i pozę. Po raz pierwszy zrozumiałem, że nasi służący mogą doskonale wiedzieć to, na co ja pozostawałem ślepy. A to może tłumaczyć, dlaczego nigdy nie potrafiła nad nimi zapanować i czemu to Zainab musiała kierować domostwem. Wiem, że jej także nie lubią – słyszałem, jak nazywają ją „ćurail" – ale się jej boją. (Cóż za ironia, że „ćurail" oznacza wiedźmę, ducha kobiety, która zmarła podczas porodu).

Dopiero po naszej rozmowie zrozumiałem, że jeśli matka Rebekki nie kłamała co do jej motywów – czyli Rebecca obawiała się, że dzieci mogą zdradzić jej hinduskie pochodzenie – to znaczy, że Rebecca zna prawdę. Czy to możliwe, aby jednocześnie wiedziała i nie wiedziała? Czasami mam wrażenie, że ona jest jak dwoje różnych ludzi; wciąż pamiętam, jaka była kochająca w pierwszych dniach naszego małżeństwa oraz jak serdecznie traktowała mojego ojca.

Nie wiem, czy Zainab powiedziała jej o naszej rozmowie, jednak wskazuje na to jej skruszona postawa. A przynajmniej dowodzi ona tego, że zalecono jej udawać żal, gdyż już jej nie ufam, nie ufam żadnej z nich.

30 marca 1894

Dzisiaj rozmawiałem z lekarzem i poradził mi zaczekać z odstawieniem laudanum kolejny miesiąc, aż ciąża stanie się mniej zagrożona. Zgodziliśmy się, że tymczasem Rebecca powinna pozostawać pod stałą obserwacją. Złożyłem wniosek o urlop okolicznościowy, ponieważ – jakkolwiek odrażająco to brzmi – mam wrażenie, że jedynym sposobem na ocalenie tego dziecka jest objęcie funkcji więziennego dozorcy. Dla pewności ostrzegłem Zainab, że jeśli Rebecca poroni, przekażę je obie w ręce policji, a lekarz złoży obciążające zeznania.

2 kwietnia 1894

Dzisiaj rano zdałem sobie sprawę, że nie mogę dalej ignorować Rebekki. Będę musiał spróbować odzyskać jej zaufanie. Chociaż jestem wściekły i przepełnia mnie odraza, jest mi jej żal, ponieważ – tak jak żmija – nic nie może poradzić na swoją naturę, którą wykrzywiły kłamstwa, jakimi karmiono ją od wczesnego dzieciństwa.

Po południu zaproponowałem, aby posiedziała ze mną na werandzie, ponieważ nie mogłem znieść przebywania z nią sam na sam w jej mrocznym pokoju. Wyszła i usiadła z dłońmi splecionymi na kolanach. Miała pozbawiony emocji wyraz twarzy, jaki zawsze przyjmuje w towarzystwie innych kobiet, a ja nagle dostrzegłem, że to maska, ona zaś wcale nie jest odprężona, tylko napina każdy mięsień, przygotowując się do odparcia ataku, którego bezustannie się spodziewa.

– To musi być dla ciebie wyczerpujące – powiedziałem.

Popatrzyła na mnie. Na zacienionej werandzie różnice w kolorze jej oczu były mniej widoczne, a ja ponownie zachwyciłem się jej pięknem, chociaż już mnie ono nie porusza. Nie daję się także nabrać na jej obietnicę światła i ciepła, gdyż wiem z doświadczenia, że jest tylko ułudą i znika, gdy przedstawienie dobiega końca, a Rebecca znów pogrąża się w sobie: jak puste wiadro opuszczane do lodowatej, mrocznej studni.

Nie odpowiedziała, a ja widziałem, że podejrzliwie rozważa moje słowa, szukając w nich groźby.

– Nie chcę cię dręczyć. Pragnę jedynie zrozumieć – rzekłem. – Opowiedz mi, co pamiętasz z dzieciństwa. Powiedz prawdę.

Opuściła wzrok na dłonie i zaczęła mówić, posłusznie, jak dziecko, któremu wydano polecenie. Opowiedziała mi o dzieciństwie, o górskiej wiosce, w której się wychowała oraz – zgodnie z tym, co już wcześniej mówiła mojemu ojcu i mnie – o tym, jak bliskie relacje łączyły ją z jej ojcem, który ją uwielbiał i rozpieszczał. Zapewne okazałem zniecierpliwienie, ponieważ zerknęła na mnie i dodała:

– Ale wtedy byłam jeszcze mała.

– Opowiedz mi o tym, co było później.

Zawahała się.

– Miałam tam przyjaciółkę, córkę jednej z kobiet, które pracowały na plantacji herbaty. Nazywałam ją Ungoo. Bawiłyśmy się razem, chociaż aja nie była tym zachwycona i powtarzała, że będę miała maniery jak dźangli. Ale popołudniami, kiedy spała, wykradałam się z domu i spotykałam z Ungoo na skraju ogrodu.

Mówiła rozmarzonym głosem. Zastanawiałem się, jak wiele z tego, co mi opowiada, to prawda, a jak wiele jest tylko fantazją.

– Nasze zabawy początkowo były niewinne, ale kiedy miałyśmy dziewięć albo dziesięć lat, Ungoo zaczęła robić rzeczy, o których zakazała mi komukolwiek mówić. Rzeczy, które według niej mężczyźni robią kobietom. – Zerknęła na mnie, jakby spodziewała się jakiejś reakcji, ale moja twarz nie zdradzała żadnych emocji.

– Mów dalej.

– Wracałam do domu, zanim aja się obudziła, wślizgiwałam się do łóżka i udawałam, że spędziłam w nim całą noc. Jednak pewnego popołudnia aja nas przyłapała i zobaczyła, co robimy. Była wściekła i powiedziała ojcu, a on odesłał mnie do szkoły z internatem.

– Opowiedz mi o szkole.

– Nienawidziłam jej. Inne dziewczęta okropnie mnie traktowały. Nie znałam się na książkach, modzie, sławnych ludziach ani innych rzeczach, o których rozmawiały, więc nabijały się ze mnie i mnie przezywały. Mówiły, że jestem

„wieśniaczką" i ignorantką. Nazywały mnie wiedźmą, ponieważ moje oczy różniły się kolorem. Było coraz gorzej. Oskarżały mnie o rzeczy, których nie zrobiłam – kradzieże ich bibelotów albo wkładanie paskudnych przedmiotów do ich łóżek. Nawet wkładały swoje manatki do mojej szafki, aby wyglądało na to, że je ukradłam. Kiedy spytały o moją rodzinę, a ja odpowiedziałam, że matka była Irlandką, zaczęły się śmiać. Jedna z nich uznała, że kłamię. Potem za każdym razem, gdy wchodziłam do pomieszczenia, zaczynały śpiewać... Udawały, że śpiewają do siebie, żeby nauczyciele niczego się nie domyślili, ale ja wiedziałam, że robią to ze względu na mnie.

Zaśpiewała cichym, matowym głosem:

Na naszej wysepce jest roślina ukochana,
którą święty Patryk sam tutaj zaprosił,
słońce w pracy go wspierało od samego rana
i własnymi łzami jej listeczki rosił.
Lśni na bagnach, grzęzawiskach i pośród poszycia,
roślinę tę święty ochrzcił koniczyną,
koniczynką drogą, droższą nam od życia,
związaną na wieki z irlandzką krainą.

Wykrzywiła usta. Przyglądałem się jej jak zahipnotyzowany. Nie potrafię zrozumieć, jak to możliwe, że dałem się omotać jej czarowi i nie dostrzegłem, jak bardzo jest szalona.

– Potem było jeszcze gorzej. Zaczęły rozpowiadać paskudne kłamstwa... – Drżące łzy zebrały się na jej dolnych rzęsach, a ja patrzyłem na nie obojętnie. – Nikt nie chciał ze mną siadać przy stole ani w klasie. Kradły mi książki i je ukrywały albo rozlewały atrament na moje zadania domowe, żebym miała nieprzyjemności ze strony nauczycieli. Pewnego dnia ktoś wsypał tłuczone szkło do kremu do twarzy dziewczyny, która najbardziej mi dokuczała, a ona się pokaleczyła. Powiedzieli, że to byłam ja, że ktoś mnie widział przy słoiku z kremem, więc dyrekcja szkoły odesłała mnie do domu. Aja była wściekła. Nie uwierzyła w moją niewinność – zawsze była przeciwko mnie nastawiona – ale cieszyłam się, że wróciłam do tatusia. Myślałam, że uraduje go mój widok, ale tak się nie stało. Już nie chciał mi czytać bajek ani nawet nie przychodził do mojego pokoju, żeby życzyć mi dobrej nocy. Powiedział, że jestem już na to za duża i że się za mnie wstydzi. A potem zachorowałam.

Kiedy wyzdrowiałam, zaczęłam szukać Ungoo... To była pora monsunów; poszłam na plantację, gdzie pracowała jej matka, i tam ją zastałam przy sadzeniu herbaty. Początkowo jej nie rozpoznałam – miała na sobie osłonę z liści palmowych, która chroniła przed deszczem – a kiedy się wyprostowała, zobaczyłam, że na plecach ma przywiązane niemowlę i... To było straszne! Malec miał niebieskie oczy! – Jej głos się załamał. – Kilka miesięcy później kolejna dziewczyna urodziła, a wtedy ktoś złożył skargę do kierownictwa spółki... Musieliśmy przenieść się na równiny, a tatuś znalazł pracę w firmie handlującej parowcami – zakończyła Rebecca.

Opowieść mniej więcej zgadza się ze słowami Zainab i plotkami dotyczącymi Ramsaya, lecz wyrecytowała ją tak beznamiętnie, jakby to była zasłyszana historia, a nie jej własne doświadczenia. Jednak nie mam powodu przypuszczać, że ją zmyśliła. Wciąż nie przyznała, że zna albo chociaż przeczuwa prawdę dotyczącą swojego pochodzenia. Kusi mnie, aby jej powiedzieć, ale nie wynikłoby z tego nic dobrego. Po prostu dodałaby mnie do listy swoich prześladowców.

Kiedy oznajmiłem jej, że wziąłem trzymiesięczny urlop, żeby się nią zaopiekować, uśmiechnęła się, ale jej oczy przypominały ślepia zwierzęcia w potrzasku.

14 maja 1894

Rebecca od trzech tygodni nie zażywa laudanum i straszliwie cierpi. Ma poszarzałą skórę, poci się, dygocze i błaga o „chociaż jedną kroplę". Boli nas serce, gdy tego słuchamy, ale lekarz upiera się, że nie możemy dać za wygraną, ponieważ jeśli w szóstym miesiącu ciąży wciąż będzie przyjmowała lek, może on spowodować przedwczesny poród. Zainab siedzi przy niej dniem i nocą. Sądzę, że gdyby miała odwagę, uległaby Rebecce, ponieważ nie może patrzeć na jej cierpienie. Martwi mnie, co się stanie, kiedy wrócę do pracy, ponieważ mój urlop potrwa tylko do końca czerwca.

5 czerwca 1894

Dzisiaj otrzymałem list od ojca, który informuje mnie, że Kishan Lal nie żyje. Nie widziałem ich obu przez ponad rok. Ojciec donosi, że zmarł w spokoju. „Siedziałem przy jego łóżku, a on wspomniał ciebie i kazał pozdrowić chota sahiba. Boleśnie odczuję jego brak; towarzyszył mi przez ponad trzydzieści lat".

Ojciec ma osiemdziesiąt cztery lata; jest zbyt stary, żeby mieszkać samotnie, bez kogoś zaufanego. Zaprosiłem go do nas. Zawsze dobrze się rozumiał z Rebeccą i będzie dotrzymywał jej towarzystwa, kiedy wrócę do pracy. Przyda mi się dodatkowa para oczu. Oczywiście nie mogę mu powiedzieć prawdy, ale ojciec wie, że Rebecca jest bardzo wrażliwa. Poza tym będzie stanowił przeciwwagę dla jej matki, ponieważ, pomimo swego wieku, wciąż wzbudza szacunek.

19 października 1894

Zostałem ojcem. Nasza córka przyszła na świat wczesnym rankiem pięć dni temu – drobne, ale zdrowe niemowlę z ciemną czupryną.

Urodziła się w Patnie, gdyż Rebecca na kilka dni przed porodem dostała gorączki i musiała zostać pośpiesznie zabrana do szpitala. Położna przyniosła mi dziecko, szczelnie otulone powijakami. Wziąłem w ramiona sztywne zawiniątko i przyjrzałem się twarzy córki. Miała delikatną skórę o żółtawym odcieniu i zamknięte oczy; sprawiała wrażenie samowystarczalnej i spokojnej, niczym maleńki Budda, idealny i skończony.

To powinna być najszczęśliwsza chwila mojego życia, ale czułem tylko przygnębienie, gdy myślałem o tym, na jaki świat przychodzi: świat, w którym uprzedzenia i osądy mogą zniekształcić i zwichnąć wszystkie jej możliwości. Wyobraziłem sobie Rebeccę jako niewinne niemowlę i zachciało mi się płakać nad tym, co życie jej uczyniło. Przez chwilę miałem ochotę oddać dziecko, zrzec się odpowiedzialności za to bezcenne, kruche życie. Ciekawe, czy właśnie tak się czuła moja matka, gdy trzymała mnie w ramionach.

Położna przyglądała mi się.

– Jest podobna do pana – odezwała się znaczącym tonem, ale kiedy się do niej uśmiechnąłem, odwróciła wzrok.

Poszedłem zobaczyć się z Rebeccą. Leżała zwrócona twarzą do ściany i nie chciała na mnie patrzeć. Położna próbowała dać jej dziecko, ale Rebecca trzymała ręce przyciśnięte do ciała. Lekarz poprosił mnie na zewnątrz. Był młodym mężczyzną, niedawno przyjechał z Anglii. Sprawiał wrażenie skrępowanego i, podobnie jak położna, unikał mojego spojrzenia.

– Pańska żona najwyraźniej cierpi z powodu urojenia, że dziecko nie jest jej – oznajmił. – Czasami zdarza się, że kobiety nie akceptują macierzyństwa. Sytuacja może ulec z czasem poprawie.

– Czy coś wyprowadziło ją z równowagi?

– Podczas porodu zauważyliśmy w dole pleców dziecka duży ślad, jakby siniec – odrzekł niechętnie lekarz. – Położna powiedziała, że to znak, iż dziecko ma azjatycką krew. Pamiętam, że czytałem o tym w szkole medycznej – to się nazywa plamami mongolskimi. Obawiam się, że pańska żona usłyszała naszą rozmowę i się zdenerwowała. Zakładaliśmy... – Zawahał się.

– Co państwo zakładali...?

– Że o tym wie.

Wpatrywałem się w niego przez kilka chwil, zanim zrozumiałem, że podejrzewają, iż oszukałem Rebeccę w kwestii swojego pochodzenia. Miałem ochotę go uderzyć, ale cóż bym w ten sposób osiągnął?

Kiedy wróciliśmy do domu, podałem córkę ojcu, a on popatrzył na nią z uśmiechem.

– Ma oczy twojej matki – powiedział.

Po części się cieszyłem, ale po części żałowałem, że nosi w sobie coś z naszej historii. Wolałbym ją uwolnić od tego wszystkiego – od tego nieubłaganego ciężaru, który nas przytłacza i pcha nasze życie w kierunku, o którym nawet nam się nie śni.

Lila

Wczoraj kiedy schodziłam na śniadanie, odezwał się dzwonek do drzwi. Otworzyłam, a listonosz wręczył mi list. Biorąc go do ręki, czułam mieszankę przerażenia i podniecenia, która odzywa się za każdym razem, gdy widzę swoje nazwisko na kopercie. Nie pisuje do mnie nikt poza Barbarą. List został nadany w Anglii i odręcznie zaadresowany nieznanym mi pismem. Rozdarłam kopertę. Wewnątrz znajdowała się kolejna koperta, zaadresowana do mnie przez ojca Jagjita.

Tak bardzo pobladłam, że listonosz kazał mi usiąść w przedpokoju i poszedł do kuchni poprosić Enid, żeby przyniosła mi wody. Słysząc, jak Enid się przy mnie krząta, pani Beauchamp wyszła do nas.

– Co się stało, moja droga? Mam nadzieję, że nie otrzymałaś złych wieści.

– To od jego ojca. – Usta odmawiały mi posłuszeństwa, jak wtedy, gdy na nowo zaczęłam mówić.

– Chcesz, żebym ci towarzyszyła, kiedy będziesz czytać?

Pokiwałam głową, wzięłam głęboki oddech i otworzyłam list.

20 kwietnia 1919

Droga córko!
    Przekazuję ten list synowi mojego przyjaciela wybierającemu się do Anglii, dzięki czemu mam pewność, że do Ciebie dotrze. Z przyjemnością przekazuję Ci dobre wieści. Jagjit żyje i jest z nami w domu.

Wybuchnęłam płaczem.
Pani Beauchamp mnie objęła.
– Moja droga, tak mi przykro.
Odepchnęłam ją.
– On żyje.
– Żyje? Ależ moja droga, to cudownie!
– Tak, to znakomita wiadomość, panienko – rzekła rozpromieniona Enid. Zawsze lubiła Jagjita.
– On jest prawdziwy, czy tak? Ten list… To nie jest sen?
– Nie, moja droga, to nie jest sen. – Pani Beauchamp się uśmiechnęła.
– Chce panienka, żebym panienkę uszczypnęła?
– To nie będzie konieczne, Enid – odrzekła pani Beauchamp. – Weźmiemy list na górę i przeczytamy go w spokoju, dobrze, Lilu? Wyślę telegram do Simona. Kamień spadnie mu z serca.
Poszłam do swojego pokoju na piętrze i stanęłam przy oknie, spoglądając na zbocza wzgórz. Wydawało mi się właściwe, że akurat zakwitły dzikie hiacynty – widziałam ich kępy przy ogrodzeniu.

Jagjit znajdował się w obozie daleko na pustyni. Po wojnie zostali bez jedzenia. Razem z innymi męż-

czyznami wędrowali przez wiele dni. Mój syn miał szczęście, ponieważ znaleźli go życzliwi brytyjscy oficerowie, którzy wybrali się samochodem terenowym na poszukiwanie swoich ludzi. Przez dwa miesiące przebywał w szpitalu w Aden, ale był zbyt chory, żeby podać im swoje nazwisko. Wciąż jest bardzo słaby, dręczy go wiele koszmarów i jest niezrównoważony psychicznie. Lekarze twierdzą, że wydobrzeje, jednak bardzo się zmienił. Kiedy spotkałem się z nim w Karaczi, początkowo go nie poznałem.

Powiedział, że nasze listy do niego nie docierały, ponieważ po opuszczeniu Kut zamienił się miejscami ze starym, rannym żołnierzem. Odstąpił mu swoje miejsce w ciężarówce, którą mogli podróżować wyłącznie oficerowie. Sądził, że w Bagdadzie będzie mógł do nich dołączyć, ale zmuszono go do kilkusetmilowego marszu przez pustynię, a tureccy strażnicy okazali się niezwykle okrutni. Wielu ludzi padało i byli pozostawiani na śmierć.

Podobno Brytyjczycy w Kut źle traktowali Hindusów. Tutaj także nie dotrzymali obietnic, które złożyli, gdy nasi synowie poszli walczyć w ich wojnie. Ustawa Rowlatta rozgniewała wielu ludzi i z pewnością słyszałaś, co się wydarzyło przed tygodniem w Amritsarze, gdzie żołnierze otworzyli ogień do tłumu, który przybył na święto Baisakhi. W tłumie było wiele kobiet i dzieci, a niektórzy ludzie w panice wskoczyli do studni i utonęli. Część z nich pochodziła z naszej wioski.

Jagjit twierdzi, że już nie chce pracować dla Brytyjczyków. Pragnie wykorzystywać swoją znajomość *prawa, aby pomagać ludziom, którzy zostali uwięzieni przez Twój rząd. Prosi, abym Ci przekazał, że nie wróci do Anglii, a Ty nie możesz tutaj bezpiecznie przyjechać.*

Córko, z przykrością przekazuję Ci te wieści, ale Jagjit jest jedynym, co mi pozostało. Wiesz, że jego brat Baljit zginął we Francji, a matka zmarła w styczniu, nie dowiedziawszy się, że przeżył. Towarzyszą mi tylko żona Baljita z synkiem, a kiedy mnie zabraknie, nie będzie miał kto się nimi zaopiekować. Jestem już stary i chciałbym, żeby mój syn osiadł w ojczyźnie i ożenił się z dziewczyną z naszej społeczności. Jestem pewien, że Twoja rodzina także wolałaby, abyś wyszła za porządnego angielskiego chłopca. Mam nadzieję, że zrozumiesz.

Jagjit przesyła serdeczne pozdrowienia Twojej cioci oraz rodzinie swojego przyjaciela Simona i dziękuje Wam wszystkim za wielokrotnie okazywaną serdeczność.

Z uszanowaniem, Purushottam Singh

Stałam z listem w dłoni, czytając go raz za razem, a moja radość ustępowała miejsca osłupieniu. Jak mógł mi wysłać taką wiadomość? Przypomniałam sobie wszystkie listy, które pisywałam do niego na przestrzeni lat, nie otrzymując żadnej odpowiedzi, nawet po tym, gdy powiedziano mi, że zapewne nie żyje. Czyżbym nic dla niego nie znaczyła?

Zabrałam pakunek otrzymany od cioci Miny i wybiegłam z pokoju, a następnie zbiegłam po schodach, na dole mijając panią Beauchamp. Odwróciła się, kiedy obok niej przemknęłam.

– Właśnie do ciebie szłam. Wszystko w porządku?

Usiłowałam coś powiedzieć, ale krtań zatkała mi gula wielkości pięści.

– Lilu?

Wepchnęłam jej list w dłoń, a następnie wypadłam za drzwi i pobiegłam na tyły domu. Gdy przeciskałam się przez dziurę przy ogrodzeniu, zaczepiłam spódnicą o zarośla. Szarpnęłam i z satysfakcją usłyszałam trzask rozdzieranego materiału.

W Wysokich Wiązach minęłam olbrzymie pokoje na parterze, które nie były już ani domem, ani szpitalem. Na kremowej farbie olejnej pokrywającej tapetę widać było ślady po wyrwanych przewodach elektrycznych, a także rysy pozostawione przez łóżka i wózki inwalidzkie tych, którzy tu cierpieli i umierali. Weszłam do swojego dawnego pokoju na piętrze, który pozwolono mi zachować, gdy zatrudniłam się przy pacjentach, i położyłam się na łóżku. Miałam mętlik w głowie – myślałam o ojcu i Indiach, o wszystkich wątpliwościach i lękach, które towarzyszyły mi przez ostatnie kilka lat. Zrozumiałam, że nieświadomie balansowałam między dwiema wizjami przyszłości: w jednej Jagjit żył, a ja byłam jego żoną, w drugiej zaś zginął, a ja byłam sama i pogrążona w żałobie. Nigdy nie brałam pod uwagę, że Jagjit może przeżyć, a ja mimo wszystko zostanę sama. Dlaczego nikt nigdy się ze mną nie liczy?

Zamiast się smucić, zaczęłam użalać się nad sobą i podsycać w sobie urazę. Nie płakałam. Miałam dosyć niewiedzy, ciągłej nieświadomości. Najwyższy czas poznać prawdę.

Wytrząsnęłam kluczyk z paczki od cioci Miny i wspięłam się na poddasze.

Henry

*Peszawar, Północno-Zachodnia Prowincja
Pograniczna, 18 grudnia 1898*

Ojciec zmarł w październiku, wkrótce po czwartych urodzinach Lili. Rozmyślając o nim, postanowiłem znów zacząć prowadzić dziennik, choćby przez jakiś czas. Brakowało mi zapisywania swoich myśli, ale miałem niewiele czasu na refleksję, skoro musiałem się opiekować Rebeccą, starzejącym się ojcem oraz dzieckiem, a także troszczyć się o nową pracę.

Zrezygnowałem z kariery w ISC niedługo po narodzinach Lili. Ten świat „Narodzonych w Niebie", jak się go żartobliwie określa, charakteryzują zamknięcie i snobizm, a stan psychiczny Rebekki oraz plotki o krążącej w moich żyłach „kapce ciemnej krwi" uczyniły z nas pariasów. Pod byle pretekstami przestano wpuszczać mnie do klubów i nigdzie nas nie zapraszano, co uniemożliwiało mi skuteczną pracę w służbie cywilnej. Urzędnik musi cieszyć się szacunkiem, a jeśli Hindusi widzą, że współpracownicy cię nie szanują, trudno tego oczekiwać od nich.

Gavin McLean, mój stary przyjaciel ze szkoły, zachęcił mnie, żebym postarał się o posadę w Służbie Politycznej. Akurat szukano chętnych do przeprowadzenia prac mających ustalić przebieg linii Duranda, którą wytyczyliśmy wspólnie z emirem Afganistanu, a fakt, że od dzieciństwa znam język hindustani, działał na moją korzyść. Oczywiście Gavin, który jest półkrwi Chińczykiem i znakomitym lingwistą, w razie potrzeby może udawać Gurkhę, Tybetańczyka albo mieszkańca Azji Środkowej.

Początkowo bałem się zostawiać córeczkę z Rebeccą, ponieważ ta utrzymywała – i utrzymuje do dzisiaj – że Lila nie jest jej dzieckiem, tylko została podmieniona w szpitalu. Żadne argumenty nie zdołały jej przekonać. Nawet nadałem małej imię Lilian, ku czci matki Rebekki, rzekomo Irlandki, mając nadzieję, że to ją udobrucha, ale bezskutecznie. Zainab oraz służący od razu skrócili to do „Lila", imienia, które zawsze mi się podobało, i tak ją nazywają wszyscy poza Rebeccą, która w ogóle rzadko o niej wspomina. Bardzo żałuję, że będzie dorastała pozbawiona miłości matki, tak samo jak ja, jednak Zainab się o nią troszczy i przelewa na nią całą miłość, jakiej nie mogła dać własnej córce. Od samego początku otoczyła małą zaborczą opieką; nie pozwalała mamce przebywać z dzieckiem po karmieniu, po czym zwolniła ją, gdy tylko Lila została odstawiona od piersi.

Najbardziej wstydzę się tego, że pomagam podtrzymywać kłamstwo, iż babka mojej córki jest służącą – Lila pewnego dnia z pewnością mi to wypomni. Jednak Zainab nigdy nie zgodzi się, aby Rebecca poznała prawdę, wierząc, że konieczność jej zaakceptowania jeszcze pogorszy sytuację. Moje argumenty – że to nie prawda, lecz kłamstwo i oszustwo stanowią pożywkę dla podejrzeń i nieracjonalnych lęków – trafiają w pustkę, jednak nie mogę zaprzeczyć, że Zainab rozumie Rebeccę lepiej niż ja.

Mimo troskliwości Zainab bałem się długich, nawet kilkumiesięcznych nieobecności, jakich wymagała ode mnie nowa praca, lecz ojciec zapewnił, że zajmie się domem i rzeczywiście, dawał sobie radę. Rebecca szanowała go i kochała, a on traktował ją z serdecznością. Z kolei Lila uwielbiała podskakiwać na jego kolanie, bawiąc się w „konika", używając jego brody jako wodzy. Wiedziałem, że ojciec nie będzie żył wiecznie – osiemdziesiąt cztery lata to zacny wiek – a jednak jego śmierć mocno mnie dotknęła, ponieważ mój podziw dla niego wzrastał z każdym rokiem. Zawsze śmiało zostawiałem dom pod jego opieką, nawet po tym, jak w zeszłym roku zaczął tracić jasność umysłu i wydawało mu się, że jestem jego bratem Jamesem, a Rebecca to Cecily. Wierzę, że połączyło go z Rebeccą szczere przywiązanie. Przez tyle lat cierpiał z powodu przygnębienia i poczucia winy, że byłem jej wdzięczny za pociechę i spokój, jakie zapewniła mu w ostatnich latach.

Po jego śmierci Rebecca ponownie zapadła na „zapalenie mózgu" i musiała ściąć włosy. Kiedy poszedłem się z nią zobaczyć, byłem tak poruszony, że ledwie potrafiłem wykrztusić słowo. Wyglądała tak samo jak w dniu, gdy się jej oświadczyłem; kiedy wydawała mi się ucieleśnieniem wszystkiego, czego mężczyzna może pożądać w kobiecie.

2 stycznia 1899

Czuję się rozdarty. Nie jestem pewien, co mam uczynić. Nie wiem, czy bez nadzoru ojca mogę bezpiecznie wyruszyć w długą podróż, jakiej wymaga ode mnie praca. Zainab zapewnia mnie, że wszystko będzie dobrze. Rozmawiałem z nią o możliwości powrotu do Anglii i poszukania pomocy lekarskiej dla Rebekki, jednak jest temu przeciwna. Uważa, że w ten sposób umocnimy przeświadczenie Rebekki, że zamierzam ją zamknąć w zakładzie dla umysłowo chorych. Poza tym Zainab byłaby tam jeszcze bardziej samotna niż tutaj; chociaż inni służący jej nie lubią, w Anglii nie miałaby przy sobie nikogo, kto zna jej język.

Muszę przyznać, że decyzja o pozostaniu przyniosła mi ulgę, ponieważ kocham swoją pracę. Swoboda podróżowania, piękno gór oraz kontakty z dzikimi i dumnymi tubylcami z Północno-Zachodniej Prowincji Pogranicznej dają mi spełnienie, jakich nie zaznałem podczas służby w ISC. W Służbie Politycznej liczy się jedynie, jak dobrze wypełnia się swoje zadania, a ja mam to szczęście, że Gavin jest moim przyjacielem i mentorem. To najinteligentniejszy człowiek, jakiego kiedykolwiek spotkałem, a także bardzo szanowany w branży, pomimo mieszanego pochodzenia.

Prowadzimy ryzykowną grę, która bardziej przypomina służbę żołnierza – co stanowiło moją pierwotną ambicję – niż urzędnika, chociaż wymaga większej przebiegłości. Lord Curzon w tym roku powiedział, że terytoria leżące pomiędzy Indiami a Rosją to „figury na szachownicy, którymi gra się o panowanie nad światem". Korzystanie ze sprytu i życie na krawędzi ryzyka dają olbrzymią przyjemność, jednak skoro ojca już nie ma, zastanawiam się, czy powinienem podejmować taką rozgrywkę. Tak samo jak on, już nie wierzę, że mamy prawo tutaj przebywać, a gdyby coś mi się stało, to jaki los czekałby Lilę, pozostawioną pod opieką Rebekki?

Od pewnego czasu rozważam ustanowienie ciotki Miny jej prawną opiekunką na wypadek mojej śmierci. Nie sądzę, aby nastręczyło to jakichkolwiek trudności, gdyż Rebecca nie okazuje najmniejszego zainteresowania Lilą, a nawet podejrzewam, że kilkakrotnie usiłowała ją skrzywdzić. Pod moją nieobecność Lila doznała kilku urazów, które Zainab wytłumaczyła wypadkami, jednak zauważyłem, że stara się trzymać Lilę z dala od jej matki.

Otrzymałem jeszcze jedną propozycję pomocy. Tuż przed Bożym Narodzeniem w Peszawarze wpadłem na Rolanda Sutcliffe'a. Jego pułk przybył tutaj na prośbę emira, żeby zająć się atakami Wazirów wzdłuż Pogranicza. Nie widzieliśmy się od czasu mojej przeprowadzki do Bhagalpuru wkrótce po ślubie, chociaż niekiedy wymienialiśmy korespondencję.

Zaprosiłem go na herbatę, a on przyjął zaproszenie i bardzo spodobał się Lili, która od razu go polubiła. Jej obecność pomogła rozładować napięcie, gdyż Rebecca traktowała Rolanda niezwykle chłodno, pomimo jego wesołości i uroku osobistego. Jest teraz kapitanem, lecz wciąż się nie ożenił i, sądząc po rozmowie, którą odbyliśmy na osobności, niewiele się zmienił. Od tamtej pory odwiedził nas jeszcze dwukrotnie, a Rebecca za każdym razem nieco łagodniała, Lila zaś witała go jak starego przyjaciela. Podejrzewam, że po części dzieje się tak dlatego, że Roland również ma brodę i pozwala, aby mała siadała mu na kolanach i ciągnęła go za nią, tak samo jak mój ojciec. Zaproponował, że będzie odwiedzał nasz dom pod moją nieobecność i da mi znać, jeśli będę potrzebny.

Będę tęsknił za Lilą, kiedy wrócę do pracy. Przez ostatnie dwa miesiące spędzaliśmy razem mnóstwo czasu, urządzając wycieczki konne na wieś i pikniki, często spędzając całe dnie poza domem. Za każdym razem, gdy wracam do domu, wita mnie ten olśniewający uśmiech, który, według mojego ojca, Lila odziedziczyła po mojej matce, a ja ponownie dziękuję Bogu za tamtego lekarza, który wyjawił mi nieprzyjemną prawdę i w ten sposób ocalił jej życie. Jej istnienie z nawiązką rekompensuje mi wszystkie życiowe rozczarowania.

27 marca 1907

Minęło osiem lat od mojego ostatniego wpisu do dziennika. Byłem zbyt zajęty, aby się tym zajmować. Moja praca wymaga pisania długich sprawozdań, a od czasu śmierci ojca staram się spędzać cały wolny czas z Lilą. W minionych latach senne koszmary i okresy przygnębienia, które mnie dręczyły, pojawiały się rzadziej, jednak niedawne odkrycie dotyczące Rebekki na nowo je rozbudziło.

W zeszłym tygodniu, kiedy wspólnie z Gavinem wróciliśmy z kolejnej misji, zatrzymał nas posłaniec, któremu polecono wypatrywać naszego powrotu. Ostrzegł nas, że pomieszczenie na bazarze, w którym zawsze zakładamy i zdejmujemy nasze przebrania, jest obserwowane, więc postanowiliśmy wrócić prosto do domu. Zaczekałem, aż ćaukidar pójdzie napić się herbaty i wśliznąłem się przez bramę. W korytarzu zauważyłem na stojaku niebiesko-złoty pasiasty turban Rolanda, jednak jego samego nie było ani na werandzie, ani w salonie. Kiedy skręciłem w stronę swojego pokoju, usłyszałem śmiech dobiegający z sypialni Rebekki. Teraz żałuję, że nie wszedłem i ich nie przyłapałem, jednak wiedziałem, że muszę się przebrać, zanim zobaczy mnie służba.

Wszedłem do swego pokoju i szybko zmieniłem ubranie oraz jak najstaranniej starłem barwnik z twarzy i dłoni, po czym wracałem do salonu. Znalazłem się na korytarzu, gdy Roland właśnie wychodził z pokoju Rebekki, wygładzając bluzę od munduru. Sprawiał wrażenie zaskoczonego moim widokiem, ale szybko się otrząsnął i powiedział, że sprawdzał, jak Rebecca się czuje, ponieważ ból głowy zmusił ją do pozostania w łóżku. Powinienem zdzielić go pięścią w twarz – jestem teraz silniejszy niż kiedyś i wyszkolony w walce wręcz – ale być może po tylu latach udawania kogoś, kim nie jestem, weszło mi to w nawyk, ponieważ tylko stałem i grzecznie z nim rozmawiałem, dopóki się nie oddalił.

Zainab z pewnością o wszystkim wie. W tym domu nic nie dzieje się bez jej wiedzy, jednak już dawno nauczyłem się, że – nie licząc spraw dotyczących dobra Lili – jest lojalna przede wszystkim wobec Rebekki. Sam nic nie powiedziałem Rebecce, ponieważ wiem, że niczego bym nie osiągnął, ale zastanawiam się, od jak dawna to trwa. Czyżby od samego początku? Czy on zgodził się nad nią czuwać, wiedząc, że postara się ją uwieść? Czy ona czekała na niego przez te wszystkie lata? Czy nawet tamten krótki okres szczęścia był kłamstwem?

Nie mogę jej winić za to, że wzięła od niego to, czego ja już nie byłem gotowy jej dać, ponieważ nie spędziłem z nią ani nocy od narodzin Lili, chociaż wiedziałem, że jej osobowość opiera się na zdolności wzbudzania pożądania. Może to okrutne z mojej strony, że ożeniłem się z nią, a następnie pozbawiłem jedynego, co jej daje poczucie własnej wartości. Uważałem się za jej zbawcę, ale wygląda na to, że tylko przeniosłem ją do więzienia o mocniejszych kratach.

Najbardziej boli mnie zdrada Rolanda – to, że ponownie udawał mojego przyjaciela, zaproponował, że zaopiekuje się Rebeccą oraz moim dzieckiem, a potem nadużył mojego zaufania i gościnności. A jednak zawsze wiedziałem, jaki on jest, wiedziałem, że nie szanuje instytucji małżeństwa, a oszustwa i tajemnice tylko dodają pikanterii jego przygodom.

29 marca 1907

Czuję się bardzo przygnębiony, odkąd odkryłem, jakim jestem głupcem. Świadomość, że wszyscy w domu – wszyscy służący i, oczywiście, Zainab – niewątpliwie wiedzieli, co się dzieje i chichotali za moimi plecami, jest dla mnie upokarzająca i po raz pierwszy mam pojęcie, jak Rebecca musiała cierpieć przez te wszystkie lata. Można by pomyśleć, że to doświadczenie powinno mnie nauczyć cierpliwości, ale wczoraj, kiedy jak zwykle przyszła do mnie z jakąś trywialną skargą na Zainab i poprosiła, żebym ją odprawił, straciłem nad sobą panowanie i powiedziałem, że mam dosyć jej kłamstw i udawania, a jeśli uważa, że ludziom nie można ufać, to zapewne dlatego, że sama jest niezdolna do uczciwości.

Zaproponowałem, żeby na jednym ze swoich cudownych haftów wyszyła motto „Prawda was wyzwoli", a potem oznajmiłem jej, że najwyższa pora, aby sama zmierzyła się z prawdą, jakkolwiek niewygodną, że Zainab jest jej matką. Właśnie szedłem do Rolanda, gdy zaczęła na mnie wrzeszczeć, nazywać mnie kłamcą i oskarżać o spiskowanie z jej wrogami, a następnie wpadła w histerię, rzuciła się na podłogę i dostała ataku, szczękała zębami i szarpała kończynami.

Zainab ją zabrała i podała jej laudanum. Nie odezwała się do mnie ani słowem, ale jestem przekonany, że gdyby mogła bezkarnie mnie otruć, zrobiłaby to bez chwili wahania. Na szczęście Lila akurat wyszła pojeździć na kucyku, chociaż na przestrzeni lat i tak była świadkiem wielu ataków histerii swojej matki.

30 marca 1907

Wczoraj w nocy Rebecca przyszła do mojego pokoju, kiedy spałem. Obudziłem się, już podniecony, i zobaczyłem ją obok siebie. Stosowała wszystkie swoje uwodzicielskie sztuczki i przez chwilę kusiło mnie, aby ulec – minęło wiele czasu, odkąd byłem z kobietą – ale potem uświadomiłem sobie, że tych samych sztuczek używała wobec Rolanda i ją odepchnąłem.

Ponownie wpadła w histerię, wrzasnęła, że mnie nienawidzi i próbowała podrapać mi twarz paznokciami. Krzyczała tak głośno, że przyszła Zainab. Wspólnie odprowadziliśmy Rebeccę do jej pokoju, gdzie Zainab ją uspokoiła, zapewne kolejną dawką laudanum.

Poszedłem do pokoju Lili, żeby sprawdzić, czy się obudziła. Siedziała na łóżku, a ja usiadłem obok niej i powiedziałem:

– Nie martw się, kochanie, mamę znów boli głowa.

Pokiwała głową, ale widziałem, że mi nie uwierzyła. Ma już dwanaście lat i jest za duża, żeby przyjmować takie wymówki. Zdaję sobie sprawę, że nadszedł czas, aby ją stąd zabrać. Zatelegrafowałem do ciotki Miny z pytaniem, czy ją przyjmie. Nie chcę tego robić, gdyż pamiętam, jak bardzo sam byłem niezadowolony, gdy mnie odesłano, ale boję się, że obserwowanie takich scen może jej zaszkodzić.

Przez chwilę jej czytałem, a potem Lila pobawiła się moim szczęśliwym kamykiem z Sussex i poprosiła, żebym jeszcze raz opowiedział, skąd go mam. Powiedziałem, że moja matka założyła mi go na szyję, kiedy się urodziłem, ale nigdy nie mówiłem jej więcej – to zbyt smutna opowieść dla dziecka. Pomyślałem o ojcu, który starał się mnie chronić, a ja nie mogłem mu wybaczyć tego, że mnie odesłał. Będę za nią okropnie tęsknił, ale wiem, że w Anglii będzie bezpieczniejsza. Tak czy inaczej, mój powrót także jest tylko kwestią czasu.

Wygląda na to, że Zainab jak zwykle miała rację. Odkąd powiedziałem Rebecce prawdę o jej matce, jest bledsza niż kiedykolwiek i sztywna, jakby zmieniała się w marmur. Obawiam się, że to było za dużo dla niej i teraz będę zmuszony szukać pomocy medycznej. Podobno w Londynie są lekarze, którzy opracowali niezwykle skuteczne kuracje na histerię i być może nawet zdołają wyleczyć Rebeccę z uzależnienia od laudanum. Jednak ogarnia mnie przerażenie na samą myśl, że miałbym jej o tym powiedzieć, a także, jeśli mam być szczery, że miałbym wrócić do Anglii i podjąć zwyczajną pracę w jakimś miejskim urzędzie.

9 lipca 1907

Gavin McLean nie żyje. Pułkownik Anderson wezwał mnie dzisiaj i poinformował, że Gavin wczoraj wieczorem został zasztyletowany na bazarze. Spytał, czy domyślam się, kto mógł go zdradzić. Sposób, w jaki zadał to pytanie, wskazywał na to, że podejrzewa, iż miałem z tym coś wspólnego. Odpowiedziałem przecząco, a potem przyjrzeliśmy się liście wszystkich Hindusów i Gurkhów, którzy z nami pracują, ale nie rzucił nam się w oczy nikt podejrzany.

Po powrocie do domu poszedłem do swojego gabinetu i odkryłem, że ktoś włamał się do szuflady, w której przechowuję duplikaty sprawozdań. Wymagało to znacznej siły i mogło nastąpić jeszcze przed moim powrotem, ponieważ od tamtej pory nie zaglądałem do szuflady.

Wezwałem wszystkich służących i przesłuchałem ich. Początkowo twierdzili, że o niczym nie wiedzą, jednak Afzal Khan w końcu przyznał, że podczas jednej z moich przejażdżek jacyś mężczyźni pojawili się w domu. Spytałem, dlaczego mi o nich nie wspomniał. Wyjaśnił, że Zainab zakazała służącym plotkować o gościach memsahib. Oczywiście wszyscy z pewnością wiedzą o Rolandzie, a pocztą pantoflową dowiedział się o tym cały obóz. Niewątpliwie mówi się także o oziębieniu moich stosunków z Rebeccą i o tym, że ona od trzech miesięcy nie wychodzi ze swojego pokoju, gdzie jada wszystkie posiłki i wpuszcza tylko Zainab.

Odesłałem wszystkich oprócz Zainab, od której zażądałem, aby powiedziała mi, kim byli tamci goście. Żeby złamać jej opór, musiałem się uciec do zwyczajowych gróźb, że wywiozę Rebeccę do Anglii, ale już nie dbam o przyzwoitość. Jeśli Gavin zginął z ich powodu, to mają na sumieniu większą krzywdę, niż jestem w stanie im wyrządzić.

Okazało się, że Rebecca nie tylko zażywa przepisane przez lekarza dawki laudanum, ale na boku zaopatruje się w opium. Mężczyźni, którzy się u nas pojawiali, od jakiegoś czasu dostarczają jej narkotyk. Podejrzewam, że przynajmniej jeden z nich pracuje dla Rosjan albo Chińczyków i wykorzystał ją, aby dostać się do domu.

Poszedłem prosto do pułkownika Andersona, opowiedziałem mu, co się wydarzyło, umniejszając rolę Rebekki, i złożyłem rezygnację, którą przyjął. Ostrzegł, że mnie również może grozić niebezpieczeństwo, i zasugerował, że to może być dobry moment na powrót do Anglii. Twierdzi, że Wielka Gra i tak już niemal dobiegła końca, gdyż stoimy w obliczu znacznie większego zagrożenia w Europie, gdzie rośnie militarna potęga Niemiec. W przyszłym miesiącu ma dojść do spotkania, podczas którego ustalimy warunki sojuszu z Rosją, i wygląda na to, że zgodzimy się oddać Tybet Chinom. Pułkownik Anderson z przyzwoitości dodał, abym się nie obwiniał, ponieważ śmierć Gavina mogła być wynikiem napadu rabunkowego, niemającego nic wspólnego z jego pracą, ale oczywiście żaden z nas w to nie wierzy. Pasztuni nigdy nie wybaczają zniewagi ani zdrady, a przez lata Gavin i ja wielokrotnie kłamaliśmy i oszukiwaliśmy, żeby zdobywać informacje.

Kiedy wychodziłem, Anderson zatrzymał mnie i powiedział:

– Myślę, że powinien pan wiedzieć, iż pańska żona planuje specjalne przyjęcie z okazji pańskich pięćdziesiątych urodzin i zaprosiła Jane oraz mnie. – Jane jest ciężarną córką pułkownika, która zamieszkała u niego na czas nieobecności męża. – Powiedziała, że to ma być niespodzianka, jednak podejrzewam, że ostatnio miał pan już wystarczająco wiele niespodzianek.

12 lipca 1907

Czeka nas zatem powrót do Anglii, ponieważ nic więcej mnie tutaj nie trzyma. Postanowiłem, że nie zabierzemy ze sobą Zainab. Może to okrutne, ale nie potrafię jej wybaczyć udziału w tej całej sprawie, a Rebecca będzie szczęśliwsza bez niej. W Anglii zacznie wszystko od nowa. Tam nikt nie będzie znał jej przeszłości, a z dala od wpływów jej matki oraz Rolanda być może uda nam się osiągnąć porozumienie. Ciotka Mina zgodziła się przyjąć Lilę, a ja postanowiłem wysłać ją jako pierwszą, żeby nie musiała być świadkiem scen, które niewątpliwie się rozegrają, gdy ogłoszę swoją decyzję. Biedna Lila – żałuję, że nie odesłałem jej z tego domu wariatów do Anglii zaraz po przyjściu na świat.

Za dwa dni skończę pięćdziesiąt lat i potrafię myśleć tylko o tym, do jakiej ruiny doprowadziłem swoje życie. Myślałem, że ratuję Rebeccę, ale Roland zawsze rozumiał ją lepiej niż ja. Poza tym, gdyby nie moja błędna ocena sytuacji, Gavin wciąż by żył. Tak wiele rzeczy powinienem był przewidzieć. Teraz już rozumiem, jak sprawiedliwie postąpił Edyp, gdy wyłupił sobie oczy, aby ukarać się za swoją metaforyczną ślepotę. Gdyby nie Lila, która wniosła do mojego życia tak wiele radości, żałowałbym, że nie zginąłem razem ze swoją matką w bibigharze.

Lila

Już świta, gdy kończę czytać dzienniki ojca i listy babci. Oczy szczypią mnie od niewyspania. Za oknem słyszę śpiew kosa oraz krakanie gawronów w koronach wiązów.

    Przez ogród na tyłach domu docieram do ogrodzenia, mijając krzew, pod którym kiedyś ukrywałam pakunki z lunchem, które wręczała mi Cook, zanim wyruszałam na wzgórza. Gramolę się w górę zbocza, buty ślizgają się na błotnistej ścieżce. Potrzebuję trochę czasu, żeby odnaleźć swoją dziecięcą kryjówkę. Wciąż tam jest, tylko znacznie mniejsza, niż zapamiętałam. Kucam i przeciskam się przez drapiące, poskręcane gałązki, aż w końcu jestem bezpieczna w środku. Siadam na wilgotnej ziemi i wyję, tak jak wtedy, gdy po raz pierwszy tutaj przyszłam. Wyję z powodu ojca i jego żałosnego przekonania, że jego miłość nie wystarczyła, z powodu biednego wujka Gavina, moich dziadków, cioci Miny, a nawet matki, ale przede wszystkim zawodzę nad sobą. Wtedy po raz pierwszy to czuję: ciężar przeszłości, który nas przytłacza. Dostrzegam, że choćbyśmy się starali, nie mamy szans zerwać pęt i pokierować własnym życiem. Już rozumiem prawdziwe znaczenie słów z Księgi Wyjścia: „zsyłający kary za niegodziwość ojców na synów i wnuków aż do trzeciego i czwartego pokolenia".

Po kilku godzinach, wyczerpana od płaczu, wreszcie ruszam w drogę powrotną do domu. Obmywam twarz pokrytą smugami błota, a następnie siadam przed lustrem. Patrzę na swoje splątane włosy i opuchnięte oczy.

Przychodzą mi do głowy dwie linijki tekstu:

> Uważaj! Korzenie oplątują
> Serce twej matki, kości twego ojca…

Pochodzą z *The House of Eld*, a ja wreszcie je rozumiem. Nosimy naszych rodziców w sobie, ich krew płynie w naszych żyłach, ich głosy rozbrzmiewają w naszej głowie. Od swojej matki, której, jak sądziłam, zawdzięczam jedynie „kapkę ciemnej krwi", otrzymałam własne, osobiste pęta. Czy gdyby ludzie wiedzieli, pluliby na mnie i mnie wyzywali? Może nie prosto w twarz, ale za moimi plecami? Czy właśnie taki wstyd czuła matka, gdy dręczyły ją dziewczęta w szkole? Teraz rozumiem, dlaczego było jej łatwiej zaprzeczać prawdzie, ale także dostrzegam, że to wyparcie powiększało jej wstyd i podsycało wahania nastrojów, przygnębienie, bóle głowy oraz przekonanie, że ludzie wciąż o niej plotkują i z niej kpią.

Przypominają mi się słowa: „nie zbywa im zarówno na sile fizycznej, jak i moralnej" i widzę, jak Simon wyrywa mi książkę i odczytuje, drwiącym głosem, fragment o mieszańcach, żeby drażnić się ze mną i Jagjitem. Matka z pewnością pragnęła siły. Czyż nie napisano tam także, że w mieszańcach łączą się najgorsze cechy obu ras? Czy właśnie dlatego matka taka była? A może to tylko skutek wieloletniego życia w lęku przed pogardą, którą inni okazywali jej z powodu, na który nie mogła nic poradzić?

Ale dlaczego tak myślę? Przecież nikt nie musi poznać prawdy. Po co miałabym im mówić? Kiedy nad tym rozmyślam, widzę swoje odbicie w lustrze i przez chwilę to matka na mnie patrzy, a jej oczy mówią: „Widzisz, przypominasz mnie bardziej, niż ci się wydaje", a ja czuję korzeń, który oplątuje mi serce.

Znów jestem na poddaszu i buszuję pośród osłoniętych kształtów, wzbijając kłęby kurzu. Wczoraj bez trudu znalazłam sekretarzyk cioci Miny; stał pod pokrowcem w rogu pomieszczenia razem z innymi meblami. Jednak nie mam pojęcia, gdzie szukać materiałowej torby. Gdy w końcu ją znajduję, dochodzi czternasta, a ja prawie mdleję z głodu. Jest wepchnięta do kufra, na którym za pomocą szablonu wypisano białą farbą imię i nazwisko ojca. Po jego śmierci kufer zapewne przysłano z Indii cioci Minie. Wewnątrz znajduje się kilka książek i figurek z brązu, wśród nich posążek Śiwy, który tańcem w kręgu płomieni powołuje świat do istnienia. Ponownie widzę tamten pląsający cień, który na zmianę rośnie i kurczy się na ścianie za biurkiem ojca, czuję tamten metaliczny posmak i paznokcie matki, które wbijają mi się w ramiona, podczas gdy ona się uśmiecha.

Okrywam figurkę materiałem i kontynuuję poszukiwania. W rogu kufra moje palce natrafiają na coś miękkiego i puszystego, jakby stertę sztywnego aksamitu bądź tkaniny dywanowej. Powraca do mnie wspomnienie: wycieram pajęczynę z palców. Kiedy wyciągam torbę, wzniecam obłok kurzu. Odwracam głowę, próbując go nie wdychać.

Czy to naprawdę może być ta sama torba, w której babcia ukryła mojego ojca, gdy był noworodkiem?

Otwieram mosiężny zatrzask i wyjmuję zmięte, pożółkłe zawiniątko. Widzę tylko lewą stronę materiału, pokrytą chaotycznym wzorem krzyżujących się wielobarwnych szwów zakończonych supełkami i luźnymi nitkami.

Wracam do sypialni, rozwijam obrus i rozkładam go na łóżku. Wzdłuż jego skraju widnieje powtarzający się wzór przedstawiający Drzewo Życia pokryte owocami i kwiatami. Dopiero kiedy przyglądam się dokładniej, dostrzegam, że tym, co początkowo wzięłam za kiście owoców, są małe, tłuste dłonie i stopy; przypominające tulipany kwiaty to tak naprawdę pulchne różowe usta, spomiędzy których sterczą języki; stokrotki to gałki oczne poprzecinane siateczkami czerwonych żyłek i otoczone długimi rzęsami.

Podnoszę wzrok na centralną część obrusa, która ukazała się po zabraniu talerzy i półmisków. Na środku motto „PRAWDA WAS WYZWOLI" powtarza się czterokrotnie, tworząc okrąg. Zwisa z niego girlanda gruszkowatych worków, z których każdy mieści zmasakrowany płód.

Przestrzeń pomiędzy środkową kompozycją a skrajem obrusa wypełnia coś, co na pierwszy rzut oka przypomina świątynne rzeźby, jakie widziałam w książce, którą Simon kiedyś znalazł w gabinecie mojego pradziadka. Widniała w niej dedykacja: „Dla H. Partridge'a, z najlepszymi życzeniami od A. Langdona, Boże Narodzenie 1856". Zerknęłam na nie tylko raz i odwróciłam wzrok, a Jagjit zabrał książkę Simonowi i odstawił ją na półkę, beznamiętnie wyjaśniając, że to święte rzeźby przedstawiające połączenie pierwiastków męskiego i żeńskiego.

Kiedy przyglądam się parom na obrusie, dostrzegam, że męskie postacie różnią się od siebie: niektóre są grube, inne chude, niektóre mają ciemną, a inne jasną karnację, niektóre noszą brodę, a inne turban. Jednak kobieta wszędzie jest taka sama: ma ciemne kręcone włosy i dziwaczne oczy – jedno zielone, a drugie niebieskie. Na części wizerunków jest mała – jak dziecko – w porównaniu z rudowłosym mężczyzną, z którym robi rzeczy, jakich żadne dziecko nie powinno robić. Na innych jest dorosłą kobietą. Jeden mężczyzna pojawia się kilkakrotnie: wysoki blondyn o niebieskich oczach; ma pasiasty, niebiesko-złoty turban, który czasami nosi na głowie, a czasami trzyma w dłoni i dzierży jeździecki bat. Nawet talent matki nie wystarczył, żeby w rozpoznawalny sposób oddać jego twarz, lecz poznaję to nakrycie głowy, którego pojawienie się na stojaku w korytarzu zawsze oznaczało, że wujek Roland przyszedł z wizytą.

Zastanawiam się, która część haftu znalazła się przed ojcem. A potem widzę – kobieta klęczy przed wysokim mężczyzną o białych włosach i jasnoniebieskich oczach. On jest ubrany w bluzę od munduru z epoletami pułkownika, ale nie ma spodni; cienka czerwona linia pomarszczonego ściegu biegnie od kącika jego oka do warg.

Ślina napływa mi do ust. Przypominam sobie zastygłą w bezruchu twarz ojca, gdy podniósł oczy znad obrusa i popatrzył na matkę. Czy w to uwierzył? Ledwie pamiętam dziadka, ale wiem, że świadomie nigdy nie zdradziłby ojca. Czy ona to wymyśliła, czy też wykorzystała jego zagubienie i nadzieję, że Cecily wreszcie, wreszcie go pokochała, tak jak pragnął być kochany – jak my wszyscy pragniemy być kochani? A jeśli tak, to czy zrobiła to z litości, czy dla zemsty, a może dlatego, że sama rozpaczliwie pragnęła być kochana?

Zwijam obrus i wciskam go do torby. Kiedy podnoszę ją z łóżka, widzę, że na narzucie pozostała odrobina drobnego brązowego proszku.

– Dałaś za mało drewna – mówi Simon.

Jest popołudnie. Jestem w ogrodzie, a on zagląda zza ogrodzenia, stojąc na ścieżce, która otacza podnóże wzgórza.

– Co tutaj robisz? Myślałam, że jesteś w Londynie.

– Matka wysłała do mnie dwa telegramy. Pierwszy po to, żeby przekazać mi, że Jagjit żyje, ale ty jesteś zdenerwowana. Drugi dzisiaj rano – zmartwiła się, kiedy nie wróciłaś na noc do domu. Pokazała mi list. Przyniosłem jedzenie.

Patrzymy na tlące się resztki małego ogniska. Płomienie mnie uspokoiły, wypaliły z mojej głowy obrazy, tak że teraz czuję się oczyszczona, gdy stoję pod gołym niebem. Dzisiaj jest ciepło i parno, a wysoko po błękitnym niebie płyną srebrzystosiwe chmury.

– Co tutaj paliłaś? Jakiś materiał? – Dźga patykiem zwęgloną tkaninę, odkrywając poczerniałą metalową klamrę torby.

– Starocie, których już nie potrzebuję.

Kiwa głową.

– Przejdziemy się?

Dołączam do niego na ścieżce i wspinamy się ku szczytowi wzgórza. Oczy i nos mam rozgrzane i opuchnięte od płaczu, ale w mojej głowie panuje pustka. Wypłakałam wszystkie łzy. Jestem także głodna i uświadamiam sobie, że od ponad dwudziestu czterech godzin nic nie jadłam.

Siadamy, a Simon wręcza mi kanapkę.
– Przykro mi z powodu Jagjita. Ale ma prawo być rozgoryczony. Townshend najwyraźniej od początku był uprzedzony wobec Hindusów, zarzucał im, że symulują chorobę i oskarżał ich o wszystkie swoje niepowodzenia, chociaż oficerowie twierdzą, że walczyli dzielnie. No a teraz dochodzi afera w Amritsarze, o której wspomina jego ojciec... Próbują to zatuszować; nawet zatrzymali pocztę z Pendżabu, aby wieści tutaj nie dotarły.
– Wiesz, co się stało?
– Wygląda na to, że doszło do politycznego wiecu w ramach protestu przeciwko ustawie Rowlatta. Takie wiece są zakazane, a generał Dyer spanikował i kazał otworzyć ogień do tłumu nieuzbrojonych cywilów w zamkniętej przestrzeni, z której nie było ucieczki. Zginęły setki osób, także kobiety i dzieci... Nazywają to masakrą, a nacjonaliści chwycili za broń. Nic dziwnego, że Jagjit jest wściekły.
– Wciąż nie rozumiem, po co się zaciągnął. Po co obaj to zrobiliście...
Krzywi się.
– Tak naprawdę to był jego pomysł... Sam nie miałbym odwagi. Zrobiłem to, ponieważ sądziłem, że będziemy razem. W swojej głupocie zakładałem, że skoro zaciągnęliśmy się w tym samym czasie, to wcielą nas do tego samego pułku, a nawet tej samej kompanii. A kiedy go odrzucili, było już za późno – zostałem przyjęty do rezerwy. Może mógłbym się wycofać, ale nie chciałem, żeby mnie uznał za tchórza. Czysta głupota, ale o dziwo, chociaż było strasznie, teraz mi tego brakuje.
– Czego ci brakuje?

– To dziwne, ale mężczyzn. Ich braterstwa... Wszystko było takie okropne, a jednak stale zachowywali wesoły nastrój: pogwizdywali, podśmiewali się z siebie nawzajem. Brakuje mi ich wisielczego humoru, który pomagał przetrwać nawet najgorsze chwile. Mieli radość we krwi. Zazdrościłem im, ponieważ nie oczekiwali, że życie dobrze ich potraktuje. W odróżnieniu od nas nie wychowali się w poczuciu, że muszą się wyróżnić i być inni, co tak naprawdę oznacza samotność. Cieszyli się, że są zwyczajni – wystarczyło im, że żyją i są razem. Nie czuli, że powinni zmieniać świat. Tymczasem ja żyję i wiem, że miałem dużo szczęścia, a jednak życie wydaje mi się takie puste i bezbarwne... Na nic nie czekam, bo co mogłoby się liczyć po czymś takim?

Odwraca głowę, ale wcześniej dostrzegam łzy w jego oczach. Moje oczy również wilgotnieją i uświadamiam sobie, że żyję w takim poczuciu od czasu śmierci ojca. Od tamtej pory nie mam nikogo ani niczego swojego. Jagjit był jedyną osobą, której ufałam, której na mnie zależało, przy której czułam, że znalazłam swoje miejsce.

Wyobrażam sobie czekające nas puste lata, myślę o wszystkich ludziach na świecie, którzy kogoś stracili, o całym bólu, który był, jest i nadejdzie, i mam wrażenie, że moje serce pęka, a wtedy zaczynam się trząść i nie potrafię przestać. Simon odwraca się i na mnie spogląda, a ja próbuję nad sobą zapanować, ale nie umiem.

– Lilu, co się stało?

Usiłuję się odezwać, lecz drżą mi wargi i z moich ust wydobywają się tylko dziwne wrzaskliwe odgłosy. Odwracam się, ale on przyciąga mnie do siebie i przyciska do piersi, otaczając ramionami.

– Już dobrze – mówi. – Już dobrze.

Głaszcze mnie po włosach i mówi do mnie, a po chwili zostają tylko ciemność i tańczące mroczne bóstwo, cały świat się trzęsie, tryska fontanna krwi, a ja wiem, że to koniec, Kalijuga, i jestem zadowolona.

Kiedy odzyskuję świadomość, leżę na kolanach Simona. Zaskoczona, podnoszę na niego wzrok.

Uśmiecha się do mnie.

– Odpocznij. Już wszystko w porządku. To był szok. Wiele razy coś takiego widziałem.

Siadam, a on podaje mi chustkę. Czuję się wyczerpana. Siedzimy i patrzymy na pola, kościelne wieże i małe wioski, na spokojny krajobraz, w którym nie widać żadnych oznak smutku i cierpienia, jakie kryją się za fasadą każdego domu.

– Dlaczego życie jest takie krwawe, Simonie? Po co to wszystko?

Wzrusza ramionami.

– Pytasz niewłaściwą osobę. To Jagjit zawsze znał wszystkie odpowiedzi. Kiedyś rozmawialiśmy bez przerwy… O życiu i jego znaczeniu, zwłaszcza podczas podróży po Europie. Czasami nie spaliśmy całą noc, tylko rozmawialiśmy. Wydawał się taki mądry; naprawdę myślałem, że wie wszystko.

– Dlaczego przestaliście do siebie pisywać?

Przez chwilę się waha.

– Okazało się, że nie jest aż taki wyrozumiały, jak sądziłem.

Czekam, wyczuwając, że zastanawia się, czy mi coś opowiedzieć. Na chwilę ucieka wzrokiem, a ja widzę, że podjął decyzję.

– Pamiętasz tamten dzień, kiedy odprowadziliśmy go na statek...? – zaczyna powoli.

Kiwam głową, przypominając sobie, jak pomógł Jagjitowi zanieść bagaże do kajuty, a także niezręczną atmosferę, która im towarzyszyła, gdy wrócili.

Odwraca się w moją stronę.

– Czy zdawałaś sobie sprawę, jaki byłem o ciebie zazdrosny?

– Ale dlaczego? Myślałam, że ci przeszkadzam... ponieważ był twoim przyjacielem i chciałeś go mieć dla siebie.

Patrzy mi w oczy.

– Chodziło o coś więcej, Lilu.

Przez chwilę nie rozumiem, co ma na myśli, a potem to do mnie dociera. Wracam myślami do wspólnie spędzanych dni, przeżywając i interpretując każdą scenę na nowo.

Uśmiecha się.

– Kochałem go. Czy to cię szokuje?

– Nie. Po prostu nie... Nigdy... Ależ byłam głupia! – Przypominam sobie, jak Jagjit narzekał, że Simon nie odstępuje go na krok i jest taki zaborczy. Nagle zaczynam się martwić o Simona. – Czy on wiedział?

– Nie, aż do tamtego dnia. – Uśmiecha się, widząc moją zatroskaną minę. – Nie martw się, nie padłem na kolana i nie ujawniłem mej namiętności, chociaż zareagował tak, jakbym to zrobił. Usiadł przy stoliku, żeby zapisać mi swój adres w Indiach. Stałem obok niego i tak bardzo pragnąłem go dotknąć, bardziej niż czegokolwiek w całym swoim życiu, chociażby położyć dłoń na jego ramieniu. To byłoby coś naturalnego, ale nie odważyłem się. Nie chciałem także niczego mówić, ale kiedy wstał, podał mi kartkę i powiedział: „Teraz masz Lilę dla siebie", zrozumiałem, że to on był zazdrosny. A wtedy... po prostu wyrzuciłem z siebie: „To nie w Lili jestem zakochany". Roześmiał się i spytał: „Więc w kim?", a z mojej twarzy chyba dało się wyczytać odpowiedź, ponieważ jego oblicze się zmieniło... – Simon przerywa i przełyka ślinę. – Zrozumiałem, że popełniłem najgorszy błąd. Zareagował bardzo grzecznie; właśnie to było najgorsze: ta jego nagła grzeczność, jakbyśmy byli nieznajomymi, których dopiero co sobie przedstawiono. Nie dał niczego po sobie poznać, ale więcej się do mnie nie odezwał.

– Dlaczego ty do niego nie pisałeś? Teraz sobie przypominam, że cię o to prosił.

– A jak sądzisz? Czułem się upokorzony. Nie chciałem, by odniósł wrażenie, że go prześladuję. – Na chwilę zamilkł. – Przeżyłem szok, ponieważ ze wszystkich ludzi, jakich znałem, on był najmniej skłonny, żeby kogokolwiek potępić.

– Mam w sobie hinduską krew. – Słowa wypływają, zanim zdążę pomyśleć.

Unosi brwi.

– Cóż za nagła zmiana tematu.

– Właśnie się dowiedziałam. Nie byłam pewna, czy odważę się komukolwiek powiedzieć. Wygląda na to, że moja matka... Jesteś zaszokowany?

Zastanawia się przez chwilę.

– Raczej nie, ale nie miałem czasu się z tym oswoić. Wciąż jesteś sobą.

– A gdybyś dopiero mnie poznał?

– I dowiedział się o tym? Czy miałbym wobec ciebie jakieś uprzedzenia? Pewnie tak. Tacy już jesteśmy. A ty? Czujesz się zaszokowana?

– Cóż... Nieszczególnie. Może trochę. Raczej zaskoczona... Chociaż gdybyśmy dopiero się poznali...

Uśmiechamy się do siebie. Jeszcze nigdy nie widziałam go tak odprężonego i nigdy sama nie byłam tak odprężona w jego obecności ani w obecności nikogo innego, od czasu śmierci ojca. Nawet kiedy byłam z Jagjitem, zawsze zależało mi na tym, żeby mnie lubił, więc nigdy nie byłam w pełni sobą. Spoglądam na rozległą równinę w dole i po raz pierwszy od bardzo dawna czuję, że mogę swobodnie oddychać.

– Simonie, gdyby to było możliwe, czy chciałbyś znów stać się tym, kim byłeś przed wojną?

Długo milczy, a ja obserwuję obłoki, które płyną ku nam ponad szachownicą pól. Tu, gdzie jesteśmy, panuje spokój, ale tam, wysoko w górze, z pewnością wieje silny wiatr, który zmienia kształty chmur, a potem je rozrywa. Patrzę, jak słoń zmienia się w ryczącego lwa, a potem w brodatego staruszka, który ma szeroko otwarte usta, jakby wykrzykiwał przekleństwa bądź proroctwa. Znów słyszę tamte wibracje, po raz pierwszy od dawna. Sylaby rozbrzmiewają w moim umyśle. Już wiem, czym są.

Simon odzywa się cichym głosem:

– Gdybym mógł cofnąć czas, ocalić tych wszystkich ludzi i przywrócić świat do stanu sprzed wojny, to oczywiście, że bym to zrobił. Ale czy chciałbym znów stać się tym, kim byłem? Chyba jednak nie. Teraz bardziej się sobie podobam.

– Zgadzam się... To znaczy mnie także bardziej się teraz podobasz. Ale ja sobie również. Wcześniej myślałam tylko o sobie. Biedna ciocia Mina. Ojciec żałował, że nie oddał mnie do niej na wychowanie. Uważa... Uważał... że miałabym lepsze życie.

Simon na mnie patrzy.

– Ale wtedy nie byłabyś sobą. Nie byłabyś taka wyrozumiała. Nie mógłbym ci powiedzieć tych wszystkich rzeczy, o których nie mogę opowiedzieć nikomu innemu.

Odpowiadam po chwili milczenia.

– Ale wciąż oboje płyniemy tą samą łodzią.

– Ponieważ nosimy w sobie wstydliwą tajemnicę?

– Nie. No cóż, owszem, ale chodziło mi o Jagjita. On nie chce żadnego z nas. – Kiedy to mówię, łzy napływają mi do oczu.

– Daj spokój, Lilu. Przecież wiesz, że on ciebie pragnie. Zawsze tak było.

Cicho parskam.

– Okazuje to w dziwny sposób.

– Boi się.

– Czego?

– Że już nie potrafi kochać? Że nie zasługuje na miłość? Że zostanie mu ona odebrana?

Znam to uczucie.

– Powiedz mi, co robić, Simonie.

– Kochasz go?

Spoglądam na niego.

– Więc czego się naprawdę boisz?

Otwieram usta, ale nie wydobywają się z nich żadne słowa. Boję się tak wielu rzeczy. Zawsze sądziłam, że jestem odważna i samowystarczalna, ale teraz widzę, że jestem zwykłym tchórzem... Że przez całe życie odsuwałam się od ludzi, odpychałam ich, wmawiałam sobie, że ich nie potrzebuję. Myślę o cioci Minie, o stratach i odrzuceniach, które zmusiły ją do wycofania się do własnego Fortu Rozpaczy, a także o matce, zastygłej w swoim lęku, i zdaję sobie sprawę, że nie różnię się od nich. Po śmierci ojca zmieniłam się w samotną wyspę.

Simon dotyka mojej ręki.

– Co zamierzałaś zrobić, zanim dostałaś ten list?

– Nie wiem. Postanowiłam wrócić do Indii... Zawsze czułam się tam jak w domu. Twoja matka zachęcała mnie, żebym złożyła dokumenty na Uczelnię Medyczną imienia Króla Edwarda w Lahaurze. Przyjęliby mnie, ale już nie wiem, czy tego chcę.

– Dlaczego?

– Z tego samego powodu, co ty... To by wyglądało, jakbym go prześladowała.

– Więc poświęcisz wszystko z powodu dumy? A może ze strachu?

Ponownie myślę o matce i o lęku, który zmienił ją w kamień.

– Simonie, co byś zrobił na moim miejscu?

Jego oczy mają taki sam srebrzystoszary kolor jak obłoki za plecami i przez chwilę mam wrażenie, jakbym patrzyła przez otwory w masce, a niebo do mnie przemawiało.

– To, co zawsze powinniśmy czynić. Dokonać wyboru i zaakceptować konsekwencje.

Zatem właśnie tak robię. Wybieram powrót do domu.

Podziękowania

Dziękuję mym dwóm szlachetnym przyjaciołom, którzy przeczytali kilka wstępnych wersji niniejszej książki i udzielili mi bezinteresownego wsparcia na dwóch etapach: Kevinowi Parry'emu, który wiedział, o czym ta książka będzie, jeszcze zanim ja to sobie uświadomiłam, i przypomniał mi o tym, gdy zapomniałam, a także Firdausowi Gandavii za przenikliwe sugestie i zachętę, gdy byłam gotowa się poddać.

Podziękowania otrzymują także: Peter Abbs, James Burt, Jamie Crawford, Celia Hunt, Chandra Masoliver, Bill Parslow, Dorothy Max Prior, Indra Sinha i wszyscy inni, którzy przeczytali jedną bądź kilka wstępnych wersji książki, a zwłaszcza Dylan D'Arch za cenne wskazówki dotyczące wojskowości oraz India Stoughton, moja największa fanka.

Dziękuję Maggie Phillips z agencji literackiej Ed Victor, bez której zachęty i ponagleń nigdy nie skończyłabym pierwszej wersji tekstu, oraz Candidzie Lacey, Vicky Blunden, Lindzie McQueen, Dawn Sackett i wszystkim pozostałym pracownikom wydawnictwa Myriad za pełną radości współpracę i pilne starania, aby ta książka stała się jak najlepsza.

Na końcu dziękuję Davidowi, Indii i Jaredowi Stoughtonom za ich miłość, wsparcie i wyrozumiałość dla roztargnienia, jakie towarzyszyło mi przez te kilka lat, gdy pracowałam nad książką.

Źródła

Wszystkie wydarzenia opisane na kartach książki są oparte na faktach historycznych, a wiele z drugoplanowych postaci istniało naprawdę, chociaż główni bohaterowie i ich osobiste historie to fikcja literacka. Jednakże czasami zapożyczałam fragmenty dialogów lub opisy z materiałów z epoki, żeby dodać tekstowi autentyczności.

Wersy o sercu bez przyjaciół są inspirowane wierszem Mira Taqi Mira, który na angielski przełożył Indra Sinha.

Fragmenty, które odczytuje Simon, pochodzą z książki *Candles in the Wind* Maud Diver.

Lila czyta opowiadanie *The House of Eld* Roberta Louisa Stevensona pochodzące ze zbioru *Fables*.

Źródła, z których korzystałam podczas pracy nad powieścią, są zbyt liczne, aby je wymienić, jednak oto najważniejsze z nich.

Informacje o indyjskim powstaniu zaczerpnęłam z książki *Our Bones are Scattered: The Cawnpore Massacres and the Indian Mutiny of 1857* autorstwa Andrew Warda (John Murray Publishers Ltd, Londyn 1996), która opowiada historię całej rebelii w nadzwycająco jasny i przystępny sposób.

Wydarzenia w Kanpurze opisywane przez Cecily i Arthura Langdona są oparte na relacjach zawartych w książkach: *The Story of Cawnpore* Mowbraya Thomsona (R. Bentley, Londyn 1859); *Cawnpore* G.O. Trevelyana (Macmillan and co., Londyn 1865); *The Tale of the Great Mutiny* W.H. Fitchetta (Smith, Elder & Co, Londyn 1901) oraz *Annals of the Indian Rebellion 1857–1858* pod redakcją N.A. Chicka (Sanders, Cones & Co, Kalkuta 1859).

Narracja Cecily i część anegdot, które opowiada, zostały zainspirowane przez *Tigers, Durbars and Kings: Fanny Eden's Indian Journals 1837–1838* Fanny Eden (John Murray Publishers Ltd, Londyn 1988) oraz *Traveller's India: An Anthology* (Oxford University Press, Oksford 1979).

Informacje dotyczące lokalnego ruchu sufrażystek pochodzą z gazet i artykułów dostępnych w zbiorach specjalnych biblioteki w Brighton.

Informacje o udziale hinduskiego wojska w pierwszej wojnie światowej pochodzą z książki *A Matter of Honour: An Account of the Indian Army, its Officers and Men* Phillipa Mansona (Jonathan Cape, Londyn 1974), która była jedną z zaskakująco nielicznych pozycji dotyczących pierwszej wojny światowej, w których pisze się czy choćby wspomina o udziale dwóch milionów hinduskich żołnierzy. Trudno uwierzyć, w jak wielu książkach o wojnie słowo „Hindusi" nawet nie pojawia się w indeksie.

Opisy hinduskiego szpitala w Brighton są zainspirowane książkami: *Dr. Brighton's Indian Patients – December 1914 to January 1916* Joyce'a Collinsa (Brighton Books Publishing, Brighton 1997) oraz *Blighty Brighton: Photographs and Memories of Brighton in the First World War* (QueenSpark Books, Brighton 1991).

Zapoznając się z tematem wojennej kampanii w Mezopotamii, sięgałam po książki: *Kut: Death of an Army* Ronalda Millara (Secker and Warburg, Londyn 1969) oraz *The Siege* Russella Braddona (Jonathan Cape, Londyn 1969).

Dziękuję także londyńskim Imperial War Museum i Army Museum oraz Colindale Newspaper Library, których pracownicy okazali się niezwykle pomocni, kiedy część tych źródeł jeszcze nie była dostępna w internecie.

Korzystałam także z Wikipedii, w której sprawdzałam daty i fakty zaczerpnięte z bardziej wiarygodnych źródeł.

Słowniczek

ALMARI – duża szafa nieprzytwierdzona do ściany
AJA – służąca, opiekunka
BAI – „pani"
BEGAM – kobiecy tytuł arystokratyczny w środkowej i południowej Azji
BEHENĆOD – „siostrojebca"
BARA BHAI – „starszy brat"
ĆAPRASI – pomocnik lub posłaniec w hinduskim domu
ĆHOTA – młodszy
ĆAUWKIDAR – stróż
DHOBI – pracz, praczka
DŻAMADAR – niski rangą oficer w brytyjsko-hinduskiej armii
DŻANGLI – ktoś dziki, nieokrzesany
KHANSAMA – kucharz, który czasami pełni także rolę lokaja
KOI HE – niepochlebne określenie Anglo-indusów
MALI – ogrodnik
MEM – kobieta
MEMSAHIB – tytuł grzecznościowy, którym w czasach kolonialnych określano europejskie kobiety mieszkające w Indiach
NABAB – muzułmański władca w Indiach, potocznie: człowiek bogaty

PAGRI – turban
PANKHA – wachlarz z liści, piór lub materiału, służący do wentylacji pomieszczeń
PANKHAWALA – służący wachlujący gości
RANDI – ladacznica, „dziwka"
RISALDAR – dowódca oddziału kawalerii w wojsku Indii Brytyjskich
SADHU – święty mąż, hinduski wędrowny asceta
SAIS – stajenny
SAWAR – kawalerzysta w wojsku Indii Brytyjskich
SUBEDAR – dowódca

Spis treści

Część pierwsza • 19

Część druga • 141

Część trzecia • 281

Podziękowania •376

Źródła • 378

Słowniczek • 381

TYTUŁ ORYGINAŁU *Belonging*
PRZEKŁAD Robert Waliś

REDAKTOR PROWADZĄCY Monika Mielke
KONSULTACJA Monika Nowakowska
REDAKCJA Małgorzata Maruszkin
KOREKTA Krystian Gaik, Jadwiga Piller
PROJEKT OKŁADKI Anna Morrison
ADAPTACJA PROJEKTU OKŁADKI Anna Pol
OPRACOWANIE TYPOGRAFICZNE, ŁAMANIE Avanti / Piotr Trzebiecki
ZDJĘCIE AUTORKI © David Stoughton

ISBN 978-83-65282-62-0

WYDAWNICTWO MARGINESY SP. Z O.O.
UL. FORTECZNA 1A, 01-540 WARSZAWA
TEL. 48 22 839 91 27
redakcja@marginesy.com.pl
www.marginesy.com.pl

WARSZAWA 2016
WYDANIE PIERWSZE

ZŁOŻONO KROJAMI PISMA Revival565 ORAZ Special Elite

KSIĄŻKĘ WYDRUKOWANO NA PAPIERZE Creamy 70 g vol 2.0
DOSTARCZONYM PRZEZ Zing Sp. z o.o.
ZiNG

DRUK I OPRAWA Abedik S.A.